HARLAN COBEN

Né en 1962, Harlan Coben vit dans le New Jersey avec sa femme et leurs quatre enfants. Diplômé en sciences politiques du Amherst College, il a rencontré un succès immédiat dès ses premiers romans, tant auprès de la critique que du public. Il est le premier écrivain à avoir reçu le Edgar Award, le Shamus Award et le Anthony Award, les trois prix majeurs de la littérature à suspense aux États-Unis. Il est l'auteur notamment de *Ne le dis à personne...* (2002) – Grand Prix des lectrices de ELLE –, *Une chance de trop* (2004), et plus récemment de *Promets-moi*, *Temps mort* (2007), *Dans les bois* et *Mauvaise base* (2008).

Retrouvez l'actualité d'Harlan Coben sur :
www.harlan-coben.fr

TEMPS MORT

DU MÊME AUTEUR
CHEZ POCKET

NE LE DIS À PERSONNE…
(GRAND PRIX DES LECTRICES DE *ELLE*)
DISPARU À JAMAIS
UNE CHANCE DE TROP
JUSTE UN REGARD
INNOCENT

Dans la série Myron Bolitar :

RUPTURE DE CONTRAT
BALLE DE MATCH
FAUX REBOND
DU SANG SUR LE GREEN
TEMPS MORT
PROMETS-MOI

HARLAN COBEN

TEMPS MORT

*Traduit de l'américain
par Paul Benita*

FLEUVE NOIR

Titre original :
ONE FALSE MOVE

Le Code de la propriété intellectuelle n'autorisant, aux termes de l'article L. 122-5, (2e et 3e a), d'une part, que les « copies ou reproductions strictement réservées à l'usage privé du copiste et non destinées à une utilisation collective » et, d'autre part, que les analyses et les courtes citations dans un but d'exemple ou d'illustration, « toute représentation ou reproduction intégrale ou partielle faite sans le consentement de l'auteur ou de ses ayants droit ou ayants cause est illicite » (art. L. 122-4).
Cette représentation ou reproduction, par quelque procédé que ce soit, constituerait donc une contrefaçon sanctionnée par les articles L. 335-2 et suivants du Code de la propriété intellectuelle.

© 1998 by Harlan Coben. All rights reserved.
© 2007, Éditions Fleuve Noir, département d'Univers Poche,
pour la traduction française.

ISBN : 978-2-266-18528-8

*En souvenir de mes parents,
Corky et Carl Coben*

*Et pour leurs petits-enfants
Charlotte, Aleksander, Benjamin et Gabrielle*

Remerciements

J'ai écrit ce livre seul. Personne ne m'a aidé. Cependant, si certaines erreurs ont été commises, je souhaite rester fidèle à cette longue tradition américaine qui consiste à ne pas porter le chapeau. Cela dit, l'auteur tient à présent à remercier les merveilleuses personnes suivantes : Aaron Priest, Lisa Erbach Vance et tout le monde à Aaron Priest Literary Agency ; Carole Baron, Leslie Schnur, Jacob Hoye, Heather Mongelli, et tout le monde chez Dell Publishing ; Maureen Coyle de la New York Liberty ; Karen Ross, ME du Dallas County Institute of Forensic Science ; Peter Roisman d'Advantage International ; le Sergent Jay Vanderbeck du Livingston Police Department ; le Detective Lieutenant Keith Killion du Ridgewood Police Department ; Maggie Griffin, James Bradbeer, Chip Hinshaw et, bien sûr, Dave Bolt. Encore une fois, je le répète : toute erreur – factuelle ou autre – est à mettre sur leur compte. L'auteur n'en est nullement responsable.

PROLOGUE

15 septembre

Le cimetière donnait sur une cour d'école.

Myron poussa une motte de terre du bout de sa Rockport. Il n'y avait pas encore de pierre tombale, juste une plaque de fer avec une fiche sur laquelle un nom était écrit en lettres capitales. Pourquoi restait-il planté là, comme dans une mauvaise série télé ? Facile d'imaginer la scène : une pluie torrentielle lui martèle le dos mais, trop accablé, il n'y prête aucune attention. Il garde la tête baissée et, pourquoi pas, une larme ruisselle sur sa joue, se mêlant à la pluie. Musique. La caméra quitte son visage, recule très lentement, glisse sur ses épaules voûtées, montre d'autres tombes et lui, sans personne à ses côtés. La pluie, de plus en plus forte. La caméra s'éloigne encore et on finit par découvrir Win, le loyal compagnon, debout à distance respectueuse, silencieux, compréhensif, laissant son ami seul avec son chagrin. L'image se fige. Le nom du producteur exécutif apparaît en lettres jaunes. Pause : « La semaine prochaine dans votre série préférée... » Coupure pub.

Sauf qu'on n'était pas dans le bon scénario.

Le soleil brillait comme au premier jour et les cieux

avaient l'éclat de la peinture fraîche. Win était à son bureau. Et Myron ne pleurait pas.

Alors, qu'est-ce qu'il faisait là ?

Il attendait un meurtrier.

Myron regarda le paysage autour de lui dans l'espoir de trouver un début d'explication. Il ne récolta que de nouveaux clichés. Deux semaines s'étaient écoulées depuis les funérailles. Pissenlits et mauvaises herbes crevaient déjà la terre pour se dresser vers le bleu du ciel. Manquait plus que la voix off expliquant que pissenlits et mauvaises herbes représentaient le cycle éternel de la vie. Dieu merci, elle la boucla. Il chercha une ironie dans l'innocence radieuse de cette cour d'école. Les traces de craie à moitié effacées sur le sol, les balançoires multicolores avec leurs attaches rouillées s'étalant à l'ombre de tombes qui veillaient sur les enfants comme des sentinelles silencieuses, patientes et presque complices. Sauf que l'ironie avait elle aussi du mal à passer. Les cours d'école n'ont rien d'innocent. C'est le domaine de petites brutes, de futurs sociopathes, de psychoses bourgeonnantes et de jeunes esprits prématurément emplis d'une haine sans partage.

Bon, pensa Myron, *ça suffit la philosophie de cimetière.*

Au fond, ce monologue intérieur n'était qu'une simple distraction, un tour de passe-passe mental pour empêcher son esprit de se briser comme une brindille. Il avait tellement envie de craquer, de ne plus se forcer à tenir debout, de se vautrer sur ce monticule de terre pour le griffer de ses mains nues en implorant le pardon, en suppliant une puissance supérieure de lui accorder une seconde chance.

Qui ne viendrait jamais.

Myron entendit des pas derrière lui et ferma les yeux. Voilà ce qu'il attendait. Les pas se rapprochèrent. Quand ils s'arrêtèrent, il ne se retourna pas.

— Vous l'avez tuée, dit-il.
— Oui.
Un bloc de glace se liquéfia dans le ventre de Myron.
— Vous vous sentez mieux maintenant ?
La voix du tueur caressa sa nuque comme une main froide.
— La question, Myron, est : et vous ?

1

30 août

Myron baissa les épaules et la voix.
— Je ne suis pas baby-sitter. Je suis agent sportif.
Norm Zuckerman sembla peiné.
— Tu me la joues Bela Lugosi ?
— Non, Elephant Man.
— Ah, j'ai peur. Mais qui a parlé de baby-sitter ? Est-ce que tu m'as entendu prononcer les mots *baby-sitter* ou *baby-sitting* ? Ou n'importe quelle forme approchante du mot baby ? Ai-je même parlé de nounou ou de couches-culottes ? Ai-je employé un quelconque synonyme, la moindre métonymie… ?

Myron leva la main.
— Ça va, Norm, j'ai compris.

Ils étaient assis sous un poteau de basket du Madison Square Garden dans deux de ces fauteuils de metteurs en scène avec le nom de la star brodé sur le dossier. Leurs sièges étaient si haut perchés que le filet du panier leur chatouillait le crâne. Une séance photo avait lieu sur une moitié de terrain. Fatras de parapluies à lumière, de femmes-enfants squelettiques, de trépieds et d'affolés qui vociféraient. Myron était persuadé que quelqu'un finirait bien par le prendre pour un modèle. C'est cruel, parfois, l'espoir.

— Une jeune femme est peut-être en danger, dit Norm. J'ai besoin de ton aide.

Norm Zuckerman avait la soixantaine bien tassée. Il dirigeait Zoom, un conglomérat hypertrophié d'articles de sport, et possédait plus de fric que Donald Trump et Picsou réunis. Ce qui ne l'empêchait pas de ressembler à un beatnick en plein mauvais trip à l'acide. Le rétro, avait-il expliqué un peu plus tôt, déferlait et Norm n'avait pas raté la vague avec son poncho psychédélique, son pantalon treillis, ses colliers ethniques et son signe de la paix en boucle d'oreilles. Cool, mec. Sa barbe grisâtre était assez fournie pour abriter un nid de larves et sa chevelure récemment bouclée sortait tout droit d'une production fauchée de *Hair*.

Che Guevara ressuscité.

— T'as pas besoin de moi, dit Myron. T'as besoin d'un garde du corps.

Norm balaya l'objection.

— Trop évident.

— Quoi ?

— Elle n'acceptera jamais. Écoute, Myron, qu'est-ce que tu sais à propos de Brenda Slaughter ?

— Pas grand-chose.

Norm parut abasourdi.

— Comment ça, pas grand-chose ?

— Quel mot tu comprends pas, Norm ?

— Bordel de merde, t'as fait du basket.

— Et alors ?

— Et alors, Brenda Slaughter est peut-être la plus grande joueuse de tous les temps. Une pionnière dans sa discipline… et, excuse mon langage châtié, la pin-up la plus bandante qui soit pour représenter ma nouvelle ligue.

— Ça, je le sais.

— Alors, sache aussi ceci : je me fais du souci pour elle. Si quelque chose arrive à Brenda, toute la WPBA – et mes substantiels investissements – finiront aux chiottes.

— Si c'est pour des raisons humanitaires...

— Exact, je suis un sale porc capitaliste. Mais toi, mon ami, tu es agent sportif. C'est-à-dire l'engeance la plus sordide, la plus lèche-cul, la plus avide et la plus capitaliste de l'univers.

— Continue à me faire de la lèche, tu vas finir par me convaincre.

— J'ai pas terminé. Bon d'accord, tu es agent sportif. Mais tu es aussi foutrement bon. J'irais jusqu'à dire, ce qui se fait de mieux. Ton Espagnole et toi, vous faites un boulot incroyable pour vos clients. Grâce à vous, ils récoltent un max. Plus que ce qu'ils devraient. Chaque fois que tu négocies avec moi, j'ai l'impression de me faire mettre jusqu'à la glotte. Je le jure devant Dieu. À peine tu entres dans mon bureau, je me retrouve à poil et tu fais de moi ce que tu veux.

Myron grimaça.

— S'il te plaît.

— Mais je connais aussi ton passé secret chez les fédéraux.

Sacré secret. Myron attendait encore de tomber sur quelqu'un de ce côté-ci de l'équateur qui n'était pas au courant.

— Écoute-moi juste une seconde, Myron, d'accord ? Écoute-moi bien. Brenda est une fille formidable, une merveilleuse joueuse de basket... et une sacrée casse-couilles. Je lui en veux pas. Si j'avais eu un père comme le sien, je serais moi aussi la reine des casse-couilles.

— Donc, le problème, c'est son père ?

Norm gonfla les joues. Ce qui chez lui voulait dire « oui et non ».

— Probablement.

— Demande une interdiction de visite.
— C'est déjà fait.
— Quel est le problème, alors? Engage un privé. S'il s'approche à moins de cent mètres d'elle, t'appelles les flics.
— Ce n'est pas si facile.

Norm se tourna vers le terrain. Les gens impliqués dans la séance photo s'agitaient comme des particules soumises à une intense chaleur. Myron goûta son Starbucks. Café gourmet, ils appelaient ça. Un an plus tôt, il était clean, il ne touchait pas à la caféine. Et puis il avait commencé à fréquenter ces nouveaux bars à café – ne pas confondre avec un vulgaire café – qui poussaient un peu partout ces temps-ci comme les séries Z sur le câble. Désormais, il ne pouvait plus survivre à une matinée sans son petit fix gourmet.

Personne ne l'avait prévenu qu'une pause-café était le premier arrêt sur la pente menant au crack.

— On sait pas où il est, dit Norm.
— Pardon?
— Son père. Il a disparu. Brenda passe son temps à regarder derrière elle. Elle est terrifiée.
— Tu penses que son père représente un danger pour elle?
— Ce type, c'est GI Joe sous stéroïdes. Il jouait au basket, lui aussi. Il s'appelle...
— Horace Slaughter.
— Tu le connais?

Myron hocha la tête très lentement.

— Ouais, je le connais.

Norm l'observa attentivement.

— Tu es trop jeune pour avoir joué avec lui.

Myron ne répondit pas. Norm ne saisit pas l'allusion. C'était pas son genre.

— Comment ça se fait que tu connaisses Horace Slaughter?

17

— T'inquiète pas pour ça, dit Myron. Dis-moi plutôt pourquoi tu crois que Brenda Slaughter est en danger.
— Elle reçoit des menaces.
— Quel genre de menaces ?
— De mort.
— Tu pourrais être un peu plus précis ?

La frénésie du shoot photo ne se calmait pas. Les mannequins – hommes, femmes et autres – magnifiaient les derniers modèles Zoom à grands coups de moues boudeuses et de muscles saillants. Quelqu'un appela Ted, où est Ted, merde, cet enfoiré de starlette de mes deux, pourquoi Ted n'est-il pas encore habillé, je le jure, Ted va m'assassiner.

— Elle reçoit des coups de fil, dit Norm. Elle est suivie en voiture. Ce genre de choses.
— Et que veux-tu que je fasse exactement ?
— Que tu veilles sur elle.

Myron secoua la tête.

— Même si je disais oui – ce qui n'est pas le cas – tu as dit toi-même qu'elle ne voulait pas de garde du corps.

Norm sourit en lui tapotant le genou.

— C'est là où je te donne le beau rôle. Telle la larve au bout du hameçon.
— Intéressante analogie.
— Actuellement, Brenda Slaughter n'a pas d'agent.

Silence de Myron.

— T'as perdu ta langue, beau gosse ?
— Je croyais qu'elle avait signé un contrat d'exclusivité avec Zoom.
— Elle était sur le point de le faire quand son vieux a disparu. C'était son manager mais, de toute manière, elle ne voulait plus de lui. Maintenant, elle est seule. Elle se fie à mon jugement mais jusqu'à un certain point. Cette fille n'est pas stupide, crois-moi. Donc, voilà mon plan : Brenda ne va pas tarder à arriver. Je vous présente. Tu

dis bonjour. Elle dit bonjour. Et là, tu l'électrocutes avec une décharge du fameux charme Bolitar.

Myron haussa un sourcil.

— Réglé à pleine puissance ?

— Bon Dieu, non ! Je ne veux pas que la pauvre fille oublie toute pudeur.

— J'ai fait le serment de n'utiliser mes pouvoirs que pour le bien.

— Ce sera pour le bien, Myron, crois-moi.

Norm aimait beaucoup ces deux mots : *crois-moi*. Myron un peu moins.

— Même si j'acceptais de jouer ce *rôle* issu de ton esprit pervers, tu as pensé aux nuits ? Tu attends de moi que je la surveille vingt-quatre heures sur vingt-quatre ?

— Bien sûr que non ! Win t'aidera.

— Win a autre chose à faire.

— Explique à ce mignon petit goy que c'est pour moi, dit Norm. Il m'adore.

Un photographe fiévreux, réplique de l'artiste maudit, se ruait vers leur perchoir. À le voir, on ne pouvait pas douter qu'il était du genre pointu. Tout chez lui était taillé en pointe : les longs ongles vernis, le bouc noir et la chevelure blonde imitation paillasson de fakir. Il lâchait des soupirs en rafales afin que tout le monde comprenne combien il souffrait d'être maintenu dans une telle ignorance.

— Où est Brenda ? gémit-il.

— Ici.

Du miel tiède sur des pancakes du dimanche, pensa Myron en entendant la voix. D'un pas long et décidé – ni la démarche timide d'une fille trop grande ni celle, martelée, d'un top model –, Brenda Slaughter traversait la salle comme un satellite suivi par tous les radars de la planète. Dépassant largement le mètre quatre-vingts, elle avait une peau de la couleur de son Mocha Java, avec un peu plus de crème peut-être. Elle portait un jean délavé taille basse, mais sans obscénité, et un pull de ski qui donnait envie d'aller se blottir dans un chalet enfoui sous la neige.

Myron réussit à refermer la bouche.

Brenda Slaughter était moins belle qu'électrique. L'air crépitait autour d'elle. Rien à voir avec le charme vaporeux d'un mannequin. Myron en connaissait quelques-unes de ces filles ridiculement maigres, bâties comme des ficelles avec deux ballons d'hélium en haut. Brenda, elle, c'était du costaud. Pas question de la faire entrer dans du trente-quatre. Elle dégageait une impression de solidité, de substance, de force, tout en restant complètement féminine – quoi que cela puisse vouloir dire. De la matière en mouvement, se dit Myron, chargée comme un aimant.

Norm lui souffla dans l'oreille :

— Tu comprends pourquoi c'est notre pin-up ?

Myron comprenait.

Norm sauta de sa chaise.

— Brenda, ma chérie, viens par ici. Je veux te présenter quelqu'un.

Les grands yeux marron se plantèrent dans ceux de Myron et le monde vacilla. Pause. Un infime sourire aux lèvres, elle se dirigea vers eux. Éternel gentleman, Myron se leva. Brenda vint droit sur lui, main tendue. Il la serra. Sa poigne était ferme. Maintenant qu'ils étaient debout, il voyait qu'il la dépassait de cinq ou six centimètres à peine. Un mètre quatre-vingt-dix, donc.

— Tiens, tiens, fit Brenda. Myron Bolitar.

Norm fit un geste comme pour les rapprocher davantage.

— Vous vous connaissez ?

— Oh, je suis sûre que M. Bolitar ne se souvient plus de moi, dit Brenda. Ça remonte à loin.

Myron remonta donc – en quelques secondes, à peine.

Son cerveau avait immédiatement compris que s'il avait déjà rencontré Brenda, il ne l'aurait sûrement pas oubliée. Cette amnésie signifiait que leur précédente rencontre s'était déroulée dans des circonstances très différentes.

— Vous traîniez autour des terrains, dit-il. Avec votre père. Vous deviez avoir cinq ou six ans.

— Et vous veniez à peine d'entrer au lycée, ajouta-t-elle. Le seul gamin blanc qui venait régulièrement jouer dans le quartier. Vous avez gagné le championnat de l'État avec Livingston High. Ensuite, il y a eu la finale universitaire avec Duke puis vous avez été pris au premier tour de draft chez les Celtics...

La voix de Brenda s'interrompit. L'histoire aussi. Myron avait l'habitude.

— Je suis flatté que vous vous en souveniez.

Premier assaut de charme.

— J'ai grandi en vous regardant jouer. Mon père suivait votre carrière comme si vous étiez son propre fils. Quand vous avez été blessé...

Là aussi, les voix se brisaient en général. Il sourit pour montrer qu'il comprenait et appréciait la compassion.

Norm s'engouffra dans le silence.

— Désormais, Myron est agent. Et il est drôlement bon. Le meilleur, selon moi. Droit, honnête, fidèle comme l'enfer...

Il s'arrêta brutalement.

— Ai-je bien utilisé ces mots pour décrire un agent ?

Accablé, Norm secoua la tête.

L'artiste glissa de nouveau son bouc et ses soupirs dans la conversation. Son accent français faisait aussi vrai qu'une paire de seins en silicone.

— *Monsieur* Zuckermâne ?

— *Oui.*

Norm, aussi, connaissait les langues.

— J'ai besoin de votre aide, *s'il vous plêêê*.

— *Oui*, répéta Norm.

Myron envisagea de faire appel à un interprète.

— Je dois m'absenter une seconde, reprit Norm. Asseyez-vous donc tous les deux.

Il tapota les chaises vides pour expliciter ce qu'il entendait exactement par cette absconse invite.

— Myron va m'aider à monter la ligue. Disons qu'il me sert de consultant. Alors, parlez-lui, Brenda. De votre carrière, de votre avenir, de tout ce que vous voulez. Il serait un excellent agent pour vous.

Il adressa un clin d'œil à Myron. Subtil.

Quand Norm fut parti, Brenda grimpa dans la chaise de metteur en scène.

— C'était vrai, tout ça ? s'enquit-elle.
— En partie, dit Myron.
— Quelle partie ?
— J'aimerais être votre agent. Mais ce n'est pas la vraie raison de ma présence ici.
— Ah non ?
— Norm se fait du souci. Il veut que je veille sur vous.
— Que vous veilliez sur moi ?
— Il pense que vous êtes en danger.

La mâchoire de Brenda se durcit.

— Je lui ai dit que je ne voulais pas être surveillée.
— Je sais, dit Myron. Je n'étais pas censé vous le dire. Chut.
— Alors, pourquoi l'avoir dit ?
— Je suis pas doué pour les secrets.

Les muscles des mâchoires disparurent.

— Et ?
— Et si je deviens votre agent, je ne suis pas certain qu'il soit bon d'entamer nos relations par un mensonge.

Elle se laissa aller en arrière, allongeant des jambes plus longues que la file d'attente au service des cartes grises à l'heure du déjeuner.

— Qu'est-ce que Norm vous a encore demandé ?
— De vous faire défaillir grâce à mon charme.

Cette fois, ce furent les paupières qui réagirent. *Blip, blip.*

— Ne vous inquiétez pas, dit Myron. J'ai fait le serment solennel de le mettre uniquement au service du bien.

— Quelle chance !

Brenda leva un long doigt – tout chez elle était long – vers son visage et s'en servit pour marteler délicatement son menton à plusieurs reprises.

— Donc, dit-elle enfin, Norm pense que j'ai besoin d'un baby-sitter.

Myron leva les mains au ciel et se lança dans une folle imitation de Norm Zuckerman.

— Qui a prononcé le mot « baby-sitter » ?

Plus convaincant qu'en Elephant Man, jugea-t-il, mais il avait pu étudier son modèle de près.

Brenda sourit.

— Bon. Je suis d'accord.

— Vous m'en voyez agréablement surpris.

— Vous ne devriez pas. Si je vous dis non, Norm risque d'embaucher quelqu'un qui pourrait être moins bien disposé. Au moins, là, je sais où j'en suis.

— Pas faux.

— Mais il y a des conditions.

— Je me disais aussi.

— Je fais ce que je veux quand je veux. Vous n'avez pas carte blanche pour envahir mon intimité.

— Bien sûr.

— Et si je vous dis d'allez voir ailleurs un moment, vous y allez.

— J'irai voir.

— Vous ne m'espionnez pas.

— Évidemment.

— Vous ne vous mêlez pas de mes affaires.

— Entendu.

— Je passe la nuit dehors, vous ne dites rien.

— Pas un mot.
— S'il me prend l'envie de participer à une orgie avec des Pygmées, vous ne dites rien.
— Je pourrais au moins regarder ? demanda Myron.
Cela lui valut un sourire.
— Ce n'est pas pour faire la difficile mais il y a assez de papas dans ma vie comme ça, merci. Je veux m'assurer que vous compreniez bien que nous n'allons pas traîner l'un avec l'autre vingt-quatre heures sur vingt-quatre. Il ne s'agit pas d'un remake du film avec Whitney Houston et Kevin Costner.
— Certains jurent pourtant que je ressemble beaucoup à Kevin Costner.
Elle n'eut même pas besoin de l'examiner de plus près.
— Ouais, surtout le début de calvitie.
Ouille.
Là-bas, sur le terrain, le photographe surbooké recommençait à invoquer Ted. Ses fidèles l'imitèrent. Son nom rebondit dans l'arène comme une balle dans une salle de squash.
— Nous nous comprenons donc parfaitement ? demanda Brenda.
— Parfaitement.
Myron bougea sur sa chaise.
— Et maintenant, si vous me disiez ce qui se passe ?
Ted fit enfin son apparition. Il portait en tout et pour tout un short Zoom qui semblait le prolongement naturel d'un abdomen orné de deux traînées de bosses jumelles, régulières et comme gravées dans le marbre. À peine vingt ans, mignon comme un cœur et louchant comme un gardien de prison. Tout en glissant – un type comme lui ne marchait pas – vers le décor, Ted ne cessait de passer ses mains dans sa chevelure bleu-noir à la Superman, parvenant, grâce à ce simple geste, à

donner plus d'ampleur à sa poitrine, à affiner sa taille et à montrer des aisselles épilées.

— Quel sale petit con frimeur, marmonna Brenda.
— Vous êtes injuste, dit Myron. Il prépare peut-être un doctorat en physique appliquée.
— J'ai déjà travaillé avec lui. Si Dieu lui donnait un deuxième cerveau, celui-ci mourrait de solitude. Il y a quelque chose que je ne comprends pas, ajouta-t-elle en se tournant vers Myron.
— Quoi donc ?
— Pourquoi vous ? Vous êtes agent sportif. Pourquoi Norm vous demande-t-il d'être mon garde du corps ?
— Il m'est arrivé…

Vague geste de la main.

— … de travailler pour le gouvernement.
— J'ignorais.
— C'est un autre secret. Chut…
— Les secrets, ils ne le restent pas longtemps avec vous, Myron.
— Pour ça, vous pouvez me faire confiance.

Elle réfléchit.

— Bon, vous étiez un Blanc qui savait dunker, dit-elle. J'imagine qu'un type capable de ça peut même devenir un agent honnête.

Myron éclata de rire, puis un silence gêné tomba entre eux. Il le brisa par une nouvelle tentative.

— Vous voulez bien me parler des menaces ?
— Il n'y a pas grand-chose à dire.
— Tout se passe dans la tête de Norm ?

Brenda ne répondit pas. Une des assistantes appliquait de l'huile sur le torse de Ted. Ted octroyait toujours son regard de gros dur à la foule qui l'entourait. Trop de films avec Clint Eastwood. Puis, serrant les poings, il se mit à jouer des pectoraux. Gonfler, dégonfler, gonfler… Inutile de perdre plus de temps, pensa Myron, autant commencer à haïr Ted tout de suite.

Brenda restait silencieuse. Mieux valait tenter une autre approche.

— Où habitez-vous en ce moment ?

— J'ai une chambre à Reston University.

— Vous êtes encore à la fac ?

— De médecine. Quatrième année. Je viens d'obtenir un aménagement de mes études pour faire du basket pro.

Myron était impressionné.

— Une spécialité ?

— Pédiatrie.

— Votre père doit être fier de vous.

Une ombre passa sur le visage de Brenda.

— Ouais, j'imagine.

Elle fit mine de se lever.

— Faut que je me prépare pour les photos.

— Vous ne voulez pas d'abord me dire ce qui se passe ?

Brenda resta assise.

— Papa a disparu.

— Depuis quand ?

— Une semaine.

— Et c'est à ce moment-là que les menaces ont commencé ?

Elle esquiva la question.

— Vous voulez m'aider, Myron ? Retrouvez mon père.

— C'est lui qui vous menace ?

— Oubliez les menaces. Papa aime contrôler les choses, et les gens. Pour lui, l'intimidation est un moyen comme un autre.

— Je ne comprends pas.

— Vous n'avez pas besoin de comprendre. Vous étiez amis, n'est-ce pas ?

— Avec votre père ? Je n'ai pas revu Horace depuis dix ans.

— À qui la faute ?

La question – autant que le ton amer – l'étonna.
— Que voulez-vous dire par là ?
— Le considérez-vous toujours comme votre ami ?
Myron n'eut pas besoin de réfléchir.
— Vous savez que oui.
Brenda hocha la tête et, d'un bond très fluide, sauta au bas de leur perchoir.
— Il a des ennuis. Trouvez-le.

2

Brenda réapparut en short Lycra Zoom et ce qu'on appelle communément un soutien-gorge de sport. C'était une liane tout en muscles et en épaules. Si les mannequins professionnelles grimaçaient devant sa carrure (mais pas sa taille – la plupart d'entre elles étaient aussi très grandes), Myron, lui, trouvait qu'elle ressortait du lot comme une supernova au milieu de vagues entités gazeuses.

Les poses étaient provocantes, ce qui visiblement la gênait. Contrairement à Ted qui ondulait et louchait sur elle comme s'il espérait lui faire mouiller sa culotte d'un simple regard. Par deux fois, Brenda n'y tint plus et lui rit au nez. Myron détestait toujours autant Ted mais Brenda, en revanche, commençait à lui faire un effet nettement vaso-dilatateur.

Il appela Win sur sa ligne privée. Win était un cador de la finance, œuvrant chez Lock-Horne Securities, une vénérable firme qui avait dû vendre des actions sur le *Mayflower*. Ses bureaux se trouvaient dans le Lock-Horne Building au coin de Park Avenue et de la 47e dans Manhattan. Une petite partie était louée par Myron. Un agent sportif sur Park Avenue. La classe.

Au bout de trois sonneries, la boîte vocale se déclencha. La voix élégamment hautaine de Win annonça :

« Ne laissez pas de message, je vous prie, et allez mourir. » *Bip*. Myron secoua la tête, sourit et, comme toujours, laissa un message.

Il composa ensuite le numéro du bureau. Esperanza répondit.

— MB Sports.

Le *M* c'était pour Myron, le *B* pour Bolitar et le *Sports* parce qu'il s'occupait de sports. Myron avait trouvé ce nom tout seul sans faire appel à des pros du marketing. Malgré son imagination débordante, il savait rester humble.

— Des messages ? s'enquit-il.
— À peu près un million.
— Rien de crucial ?
— La Banque centrale voulait votre avis sur la hausse des taux d'intérêt. À part ça, rien. Qu'est-ce que voulait Norm ?

Esperanza Diaz – la « *shiksa* espagnole », selon Norm – était chez MB Sports depuis ses débuts. Avant cela, elle avait été catcheuse professionnelle sous le doux sobriquet de « Petite Pocahontas », ce qui impliquait qu'elle portait un bikini semblable à celui de Raquel Welch dans *Un million d'années avant J.-C.* et malaxait d'autre femmes devant des meutes de mâles baveux. Esperanza considérait sa nouvelle carrière – représenter des athlètes – comme une sorte de déchéance.

— C'est à propos de Brenda Slaughter, commença-t-il.
— La joueuse de basket ?
— Oui.
— Je l'ai vue jouer deux ou trois fois, dit Esperanza. À la télé, elle a l'air bonne.
— En vrai aussi.

Silence.

— Vous croyez qu'elle participe de cet amour qui n'ose dire son nom ?
— Hein ?

— Elle est branchée femmes ?
— Zut, fit Myron, j'ai oublié de vérifier l'étiquette.

Les préférence sexuelles d'Esperanza variaient aussi vite que les convictions d'un politicien en année non électorale. Pour le moment, elle semblait pencher pour les hommes, mais Myron pensait que c'était un des avantages de la bisexualité : on peut aimer tout le monde tout le temps. Ce qui ne lui posait aucun problème. Au lycée, Myron était presque exclusivement sorti avec des filles bisexuelles et, quand il leur parlait de sexe, elles lui répondaient : « Heu... j'ai rencard avec une copine. » Blague éculée, certes, mais néanmoins vécue.

— Pas grave, dit Esperanza. David me plaît vraiment.

Son mec du moment. Il ne durerait pas.

— Mais faut bien reconnaître, Brenda Slaughter est canon.

— Je reconnais.

— Ça doit valoir le coup une nuit ou deux.

Myron hocha la tête et son téléphone suivit le mouvement. Un homme de moindre qualité aurait pu fantasmer sur la petite et agile beauté hispanique dans les bras de la ravissante amazone noire en soutif moulant. Mais pas Myron. La classe, encore et toujours.

— Norm veut qu'on veille sur elle, reprit-il avant de tout lui expliquer.

Quand il eut terminé, il l'entendit soupirer.

— Quoi ?

— Bon Dieu, Myron, on est agents sportifs ou agents de police privée ?

— On a toujours besoin de nouveaux clients.

— Si vous le dites.

— Ce qui signifie ?

— Rien. Bon, que voulez-vous que je fasse ?

— Son père a disparu. Il s'appelle Horace Slaughter. Voyez ce que vous pouvez dénicher sur lui.

— J'aurais besoin d'aide.

Myron se frotta les yeux.

— On ne devait pas engager quelqu'un à plein temps ?

— Et qui a le temps de s'en occuper ?

Silence.

— D'accord, céda Myron en la gratifiant à son tour d'un soupir d'opérette. Téléphonez à Big Cyndi. Mais dites-lui bien que c'est à l'essai.

— Dacodac.

— Et si un client se pointe, je veux qu'elle se planque sous mon bureau.

— Ouais, bon, on verra.

Esperanza raccrocha.

La séance photo achevée, Brenda Slaughter vint le rejoindre.

— Où vit votre père maintenant ? lui demanda Myron.

— Toujours au même endroit.

— Vous êtes allée là-bas depuis sa disparition ?

— Non.

— Alors, commençons par là.

3

Newark, New Jersey. Les mauvais quartiers. Sauf qu'il n'y en avait pas de meilleur.

« Décomposition » était le premier mot qui venait à l'esprit. Les bâtiments n'étaient pas vraiment délabrés, non, ils dégoulinaient sur place comme rongés par un acide. Ici, la rénovation urbaine était un concept à peu près aussi familier que le voyage temporel. Le paysage évoquait plus un reportage de guerre – Dresde après le passage de l'aviation alliée – qu'un environnement habitable.

C'était encore pire que dans son souvenir. Adolescent, il avait roulé dans cette même rue avec son père. Les portières de la voiture se verrouillaient automatiquement, comme à l'annonce d'un danger imminent. À mesure qu'ils avançaient, le visage de son père se fermait. « Dégoûtant », marmottait-il. M. Bolitar avait grandi tout près d'ici, mais c'était il y a bien longtemps. Son père, l'homme que Myron aimait et vénérait plus que tout autre, l'âme la plus douce qu'il lui ait été donné de connaître, contenait à peine sa rage. « Regarde ce qu'ils ont fait de notre ancien quartier. »

Regarde ce qu'ils ont fait.

Eux.

La Ford Taurus passa lentement devant le vieux playground. Des visages noirs se tournèrent vers lui. Un cinq contre cinq avait lieu avec des tas de gosses autour du terrain attendant de prendre les vainqueurs. Les baskets de supermarché de l'époque de Myron avaient disparu, remplacées par des pompes à plus de cent dollars que ces gamins pouvaient difficilement s'offrir. Myron grimaça. Il aurait aimé adopter une attitude noble sur le sujet – la corruption des valeurs, le matérialisme et tout le reste –, cependant, en tant qu'agent sportif qui faisait son beurre grâce à des contrats avec des grandes marques, de telles notions posaient un léger problème de conscience. Cela ne lui plaisait pas forcément, mais il n'allait pas non plus faire l'hypocrite.

Plus personne ne jouait en short. Tous les mômes étaient en jeans baggy noirs ou bleus, autrement dit des sacs à deux jambes, le genre de froc qu'un clown aurait porté pour faire rire. La taille sous les fesses, histoire de montrer la marque très classe des slips ou des caleçons. Myron n'était pas du genre à radoter sur la mode des jeunes, toutefois, en comparaison, les pattes d'éph et les semelles compensées paraissaient pratiques. Comment faire du basket si tu dois sans cesse t'arrêter pour remonter ton pantalon ?

Mais le plus grand changement, c'étaient les regards. Quand il s'était pointé sur ce terrain pour la première fois à l'âge de quinze ans, il était mort de trouille, pourtant il savait que, s'il voulait améliorer son jeu, il devait affronter les meilleurs. Et donc venir jouer ici. Au début, il n'avait pas été le bienvenu. Loin de là. Mais l'animosité curieuse dont il avait été l'objet à l'époque n'avait rien de commun avec les regards glacés de ces gosses. Des regards figés de haine et de résignation. C'est un cliché mais, à l'époque – à peine vingt ans plus tôt –, ils étaient différents. On y discernait peut-être une trace d'espoir. Difficile à dire.

Comme si elle avait lu dans ses pensées, Brenda dit :

— Je ne viendrais plus jouer ici.

Myron acquiesça en silence.

— Ça n'a pas été facile pour vous, n'est-ce pas ? De venir jouer ici.

— Votre père m'a facilité les choses.

Elle sourit.

— Je n'ai jamais compris pourquoi vous lui plaisiez autant. En général, il ne pouvait pas blairer les Blancs.

Myron fit semblant d'avoir avalé de travers.

— Je suis blanc ?

— Comme Pat Buchanan.

Ils se forcèrent à rire tous les deux. Myron fit un nouvel essai.

— Parlez-moi des menaces.

Brenda se tourna vers sa vitre. Ils passaient devant un garage qui vendait des enjoliveurs. Des centaines, peut-être des milliers d'enjoliveurs qui luisaient au soleil. Curieux business quand on y pense. Les gens n'ont besoin d'un nouvel enjoliveur que quand on leur pique le leur. Et les enjoliveurs volés finissaient tous dans un garage comme celui-ci. Un minicycle fiscal.

— Je reçois des appels, commença-t-elle. La nuit, en général. Parfois, ils disent qu'ils vont s'en prendre à moi s'ils ne retrouvent pas mon père. D'autres fois, ils disent que je ferais mieux de le garder comme manager sinon…

Elle s'arrêta.

— Vous avez une idée de qui ils sont ?

— Non.

— Une idée de la raison pour laquelle des gens tiennent tant à retrouver votre père ?

— Non.

— Ni de pourquoi il tient tant à disparaître ?

— Non.

— Norm m'a parlé de voitures qui vous suivaient.

— Je n'ai jamais vu de voiture qui me suivait.

— La voix au téléphone, dit Myron. C'est toujours la même ?

— Non, je ne crois pas.

— Homme ou femme ?

— Des hommes. Blancs. En tout cas, on dirait des Blancs.

Pause.

— Est-ce que Horace jouait ? demanda Myron.

— Jamais. Mon grand-père jouait. Il a perdu tout ce qu'il avait, c'est-à-dire pas grand-chose. Papa était immunisé de ce côté-là.

— Il devait de l'argent ?

— Non.

— Vous en êtes sûre ? Il n'a pas emprunté pour payer vos études, par exemple ?

— J'ai une bourse depuis l'âge de douze ans.

Devant eux, un homme chancelait sur le trottoir. Il portait un caleçon Calvin Klein, deux après-ski différents et une de ces toques russes à la Dr Jivago. Rien d'autre. Pas de chemise, pas de pantalon. Son poing serrait une bouteille dans un sac en papier kraft comme si c'était la canne qui lui permettait de marcher.

— Quand ces appels ont-ils commencé ?

— Il y a une semaine.

— C'est-à-dire quand votre père a disparu ?

Brenda acquiesça. Elle avait autre chose à dire. Myron le comprit à la manière dont elle détourna le regard. Il resta silencieux.

— La première fois, dit-elle doucement, la voix m'a demandé d'appeler ma mère.

Mryon attendit la suite. Elle ne vint pas.

— L'avez-vous fait ?

Brenda eut un sourire étrangement désabusé.

— Non.

— Où vit votre mère ?

— Je n'en sais rien. Je ne l'ai pas vue depuis l'âge de cinq ans.

— Quand vous dites, « je ne l'ai pas vue »... ?

— Je veux dire « je ne l'ai pas vue ». Elle nous a plaqués il y a vingt ans.

Brenda se tourna enfin vers lui.

— Vous avez l'air surpris.

— Sans doute parce que je le suis.

— Pourquoi ? Vous savez combien de ces gamins là-bas ont été abandonnés par leurs pères ? Vous croyez qu'une mère n'en ferait pas autant ?

Un point pour elle. Mais cela ressemblait plus à un raisonnement de circonstance qu'à une intime conviction.

— Donc, vous ne l'avez plus vue depuis l'âge de cinq ans ?

Elle ne se donna pas la peine de me le confirmer pour la troisième fois.

— Savez-vous où elle vit ? Une ville, un État, n'importe quoi ?

— Aucune idée.

Brenda faisait de son mieux pour avoir l'air indifférente.

— Vous n'avez eu aucun contact avec elle ?

— Juste quelques lettres.

— Pas d'adresse de réponse ?

— Non. Elles étaient timbrées de New York. C'est tout ce que je sais.

— Horace pourrait-il savoir où elle est ?

— Non. En vingt ans, il n'a pratiquement jamais prononcé son nom.

— En tout cas, pas devant vous.

Elle acquiesça.

— Peut-être que la voix au téléphone ne faisait pas allusion à votre mère, dit Myron. Avez-vous une belle-mère ? Votre père s'est-il remarié ou...

— Non. Depuis ma mère, il n'y a eu personne d'autre.
Silence.

— Alors pourquoi viendrait-on vous parler de votre mère au bout de vingt ans ? demanda Myron.

— Je n'en sais rien.

— Aucune idée ?

— Aucune. Ça fait vingt ans qu'elle n'est qu'un fantôme pour moi.

Elle tendit le doigt.

— Prenez à gauche.

— Ça vous dérange si je fais placer un traceur d'appels sur votre téléphone ? Au cas où ils rappelleraient ?

Elle secoua la tête.

Il roula en suivant ses instructions.

— Parlez-moi de vos rapports avec Horace.

— Non.

— Ce n'est pas pour me mêler de vos...

— Cela n'a aucun rapport, Myron. Que je l'aime ou que je le haïsse, vous devrez quand même le retrouver.

— Vous avez obtenu une injonction pour qu'il ne s'approche plus de vous, n'est-ce pas ?

Elle ne dit rien pendant un moment. Puis :

— Vous vous souvenez de sa façon d'être sur le terrain ?

— Un vrai malade. Et peut-être le meilleur prof que j'aie jamais eu.

— Le plus passionné ?

— Oui, dit Myron. Il m'a appris à avoir moins de finesse dans mon jeu. Ce n'était pas toujours facile.

— Exact et vous n'étiez qu'un gamin qu'il aimait bien. Imaginez si vous aviez été son propre enfant. Et ensuite, imaginez cette passion mélangée à sa peur de me perdre. Que je m'enfuie, que je l'abandonne.

— Comme votre mère.

— Oui.

— Ce devait être délicat.

— Le mot juste est « étouffant », corrigea-t-elle. Il y a trois semaines, on a fait un match promotionnel à East Orange High School. Vous savez où c'est ?

— Bien sûr.

— Deux jeunes dans le public se sont mis à chahuter. Deux lycéens. Ils faisaient partie de l'équipe de basket. Ils étaient bourrés ou défoncés ou alors c'étaient juste des petits merdeux. Je n'en sais rien. Ils se sont mis à me hurler des trucs.

— Quel genre de trucs ?

— Des trucs immondes. Ce qu'ils me feraient s'ils me coinçaient dans les vestiaires. Mon père s'est levé et est allé les voir.

— Je ne l'en blâme pas, dit Myron.

— Alors, vous êtes vous aussi un Neandertal.

— Quoi ?

— Pourquoi seriez-vous allé les voir ? Pour défendre mon honneur ? Je suis une femme de vingt-cinq ans. Je n'ai pas besoin de ces conneries chevaleresques.

— Mais…

— Mais rien du tout. Toute cette histoire, le fait que vous soyez là… Je n'ai rien d'une féministe radicale, mais c'est vraiment du sexisme à la con.

— Quoi ?

— Si j'avais un pénis entre les jambes, vous ne seriez pas là. Si je m'appelais Leroy et que je recevais quelques coups de fil tordus, vous ne seriez pas aussi pressé de protéger ma pauvre petite personne. Je me trompe ?

Myron hésita une seconde de trop.

— Et, continua-t-elle, combien de fois m'avez-vous vue jouer ?

Le changement de sujet le désarçonna.

— Quoi ?

— J'ai été élue joueuse de l'année trois saisons de suite à l'université. Mon équipe a gagné deux championnats nationaux. Les matches étaient diffusés sur ESPN et, pendant les finales NCAA, sur CBS. Je suis à Reston University qui se trouve à une demi-heure en voiture de chez vous. Combien de mes matches avez-vous vus ?

Myron ouvrit la bouche, la referma, puis dit :

— Aucun.

— Aucun. Le basket des gonzesses. Faut pas charrier.

— Ce n'est pas ça. Je ne regarde plus trop les matches.

Difficile d'avoir l'air plus lamentable.

Elle eut la charité de ne rien ajouter.

— Brenda...

— Oubliez ça. J'ai rien dit. C'était idiot de parler de ça.

Son ton ne laissait guère de place à une discussion. Myron aurait aimé se défendre, sauf qu'il ne voyait pas comment s'y prendre. Il choisit donc de la fermer – option dont à la réflexion il ne se servait pas assez souvent.

— Prenez la prochaine à droite, dit-elle.

— Que s'est-il passé ensuite ? s'enquit-il.

Brenda le regarda.

— Avec ces deux gamins qui vous balançaient des insultes ? Après que votre père est allé les trouver, qu'est-il arrivé ?

— Les types de la sécurité sont intervenus avant que ça ne dégénère vraiment. Ils ont foutu les gamins dehors. Et mon père aussi.

— Je ne suis pas sûr de saisir la morale de cette histoire.

— Elle n'est pas encore terminée.

Brenda s'arrêta, baissa les yeux, rassembla quelque chose, ses pensées, son courage ou Dieu sait quoi, puis releva de nouveau la tête.

— Trois jours après, on a retrouvé les deux gosses – Clay Jackson et Arthur Harris – sur le toit d'un immeuble. Ils étaient attachés ensemble. On leur avait sectionné le tendon d'Achille avec un sécateur.

Myron blêmit. Son estomac se transforma en nid de serpents.
— Votre père ?
— Il a fait des trucs comme ça toute ma vie. Mais jamais rien d'aussi moche. Il se débrouillait toujours pour faire payer ceux qui se dressaient contre moi. Quand j'étais une petite fille sans sa maman, j'étais presque heureuse de me sentir aussi bien protégée. Mais je ne suis plus une petite fille.

Inconsciemment, Myron baissa la main et se toucha l'arrière de la cheville. Le tendon d'Achille sectionné. Avec un sécateur. Il essayait de ne pas avoir l'air trop choqué.
— La police a dû soupçonner Horace.
— Oui.
— Comment se fait-il qu'il n'a pas été arrêté ?
— Pas assez de preuves.
— Les gamins ne l'ont pas identifié ?
Elle se retourna vers la vitre.
— Ils avaient trop peur. Garez-vous ici.

Myron obéit. Des gens traînaient dans la rue. Ils le fixaient comme s'ils n'avaient jamais vu de Blanc – ce qui, dans ce quartier, était tout à fait possible. Il s'efforça de faire comme si de rien n'était, hochant poliment la tête. Certains lui rendirent son salut. D'autres, non.

Une voiture jaune – non, un haut-parleur monté sur quatre roues – passa, crachant du rap. Les basses étaient réglées si fortes que Myron sentit les vibrations jusque dans sa poitrine. Il ne parvint pas à comprendre les paroles, mais elles n'avaient pas l'air tendres. Brenda le conduisit vers une véranda. Deux hommes étaient étalés sur les marches comme des blessés de guerre. Elle les enjamba sans les regarder. Myron l'imita. Il se rendit soudain compte qu'il n'était encore jamais venu ici. Sa relation avec Horace Slaughter se limitait uniquement au basket. Ils s'étaient toujours retrouvés du côté du playground ou alors dans une salle. Parfois, il leur arrivait de manger une pizza après les matches. En revanche, il n'était jamais allé chez Horace et Horace n'était jamais venu chez lui.

Il n'y avait pas de portier, bien sûr, et pas de serrure, pas de sonnette ni rien de ce genre. L'éclairage dans le couloir était minable, mais n'en révélait pas moins la peinture écorchée comme si les murs étaient atteint de psoriasis. Les boîtes aux lettres étaient éventrées. L'air avait la transparence d'un rideau de douche crasseux.

Brenda gravit des marches en ciment en évitant de se tenir à la rampe, une barre de métal industriel. Myron entendit un homme tousser – on aurait dit qu'il tentait de s'extraire un poumon. Un bébé pleurait. Un autre l'imita. Au deuxième étage, Brenda tourna à droite dans un couloir. Elle avait déjà les clés en main. La porte elle aussi semblait faite d'acier renforcé. Il y avait un judas et trois verrous de sécurité.

Brenda les fit jouer. Ils claquèrent comme dans une de ces scènes de film en prison où le gardien crie : « Ouverture des portes ! » Le battant s'écarta. Deux remarques s'imposèrent aussitôt à Myron. La première fut de constater à quel point c'était agréable chez Horace. Quoi qu'il y ait à l'extérieur de l'appartement, quelles que soient la saleté et la pourriture qui souillaient les rues ou même les parties communes de l'immeuble, Horace Slaughter ne leur avait pas permis de s'insinuer sous l'acier de sa porte. Les murs étaient aussi blancs qu'une pub pour une crème hydratante, les sols aussi lisses et polis qu'un inspecteur des impôts. Au milieu des meubles de famille remis en état se trouvaient quelques éléments plus modernes, façon Ikea. L'endroit était vraiment confortable.

La seconde que Myron remarqua sur-le-champ, c'était qu'on avait saccagé la pièce.

Brenda se rua à l'intérieur.

— Papa ?

Myron la suivit, regrettant de ne pas être armé. Cette scène exigeait un flingue. Il aurait fait signe à Brenda de garder le silence, de revenir derrière lui, avant d'inspecter prudemment tout l'appartement, tandis qu'elle se serait accroché à lui, tremblante de peur. Il serait passé de pièce en pièce, pistolet au bout du bras, l'épaule coincée contre l'oreille et prêt à tout, surtout au pire. Mais Myron n'avait pas habitude de se trimballer avec une arme. Ce n'était pas qu'il ne les aimait pas – en cas de coup dur, en fait, il appréciait plutôt leur compagnie –, mais un flingue, c'est lourd et ça vous écorche la peau comme une capote en tweed. Et, soyons réalistes, pour la plupart de ses futurs clients, un agent qui se balade avec une pétoire, ça n'inspire pas vraiment confiance. Quant aux autres, ceux qui trouvaient ça plutôt chouette, Myron préféraient les éviter.

D'un autre côté, Win ne sortait jamais sans son artillerie, un arsenal prodigieux qui, pour être invisible, n'en était pas moins fatal. Ce garçon était Tsahal à lui tout seul.

L'appartement possédait trois pièces et une cuisine. Ils les visitèrent toutes. Sans trouver âme qui vive. Ou pas.

— Il manque quelque chose ? demanda Myron.

Brenda se tourna vers lui, agacée.

— Comment voulez-vous que je le sache ?

— Je veux dire, rien d'immédiatement visible. La télé est toujours là. Le magnétoscope aussi. Est-ce que ça vous fait l'effet d'un cambriolage ?

Elle examina le salon.

— Non. Ça ne ressemble pas à un cambriolage.

— Une idée sur qui a fait ça ou pourquoi ?

Elle secoua la tête, prenant encore la mesure des dégâts.

— Horace cachait-il de l'argent quelque part ? Dans une boîte à cookies ? Sous une latte de parquet ?

— Non.

Ils passèrent dans la chambre à coucher. Elle ouvrit un placard et, pendant un long moment, resta plantée là sans rien dire.

— Brenda ?

— Il manque des vêtements, dit-elle enfin. Et sa valise.

— C'est bon signe. Cela signifie qu'il s'est probablement enfui et que, donc, il essaie d'éviter de se faire coincer dans une sale histoire.

Elle ne réagit pas.

— Ça fait bizarre, murmura-t-elle.

— Comment cela ?

Infime hésitation.

— C'est exactement comme avec ma mère. Je me souviens encore de Papa debout, là, contemplant en silence le placard vide.

Ils repassèrent par le salon avant de pénétrer dans une autre chambre à coucher, plus petite celle-là.

— La vôtre ? s'enquit Myron.

— Je n'y suis plus trop mais, ouais, c'est ma chambre.

Les yeux de Brenda se posèrent aussitôt sur sa table de nuit. Elle poussa un petit cri de stupeur et se jeta immédiatement au sol pour fouiller sous la table et le lit.

— Brenda ?

Elle tâtonnait avec une ferveur folle, les yeux étincelants. Au bout de quelques instants, elle se releva pour courir dans la chambre de son père. Puis ce fut le tour du salon. Myron restait en retrait.

— Elles ont disparu, dit-elle finalement.

— Quoi ?

Brenda se tourna vers lui.

— Les lettres de ma mère. On les a prises.

4

Myron se gara devant la résidence universitaire de Brenda. En dehors de quelques indications monosyllabiques sur la direction à prendre, elle n'avait rien dit de tout le trajet. Myron n'avait pas insisté. La voiture immobilisée, il se tourna vers elle. Brenda continua à regarder droit devant elle.

Le campus n'était qu'herbe verte, grands chênes, bâtiments en brique, Frisbee et bandanas. Les professeurs y portaient encore les cheveux longs, la barbe et des vestes en tweed. Il flottait ici comme un réel sentiment d'innocence, de conviction, de jeunesse et de passion. Mais justement, c'était ça la beauté d'une telle université : des étudiants débattant de la vie et de la mort dans un environnement aussi protégé que Disney World. La réalité n'avait rien à faire dans l'équation. Et c'était très bien comme ça.

— Elle est partie, dit Brenda. J'avais cinq ans et elle m'a laissée seule avec lui.

Myron ne l'interrompit pas.

— Je n'ai rien oublié. Son visage. Son odeur. Sa fatigue quand elle rentrait du travail au point qu'elle pouvait à peine lever les pieds. Je n'ai pas dû parler d'elle plus de cinq fois en vingt ans. Mais je pense à elle tous les jours.

Je me demande pourquoi elle m'a abandonnée. Et je me demande pourquoi elle me manque encore à ce point.

Elle se toucha le menton et détourna les yeux. Silence dans la voiture.

— Vous êtes doué pour ça, Myron ? demanda-t-elle soudain. Enquêter ?

— Je crois, oui.

Elle saisit la poignée de la portière.

— Vous pourriez retrouver ma mère ?

Elle n'attendit pas la réponse. Myron la regarda disparaître dans le bâtiment en brique. Il redémarra et rentra chez lui.

Il trouva une place sur Spring Street juste devant le loft de Jessica. Dans son esprit, c'était toujours le « loft de Jessica » même s'il y vivait et payait la moitié du loyer. Bizarre, non ?

Il emprunta l'escalier pour monter au troisième. Quand il ouvrit la porte, Jessica cria aussitôt :

— Je bosse.

Myron n'entendit pas le martèlement du clavier de l'ordinateur, mais cela ne voulait rien dire. Il passa dans la chambre à coucher, referma la porte derrière lui et vérifia le répondeur. Quand Jessica travaillait, elle ne répondait jamais aux appels.

Il poussa le bouton. « Myron ? C'est ta mère. » Des fois qu'il ne reconnaîtrait pas sa voix. « Seigneur, je déteste cette machine. Pourquoi ne décroche-t-elle pas ? Je sais qu'elle est là. Est-ce si difficile pour un être humain de décrocher le téléphone pour dire bonjour et prendre un message ? Je suis dans mon bureau, le téléphone sonne : je décroche. Même si je travaille. Ou alors, je demande à ma secrétaire de prendre les messages. Pas à une machine. Je n'aime pas les machines, Myron, tu le sais. » Elle continuait à explorer la même veine pendant un moment. Myron regretta l'époque où il y avait une limite de temps sur les répondeurs. Le progrès n'est pas toujours une bonne chose.

Finalement, sa chère maman s'essouffla. « Je voulais juste te dire bonjour, trésor. On se rappelle. »

Pendant un peu plus des trente premières années de sa vie, Myron avait habité chez ses parents à Livingston, New Jersey. Bébé, il avait commencé cette même vie dans la petite nursery en haut, au premier à gauche. De trois à seize ans, il avait occupé la chambre à coucher au premier à droite. Ensuite, depuis l'âge de seize ans jusqu'à il y a quelques mois, il s'était installé dans la cave. Pas tout le temps, bien sûr. Il avait passé quatre ans à Duke, Caroline du Nord, quelques étés dans des camps de basket, et quelques nuits chez Jessica ou bien chez Win à Manhattan. Mais sa vraie maison avait toujours été… chez papa-maman. Par choix, de façon assez étrange, même si certains laissaient entendre qu'une sérieuse thérapie pourrait mettre au jour des motivations plus profondes.

Tout avait changé quelques mois auparavant quand Jessica lui avait demandé de s'installer chez elle. Fait extrêmement rare dans leur relation, c'était elle qui avait fait le premier pas, ce qui avait provoqué chez Myron un bonheur délirant, une excitation à peine contrôlable ainsi qu'une trouille tout aussi délirante. Son exaltation n'avait rien à voir avec la peur de s'engager – cette phobie-là affectait Jessica, pas lui –, mais il avait connu des moments assez durs par le passé et, pour faire court, Myron ne voulait plus jamais souffrir autant.

Il continuait à voir ses parents environ une fois par semaine, allant dîner chez eux ou bien les emmenant faire un tour à New York. Pas un jour ne se passait sans qu'il ait l'un ou l'autre au téléphone. Bon, d'accord, ils étaient génétiquement programmés pour lui casser les pieds, mais il s'entendait plutôt bien avec eux. Aussi fou que cela paraisse, il aimait passer du temps avec eux. Pas cool ? Sûrement. Plus branché qu'un accordéoniste de polka ? Totalement. Mais, bon.

Il chopa un Yoo-Hoo dans le frigo, le secoua, tira la languette et avala une longue gorgée. Délicieux nectar. Jessica hurla de nouveau.

— T'as envie de quoi ?
— Rien de spécial.
— Tu veux sortir ?
— Ça t'ennuie si on commande quelque chose ?
— Non.

Elle apparut sur le seuil. Elle portait son sweat-shirt de Duke onze fois trop grand pour elle et un pantalon de jogging noir. Ses cheveux étaient tirés en queue-de-cheval. Quelques mèches s'en échappaient et lui retombaient sur le visage. Quand elle lui sourit, Myron sentit son pouls s'accélérer.

— Salut, dit-il.

Originale entrée en matière.

— Tu veux manger chinois ? demanda-t-elle.
— Ouais, pourquoi pas. Hunan, Sichuan ou cantonais ?
— Sichuan.
— D'accord. Jardin du Sichuan, Dragon du Sichuan ou Empire du Sichuan ?

Jessica réfléchit un moment.

— Le Dragon était un peu gras la dernière fois. Essayons l'Empire.

Elle traversa la cuisine pour venir l'embrasser sur la joue. Sa chevelure sentait les fleurs sauvages après un orage d'été. Myron la serra brièvement dans ses bras avant de s'emparer du menu qui traînait sur le frigo. Ils choisirent leur repas – soupe aigre-douce, une entrée aux crevettes et une autre aux légumes –, puis il appela le restaurant et se heurta à l'habituelle barrière du langage. Pourquoi n'embauchaient-ils pas quelqu'un qui parlait anglais, au moins pour prendre les commandes ? Après avoir répété six fois son numéro de téléphone, il raccrocha.

— Tu as bien bossé ? s'enquit-il.
— Le premier jet sera terminé d'ici Noël.
— Je croyais que tu devais leur rendre ce mois-ci.
— Oui, et alors ?

Ils s'installèrent à la table de la cuisine. Ladite cuisine, le salon, la salle à manger et la salle de télé formaient un seul grand espace. Les plafonds planaient tout là-haut à plus de cinq mètres d'altitude. Les murs de brique avec les poutres métalliques apparentes faisaient atelier d'artiste ou dépôt de chemin de fer, au choix. Un vrai loft, quoi. En deux mots, trop cool.

Le repas arriva. Ils discutèrent de leur journée. Myron lui parla de Brenda Slaughter. Elle l'écouta. Jessica faisait partie de ces personnes qui ont la capacité de donner à ceux qui leur parlent l'impression qu'ils sont les seuls sur terre. Quand il eut terminé, elle lui posa quelques questions. Puis elle se leva pour se servir de leur pichet Brita qui purifiait l'eau.

Elle revint s'asseoir.

— Je dois aller à L.A. mardi prochain.

Myron leva les yeux.

— Encore ?

Hochement de tête.

— Pour combien de temps ?
— Je ne sais pas. Une semaine ou deux.
— Mais tu en viens !
— Oui, et alors ?

Une réplique qu'elle aimait bien.

— C'est pour ce film, c'est ça ?
— Oui.
— Pourquoi dois-tu y retourner ?
— J'ai des recherches à faire.

— Tu ne pouvais pas les faire quand tu y étais la semaine dernière ?

— Non. (Jessica l'observait.) Il y a un problème ?

Myron n'avait plus qu'une baguette en main. Il jouait avec. Il essaya de regarder Jessica, n'y arriva pas et demanda simplement :

— Est-ce que ça marche ?

— Quoi ?

— Vivre ensemble, nous deux.

— Myron, c'est juste pour une semaine ou deux. Pour des recherches.

— Ensuite, il y aura la tournée de promo du livre. Ou une retraite pour écrire. On un contrat de ciné. Ou d'autres recherches.

— Tu veux que je reste à la maison à faire des cookies ?

— Non.

— Alors, de quoi on parle, là ?

— De rien.

Silence.

— Ça fait longtemps qu'on est ensemble, reprit-il.

— En comptant les coupures, dix ans. Et alors ?

Il ne savait pas trop comment continuer.

— Tu aimes voyager.

— Ça, oui.

— Tu me manques quand tu n'es pas là.

— Tu me manques toi aussi. Et tu me manques aussi quand tu t'absentes pour ton travail. Mais notre liberté… ça rend les choses plus drôles, non ? Et puis…

Elle se pencha vers lui.

— Je suis douée pour les retrouvailles.

— Je te l'accorde.

Elle posa la main sur son bras.

— Je ne veux pas faire de la psychanalyse de comptoir mais ce déménagement a été un grand changement pour toi. Je le comprends. Jusqu'à présent, je trouve que c'est génial.

Jessica avait raison, bien sûr. Ils étaient un couple moderne avec des carrières sur orbite et des mondes à conquérir. Les séparations faisaient partie de ça. Les doutes qui le rongeaient n'étaient qu'un effet secondaire de son pessimisme foncier. Jessica était revenue, elle lui avait demandé de vivre avec elle… tout se passait si bien qu'il guettait le moment où quelque chose allait se mettre à déconner. Ça tenait de l'obsession. Il avait intérêt à se calmer. Les obsessionnels ne cherchent pas les problèmes pour les résoudre ; ils les fabriquent à partir de rien, les nourrissent et les rendent plus forts.

Myron lui sourit.

— Tout ça, c'est juste le cri de quelqu'un qui veut qu'on s'occupe de lui, dit-il.

— Le cri ?

— Ou alors peut-être une ruse pour forniquer.

Elle lui adressa un regard qui fit frémir sa baguette.

— Et peut-être que la ruse fonctionne.

— Et peut-être que je vais enfiler un truc plus confortable.

— Quoi, encore ton masque de Batman ?

— Ouais, mais ne te plains pas, je te laisse la ceinture avec tous les gadgets.

Elle réfléchit à la proposition.

— D'accord, mais pas question de s'arrêter en plein milieu en hurlant : « À la semaine prochaine, sur votre Batchaîne. »

— Ça marche.

Jessica se leva pour venir s'asseoir sur ses cuisses. Elle l'enlaça, approcha ses lèvres de son oreille.

— Nous sommes bien, Myron. Ne foutons pas tout en l'air.

Elle avait raison.

Elle se releva.
— Viens, on débarrasse la table.
— Et après ?
Elle lui glissa un regard.
— Tu fais le grand chauve, je fais la souris.

5

Lorsque Myron sortit dans la rue le lendemain matin, une limousine noire s'arrêta devant lui. Deux individus s'en extirpèrent. Ils portaient de superbes costumes qui devaient les empêcher de respirer mais ce n'était sûrement pas la faute de leur tailleur. Difficile de tailler un costard autour de muscles pareils. Ces types étaient des publicités ambulantes pour les stéroïdes et les UV. Ils arboraient un délicieux bronzage carotte et Myron était prêt à parier que leur torse était aussi épilé que les jambes de Cher.

Une des carottes anabolisée prit la parole.

— Monte dans la voiture.

— Ma maman m'a dit de ne jamais monter en voiture avec des étrangers.

— Ah, dit Bulldozer 2. On a affaire à un comique.

— Ah ouais ? fit Bulldozer 1 en penchant la tête (ce qui relevait de l'exploit vu son absence de cou). C'est vrai, ça ? T'es un comique ?

— Je suis aussi un excellent chanteur. Vous voulez entendre ma sublime version de *Volare* ?

— Tu vas chanter avec ton cul si tu montes pas dans la voiture.

— Chanter avec mon cul, répéta Myron, visiblement

plongé dans une réflexion abyssale. Je ne comprends pas. Insinuez-vous qu'il possède des cordes vocales ? Ou que je chante si fort que ça sort par tous les trous ? À moins qu'il ne s'agisse là que de l'expression de votre mépris pour la longue tradition du bel canto ?

Les bulldozers se consultèrent du regard. Le vide croisant le vide. Ils se tournèrent donc vers Myron. Celui-ci n'était pas particulièrement effrayé. Ces deux-là n'étaient que des livreurs et le paquet n'était pas censé arriver abîmé. Ils se feraient taper sur les doigts. De plus, avec ce genre de mecs, il ne faut jamais montrer votre peur. Ils la sentent, s'y vautrent et vous dévorent. Bien sûr, Myron pouvait se tromper. Ces deux-là étaient peut-être des psychotiques, des déséquilibrés qui pétaient les plombs à la moindre provocation. Un des charmants mystères de la vie.

— M. Ache veut te voir, dit Bulldozer 1.
— Lequel ?
— Frank.

Silence. Mauvais, ça. Les frères Ache étaient des caïds de la pègre de New York, comme on disait au bon vieux temps. Herman, le frère aîné, était le chef, un homme responsable d'assez de souffrances pour rendre jaloux un dictateur du tiers-monde. Mais, à côté de son petit frère Frank, Herman Ache était à peu près aussi méchant que Winnie l'Ourson.

Au prix d'un bel effort synchronisé des deltoïdes et des cervicales, les bulldozers inclinèrent la tête.

— Tu trouves plus ça aussi marrant, hein, le p'tit malin ?

— Les testicules, déclara Myron en se dirigeant vers la voiture. Ils rétrécissent quand on prend des stéroïdes.

Ça faisait longtemps qu'elle était au catalogue Bolitar celle-là, pourtant Myron ne s'en lassait jamais. En fait, là, il n'avait pas le choix, il devait entrer dans cette bagnole. Il se glissa donc sur le siège arrière de la limo. Il y avait un bar et une télévision branchée sur un talk-show où une blonde expliquait en quoi la relativité générale et la mécanique quantique n'étaient pas compatibles.

— Assez, je vous en supplie, dit Myron. Je vous dirai tout.

Les bulldozers ne comprirent pas. Myron se pencha pour éteindre la télé. Personne ne protesta.

— On va chez Clancy ?

La Clancy's Tavern était le repaire des Ache. Myron s'y était retrouvé avec Win deux ou trois ans plus tôt. Une expérience qu'il avait espéré ne jamais rééditer.

— Assieds-toi et ferme-la, enfoiré.

Myron se le tint pour dit. Ils prirent le West Side Highway en direction du nord, dans la direction opposée de Clancy. Ils tournèrent dans la 57e. Quand ils s'engagèrent dans un parking de la 5e Avenue, Myron comprit quelle était leur destination.

— On va chez TruPro, pensa-t-il à voix haute.

Les bulldozers ne répondirent pas. Aucune importance. Il ne l'avait pas dit pour eux.

TruPro était une des plus grandes agences de représentation de sportifs de tout le pays. Pendant des années, elle avait été dirigée par Roy O'Connor, un serpent en costume satiné, qui n'était expert en rien sinon en baisers venimeux. O'Connor était passé maître dans l'art douteux de faire signer illégalement des athlètes à peine sortis de leurs couches. Les pots-de-vin et l'extorsion déguisée faisaient aussi partie de ses sacs de nœuds. Mais, comme tant d'autres qui rôdent aux lisières du monde de la corruption, Roy avait fini par se faire piquer son trône. Ces mecs s'imaginent qu'ils peuvent se dévergonder un peu, passer des alliances avec le royaume de l'ombre sans perdre de leur éclat. Mais la pègre ne fonctionne pas comme ça. Donnez-lui un ongle et elle vous prend le doigt, les bagues, le bras et le reste pour vous les enfoncer là où la lumière pénètre peu, autrement dit dans le derche. C'était ce qui était arrivé à TruPro. Roy devait de l'argent et quand il n'avait plus pu payer, les frères Ache avaient pris sa place.

— Bouge, connard.

Myron suivit Bubba et Rocco – préférant les humaniser un peu, il avait fini par les baptiser – dans l'ascenseur. Ils sortirent au huitième étage et passèrent devant la réceptionniste. La fille garda la tête baissée mais ne put s'empêcher de risquer un regard sous ses faux cils. Myron lui fit un clin d'œil. Ils s'arrêtèrent devant la porte d'un bureau.

— Fouille-le.

Bubba – ou peut-être Rocco – se mit à le tapoter.

Myron ferma les yeux.

— Bon Dieu, que c'est bon. Un peu plus à gauche.

Rocco – ou Bubba – s'arrêta aussitôt le fusillant du regard.

— Entre.

Myron ouvrit la porte et pénétra dans le bureau.

Frank Ache, les bras tendus, s'avança vers lui.

— Myron !

Quelle que soit la fortune qu'il avait amassée, il ne la gaspillait pas en fringues : Frank avait un faible pour les survêtements en velours râpé. Celui qu'il portait aujourd'hui était orange brûlé avec une rayure jaune. La fermeture Éclair de la veste était descendue plus bas qu'une couverture de *Cosmo*, découvrant une toison de poils gris si dense qu'on aurait dit un pull tricoté. Du dernier chic. Il avait une tête énorme, des épaules étroites et une silhouette à filer des complexes d'anorexie au bonhomme Michelin. Tout en haut de ce grand corps bouffi, émergeait un crâne scintillant auquel s'accrochaient encore quelques cheveux, comme des naufragés à un rocher.

Frank serra Myron dans une étreinte féroce. Surprenant de sa part. Frank distribuait les câlins avec la générosité d'un chacal galeux.

Puis il le tint à bout de bras.

— C'est fou ce que t'as bonne mine, Myron.

Myron essaya de ne pas grimacer.

— Merci, Frank.

Frank lui offrit un grand sourire – deux rangées de dents jaune maïs empilées n'importe comment. Myron fit un effort pour ne pas reculer.

— Ça fait combien ?

— Un peu plus d'un an.

— On était chez Clancy, non ?

— Non, Frank, on n'était pas chez Clancy.

Frank parut étonné.

— On était où, alors ?

— Sur une route de Pennsylvanie. Tu avais tiré dans mes pneus et menacé de tuer des membres de ma famille. Ensuite, tu m'as dit de dégager de ta tire avant que tu ne donnes mes couilles à bouffer aux écureuils.

Frank éclata de rire et lui tapa sur le dos.

— Le bon vieux temps, hein ?

Myron ne broncha pas.

— Que puis-je faire pour toi, Frank ?

— T'es pressé ?

— Disons que j'ai envie de savoir ce qui m'amène ici.

— Hé, Myron, fit Frank en ouvrant de nouveau les bras. J'essaie de me montrer amical. J'ai changé, tu sais. Je suis un homme nouveau.

— T'as découvert Dieu, c'est ça, Frank ?

— Quelque chose comme ça.

— Ben voyons.

Le sourire de Frank s'effaça lentement.

— Tu préfères mes anciennes manières ?

— Elles étaient plus honnêtes.

Le sourire disparut complètement.

— Et voilà, tu recommences, Myron.

— Quoi ?

— À me gratter la raie du cul. Ça t'amuse ?

56

— Si ça m'amuse ? dit Myron. Ouais, Frank, c'est ce que je dirais moi aussi.

Derrière eux, la porte s'ouvrit. Deux hommes entrèrent. L'un était Roy O'Connor, le président officiel de TruPro. On aurait dit qu'il rampait debout, comme s'il attendait qu'on lui donne la permission d'exister. Ce qui était probablement vrai. En présence de Frank, Roy devait sans doute lever le doigt pour aller aux toilettes. L'autre type avait dans les vingt-cinq ans. Impeccable. On aurait dit un banquier d'affaires tout frais émoulu de son MBA.

Myron fit un grand salut de la main.

— Salut, Roy. En forme ?

Roy hocha la tête avec raideur et s'assit.

Frank reprit la parole.

— Celui-là, c'est mon gamin. Frankie Junior. Tu peux l'appeler FJ.

— Salut, dit Myron. FJ ?

Le gosse lui adressa un regard dur avant de s'asseoir.

— Roy vient d'embaucher FJ, annonça Frank.

Myron sourit à Roy O'Connor.

— Le processus de sélection a dû être sacrément difficile, Roy. Examiner tous ces CV...

Roy ne dit rien.

Frank se répandit derrière son bureau.

— FJ et toi, vous avez quelque chose en commun, Myron.

— Ah bon !

— T'as été à Harvard, non ?

— Pour faire mon droit.

— FJ a décroché son MBA là-bas.

— Comme Win.

Son nom eut l'effet d'une bombe. Roy O'Connor serra les fesses en blêmissant. Win aurait été ravi.

Au bout d'un moment, un semblant d'activité redémarra dans la pièce. Ceux qui ne l'avaient pas encore fait prirent un siège. Frank posa deux mains de la taille de deux jambons sur son bureau.

— Il paraît que tu représentes Brenda Slaughter, dit-il.
— Qui t'a dit ça?
Frank haussa les épaules. Question idiote.
— C'est vrai, Myron?
— Non.
— Tu n'es pas son agent?
— Non, Frank.

Frank regarda Roy qui ressemblait à un buste en plâtre en train de durcir. Puis il se tourna vers FJ qui secoua la tête.

— Son vieux est toujours son manager? demanda Frank.
— Je n'en sais rien, Frank. Tu n'as qu'à le lui demander.
— Tu étais avec elle hier.
— Et alors?
— Et alors, qu'est-ce que vous foutiez ensemble?

Myron allongea les jambes, les croisa au niveau des chevilles.

— Dis-moi quelque chose, Frank. En quoi tout cela te concerne-t-il?

Frank écarquilla les yeux. Il regarda Roy puis FJ avant de braquer un doigt dodu vers Myron.

— Passe-moi l'expression, mais est-ce que j'ai l'air d'être ici pour répondre à tes questions à la con?
— Un homme nouveau, Frank. Amical, changé.

Ce fut le fiston qui réagit. FJ se pencha pour regarder Myron dans les yeux. Celui-ci lui rendit son regard. Et ne vit absolument rien. Si les yeux sont en effet le miroir de l'âme, ceux de FJ annonçaient « rupture de stock ».

— Monsieur Molitar?

Il avait une voix douce et soyeuse.

— Oui?
— Allez vous faire enculer.

Il avait murmuré ça avec un sourire très étrange.

Myron sentit quelque chose de glacé grimper le long de sa colonne vertébrale mais il ne baissa pas les yeux.

Le téléphone sur le bureau de Frank bourdonna. Celui-ci pressa un bouton.

— Ouais ?

— L'associé de M. Bolitar est en ligne, dit une voix féminine. Il désire vous parler.

— À moi ? dit Frank.

— Oui, monsieur Ache.

Frank parut perplexe. Il voûta ses épaules et appuya sur un autre bouton.

— Ouais.

— Bonjour, Francis.

La pièce se figea comme une photographie.

Frank s'éclaircit la gorge.

— Salut, Win.

— J'espère ne pas vous déranger, dit Win.

Silence.

— Comment va ton frère, Frank ?

— Il va bien, Win.

— Il faudrait que j'appelle Herman. Ça fait une éternité qu'on ne s'est pas fait un parcours.

— Ouais, dit Frank, je lui dirai que tu as appelé.

— Parfait, Francis, parfait. Bon, je dois y aller. S'il te plaît, salue Roy pour moi et ton charmant garçon. C'est très impoli de ma part de ne pas l'avoir fait plus tôt.

Silence.

— Hé, Win ?

— Oui, Francis.

— J'aime pas tes messages codés à la con, tu m'entends ?

— Je t'entends parfaitement, Francis.

Clic.

Frank Ache jeta un regard dur à Myron.

— Barre-toi.

— Pourquoi t'intéresses-tu autant à Brenda Slaughter ?

Frank s'extirpa de sa chaise.

— Win sait peut-être foutre la trouille. Mais il est pas à l'épreuve des balles. Dis encore un mot et je t'attache à une chaise avant de te cramer la bite.

Myron fit l'impasse sur les salutations.

Il prit l'ascenseur. Win – de son vrai nom Windsor Horne Lockwood III – l'attendait dans le hall. Ce matin, il était la vivante image d'un propriétaire de club de yachting. Blazer bleu, pantalon beige, chemise Oxford blanche, cravate Lilly Pulitzer imprimée et plus colorée qu'une tribune de golf. Sa chevelure blonde était un don des dieux, sa mâchoire un signe de leur arrogance. Ses pommettes hautes avaient la délicatesse de la porcelaine, ses yeux le bleu de la glace. Le visage de Win, Myron le savait, était un appel à la haine, une proclamation d'élitisme, de conscience de classe, de snobisme, d'antisémitisme, de racisme, de vieille fortune gagnée à la sueur des autres, tout ça et plus encore. Les gens qui jugeaient Windsor Horne Lockwood III sur son apparence se trompaient toujours. Le plus souvent à leurs risques et périls.

Win ne lui adressa même pas un coup d'œil. Une statue n'accorde pas un regard à ses admirateurs.

— Je réfléchissais, dit-il.

— À quoi ?

— Si tu te clones et que tu couches avec toi. C'est de l'inceste ou de la masturbation ?

Win.

— Ravi de voir que tu ne perds pas ton temps, repartit Myron.

Win le regarda enfin.

— Si on était encore à la fac, dit-il, on débattrait probablement de ce dilemme pendant des heures.

— Ouais, parce qu'on serait bourrés.

— C'est juste.

Ils débranchèrent leurs portables et sortirent sur la

5e Avenue. C'était une astuce relativement récente dont Myron et Win usaient avec beaucoup de succès. Dès que les bulldozers gonflés aux hormones l'avaient coincé, Myron avait branché son téléphone et appuyé sur le bouton programmé sur le numéro de Win. Voilà pourquoi il avait fait ces commentaires à haute voix sur leur destination. Et comment Win avait su exactement où il se trouvait et quand appeler. Win n'avait rien à dire à Frank Ache et voulait juste que Frank sache qu'il savait où se trouvait Myron.

— T'attacher à une chaise et te cramer la bite, répéta Win. Je trouve ça piquant.

— Pour ne pas dire croustillant.

— Exact. Bon, raconte.

Myron se mit à parler. Win, comme toujours, ne semblait pas l'écouter. Il ne se tournait jamais vers lui, ses yeux fouillant la rue à la recherche de jolies femmes. Et ce n'était pas ce qui manquait dans Midtown Manhattan aux heures de bureau. Elles portaient des tailleurs d'affaires, des chemisiers de soie et des Reebok aux pieds. De temps à autre, Win en récompensait une d'un sourire : à la différence d'à peu près tout le monde à New York, il en récoltait un en échange.

Quand Myron parla de servir de garde du corps à Brenda Slaughter, Win s'immobilisa subitement pour se mettre à chanter :

— *and i-i-i-i-i-i will always love you-ou-ou-ou-ou-ou-ou.*

Myron le regarda. Win s'arrêta, retrouva son masque habituel et se remit à marcher.

— Quand je chante ça, dit-il, je me prends pour Whitney Houston.

— Ouais, fit Myron. On s'y croirait.

— Quel est l'intérêt des Ache dans cette histoire ?

— Je n'en sais rien.

— TruPro a peut-être envie de la représenter.

— J'en doute. Elle fera sûrement gagner du fric à quelqu'un, mais pas suffisamment pour se donner autant de mal.

Win parut être du même avis. Ils étaient sur la 50e maintenant.

— Le jeune FJ pourrait poser un problème.
— Tu le connais ?
— Un peu. Disons que c'est un personnage complexe. Mon père l'a dorloté pour en faire un avocat. Il l'a envoyé à Lawrenceville, puis à Princeton et enfin à Harvard. Maintenant, il compte le lancer dans la représentation d'athlètes.
— Mais ?
— Mais le gamin n'est pas d'accord. Il est toujours le fils de Frank Ache et quête donc son approbation. Il a besoin de prouver que, en dépit de son éducation, il est un vrai dur. De plus, il est génétiquement le fils de Frank Ache. Mon avis ? Eh bien, si on fouille l'enfance de FJ, on devrait croiser pas mal d'araignées aux pattes arrachées et de mouches sans ailes.
— Pas vraiment bon signe.

Win ne dit rien. Ils arrivèrent devant le Lock-Horne Building sur la 47e. Myron quitta l'ascenseur au douzième étage. Win y resta, son bureau se trouvant deux niveaux plus haut. Quand Myron jeta un coup d'œil vers le bureau de la réception – place généralement occupée par Esperanza –, il faillit retourner d'un bond à l'abri de la cabine. Big Cyndi le toisait en silence. Elle était beaucoup trop big pour le bureau qui flottait sur ses genoux. Son maquillage aurait terrifié les mecs de Kiss. Ses cheveux coupés très court étaient vert algue. Les manches déchirées de son T-shirt révélaient des biceps gros comme des ballons de basket.

Myron lui fit un salut hésitant.

— Bonjour, Cyndi.
— Bonjour, monsieur Molitar.

Big Cyndi mesurait deux mètres, pesait cent cinquante kilos et avait été la partenaire d'Esperanza dans les matches de catch à quatre. Nom de ring : Big Chief Mama. Pendant des années, Myron ne l'avait entendue émettre que des grognements, parfois des hurlements, jamais le moindre mot intelligible. Pourtant elle pouvait faire ce qu'elle voulait avec sa voix. Quand elle était videuse chez Leather-N-Lust sur la 10e, elle affectait un accent qui avait dû servir de modèle idéal à Arnold Schwarzenegger. Aujourd'hui, elle était aussi guillerette que Dolly Parton en cure de décaféiné.

— Esperanza est-elle ici ? demanda-t-il.

— Miss Diaz se trouve dans le bureau de M. Bolitar.

Elle lui sourit. Frank Ache pouvait aller revoir son dentiste : à côté d'elle, il avait un sourire de chérubin.

Après s'être excusé, il passa dans son bureau. Esperanza était à sa table, en pleine conversation téléphonique. Elle portait une chemise jaune vif qui, sur sa peau brune, lui fit immanquablement penser à des étoiles brillant sur les eaux tièdes de la baie d'Amalfi. Elle leva un doigt, signalant de lui accorder une minute, et continua à parler. Myron s'assit face à elle. C'était une perspective intéressante de voir ce que voyaient les clients et les sponsors quand ils se trouvaient dans son bureau. Les posters des comédies musicales de Broadway derrière son fauteuil... trop désespérés, décida-t-il. Comme s'il essayait d'être irrévérencieux pour le plaisir d'être irrévérencieux.

Quand elle raccrocha, Esperanza dit :

— Vous êtes en retard.

— Frank Ache désirait me voir.

Elle croisa les bras.

— Il cherchait un quatrième partenaire de mah-jong ?

— Il voulait en savoir un peu plus sur Brenda Slaughter.

— On a donc un problème.

— Peut-être.

— Laissez-la tomber.
— Non.

Elle le regarda sans la moindre émotion.

— Le contraire m'eût étonnée.
— Vous avez quelque chose sur Horace Slaughter ?

Elle prit une feuille de papier.

— Horace Slaughter. Aucune de ses cartes de crédit n'a été utilisée depuis une semaine. Il a un compte à la Newark Fidelity. Solde : zéro dollar.
— Zéro ?
— Il l'a vidé.
— Combien ?
— Onze mille. En liquide.

Myron émit un sifflement et se laissa aller contre le dossier.

— Donc, il se préparait à fuir. Ce qui concorde avec ce qu'on a vu chez lui.
— Exact.
— J'ai autre chose à vous demander. Encore plus difficile. Sa femme, Anita Slaughter.
— Ils sont toujours mariés ?
— Je ne sais pas. Légalement, peut-être. Elle l'a plaqué il y a vingt ans. Je ne pense pas qu'ils se soient donné la peine de divorcer.

Elle fronça les sourcils.

— Vous avez bien dit vingt ans ?
— Oui. Apparemment, personne n'a revu Anita depuis.
— Que recherchons-nous exactement ?
— En un mot : elle.
— Une idée où elle peut être ?
— Pas la moindre. Comme je l'ai dit, elle a disparu depuis vingt ans.

Esperanza hésita une fraction de seconde.

— Elle pourrait être morte.
— Je sais.

— Et si elle a réussi à ne pas se faire repérer pendant tout ce temps, c'est qu'elle a peut-être changé de nom. Ou quitté le pays.

— Exact.

— Vingt ans après, il ne devrait plus y avoir beaucoup de dossiers. En tout cas, aucun sur ordinateur.

Myron sourit.

— Si je vous rendais les choses trop faciles, vous me détesteriez, non ?

— Je sais bien que je ne suis que votre humble assistante...

— Vous n'êtes pas mon humble assistante.

— Je ne suis pas votre associée non plus.

Ce qui le réduisit au silence.

— Je sais bien que je ne suis que votre humble assistante, recommença-t-elle, mais avons-nous vraiment du temps à perdre avec toutes ces conneries ?

— Faites simplement une vérification de routine. On aura peut-être un coup de pot.

— Bien. (Sa voix résonna comme une porte qu'on claque.) Mais nous avons d'autres problèmes à régler.

— Je vous écoute.

— Le contrat Milner. Ils ne veulent pas renégocier.

Ils disséquèrent la situation de Milner, examinèrent ce qu'ils mirent à jour, développèrent et peaufinèrent une stratégie impeccable avant de conclure que cette dernière ne pourrait fonctionner. Derrière eux, Myron entendit le chantier démarrer. Ils récupéraient un peu d'espace sur la salle d'attente et la salle de conférences pour construire un bureau à Esperanza.

Au bout de quelques minutes, celle-ci se tut et le dévisagea.

— Quoi ?

— Vous n'allez pas lâcher cette histoire. Vous allez rechercher ses parents.

— Son père est un vieil ami.

— Oh, je vous en prie, pas le couplet « j'ai une dette envers lui » !
— Il n'y a pas que ça. C'est bon pour la boîte.
— Ce n'est pas bon pour la boîte. Vous êtes trop souvent absent. Les clients veulent vous parler, à vous personnellement. Les sponsors aussi.
— J'ai mon portable.
Esperanza secoua la tête.
— Nous ne pouvons pas continuer comme ça.
— Comme ça, quoi ?
— Soit vous faites de moi votre associée, soit je m'en vais.
— Pas maintenant, Esperanza. S'il vous plaît.
— Vous recommencez.
— À quoi ?
— À gagner du temps.
— Absolument pas.
Elle le contempla avec un mélange de pitié et de sévérité.
— Je sais à quel point vous détestez le changement…
— Je ne déteste pas le changement.
— … mais d'une façon ou d'une autre, les choses vont changer. Alors, autant vous y faire.
Il avait envie de hurler : « Pourquoi ? » Les choses étaient très bien comme elles étaient. Même s'il avait été le premier à l'encourager à passer son diplôme de droit. Un changement ? Oui, bien sûr, c'était nécessaire. Il lui avait accordé de nouvelles responsabilités. Petit à petit. Mais devenir associée ?
Il leva son pouce par-dessus son épaule.
— Je vous fais construire un nouveau bureau.
— Et alors ?
— Et alors, c'est bien la preuve que je m'engage, non ? Vous ne pouvez pas exiger de moi que j'aille plus vite. J'avance pas à pas.

— Vous avancez d'un pas et puis vous tombez sur le cul.

Elle s'arrêta, secoua la tête.

— Je ne vous ai plus embêté avec ça depuis Merion.

L'US Open de golf à Philadelphie. Myron était en plein milieu d'une affaire de kidnapping quand elle lui avait balancé cette demande de partenariat dans les dents. Depuis, il avait… gagné du temps.

Esperanza se leva.

— Je veux être associée. Pas à parts égales. Ça, je le comprends. Mais je veux l'équité.

Elle se dirigea vers la porte.

— Vous avez une semaine.

Myron ne savait pas quoi dire. Esperanza était sa meilleure amie. Il l'aimait. Et il avait besoin d'elle ici. Elle faisait partie de MB. Elle en était même une grosse partie. Mais les choses n'étaient pas si simples.

Esperanza ouvrit le battant, s'adossa au chambranle.

— Vous allez voir Brenda Slaughter maintenant ?
— Oui.
— Je commence les recherches. Je devrais avoir quelque choses d'ici quelques heures.

Elle referma derrière elle. Myron regagna son fauteuil pour appeler Win.

Celui-ci décrocha à la première sonnerie.

— Articulez.
— Tu as prévu quelque chose ce soir ?
— *Moi*[1] ? Mais bien sûr.
— Encore une de ces nuits de sexe dégradant ?
— De sexe dégradant, répéta Win. Je t'ai déjà dit d'arrêter de lire les magazines de Jessica.
— Tu peux annuler ?
— Je pourrais mais la charmante enfant sera très déçue.

---

1. En français dans le texte.

— Tu ne te rappelles pas son nom ?
— Quoi ? Comme ça ? De tête ?

Un des ouvriers se mit à donner des coups de marteau. Myron se boucha l'autre oreille.

— On pourrait se retrouver chez toi ? J'ai besoin de faire le point.
— Et tu apprécies mon objectivité.

Cela devait vouloir dire oui.

6

L'équipe de Brenda Slaughter, les New York Dolphins, s'entraînait à l'Englewood High School dans le New Jersey. Myron sentit sa poitrine se serrer quand il pénétra dans la salle. D'abord, ce bruit si particulier des ballons rebondissant sur le parquet puis l'odeur... ce mélange d'effort, de jeunesse et d'incertitude. Il avait participé à des rencontres de haut niveau, pourtant, chaque fois qu'il pénétrait dans un gymnase, même en tant que spectateur, il avait l'impression de faire un saut dans le temps.

Il grimpa les marches pour s'installer sur les gradins de bois. Comme toujours, ceux-ci tremblèrent légèrement sous ses pieds. La technologie bouleverse peut-être notre quotidien mais, dans une salle de sport de lycée, on a du mal à s'en rendre compte. Les éternels fanions pendaient aux murs, représentant différents championnats locaux ou nationaux. Il y avait toujours une liste de trophées et de statistiques dans un coin. L'horloge électrique était bien là même si elle était éteinte. Et un concierge fatigué briquait le plancher avec l'application d'une surfaceuse.

Brenda Slaughter tirait des lancers francs. Son visage n'exprimait que le bonheur simple procuré par l'exécution d'un geste d'une pureté absolue. Le ballon quitta le bout de ses doigts; il ne toucha pas le cercle, mais le bas du filet émit un petit chuintement sec. Elle portait un T-shirt blanc sans manches sur une brassière noire. La sueur luisait sur sa peau.

Elle le vit et lui sourit. C'était un sourire hésitant, comme celui qui vient au réveil après la première nuit d'amour. Elle dribbla deux, trois fois avant de lui adresser une passe. Il la capta, ses paumes collant automatiquement au ballon.

— Il faut qu'on parle, dit-il.

Elle acquiesça avant de venir s'asseoir à ses côtés sur le banc. Solide, en nage. Réelle.

— Votre père a vidé son compte en banque avant de disparaître.

La sérénité déserta son visage. Ce fut au tour de ses paupières de dribbler. Elle secoua la tête, comme si elle ne savait plus où la mettre.

— Ça devient franchement bizarre.
— Comment ça?

Elle lui enleva le ballon des mains et le serra comme s'il allait subitement lui pousser des ailes.

— C'est exactement comme avec ma mère. D'abord, les vêtements. Maintenant, l'argent.
— Votre mère a pris de l'argent?
— Tout ce qu'on avait.

Myron la regarda. Elle fixait le ballon. Elle semblait soudain si candide, si frêle, qu'il crut sentir quelque chose craquer en lui. Il attendit un moment avant de changer de sujet.

— Horace travaillait-il avant de disparaître?

Une de ses équipières, une fille avec une queue-de-cheval et des taches de rousseur, l'appela et claqua dans ses mains pour demander le ballon. Brenda lui sourit et lui adressa une passe à une main. Queue-de-cheval partit immédiatement en dribble vers le panier.

— Il était gardien au St. Barnabas Hospital. Vous connaissez?

Myron hocha la tête. Cet hôpital se trouvait à Livingston, sa ville natale.

— J'y travaille, moi aussi, dit-elle. Dans le service de pédiatrie. Une sorte d'internat aménagé. Je l'ai aidé à décrocher le poste. C'est d'ailleurs comme ça que j'ai découvert sa disparition. Son supérieur m'a appelé pour me demander où il était.

— Depuis quand Horace bossait-il là-bas ?

— Je ne sais pas. Quatre, cinq mois.

— Comment s'appelle son supérieur ?

— Calvin Campbell.

Myron nota le nom sur son calepin.

— Horace avait-il des habitudes ? Des endroits qu'il aimait fréquenter ?

— Toujours les mêmes.

— Les terrains ?

— Oui. Et il continuait à faire l'arbitre pour des matches de lycée deux fois par semaine.

— Des amis proches qui auraient pu l'aider ?

— Personne en particulier.

— Des membres de sa famille ?

— Ma tante. S'il y a quelqu'un en qui il a confiance, c'est bien sa sœur, Mabel.

— Elle vit près d'ici ?

— Ouais. Dans West Orange.

— Vous pourriez lui téléphoner pour moi ? Lui dire que j'aimerais passer la voir.

— Quand ?

— Maintenant.

Il consulta sa montre.

— Si je me dépêche, je pourrais être de retour avant la fin de l'entraînement.

Brenda se leva.

— Il y a un téléphone dans le couloir des vestiaires. Je l'appelle.

7

Myron était en route pour aller voir Mabel Edwards quand son portable sonna. Esperanza.

— Norm Zuckerman est en ligne, annonça-t-elle.
— Passez-le-moi.
Clic.
— Norm ?
— Myron, mon cœur, comment va ?
— Impeccable.
— Bien, bien. Tu as trouvé quelque chose ?
— Non.
— Bon, d'accord, OK.
Norm hésitait. Son ton enjoué était un peu forcé.
— Où es-tu ? demanda-t-il.
— Dans ma voiture.
— Je vois, je vois, d'accord. Écoute, Myron, tu vas à l'entraînement de Brenda ?
— J'en sors.
— Tu l'as laissée seule ?
— Elle est à l'entraînement, Norm. Il y a une douzaine de personnes avec elle. Elle ne risque rien.
— Ouais, t'as raison. Sûrement.
Il ne semblait pas convaincu.

— Écoute, Myron, faut qu'on cause. Tu pourrais revenir à la salle ?

— J'y retourne d'ici une heure. Qu'est-ce qui se passe, Norm ?

— Je te dirai ça dans une heure.

Tante Mabel vivait dans West Orange, une des banlieues de Newark. West Orange faisait partie de ces coins qui « changeaient », le pourcentage de familles blanches déclinant lentement. On appelait ça l'« effet étalement ». Les minorités – noires, latinos et autres – s'extirpaient de la ville pour habiter dans les banlieues les plus proches. Du coup, les Blancs quittaient lesdites banlieues et s'installaient encore plus loin de la ville. Pour les agences immobilières, ce phénomène était synonyme de croissance.

Cependant, l'avenue bordée d'arbres où demeurait Mabel semblait située à un demi-milliard d'années-lumière du cloaque urbain où Horace avait élu domicile. Myron connaissait bien West Orange. C'était la ville voisine de Livingston qui, elle aussi, changeait. Quand Myron était au lycée, c'était une ville blanche. Très blanche. Blanche-Neige. Si blanche que sur les six cents gosses sortis du bahut en même temps que lui, un seul était noir... et il faisait partie de l'équipe de natation. Le sport le plus blanc qui soit.

La maison était une longue bâtisse de plain-pied avec probablement trois chambres à coucher, une salle de bains et demie et une cave aménagée avec un billard d'occasion. Myron gara sa Ford Taurus dans l'allée.

Mabel Edwards approchait la cinquantaine mais sans doute pas de trop près. Corpulente, le visage charnu encadré par une permanente, elle portait une robe qui ressemblait à un vieux rideau. Quand elle ouvrit la porte, elle adressa un sourire à Myron qui transforma ses traits ordinaires en quelque chose de quasiment céleste. Une paire de demi-lunes de lecture pendues au bout d'une chaîne reposait sur sa vaste poitrine. Son œil droit était encore un peu enflé, résultat d'une contusion peut-être. Elle tenait deux aiguilles à tricoter et un début d'ouvrage à la main.

— Bonté divine, dit-elle. Myron Bolitar. Entrez.

Il la suivit. Il régnait dans la maison cette odeur un peu sèche qui évoque immanquablement les grands-parents. Quand vous êtes gamin, cette odeur vous flanque la trouille. Quand vous êtes adulte, vous avez envie de la mettre en bouteille pour la renifler en buvant une tasse de cacao les jours où ça va mal.

— Je viens de faire du café, Myron. Vous en voulez ?

— C'est gentil à vous, merci.

— Installez-vous. Je reviens tout de suite.

Myron se posa donc sur les fleurs imprimées d'un canapé dur. Pour une raison quelconque, il croisa les mains sur les cuisses comme pour attendre le retour de sa maîtresse d'école. Myron examina la pièce. Il y avait des sculptures africaines sur la table basse et des tas de photos sur la cheminée. Presque toutes mettaient en scène un jeune homme qui lui parut vaguement familier. Le fils de Mabel Edwards, sans doute. C'était l'autel parental standard : grâce aux images encadrées, on pouvait suivre l'évolution du rejeton depuis l'enfance jusqu'à l'âge adulte. D'abord, la photo du bébé, puis les portraits d'école avec le sourire et les dents en moins, l'ado coiffé afro pendant un match de basket, le bal de fin d'études avec smoking et petite amie, quelques remises de diplômes, et ainsi de suite. Ringard peut-être, mais devant ce genre de diaporamas, Myron, ce grand sensible, était toujours ému.

Mabel Edwards revint dans le salon avec un plateau.

— Nous nous sommes déjà rencontrés, dit-elle.

Myron hocha la tête, essayant de se souvenir. Quelque chose frétillait au bord de sa conscience.

— Vous étiez au lycée, dit-elle en lui tendant tasse et sous-tasse.

Puis elle poussa le plateau avec la crème et le sucre vers lui.

— Horace m'avait emmenée à un de vos matches. Vous jouiez contre Shabazz.

Myron recouvra la mémoire. Il était en première, le tournoi d'Essex County. Shabazz était l'abrégé de Malcolm X Shabazz High School de Newark. Pas un seul Blanc dans tout le bahut. Le cinq de départ était composé de types qui s'appelaient Rhahim et Khalid. Même à l'époque, Shabazz était entouré de barbelés munis de pancartes annonçant ATTENTION ! CHIENS MÉCHANTS.

Des chiens de garde dans un lycée. Réfléchissez un peu à ça.

— Je me souviens, dit Myron.

Mabel eut un petit rire. Qui fit trembler tout son corps opulent.

— Je n'ai jamais rien vu de plus drôle. Tous ces gamins si pâles qui entraient là, morts de peur, les yeux comme des soucoupes. Vous étiez le seul à vous sentir à l'aise, Myron.

— C'était grâce à votre frère.

Indulgente, elle secoua la tête.

— Horace disait que vous étiez le meilleur avec qui il ait jamais travaillé. Il disait que rien ne vous empêcherait de devenir un grand joueur.

Elle se pencha en avant.

— Il y avait quelque chose de spécial entre vous deux, n'est-ce pas ?

— Oui, madame.

— Horace vous aimait, Myron. Il parlait de vous tout le temps. Quand vous avez été sélectionné pour la draft, il a été fou de joie. Ça faisait des années que je ne l'avais pas vu aussi heureux. Vous l'avez appelé, hein ?

— Dès que j'ai appris la nouvelle.

— Oui, je m'en souviens. Il est venu ici pour me le dire.

Sa voix devenait mélancolique. Mabel marqua une pause, se redressa sur sa chaise, puis reprit :

— Et quand vous avez eu votre blessure, Horace a pleuré. Ce grand bonhomme taillé comme un coffre-fort est venu jusqu'ici. Il s'est assis exactement là où vous êtes en ce moment, Myron, et il a pleuré comme un bébé.

Silence de Myron.

— Vous voulez que je vous dise autre chose ? continua Mabel.

Elle avala une gorgée de café. Myron tenait sa tasse mais il était incapable de prononcer le moindre mot. Il réussit à opiner du menton.

— Quand vous avez tenté ce come-back, l'an dernier, Horace était mort d'inquiétude. Il voulait vous téléphoner pour vous en dissuader.

— Pourquoi ne l'a-t-il pas fait ?

Sa voix était rauque.

Mabel Edwards lui adressa un doux sourire.

— Quand lui avez-vous parlé pour la dernière fois ?

— Quand je l'ai appelé pour la draft.

Elle hocha la tête comme si cela expliquait tout.

— Ensuite, il y a eu votre blessure. Je pense que Horace savait que vous souffriez. Il devait se dire que vous le contacteriez quand vous seriez prêt.

Myron sentit quelque chose lui gonfler les yeux. Regrets et repentirs tentèrent une entrée en force mais il les repoussa. Ce n'était pas le moment. Il cligna des paupières plusieurs fois et amena le café à ses lèvres. Il but avant de demander :

— Avez-vous vu Horace ces derniers temps ?

Mabel reposa lentement sa tasse tout en l'observant.

— Pourquoi me demandez-vous cela ?

— Il ne s'est pas présenté à son travail. Brenda ne l'a pas vu.

— Ça, j'ai compris, répliqua Mabel d'une voix à présent circonspecte, mais quel est votre intérêt là-dedans ?

— Je veux aider.

— Aider à quoi ?

— À le retrouver.

Mabel Edwards hésita une seconde.

— Ne le prenez pas mal, Myron, mais en quoi cela vous concerne-t-il ?

— J'essaie d'aider Brenda.

Elle se raidit légèrement.

— Brenda ?

— Oui.

— Vous savez qu'elle a demandé une injonction au tribunal pour que son père ne s'approche plus d'elle ?

— Oui.

Mabel Edwards chaussa ses demi-lunes et se mit à tricoter. Les aiguilles dansèrent.

— Je pense que vous devriez peut-être éviter de vous mêler de ça, Myron.

— Alors, vous savez où il est ?

— Ce n'est pas ce que j'ai dit.

— Brenda est en danger, madame Edwards. Il y a peut-être un lien avec Horace.

Les aiguilles se figèrent.

— Vous croyez que Horace pourrait faire du mal à sa propre fille ?

Sa voix était un peu sèche maintenant.

— Non, je dis seulement qu'il y a peut-être un rapport. Horace a pris quelques affaires et vidé son compte en banque. On a cambriolé son appartement. Je pense qu'il a des ennuis.

Les aiguilles redémarrèrent.

— S'il a des ennuis, dit-elle, il vaut peut-être mieux qu'il reste caché.

— Dites-moi où il est, madame Edwards. J'aimerais l'aider.

Elle resta silencieuse, tirant sur son coton et continuant à tricoter. Myron regarda la pièce autour de lui. Ses yeux découvrirent de nouveau les photographies. Il se leva pour les examiner.

— C'est votre fils ? s'enquit-il.

Elle le regarda par-dessus ses lunettes.

— Terence. Je me suis mariée à dix-sept ans et Roland et moi avons eu la chance de l'avoir un an après.

Les aiguilles prenaient de la vitesse.

— Roland est mort quand Terence était encore bébé. Il a été abattu juste devant chez nous.

— Je suis désolé.

Elle haussa les épaules, esquissa un triste sourire.

— Terence a été le premier diplômé de l'université de toute la famille. C'est sa femme, là, à droite. Et mes deux petits-fils.

Myron prit la photo.

— Belle famille.

— Terence a réussi à faire son droit à Yale, continua-t-elle. Il est devenu conseiller municipal à l'âge de vingt-cinq ans.

Voilà qui expliquait pourquoi il avait l'impression de le connaître, pensa Myron. Il avait dû le voir sur une chaîne locale ou dans les journaux.

— S'il gagne en novembre, il sera au Sénat avant ses trente ans.

— Vous devez être fière.

— Je le suis.

Myron se retourna. Elle lui rendit son regard.

— Cela fait très longtemps, Myron. Horace a toujours eu confiance en vous mais c'est différent aujourd'hui. Nous ne vous connaissons plus. Ces gens qui recherchent Horace...

Elle s'arrêta pour montrer son œil gonflé.

— Vous voyez ça ?

Il acquiesça.

— Deux hommes sont venus la semaine dernière. Ils voulaient savoir où était Horace. Je leur ai dit que je ne le savais pas.

Myron se sentit rougir.

— Ils vous ont frappée ?

Elle hocha la tête, les yeux toujours posés sur lui par-dessus ses demi-lunes.

— À quoi ressemblaient-ils ?

— Blancs. L'un était très costaud.

— Costaud comment ?

— Comme vous.

Myron faisait un mètre quatre-vingt-quinze et plus de cent kilos.

— Et l'autre ?

— Petit, maigre. Et beaucoup plus vieux. Il avait un serpent tatoué sur le bras.

Elle montra son propre immense biceps pour indiquer l'emplacement.

— Je vous en prie, dites-moi ce qui s'est passé, madame Edwards.

— Rien de plus que ce que je vous ai déjà dit. Ils sont venus ici. Ils voulaient savoir où était Horace. Quand je leur ai répondu que je ne savais pas, le grand m'a frappée. Et le petit lui a dit d'arrêter.

— Avez-vous appelé la police ?

— Non. Pas parce que j'avais peur. Des lâches pareils, ça ne me fait pas peur. Mais Horace m'avait demandé de ne pas le faire.

— Où est Horace, madame Edwards ?

— Je vous en ai déjà trop dit, Myron. Je voulais juste vous faire comprendre. Ces gens sont dangereux. Et, après tout, vous pourriez travailler pour eux. Après tout, vous pourriez être là juste pour me tirer les vers du nez.

Myron ne sut que répondre. Protester de son innocence ne lèverait sûrement pas ses doutes. Il décida de changer d'orientation et de s'engager sur une voie complètement différente.

— Que pouvez-vous me dire sur la mère de Brenda ?

Mabel Edwards se raidit. Son tricot tomba sur ses cuisses, les demi-lunes sur sa poitrine.

— Pourquoi me demandez-vous une chose pareille, au nom du ciel ?

— Il y a quelques minutes, je vous ai dit qu'on avait cambriolé l'appartement de Horace.

— Oui, je m'en souviens.

— Les lettres que sa mère avait écrites à Brenda ont disparu. Par ailleurs, Brenda a reçu des coups de téléphone de menace. Et on l'a engagée à appeler sa mère.

Le visage de Mabel Edwards se décomposa. Ses yeux se mirent à briller.

Myron lui accorda un peu de temps avant de faire une nouvelle tentative.

— Vous vous rappelez l'époque où elle est partie ?

Elle parut le voir de nouveau.

— On n'oublie jamais le moment où on a vu mourir son frère, répondit-elle dans ce qui était à peine un murmure. Et je ne vois pas le rapport. Cela fait vingt ans qu'Anita est partie.

— Vous vous souvenez du mot qu'elle a écrit ?

— Elle disait qu'elle ne l'aimait plus, qu'elle voulait changer de vie.

Mabel Edwards s'interrompit, agita la main comme pour se donner de l'air. Un mouchoir était apparu dans son autre main, roulé en boule. Une boule dure.

— Comment était-elle ?

— Anita ?

Elle souriait maintenant mais le mouchoir restait coincé.

— C'est moi qui les ai présentés l'un à l'autre, vous savez. Anita et moi, on travaillait ensemble.

— Où ?

— Chez les Bradford. On était femmes de chambre. On était toutes jeunes, vingt ans à peine. Je ne suis restée là-bas que six mois. Anita, elle, y est restée six ans, à servir d'esclave à ces gens.

— Quand vous dites chez les Bradford...

— Je veux dire *les* Bradford. Anita était vraiment leur esclave. Pour la vieille dame surtout. Elle doit avoir dans les quatre-vingts ans maintenant. Toute la famille habitait là-haut. Sur le domaine. Les enfants, les petits-enfants, les frères, les sœurs. Comme dans *Dallas*. Je ne trouve pas ça très sain, et vous ?

Myron ne fit aucun commentaire sur ce sujet.

— Quand j'ai connu Anita, je l'ai trouvée très bien sauf que...

Elle regarda autour d'elle comme pour y chercher l'inspiration puis elle secoua la tête, les mots justes ne lui parvenant pas.

— ... elle était trop belle, c'est tout. Je ne sais pas quoi dire d'autre. Une beauté pareille, ça démolit la cervelle des hommes, Myron. Brenda est séduisante, c'est vrai. Exotique, comme ils disent maintenant. Mais Anita... attendez. Je vais vous montrer une photo.

Mabel se leva avec fluidité et quitta la pièce comme si elle flottait sur des patins. En dépit de sa corpulence, Mabel se déplaçait avec la grâce nonchalante d'une athlète-née. Horace, lui aussi, bougeait comme ça, massif comme une montagne, souple comme une vague. Moins d'une minute plus tard, elle revenait et lui tendait une photo. Myron la regarda.

Une merveille. Une pure merveille, à en couper le souffle, les jambes et la lumière. Une telle femme avait le pouvoir d'aveugler les hommes. Myron en savait quelque chose. Jessica possédait ce genre de beauté. Éblouissante et presque terrifiante.

Il étudia le cliché. Une jeune Brenda – pas plus de quatre ou cinq ans – tenait la main de sa mère et souriait de bonheur. Myron essaya de l'imaginer avec le même sourire maintenant, mais l'image refusa de se former. Il y avait une ressemblance entre la mère et la fille, cependant, comme Mabel l'avait fait remarquer, Anita Slaughter était certainement plus belle – au moins au sens conventionnel

– avec des traits fins, mieux dessinés là où ceux de Brenda paraissaient plus épais, presque mal assortis.

— Anita a planté un poignard dans le cœur de Horace le jour où elle l'a quitté, reprit Mabel Edwards. Il ne s'en est jamais remis. Brenda non plus. Elle était toute petite quand sa maman est partie. Elle a pleuré toutes les nuits pendant trois ans. Même quand elle était au lycée, Horace disait qu'elle réclamait sa mère dans son sommeil.

Myron leva enfin les yeux de la photo.

— Elle ne les a peut-être pas abandonnés, dit-il.

— Que voulez-vous dire ?

— Elle a peut-être eu un problème.

Un sourire mélancolique flotta un instant sur les lèvres de Mabel.

— Je comprends, dit-elle avec douceur. Vous regardez cette photo et vous trouvez ça impossible. Vous n'arrivez pas à imaginer qu'une mère puisse abandonner cette magnifique petite fille. Je sais. C'est dur. Pourtant c'est ce qu'elle a fait.

— La lettre aurait pu être un faux, tenta Myron. Pour empêcher Horace de se lancer à sa recherche.

— Non.

— Vous ne pouvez pas être certaine…

— Anita me téléphone.

Myron se pétrifia.

— Quoi ?

— Pas souvent. Peut-être une fois tous les deux ans. Elle demande des nouvelles de Brenda. Quand je la supplie de revenir, elle raccroche.

— Savez-vous d'où elle appelle ?

— Non. Au début, on aurait dit des appels longue distance. Il y avait des grésillements. J'ai toujours pensé qu'elle était sur un autre continent.

— À quand remonte son dernier appel ?

Mabel n'eut pas la moindre hésitation.

— Ça fait maintenant trois ans. Je lui ai dit que Brenda avait été acceptée en médecine.

— Rien depuis ?

— Pas un mot.

— Et vous êtes sûre que c'est elle ?

Myron comprit ce qu'il essayait de faire.

— J'en suis sûre, dit-elle. C'était Anita.

— Horace sait-il pour ces appels ?

— Au début, je lui en ai parlé. C'était comme remuer le couteau dans la plaie, alors, j'ai arrêté. Mais je crois qu'elle l'a appelé, lui aussi.

— Qu'est-ce qui vous le fait croire ?

— Horace en a parlé un soir où il avait trop bu. Quand je l'ai interrogé plus tard, il a tout nié et je n'ai pas insisté. Il faut que vous compreniez, Myron. Nous ne parlions jamais d'Anita. Mais elle était toujours là. Dans la pièce avec nous. Vous voyez ce que je veux dire ?

Silence. Myron attendit... mais le silence restait là, dans la pièce, avec eux.

— Je suis très fatiguée, Myron. Pourrons-nous reparler de tout cela une autre fois ?

— Bien sûr.

Il se leva.

— Si votre frère vous contacte...

— Il ne le fera pas. Il croit qu'ils espionnent mon téléphone. Il ne m'a pas appelé depuis près d'une semaine.

— Savez-vous où il est, madame Edwards ?

— Non. Horace n'a pas voulu me le dire. Selon lui, ça valait mieux pour tout le monde.

Myron sortit une de ses cartes professionnelles et un stylo. Il nota le numéro de son portable.

— On peut me joindre vingt-quatre heures sur vingt-quatre à ce numéro.

Elle acquiesça, vidée, le simple geste de prendre la carte devenant soudain une corvée.

8

— Je n'ai pas été tout à fait honnête avec toi, hier.

Norm Zuckerman et Myron étaient assis seuls en haut des gradins. En bas, les Dolphins se frottaient les unes aux autres dans un cinq contre cinq acharné. Myron était impressionné. Les joueuses ne manquaient ni de dextérité ni de puissance. Brenda ne s'était pas trompée en le traitant de sexiste : il s'était attendu à ce qu'elles jouent « comme des filles ».

— Tu veux entendre un truc marrant ? demanda Norm. Je hais le sport. Moi, le propriétaire de Zoom, le roi du matériel sportif, je déteste tout ce qui a un rapport avec une balle, une batte, un but ou un panier. Tu sais pourquoi ?

Myron n'en avait pas la moindre idée.

— J'ai toujours été nul en sport. Un vrai bouffon, comme disent les jeunes. Herschel, mon frère aîné, lui, c'était un athlète.

Il détourna les yeux. Quand il reprit la parole, ce fut d'une voix sourde.

— Il était si doué, le doux Heshy. Tu me fais penser à lui, Myron. Je ne dis pas ça juste pour parler. Il me manque encore. Il est mort à treize ans.

Myron n'avait pas besoin de lui demander comment. La famille de Norm avait été exterminée à

Auschwitz. Ils y étaient tous restés, sauf lui. Il faisait chaud aujourd'hui et Norm portait des manches courtes laissant apparaître son tatouage du camp de la mort. Comme chaque fois qu'il en voyait un, Myron observait un silence respectueux.

— Cette ligue...

Norm fit un geste vers le terrain.

— ... c'est un investissement à long terme. Je le savais depuis le début. C'est pourquoi je compte beaucoup sur la ligne de vêtements. Si la WPBA inonde les écrans, eh bien, au moins on verra les culottes et les soutifs Zoom un peu partout. Tu comprends de quoi je parle ?

— Oui.

— Alors, soyons clairs : sans Brenda Slaughter, tout cet investissement tombe à l'eau. La ligue, les campagnes de pub, le lien avec les fringues, tout ça c'est kaput. Si on veut détruire cette entreprise, c'est à elle qu'il faut s'attaquer.

— Et tu penses que quelqu'un le veut ?

— Tu plaisantes ? Tout le monde veut la mort de cette ligue. Nike, Converse, Reebok et tous les autres. Ça se passe comme ça dans le beau royaume du sport et du fair-play. Si c'étaient pas mes baskets qu'elles avaient aux pieds, c'est ce que je voudrais aussi. On appelle ça le capitalisme. La règle de base de l'économie. Mais ce coup-ci, c'est différent, Myron. Tu as entendu parler de la PWBL ?

— Non.

— Normal, tu n'es pas censé connaître la Professional Women's Basketball League.

Myron se redressa légèrement.

— Une autre ligue de basket pro féminin ?

— Ouais. Ils veulent la lancer l'an prochain.

Sur le terrain, Brenda récupéra le ballon et longea la ligne de fond. Une fille sauta au contre. Brenda feinta le tir, exécuta un cent quatre-vingts degrés, passa sous le panneau et shoota dos au panier. Ballet improvisé.

— Laisse-moi deviner, dit Myron. Cette autre ligue, elle est montée par TruPro.

— Comment tu sais ?

Myron haussa les épaules. Certaines choses commençaient à se mettre en place.

— Écoute, Myron, c'est comme je viens de te le dire : le basket féminin est dur à vendre. Je fais sa promotion en visant des tas de cibles différentes : les dingues de sport, les femmes de dix-huit à trente-cinq ans, les familles qui veulent un truc moins violent pour leurs gamines, les fans qui veulent avoir accès à des athlètes pas encore inaccessibles... mais, au bout du compte, il y a un problème que cette ligue ne surmontera jamais.

— Lequel ?

De nouveau, Norm montra le terrain.

— Elles ne sont pas aussi bonnes que les hommes. Et c'est pas du chauvinisme mâle. C'est un fait. Les hommes sont meilleurs. Les meilleures joueuses de cette équipe ne feraient pas le poids face aux plus mauvais joueurs de la NBA. Et quand les gens regardent du sport professionnel, ils veulent voir ce qu'il y a de meilleur. Je ne dis pas que c'est irrécupérable. Je pense qu'on peut tabler sur un assez large public de fans. Mais il faut être réaliste.

Myron se massa le visage. Il sentait monter un mal de crâne. TruPro voulait lancer une ligue de basket féminin. Ce qui se comprenait. Beaucoup de grosses agences représentant des sportifs commençaient à emprunter ce chemin, visant une clientèle pointue. IMG, une des plus importantes au monde, organisait elle-même plusieurs tournois de golf. Quand on possède les droits d'un événement majeur ou bien ceux d'une ligue entière, on s'offre aussi des tas de manières de se faire du fric qui ne se limitent pas au nombre de billets vendus. Si un jeune golfeur, par exemple, veut participer à un tournoi juteux organisé par IMG, quoi de plus naturel que se faire représenter par IMG ?

— Myron ?

— Oui, Norm.
— Tu connais bien ces types de TruPro ?
— Je les connais.
— J'ai des hémorroïdes plus vieilles que ce gamin qu'ils veulent nommer responsable de leur ligue. Tu devrais voir ce gosse. Il vient me serrer la main avec son sourire glacial. Et il m'annonce qu'ils vont me liquider. Comme ça, dans la même phrase. Bonjour, je vais vous liquider de la surface de la terre.

Norm regarda Myron.

— Est-ce qu'ils sont… mouillés ?

Il mima deux pistolets avec ses pouces et ses index au cas où Myron n'aurait pas saisi l'allusion.

— Ouais, dit Myron. Et même trempés jusqu'aux os.
— Génial. C'est carrément génial.
— Alors, que veux-tu faire, Norm ?
— Je n'en sais rien. Je suis pas du genre à courir me planquer – j'ai trop connu ça dans ma vie – mais si je mets ces filles en danger…
— Oublie que ce sont des femmes.
— Hein ?
— Fais comme si c'était une ligue de mecs.
— Quoi ? Tu crois que c'est une question de sexe ? Si c'étaient des hommes, je voudrais pas plus les mettre en danger, d'accord ?
— D'accord, dit Myron. Les gens de TruPro t'ont dit autre chose ?
— Non.
— Pas de menace ? Rien ?
— Juste ce gamin et son histoire de liquidation. Mais c'est peut-être eux qui sont derrière ces menaces ?

Oui, ça se tenait, se dit Myron. Certains vieux gangsters étaient effectivement tentés de se lancer dans des entreprises plus légitimes. Pourquoi se limiter à la prostitution, à la drogue ou à l'extorsion quand il y a tant d'autres moyens de s'enrichir ? Mais même avec les meilleures intentions, ça ne marchait jamais. Des mecs comme les Ache ne peuvent tout simplement pas s'en empêcher. Ils commencent en se tenant à carreau, en respectant la loi et tout le reste, mais dès que le moindre truc coince un peu, dès qu'un contrat leur échappe, ils retrouvent leurs vieilles habitudes. Peuvent pas s'en empêcher. La corruption est aussi une addiction sauf que les Truands Anonymes ne proposent pas encore de cure de désintox.

Dans le cas présent, l'hypothèse était assez simple. Les Ache comprennent immédiatement qu'il faut écarter Brenda de la compétition. Ils commencent donc à faire pression. En s'attaquant d'abord à son manager – son père, en l'occurrence – pour ensuite s'en prendre à elle. Campagne classique d'intimidation. Sauf que certains détails ne collaient pas avec ce scénario. Le coup de téléphone mentionnant la mère de Brenda, par exemple. Comment le caser là-dedans ?

La coach siffla la fin de l'entraînement. Elle rassembla ses joueuses autour d'elle, leur rappelant qu'elles devaient être de retour deux heures plus tard pour la séance suivante, les remercia de ne pas avoir lésiné sur les bourre-pifs et les renvoya en claquant dans ses mains.

Myron attendit Brenda devant le gymnase. Elle fut aussi rapide sous la douche qu'elle l'était sous les paniers et apparut vêtue d'un ample T-shirt rouge et d'un jean noir, les cheveux encore mouillés.

— Mabel vous a dit quelque chose ? s'enquit-elle.
— Oui.
— Elle a eu des nouvelles de mon père ?
— Selon elle, il est en cavale. Deux hommes sont venus la voir. Ils cherchaient Horace. Ils l'ont un peu secouée.
— Mon Dieu, comment va-t-elle ?
— Ça va. Ne vous inquiétez pas.
Un moment passa.

— Pourquoi se cache-t-il ?
— Mabel n'en sait rien.
Brenda le dévisagea, hésita une seconde.
— Quoi d'autre ?
Il s'éclaircit la gorge.
— Rien qui ne puisse attendre.
Elle continua à le regarder. Myron se détourna pour se diriger vers la voiture. Elle le suivit.
— On va où, maintenant ? demanda-t-elle.
— Je pensais qu'on pourrait s'arrêter à St. Barnabas pour parler au superviseur de votre père.
— Vous pensez qu'il sait quelque chose ?
— Ça m'étonnerait. Mais c'est mon boulot. Je fouine partout en espérant tomber sur quelque chose.
Ils étaient devant la voiture. Myron déverrouilla les portes et ils grimpèrent à bord.
— Je devrais vous payer pour votre temps, dit-elle.
— Je ne suis pas enquêteur privé, Brenda. Je ne travaille pas à l'heure.
— N'empêche. Je devrais vous dédommager.
— Disons que ça fait partie du service dû à une future cliente.
— Vous voulez me représenter ?
— Oui.
— Vous ne m'avez pas encore sorti votre boniment, ni expliqué ce que vous avez de plus que les autres.
— Si je l'avais fait, est-ce que ça aurait marché ?
— Non.
Myron hocha la tête et démarra.
— D'accord, dit-elle, on a quelques minutes devant nous. Dites-moi pourquoi il vaudrait mieux que je vous choisisse vous plutôt qu'une grosse écurie. Pour le service personnalisé ?
— Tout dépend de votre définition du service personnalisé. Si vous voulez dire quelqu'un qui vous suit partout, les lèvres fermement collées à vos fesses, alors

non, les grosses écuries font mieux la lèche que moi. Elles ont le personnel pour ça.

— Alors, qu'offre Myron Bolitar ? Une toute petite langue ?

Il sourit.

— Un contrat global conçu pour maximiser vos revenus tout en laissant la place à l'intégrité et à une vie personnelle.

— Ça fait assez ringard.

— Peut-être, mais ça sonne bien. En fait, MB Sports est un système en trident. La première dent, c'est gagner de l'argent. Je me charge de négocier tous les contrats. Je chercherai continuellement de meilleurs contrats publicitaires pour vous et, au besoin, je provoquerai une guerre des enchères pour vos services. Vous gagnerez bien votre vie en jouant pour la WPBA, mais vous vous ferez bien plus de fric avec la pub. Vous partez avec un tas d'avantages dans ce domaine.

— Lesquels, par exemple ?

— Trois trucs qui sautent immédiatement à l'esprit. Un, vous êtes la meilleure joueuse du pays. Deux, vous faites des études de médecine – de pédiatrie, rien de moins –, quel magnifique exemple pour les jeunes. Trois, vous n'êtes pas trop pénible à regarder.

— Vous en oubliez un.

— Lequel ?

— Quatre, l'éternel cliché : une bonne élocution. Dans ce pays, les athlètes blancs sortent tous de l'université et les noirs de la rue. Vous avez remarqué qu'on ne dit jamais d'un athlète blanc qu'il sait s'exprimer ?

— Il m'est arrivé de le dire. C'est pour cela que je l'avais enlevé de ma liste. Mais c'est vrai que ça aide. Je ne vais pas vous faire participer à des débats sur l'émancipation culturelle des Noirs, mais si vous savez causer dans le poste, ça augmentera vos revenus. C'est aussi simple que ça.

Elle rumina un instant.

— Continuez.

— Dans votre cas, il nous faudra établir une stratégie. Il est clair que vous représentez un intérêt considérable pour les marques de fringues et de chaussures de sport. Mais ça devrait être pareil avec les produits de bouffe. Les chaînes de restaurant.

— Pourquoi ? Parce que je suis baraquée ?

— Parce que vous n'êtes pas chétive, corrigea Myron. Vous êtes réelle. Les sponsors aiment le réel... surtout quand il est enrobé d'exotisme. Ils veulent quelqu'un d'attirant mais qui reste accessible... c'est contradictoire mais c'est comme ça. Et vous l'êtes. Les boîtes de cosmétique devraient vous adorer. Vous devriez aussi pouvoir décrocher pas mal de contrats locaux mais, dans un premier temps, je vous conseillerais de les éviter. Il vaut mieux essayer de nous en tenir aux marchés nationaux autant que possible. Ça ne paie pas de courir après chaque dollar qu'on nous agite sous le nez. Mais ce sera à vous de décider. Je vous présenterai les offres. La décision finale vous reviendra toujours.

— D'accord, dit-elle. Passons à la deuxième dent.

— C'est-à-dire à ce que vous ferez de votre argent après l'avoir gagné. Vous avez entendu parler de Lock-Horne Securities ?

— Bien sûr.

— Je demande à tous mes clients de souscrire un plan financier à long terme avec son patron, Windsor Horne Lockwood, troisième du nom.

— Eh bien !

— Attendez de l'avoir rencontré. Mais demandez autour de vous. Win est considéré comme un des meilleurs analystes financiers du pays. J'insiste pour que tous mes clients s'entretiennent avec lui une fois par trimestre – pas par fax ou par téléphone : en personne – afin d'examiner l'état de leur portefeuille. Trop d'athlètes se font avoir sur ce plan-là. Avec nous ça n'arrive pas, pas parce que Win ou moi surveillons votre argent mais parce que c'est vous qui le faites.

— Impressionnant. Dent numéro trois ?

— Esperanza Diaz. C'est mon bras droit et elle s'occupe de tout le reste. Je vous l'ai déjà précisé : je ne suis pas le roi de la lèche. C'est la stricte vérité. Mais la réalité du business m'oblige à porter plusieurs casquettes : agent de voyage, conseiller matrimonial, chauffeur de limousine et j'en passe.

— Et cette Esperanza vous aide dans tout ça ?

— Elle est cruciale.

Brenda acquiesça.

— Si je comprends bien, c'est à elle que vous refilez le travail de merde.

— À vrai dire, Esperanza vient juste de décrocher son diplôme de droit.

Myron essayait de ne pas avoir l'air d'être sur la défensive, mais la remarque de Brenda avait touché un point sensible. Très sensible. Il aurait dû mettre une coquille.

— Elle assume de plus en plus de responsabilités, ajouta-t-il.

— D'accord, une dernière question.

— Laquelle ?

— Qu'est-ce que vous ne me dites pas à propos de votre visite chez Mabel ?

Myron demeura silencieux.

— Ça concerne ma mère, n'est-ce pas ?

— Pas vraiment. C'est juste...

Il hésita avant d'enchaîner.

— Êtes-vous sûre de vouloir que je la retrouve, Brenda ?

Elle croisa les bras et secoua lentement la tête.

— Arrêtez ça.

— Quoi ?

— Je sais que vous trouvez délicat et noble de me

protéger. Mais vous vous trompez. C'est agaçant et insultant. Alors, stop. Si votre mère vous avait abandonné à l'âge de cinq ans, vous ne voudriez pas savoir pourquoi ?

Argument imparable. Il se sentit un peu honteux.

— D'accord. Vous avez raison. Je ne recommencerai pas.

— Parfait. Que vous a dit Mabel ?

Myron lui rapporta sa conversation avec sa tante. Brenda ne broncha pas. Elle ne réagit que quand il mentionna les appels que Mabel, et peut-être son père, avaient reçus de la part de sa mère.

— Ils ne me l'ont jamais dit, fit-elle. Je m'en doutais mais…

Elle lança un coup d'œil à Myron.

— … on dirait bien que vous n'étiez pas le seul à croire que je ne pouvais pas encaisser la vérité.

Ensuite, ils roulèrent en silence. Avant de quitter Northfield Avenue, Myron remarqua une Honda Accord grise dans son rétroviseur. En tout cas, ça y ressemblait. À ses yeux, toutes les voitures se ressemblaient et il n'existe pas de véhicule plus passe-partout qu'une Honda Accord grise. Il ralentit pour mémoriser le numéro. Une plaque du New Jersey. 890UB3. Quand il pénétra dans l'enceinte de l'hôpital, la Honda continua sa route. Ce qui ne signifiait rien. Si le type qui les filait connaissait son affaire, il aurait évité de les suivre sur le parking.

St. Barnabas s'était agrandi depuis son enfance. Certainement comme tous les hôpitaux et les cimetières en ce bas monde. Son père l'avait souvent amené ici pour des entorses, des points de suture et une jolie collection de radios de contrôle. À douze ans, il y avait même effectué un séjour d'une dizaine de jours en raison d'une crise de rhumatismes articulaires aigus.

— Laissez-moi voir ce gars tout seul, dit Myron.
— Pourquoi ?

— Vous êtes la fille. Il se sentira peut-être plus libre de parler si vous n'êtes pas là.

— D'accord. De toute manière, j'ai des patients à voir au quatrième. On se retrouve dans le hall d'accueil.

Au poste de sécurité, Calvin Campbell en grand uniforme était assis derrière un mur de moniteurs vidéo. Il y en avait des douzaines, diffusant tous des images en noir et blanc d'un ennui insondable. Les pieds sur la table, Campbell engloutissait un sandwich en forme de sous-marin à peine plus long qu'une batte de base-ball. Il enleva sa casquette imitant celle des flics pour révéler une chevelure blanche et crépue.

Myron s'enquit de Horace Slaughter.

— Il est pas venu trois jours d'affilée, dit Calvin. Pas d'appel, rien. Alors, je l'ai viré, ce con.

— Comment ?

— Comment quoi ?

— Comment l'avez-vous viré ? En personne ? Par téléphone ?

— J'ai bien essayé de l'appeler. Mais ça répondait jamais. Alors, j'ai envoyé une lettre.

— Avec accusé de réception ?

— Oui.

— Il l'a signé ?

Calvin haussa les épaules.

— J'ai pas encore reçu l'avis, si c'est ce que vous voulez dire.

— Horace était-il sérieux dans son travail ?

Calvin le dévisagea, les yeux plissés.

— Z'êtes un flic privé ?

— Quelque chose comme ça.

— Et vous bossez pour sa fille ?

— Oui.

— Elle sait y faire.

— Hein ?

— Elle sait y faire, répéta Calvin. Je veux dire, au début, j'avais aucune envie de l'embaucher.

— Alors pourquoi l'avez-vous fait ?

— Z'êtes sourd ou quoi ? Je viens de vous le dire. Sa fille sait y faire. Elle est bien vue par les pontes ici. Tout le monde l'aime bien. Alors, on commence à entendre des trucs. Des rumeurs. Du coup, je me suis dit, oh et puis merde, gardien c'est pas chirurgien du cerveau. Je l'ai pris.

— Quel genre de rumeurs ?

— Hé, me mêlez pas à ça.

Il leva les paumes comme pour repousser les ennuis.

— Tout ce que je dis, c'est que les gens parlent. Ça fait dix-huit ans que je travaille ici. Je suis pas du genre à faire des vagues. Mais quand un gars vient pas bosser, faut bien que je prenne une décision.

— Rien d'autre ?

— Rien. Il venait. Faisait correctement son boulot. Un jour, il ne vient plus. Je le vire. Fin de l'histoire.

— Merci de m'avoir consacré un peu de votre temps.

— Hé, vous pourriez pas me rendre un service ?

— Lequel ?

— Voyez si sa fille ne veut pas vider son casier. J'ai un nouveau qui arrive et j'aurais bien besoin de la place.

Myron prit l'ascenseur pour monter en pédiatrie. Il passa devant le poste des infirmières et repéra Brenda derrière une vitre. Elle avait enfilé une blouse blanche et était assise sur le lit d'une petite fille qui ne devait pas avoir plus de sept ans. La gamine lui disait quelque chose. Brenda sourit avant de lui poser son stéthoscope sur l'oreille, comme un téléphone. Elles rirent toutes les deux. Brenda fit un signe par-dessus son épaule et les parents les rejoignirent. Ils avaient les traits tirés, les yeux hantés de ceux qui vivent un cauchemar. Brenda leur parla. Nouveaux rires. Myron continua d'observer la scène, fasciné.

Quand elle sortit enfin, Brenda vint droit vers lui.

— Ça fait longtemps que vous êtes là ?

— Une minute ou deux...

Pause, puis :

— Vous aimez vraiment votre travail ici.

— Encore plus que d'être sur un terrain.

Ce qui en disait long.

— Alors ? s'enquit-elle.

— Votre père a un casier ici.

Ils prirent l'ascenseur pour descendre au sous-sol. Calvin Campbell les attendait dans le vestiaire.

— Vous connaissez la combinaison ? demanda-t-il.

Brenda dit que non.

— Pas de problème.

Il s'était muni d'un pied-de-biche et fit sauter la serrure avec précision.

— Vous pouvez prendre ce carton vide, là dans le coin, dit-il avant de quitter la pièce.

Brenda regarda Myron. Il hocha la tête. Elle ouvrit la porte du casier et une odeur de vieilles chaussettes les assaillit aussitôt. À contrecœur, Myron fourra son nez dans l'armoire. Se servant de son index et de son pouce comme d'une pince, il en extirpa une chemise. Elle aurait pu servir dans une pub pour lessive, séquence « avant ».

— Papa a un problème avec les machines à laver, dit Brenda.

Et il n'était pas non plus du genre à sortir les poubelles, se dit Myron. Le casier ressemblait à un condensé de piaule d'étudiant, avec vêtements sales, canettes de bière vides, vieux journaux et même une boîte à pizza. Brenda alla chercher le carton qu'ils se mirent à remplir. Myron commença par un pantalon d'uniforme. Il se demanda s'il appartenait à Horace ou à l'hôpital sans comprendre pourquoi il s'interrogeait sur un truc aussi inutile. Il fouilla les poches dans lesquelles il trouva une boule de papier froissé.

Il la lissa. Une enveloppe. Il en sortit une feuille qu'il se mit à lire.

— Qu'est-ce que c'est ? demanda Brenda.
— Une lettre d'avocat.

Il la lui tendit :

Cher M. Slaughter,

Nous avons bien reçu vos lettres et nous n'ignorons pas vos nombreux appels à nos bureaux. Comme nous vous l'avons déjà expliqué de vive voix, l'affaire qui vous intéresse est confidentielle. Nous vous demandons d'avoir l'amabilité de cesser de nous importuner. Votre conduite pourrait relever du harcèlement.

Cordialement,
Thomas Kincaid

— Vous savez de quoi il parle ? demanda Myron.
Elle hésita.
— Non, dit-elle lentement. Mais ce nom, Thomas Kincaid... ça m'évoque quelque chose.
— Il a peut-être travaillé pour votre père par le passé ?
— Je ne pense pas. Je ne me souviens pas que mon père ait jamais engagé un avocat. Et s'il l'avait fait, je doute qu'il serait allé jusqu'à Morristown.

Myron appela son bureau. Big Cyndi transféra l'appel à Esperanza.

— Quoi ? fit celle-ci.

Toujours le mot pour rire.

— Est-ce qu'on a reçu un fax de Lisa sur les factures de téléphone de Horace Slaughter ?

— Je l'ai sous les yeux. J'étais en train de travailler dessus.

Aussi effrayant que cela paraisse, obtenir la liste des appels d'un quelconque quidam est ridiculement facile. Le plus minable des détectives privés possède toujours un informateur au sein d'une compagnie téléphonique. Il suffit juste d'un peu de graisse. Et d'une patte prête à se laisser tartiner.

Myron fit signe qu'il voulait récupérer la lettre. Brenda la lui passa. Puis elle s'agenouilla devant le placard et son œil fut attiré par un sac en plastique. Le numéro de téléphone de Kincaid figurait en en-tête de la lettre.

— Vous avez le 5-5-5-1-9-0-8 ?
— Ouais. Huit fois. Tous les appels ont duré moins de cinq minutes.
— Rien d'autre ?
— Je suis en train d'éplucher tous les numéros.
— Pas d'épluchure suspecte ?
— Peut-être, dit Esperanza. Il a appelé le QG de campagne d'Arthur Bradford deux ou trois fois.

Myron éprouva un petit choc familier et nullement déplaisant. Voilà que le vilain nom des Bradford surgissait de nouveau. Arthur Bradford, un des deux fils prodigues, se présentait aux élections pour le poste de gouverneur en novembre.

— D'accord. Autre chose ?
— Pas encore. Et je n'ai rien trouvé sur Anita Slaughter. *Nada*.

Pas franchement surprenant.

Il la remercia et raccrocha.

— Alors ? demanda Brenda.
— Votre père a passé pas mal d'appels à ce Kincaid. Il a aussi appelé le QG de campagne d'Arthur Bradford.

Elle parut un peu perdue.

— Qu'est-ce que ça veut dire ?

— Je n'en sais rien. Votre père s'intéresse à la politique ?

— Non.

— Connaît-il Arthur Bradford ou quelqu'un ayant un lien avec sa campagne ?

— Pas que je sache.

Brenda ouvrit le sac et y jeta un coup d'œil. Elle se décomposa.

— Oh, seigneur !

Myron s'accroupit à ses côtés. Elle écarta les bords du sac pour qu'il puisse voir son contenu. Une chemise d'arbitre avec des rayures noires et blanches. Sur la poche de poitrine à droite, un macaron annonçait « Association des arbitres de basket-ball du New Jersey ». Sur celle de gauche, il y avait une grosse tache.

De sang.

9

— On devrait appeler la police, dit Myron.
— Pour leur dire quoi ?

Bonne question. Il n'y avait pas de trou – ni de déchirure visible – dans la chemise ensanglantée. La tache s'étalait en forme d'éventail. Comment était-elle arrivée là ? Autre bonne question. Pour ne pas contaminer un éventuel indice, Myron examina le vêtement en évitant de le manipuler. La tache était épaisse et semblait un peu poisseuse, sinon humide. Le sac en plastique ayant fait office de conservateur, il était difficile de dire depuis combien de temps ce sang était là. Probablement pas trop longtemps.

Bon, d'accord. Et maintenant ?

La position de la tache elle-même donnait à réfléchir. Si Horace avait porté cette chemise, comment le sang était-il arrivé uniquement à cet endroit ? Si, par exemple, il avait saigné du nez, il y aurait eu d'autres traînées. S'il avait reçu une balle, eh bien, il y aurait eu un trou. S'il avait frappé quelqu'un, encore une fois la tache aurait ressemblé à une giclée ou, en tout cas, elle aurait été moins étalée que cela.

Pourquoi la tache se trouvait-elle concentrée sur cet unique emplacement ?

Un seul scénario semblait coller : Horace ne portait *pas* la chemise au moment où la blessure s'était produite. Étrange mais probable. On s'en était servi comme d'un pansement, pour éponger un flot de sang. Ce qui expliquait à la fois l'emplacement et la concentration de la tache. La forme en éventail indiquait que le tissu avait probablement été pressé contre un nez en sang.

Myron, l'enfant caché de Sherlock et d'Agatha. La déduction était belle mais ne le menait nulle part.

— Qu'allons-nous dire à la police ?

La voix de Brenda s'immisça sans mal dans ses pensées.

— Je ne sais pas.

— Vous pensez qu'il s'est enfui, n'est-ce pas ?

— Oui.

— Alors, il ne tient peut-être pas à ce qu'on le retrouve.

— Il y a des chances.

— Donc, je répète ma question : qu'allez-vous leur dire ? Qu'on a retrouvé un peu de sang sur sa chemise dans son placard ? Vous croyez qu'ils en auront quelque chose à foutre ?

— À foutre non, à faire non plus.

Ils achevèrent de vider le casier. Puis Myron la conduisit à son dernier entraînement de la journée. Il gardait un œil sur son rétro, cherchant une Honda Accord grise. Il en trouva plein, bien sûr, mais aucune avec la bonne plaque.

Il la déposa à la salle avant de prendre Palisades Avenue en direction de la bibliothèque publique d'Englewood. Il avait deux heures à tuer et voulait en profiter pour faire quelques recherches sur la famille Bradford.

La bibliothèque d'Englewood était posée dans Grand Avenue comme un vaisseau spatial en panne. Quand il avait été érigé en 1968, le bâtiment avait probablement été acclamé pour son design futuriste. Aujourd'hui il ressemblait à un décor abandonné de *L'Âge de cristal*.

Myron trouva rapidement une bibliothécaire issue elle aussi d'un casting éprouvé : chignon gris, lunettes, collier de perles et cardigan. La plaque sur son bureau annonçait « Mme Kay ». Il s'approcha d'elle avec son sourire de grand garçon, celui qui généralement incitait les dames à lui pincer la joue et à lui offrir une tasse de chocolat chaud.

— J'espère que vous pourrez m'aider, dit-il.

Mme Kay le regarda comme le font souvent les bibliothécaires, c'est-à-dire avec la fatigue et la lassitude de ces autres fonctionnaires, les flics, qui savent déjà que vous allez mentir sur la vitesse à laquelle vous rouliez.

— J'ai besoin de consulter des articles du *Jersey Ledger* remontant à vingt ans.

— Microfiche, annonça Mme Kay.

Elle se leva comme propulsée par son immense soupir pour le conduire à une machine.

— Vous avez de la chance.

— Pourquoi donc ?

— Ils viennent de numériser l'index. Avant, vous auriez dû le faire tout seul.

Mme Kay lui montra comment se servir de la machine à microfilms et de l'ordinateur qui y était raccordé. Ça ne semblait pas trop compliqué. Dès qu'elle le laissa seule, Myron essaya le nom d'Anita Slaughter. Pas de résultat. Ce qui n'était pas surprenant mais bon, on ne sait jamais. Mme Kay venait de lui dire qu'il avait de la chance. Il arrive qu'en tapant un nom surgisse un article : « Je me suis tiré en Toscane, à Florence. Vous me retrouverez à l'hôtel Plaza Lucchesi au bord de l'Arno, chambre 218. » D'accord, c'est rare. Mais ça arrive.

Le nom des Bradford amènerait des milliards de résultats et Myron ne savait pas exactement ce qu'il recherchait. Il savait qui étaient les Bradford, bien sûr :

l'aristocratie du New Jersey, les Kennedy du Garden State. Le « Vieux Bradford » – appellation d'origine contrôlée – avait été gouverneur à la fin des années 60 et son fils aîné, Arthur Bradford, était l'actuel candidat le mieux placé pour le même poste. Le jeune frère d'Arthur, Chance – un nom dont Myron n'aurait eu aucun mal à se gausser si lui-même ne s'était pas prénommé Myron –, était son directeur de campagne et – pour rester dans la métaphore Kennedy –, Chance jouait les Robert auprès de son John de frère.

Les Bradford avaient démarré de façon assez modeste. Le Vieux Bradford venait de la terre et avait fini par posséder environ la moitié de Livingston. Au début des années 60, après avoir évalué son lopin de terre, il s'était mis à le revendre par petits bouts à des promoteurs rêvant de construire des résidences pour les baby-boomers qui fuyaient Newark ou Brooklyn. Myron avait, de fait, grandi dans une de ces villas érigées sur l'ancien domaine fermier des Bradford.

Toutefois le Vieux avait été plus malin que les autres. D'abord, il avait réinvesti son argent dans de solides affaires locales, essentiellement des centres commerciaux, et surtout, il avait vendu lentement, en prenant son temps, sans se jeter sur les propositions. Du coup, il était devenu un véritable baron à mesure que le prix du terrain flambait. Il avait épousé une aristocrate au sang bleu roi du Connecticut. Madame avait fait retaper la vieille ferme familiale pour la transformer en monument féodal. Ils étaient restés à Livingston, sur les lieux mêmes où la famille s'était originellement installée, mais à l'abri d'une clôture protégeant un immense domaine. Ils occupaient le manoir sur la colline aux flancs de laquelle s'empilaient, à distance respectueuse cela va de soi, les centaines de maisons boîtes à chaussures de la classe moyenne : des seigneurs dominant leurs serfs. Personne en ville ne connaissait réellement les Bradford. Pour Myron et ses copains d'enfance, ces gens étaient simplement « les millionnaires ». Des légendes. Faut pas escalader la clôture si tu veux pas te prendre une balle dans la tête. Deux ados facétieux avaient donné cet avertissement à un Myron aux yeux ronds quand il avait sept ans. Il avait tout gobé. En dehors de la « Femme Chauve-Souris », qui vivait dans une cabane tout près du terrain de basket et qui enlevait les petits garçons pour les dévorer tout cru, personne à Livingston n'était plus terrifiant que les Bradford.

Myron essaya de limiter ses recherches à 1978, l'année où Anita Slaughter avait disparu. Il obtint encore des centaines de résultats. La plupart concernaient le mois de mars, alors qu'Anita avait mis les voiles en novembre. Un vague souvenir lui titilla la mémoire. À l'époque, il venait d'entrer au collège mais on avait beaucoup parlé des Bradford aux infos. Un scandale quelconque. Il chargea des microfilms dans la machine. Myron avait toujours eu un problème avec les bidules mécaniques – une tare génétique, selon lui – et mit donc un peu de temps. Après quelques tâtonnements, il put enfin consulter quelques articles et ne tarda pas à tomber sur l'avis de décès. « *Elizabeth Bradford. Âgée de trente ans. Fille de Richard et Miriam Worth. Épouse d'Arthur Bradford. Mère de Stephen Bradford...* »

Rien sur la cause de la mort. Mais maintenant Myron se souvenait de l'histoire. Les faits avaient été évoqués récemment, vu la proximité des élections. Arthur Bradford était désormais un veuf de cinquante-deux ans qui, si on devait en croire les gazettes, en pinçait toujours pour son amour défunt. Il fréquentait bien sûr d'autres femmes, mais la rumeur assurait qu'il ne s'était jamais remis de la perte de sa jeune épouse – un sérieux avantage face à son adversaire dans la course au titre de gouverneur, Jim Davison, qui, lui, avait été marié trois fois. Myron se demanda s'il y avait quoi que ce soit de vrai là-dedans. Arthur Bradford était généralement perçu comme un personnage peu sympathique. Aussi cynique que cela puisse paraître, quel meilleur moyen de combattre cette mauvaise image que de faire revivre une épouse trop tôt disparue ?

Mais comment savoir vraiment ? Politiciens et journalistes : deux espèces en voie de prolifération caractérisées par une langue d'un bois si dur qu'on pouvait en faire des battes de base-ball. Arthur Bradford refusait de parler de sa femme, ce qui pouvait être interprété comme le signe d'un réel chagrin ou celui d'une intelligente manipulation des médias. Cynique, on vous disait.

Myron continua à éplucher les vieux articles. Cette histoire avait fait la une trois jours de suite en mars 1978. Arthur et Elizabeth Bradford s'étaient connus à la fac et étaient mariés depuis six ans. Tout le monde les décrivait comme un « couple aimant », ce qui voulait dire tout et son contraire. Mme Bradford était tombée du balcon du deuxième étage du manoir des Bradford. Elle s'était fracassé la tête sur un sol de brique. Il n'y avait guère d'autres détails. Une enquête de police avait établi sans la moindre équivoque qu'il s'agissait d'un tragique accident. Le balcon était carrelé et glissant. C'était la nuit, il avait plu. On était en train de refaire le muret qui servait de rambarde. Certains endroits n'étaient pas sécurisés.

Atrocement limpide.

La presse s'était montrée très sympa avec les Bradford. Myron se souvenait à présent des rumeurs qui avaient circulé dans la cour de l'école. Qu'est-ce qu'elle fabriquait sur le balcon en pleine nuit au mois de mars ? Avait-elle bu ? Sûrement. On ne tombe pas comme ça par hasard de son balcon. Naturellement, certains avaient émis l'hypothèse qu'on l'avait poussée. Ce qui avait donné lieu à d'intéressantes spéculations à la cafèt' pendant au moins deux jours. Mais c'était le bahut. Les hormones prenaient le pas sur les neurones et tout le monde en était vite revenu au sujet essentiel : la panique inspirée par le sexe opposé. Ah, douceur de la jeunesse...

Myron se laissa aller contre son dossier en contemplant l'écran. Il songeait de nouveau au refus d'Arthur Bradford de se livrer au moindre commentaire. Peut-être cela n'avait-il rien à voir avec un réel chagrin ou à une manipulation des médias. Peut-être Bradford refusait-il d'en parler pour ne pas ramener cette histoire à la surface après vingt ans.

Hmm. C'est ça, Myron, bien sûr. Et peut-être aussi qu'il a aussi enlevé le bébé Lindbergh. S'en tenir aux faits. Un, Elizabeth Bradford est morte depuis vingt ans. Deux, il n'existait pas l'ombre de l'ombre d'une preuve que sa mort ne fût pas accidentelle. Trois – et c'était le plus important pour lui – toute cette histoire était arrivée neuf bons mois avant qu'Anita Slaughter disparaisse.

Conclusion : apparement, pas le moindre rapport entre les deux événements.

Du moins, pas pour le moment.

Myron sentit soudain sa gorge se dessécher. Il avait continué à lire l'article du 18 mars 1978, publié dans le *Jersey Ledger*. Le texte se poursuivait en page huit. Myron joua avec la molette de la machine. Elle couina en signe de protestation mais il parvint à afficher la suite.

C'était là. Pratiquement à la fin de l'article. Une simple ligne. « *Le corps de Mme Bradford a été découvert sur le porche en brique du manoir des Bradford à 6 h 30 du matin par une femme de chambre commençant son service.* »

« Une femme de chambre commençant son service. » Myron se demanda comment elle pouvait bien se nommer.

10

Dès qu'il fut dans sa voiture, Myron appela Mabel Edwards.

— Vous souvenez-vous d'Elizabeth Bradford ?

Il sentit une brève hésitation.

— Oui.

— C'est Anita qui a trouvé son corps ?

Nouvelle hésitation, plus longue.

— Oui.

— Qu'est-ce qu'elle vous en a dit ?

— Attendez un peu. Je croyais que vous cherchiez à aider Horace.

— C'est ce que je fais.

— Alors pourquoi ces questions sur cette malheureuse ? Elle est morte depuis plus de vingt ans.

Mabel semblait un peu déboussolée.

— C'est un peu compliqué à expliquer.

— Un peu, seulement ?

Myron l'entendit inspirer un grand coup.

— Écoutez, je veux la vérité maintenant, reprit-elle. Vous la cherchez elle aussi, n'est-ce pas ? Anita ?

— Oui.

— Pourquoi ?

Bonne question. À laquelle, quand il y réfléchissait bien, la réponse était assez simple.

— Pour Brenda.

— Retrouver Anita ne va pas aider cette petite.

— Dites-le-lui.

Elle eut une sorte de rire sans joie.

— Brenda a la tête dure, parfois.

— J'ai l'impression que c'est de famille.

— Peut-être bien.

— Je vous en prie, racontez-moi ce que vous vous rappelez.

— Il n'y a pas grand-chose, en fait. Elle arrivait pour prendre son service et la pauvre malheureuse gisait là comme une poupée brisée. C'est tout ce que je sais.

— Anita n'a jamais rien dit d'autre sur cette histoire ?

— Non.

— Ç'a été un choc pour elle ?

— Évidemment. Elle travaillait pour Elizabeth Bradford depuis près de six ans.

— Non, je voulais dire, en dehors du choc d'avoir trouvé le corps.

— Je ne pense pas. Mais elle n'en parlait jamais. Même quand les journalistes appelaient, Anita leur raccrochait au nez.

Myron enregistra cette information, la passa au crible de ses innombrables cellules nerveuses et en déduisit que dalle.

— Madame Edwards, votre frère a-t-il jamais mentionné un avocat nommé Thomas Kincaid ?

Elle réfléchit un moment.

— Non, je ne crois pas.

— Savez-vous s'il recherchait un conseil ou un avis en matière de droit ?

— Non.

Ils se dirent au revoir et il raccrocha. Son téléphone sonna aussitôt.

— Allô ?
— J'ai un truc bizarre ici, Myron.

C'était Lisa de la compagnie du téléphone.

— Je vous écoute.
— Vous m'avez demandé de surveiller la ligne de Brenda Slaughter dans sa résidence universitaire.
— Oui.
— On m'a devancée.

Myron faillit démolir la pédale de frein.

— Quoi ?
— Son téléphone est déjà sur écoute.
— Depuis combien de temps ?
— Je ne sais pas.
— Vous pouvez remonter la piste ? Voir qui est derrière ça ?
— Non. Et c'est pas tout : le numéro est bloqué.
— Ce qui veut dire ?
— Je ne peux avoir aucune information. Je ne peux pas consulter la liste des appels ni même jeter un coup d'œil aux anciennes factures. À mon avis, il y a une autorité judiciaire quelconque derrière tout ça. Je peux fouiner mais je doute que ça débouche sur quelque chose.
— Essayez quand même, s'il vous plaît, Lisa. Et merci.

Il raccrocha. Un père disparu, des coups de fil de menace, une éventuelle filature en voiture et maintenant un téléphone sur écoute : il y avait de quoi devenir nerveux. Pourquoi quelqu'un – et quelqu'un ayant apparemment des liens avec les autorités – voudrait mettre Brenda sur écoute ? Cette personne faisait-elle partie de celles qui proféraient les menaces ? Espionnait-elle son téléphone pour remonter jusqu'à son père ou alors… ?

Attendez, restez en ligne.

Lors de l'un de ces coups de fil de menace n'avait-on pas ordonné à Brenda d'appeler sa mère ? Pourquoi ? Pourquoi un ordre pareil ? Plus important, si Brenda avait obéi et si elle avait effectivement su où sa mère se cachait, ceux qui l'avaient mise sur écoute auraient alors été en mesure de retrouver Anita, eux aussi. Était-ce là le fond de l'affaire ?

Ces gens recherchaient-ils Horace... ou Anita ?

— Nous avons un problème, lui dit Myron.

Ils étaient assis dans la voiture. Brenda se tourna vers lui, attentive.

— Votre téléphone est sur écoute.
— Quoi ?
— Quelqu'un écoute vos appels. Et je suis quasiment certain que vous êtes filée.
— Mais...

Brenda s'interrompit, haussa les épaules.

— Pourquoi ? Pour mon père ?
— C'est le plus probable. Quelqu'un a très envie de retrouver Horace. Ils ont déjà agressé votre tante. Vous pourriez être la prochaine sur la liste.
— Vous pensez que je suis en danger ?
— Oui.

Elle l'observa.

— Et vous avez une suggestion à me faire.
— Exact.
— Je suis tout ouïe.
— D'abord, j'aimerais qu'on fouille votre chambre pour voir s'il y a des micros.
— D'accord.
— Ensuite, il faut que vous quittiez ce logement. Vous n'y êtes pas en sécurité.

Brenda réfléchit un instant.

— Je peux allez chez une amie, Cheryl Sutton. C'est l'autre capitaine des Dolphins.

Myron secoua la tête.

— Ces gens vous connaissent. Ils vous ont suivie, ils ont écouté vos appels.

— Ce qui veut dire ?

— Ce qui veut dire qu'ils connaissent probablement vos amis.

— Et donc, Cheryl Sutton.

— Oui.

— Et vous pensez qu'ils pourraient venir me chercher chez elle ?

— C'est une possibilité.

Brenda regarda droit devant elle.

— Vous commencez à me faire peur.

— Ce n'est pas tout.

Il lui parla de la famille Bradford et de la découverte du cadavre par sa mère.

— Quel rapport ? demanda Brenda quand il eut terminé.

— Probablement aucun, dit Myron. Mais vous vouliez que je vous tienne au courant de tout, non ?

— Oui.

Elle se mit à mâcher sa lèvre inférieure. Juste avant de la réduire en steak tartare, elle demanda :

— Où devrais-je m'installer selon vous ?

— Je vous ai parlé de mon ami Win...

— Le type qui possède Lock-Horne Securities ?

— C'est plutôt sa famille. Je dois aller le voir pour parler affaires. Je pense que vous devriez venir, vous aussi. Vous pourrez dormir chez lui.

— Vous voulez que je dorme chez lui ?

— Juste pour ce soir. Win a des tas de planques un peu partout. On vous trouvera un endroit.

Brenda fit la grimace.

— Un cador de la finance qui possède des... planques ?

— Avec Win, il ne faut pas se fier aux apparences.

Elle croisa les bras sur sa poitrine.

— Je ne veux pas jouer les débiles et vous débiter le refrain comme quoi il n'est pas question que ma vie change en quoi que ce soit. Je sais que vous cherchez à m'aider et je veux coopérer.

— Bien.

— Mais, ajouta-t-elle, cette ligue compte beaucoup pour moi. Et mon équipe aussi. Je ne vais pas laisser tomber.

— Je comprends.

— Donc, quoi que nous fassions, aurai-je la possibilité d'aller aux entraînements ? Pourrai-je jouer le match d'ouverture ?

— Oui.

— Alors, c'est d'accord, dit Brenda en accordant enfin un peu de pitié à sa lèvre. Et merci.

Ils se rendirent à la résidence universitaire. Myron attendit en bas tandis qu'elle montait prendre des affaires. Elle écrivit un mot à l'intention de la fille avec laquelle elle partageait la cuisine et la salle de bains pour lui expliquer qu'elle allait passer quelques jours chez des amis. Tout cela ne lui prit pas plus de dix minutes.

Elle revint avec deux sacs sur les épaules. Myron la joua fine et ne lui en prit qu'un seul. En sortant du bâtiment, il repéra aussitôt FJ debout devant la Taurus.

— Restez ici, demanda-t-il à Brenda.

Elle l'ignora cependant et s'avança avec lui. Myron jeta un coup d'œil sur sa gauche. Bubba et Rocco étaient là, eux aussi. Ils lui firent un signe de la main qu'il ne leur rendit pas. Non, mais.

FJ était adossé à la bagnole, complètement relax, presque trop, comme un vieux poivrot de cinéma nonchalamment appuyé contre un lampadaire.

— Salut, Brenda, dit-il.

— Salut, FJ.

Puis il hocha la tête vers Myron.

— Myron.

Son sourire était un modèle d'efficacité neuro-musculaire, le résultat d'un ordre strict du cerveau à certains muscles du visage.

Myron contourna sa voiture, faisant mine de l'inspecter.

— Pas mal, FJ. Mais la prochaine fois, mettez un peu d'huile de coude pour les enjoliveurs. Ils sont crasseux.

FJ regarda Brenda.

— C'est donc ça le fameux humour Bolitar dont j'ai tant entendu parler ?

Elle haussa les épaules en signe de sympathie.

Myron les engloba d'un geste.

— Vous vous connaissez tous les deux ?

— Mais, bien sûr, dit FJ. Nous étions en prépa ensemble. À Lawrenceville.

Bubba et Rocco se rapprochaient – les clones rajeunis de Luca Brasi.

Myron se glissa entre Brenda et FJ. Un geste protecteur qui allait probablement la foutre en rogne mais, bon, elle n'allait pas l'assassiner sur-le-champ.

— Que pouvons-nous faire pour vous, FJ ?

— Je tiens juste à m'assurer que Miss Slaughter honorera son contrat avec moi.

— Je n'ai pas de contrat avec vous, répondit Brenda.

— Votre père – un certain Horace Slaughter – est bien votre agent, non ?

— Non, répliqua Brenda. Mon agent, c'est Myron.

— Ah ?

Les yeux de FJ glissèrent vers Myron. Ils étaient toujours aussi vides, comme un bâtiment à l'abandon.

— Ce n'est pas l'information qui m'a été donnée.

Myron haussa les épaules.

— La vie c'est le changement, FJ. Faut apprendre à s'adapter.

— S'adapter..., dit FJ, ou mourir.

— Ooooouuuh, hulula Myron.

FJ le toisa encore quelques secondes. Il avait une peau qui faisait penser à de la glaise, comme si elle allait se dissoudre sous une forte pluie. Il se tourna enfin vers Brenda.

— Votre père était votre agent. Avant Myron.

Myron préféra intervenir.

— Et même si c'était le cas ?

— Il a signé avec nous. Brenda allait quitter la WPBA pour rejoindre la PWBL. C'est écrit en toutes lettres dans le contrat.

Myron consulta Brenda du regard. Elle secoua la tête.

— Vous avez la signature de Miss Slaughter sur ces documents ?

— Comme je l'ai dit, son père…

— N'a absolument aucun droit légal en la matière. Avez-vous, oui ou non, la signature de Brenda sur ce contrat ?

FJ parut assez contrarié. Bubba et Rocco approchaient toujours.

— Alors, vous n'avez rien, dit Myron en ouvrant la portière de la voiture. Ravi de ce trop bref moment passé ensemble, je sais à quel point vous appréciez ma compagnie.

Bubba et Rocco se dirigèrent vers lui. Son flingue était sous son siège. L'idée de s'en emparer l'effleura. Ç'aurait été stupide, bien sûr. Quelqu'un – à coup sûr, Brenda ou Myron – aurait pu se faire blesser.

FJ leva la main et les deux hommes se figèrent comme s'ils venaient de se faire asperger par Mr Freeze.

— Nous ne sommes pas des voyous, dit FJ. Nous sommes des hommes d'affaires.

— Ouais, dit Myron, et Bubba et Rocco ici présents sont vos comptables certifiés ?

Les lèvres de FJ frissonnèrent. C'était un sourire strictement reptilien, c'est-à-dire nettement plus chaleureux que les précédents.

— Si vous êtes effectivement son agent, il vous incombe de discuter avec moi.

— Appelez mon bureau. Prenez rendez-vous.

— Nous ne tarderons pas à nous revoir, ajouta FJ.

— Comptez là-dessus. Et continuez à utiliser le verbe incomber. Ça en jette.

Brenda grimpa dans la voiture. Myron l'imita. FJ toqua à la vitre. Myron la baissa.

— Signez ou ne signez pas avec nous, dit calmement FJ, ce sont les affaires. Mais quand je vous tuerai, ce sera par plaisir.

Myron faillit répliquer avec une vanne mais quelque chose – peut-être une infime réminiscence de bon sens – le fit hésiter. FJ s'éloignait déjà, Rocco et Bubba dans son sillage. Il les regarda partir, le cœur battant dans sa poitrine comme un condor en cage.

11

Ils se garèrent sur un parking de la 77e et allèrent à pied jusqu'au Dakota. Le Dakota demeurait un des buildings les plus classieux de New York malgré le meurtre qui faisait sa célébrité. C'était là qu'on avait assassiné John Lennon. Un bouquet de roses toutes fraîches marquait l'emplacement où son corps était tombé. Myron éprouvait toujours un sentiment bizarre en passant ici, comme s'il marchait sur une tombe. Encore une fois, le portier fit semblant de ne pas le reconnaître et appela l'appartement de Win.

Les présentations furent brèves. Win trouva à Brenda un endroit pour travailler. Elle sortit un bouquin de médecine gros comme les Tables de la Loi et se mit à son aise. Win et Myron retournèrent au salon décoré à la Louis quelque-chose. Un buste trônait sur la cheminée. Comme toujours, le mobilier semblait aussi neuf qu'une paire de souliers vernis et était cependant très ancien. Des types sévères mais efféminés vous toisaient depuis des tableaux accrochés aux murs. Et juste pour vous ramener dans la décennie appropriée, il y avait, au beau milieu de tout ça, un immense écran plat, avec tous les accessoires digitaux nécessaires.

Les deux amis s'assirent et trouvèrent chacun une table sur laquelle poser leurs semelles.

— Ton avis ? s'enquit Myron.

— Trop baraquée à mon goût, dit Win. Mais très jolies jambes dorées.

— Je parlais de sa protection.

— Nous lui trouverons un endroit sûr, dit Win avant de nouer les mains sur sa nuque. Je t'écoute.

— Tu connais Arthur Bradford ?

— Le candidat au poste de gouverneur ?

— Lui-même.

— Nous nous sommes rencontrés plusieurs fois. J'ai joué au golf avec lui et son frère au Merion.

— Tu pourrais arranger une rencontre ?

— Pas de problème. Ils ont pris contact avec nous au sujet d'une importante donation.

Il croisa les chevilles.

— Que vient faire excatement Arthur Bradford dans cette histoire ?

Myron lui fit un résumé des événements de la journée : la Honda Accord grise, le téléphone sur écoute, la chemise ensanglantée, les appels de Horace Slaughter au QG de Bradford, la visite surprise de FJ, la mort d'Elizabeth Bradford et la découverte de son corps par Anita.

Rien de tout cela ne parut impressionner Win.

— Tu vois vraiment un lien entre le passé des Bradford et le présent des Slaughter ?

— Ouais, plus ou moins.

— Alors, voyons si j'arrive à suivre ton raisonnement. Et corrige-moi si je me trompe.

— Compte sur moi.

Win reposa les pieds au sol et réunit ses index sous le menton.

— Il y a vingt ans, Elizabeth Bradford meurt dans des circonstances que nous qualifierons de troubles. L'enquête aboutit au classement de sa mort en accident malheureux. Version que tu as du mal à accepter. Les Bradford sont riches et donc susceptibles, selon toi, d'influencer les interprétations officielles...

— Ce n'est pas juste parce qu'ils sont riches, le coupa Myron. Chuter de son propre balcon ? Tu y crois, toi ?

— Oui, certes, admettons, fit Win en pianotant avec ses index. Supposons que tes soupçons soient fondés. Qu'un événement déplaisant ait accompagné le plongeon mortel d'Elizabeth Bradford. Et imaginons même – comme tu l'as sans doute déjà fait – qu'Anita Slaughter, en tant que bonne ou femme de chambre ou je ne sais quoi, ait assisté à la scène et ait été témoin d'un acte criminel.

— Continue.

Win écarta les mains.

— Eh bien, mon ami, c'est là que tu te retrouves dans une impasse. Si cette chère Mme Slaughter avait effectivement vu quelque chose qu'elle n'aurait pas dû voir, le problème aurait été résolu sur-le-champ. Je connais les Bradford. Ils ont une sainte horreur du risque. Anita Slaughter aurait été aussitôt éliminée ou, au moins, forcée à disparaître. Or – et c'est là où ça coince – elle a attendu neuf bons mois avant de filer. J'en conclus donc que les deux événements ne sont pas liés.

Derrière eux, quelqu'un s'éclaircit la gorge. Ils se retournèrent avec un bel ensemble vers la porte. Brenda fixait Myron et ne semblait pas ravie.

— Je croyais que vous deviez discuter affaires tous les deux.

— C'est ce que nous faisions, dit vivement Myron. Enfin, c'est ce que nous allions faire. C'est pour cela que je suis venu ici. Pour parler affaires. Mais il se trouve que nous avons simplement commencé par évoquer votre problème et... une chose en entraînant une autre. Non, ce n'était pas voulu... Je veux dire, je suis venu ici pour discuter affaires, n'est-ce pas, Win ?

Celui-ci se pencha pour lui tapoter le genou.

— Calme-toi, Myron.

Les yeux de Brenda étaient des forets de perceuse, calibre 6 mm.

— Depuis quand êtes-vous là ? demanda-t-il.

Elle fit un geste vers Win.

— Depuis qu'il a parlé de mes très jolies jambes dorées. J'ai pas entendu quand il a dit que j'étais trop baraquée à son goût.

Win sourit. N'attendant pas d'être invitée, Brenda traversa la pièce et attrapa une chaise. Les yeux posés, maintenant, sur Win.

— Pour votre information, je n'y crois pas non plus, lui dit-elle. Myron a du mal à imaginer qu'une mère puisse abandonner sa fille. Il n'a aucun mal à croire qu'un père puisse le faire mais une mère, ça non. Comme je le lui ai déjà expliqué, il est sexiste.

— Un vrai porc baveux, renchérit Win.

— Mais, continua-t-elle, si vous comptez rester assis là à jouer à Watson et Holmes, je vois un moyen à vous sortir de votre...

Elle dessina des guillemets avec ses doigts.

— ... impasse.

— Dites, je vous prie, fit Win.

— Lors de la chute mortelle d'Elizabeth Bradford, ma mère a peut-être vu quelque chose qui semblait inoffensif sur le moment. J'ignore quoi. Quelque chose de troublant, disons, mais rien qui ne vaille la peine de s'affoler. Elle continue à travailler pour ces gens, à frotter leurs sols et récurer leurs toilettes. Et peut-être qu'un jour, elle ouvre un tiroir. Ou un placard. Et qu'elle voit quelque chose qui fait le lien avec ce qu'elle a vu le jour de la mort d'Elizabeth Bradford et qui l'amène à penser que cette mort n'était pas due à un accident après tout.

Win regarda Myron. Myron haussa les sourcils.

Brenda soupira.

— Vos regards condescendants me vont droit au cœur – « Ça alors, une femme capable de réflexion ! ». Laissez-moi vous dire que je me contente juste de vous donner un moyen de sortir de votre impasse. Mais je n'y crois pas une seconde. Ça laisse trop de choses inexpliquées.

— Lesquelles ? s'enquit Myron.

Elle se tourna vers lui.

— Par exemple, pourquoi ma mère se serait-elle enfuie comme elle l'a fait ? Pourquoi aurait-elle écrit ce mot cruel à mon père à propos d'un autre homme ? Pourquoi nous a-t-elle laissés sans un sou ? Pourquoi aurait-elle abandonné une fille qu'elle était censée aimer ?

Ce n'étaient pas des vraies questions et il n'y avait pas le moindre tremblement dans sa voix. C'était plutôt le contraire. Le ton était beaucoup trop calme, trop *normal*.

— Peut-être qu'elle voulait protéger sa fille, dit Myron. Peut-être qu'elle voulait décourager son mari qui aurait pu être tenté de la rechercher.

— Et c'est donc pour ça qu'elle a pris tout l'argent et fait semblant de partir avec un autre homme ?

Brenda regarda Win.

— Il croit vraiment ces conneries ?

Levant les paumes, Win fit signe qu'il fallait excuser son ami.

Brenda se tourna de nouveau vers Myron.

— J'apprécie ce que vous tentez de faire mais ça ne colle pas. Ma mère s'est enfuie il y a vingt ans. Vingt ans. Pendant ces vingt années, elle n'a jamais pu faire plus qu'envoyer quelques lettres et passer quelques coups de fil à ma tante ? Elle n'a jamais trouvé un moyen de venir voir sa fille ? D'arranger une rencontre ? Ne serait-ce qu'une en vingt ans ? Elle n'a pas réussi à s'installer quelque part pour revenir me chercher ?

Elle s'arrêta comme à court de souffle. Elle serra ses genoux contre sa poitrine et détourna les yeux. Myron regarda Win. Celui-ci ne broncha pas. Le silence menaçait de faire éclater portes et fenêtres.

Finalement, ce fut Win qui prit la parole.

— Assez de spéculation. Je vais appeler Arthur Bradford. Il nous recevra demain.

Il quitta la pièce. Avec certaines personnes, vous pouvez être sceptique, ou au moins dubitatif, quand ils vous annonce qu'un candidat au poste de gouverneur vous recevra dans un délai aussi bref. Pas avec Win.

Myron se tourna vers Brenda. Elle ne le regarda pas. Quelques instants plus tard, Win revint.

— Demain matin. Dix heures.
— Où ?
— Chez eux. À Bradford Farms.

Brenda se leva.

— Si vous en avez fini avec ce sujet, je vais vous laisser... discuter affaires, ajouta-t-elle à l'intention de Myron.

— Il y a encore une chose, dit Win.
— Laquelle ?
— La question d'un lieu sûr.

Elle s'immobilisa et attendit.

Win se laissa aller en arrière dans son fauteuil.

— Je vous invite tous les deux, Myron et vous, à séjourner ici si cela vous convient. Comme vous avez pu le constater, ce n'est pas la place qui manque. Vous pouvez vous installer dans la chambre au bout du couloir. Elle a sa propre salle de bains. Myron sera en face. Vous bénéficierez ainsi de la sécurité du Dakota et d'une proximité commode entre vous deux.

Win jeta un coup d'œil vers Myron qui tentait de dissimuler sa surprise. Il lui arrivait fréquemment de passer la nuit ici – il laissait même des vêtements de rechange et des affaires de toilette –, mais Win ne lui avait jamais fait une offre pareille. Il était très pointilleux sur son intimité.

— Merci, dit Brenda.

— Le seul problème éventuel, dit Win, concerne ma vie privée.

Oh-oh.

— Il peut m'arriver d'inviter des dames, disons, assez hétéroclites pour des motifs qui le sont tout autant, poursuivit-il. Parfois plus d'une à la fois. Il m'arrive de les filmer. Cela vous dérange-t-il ?

— Non, dit-elle. À condition de pouvoir en faire autant avec des hommes.

Myron se mit à tousser.

Win resta impassible.

— Mais bien sûr. La vidéo se trouve dans ce placard.

Elle se tourna vers le placard en question.

— Vous avez un trépied ?

Win faillit se laisser avoir puis il secoua la tête.

— Bien tenté.

— Un homme intelligent... quel plaisir.

Elle sourit.

— Bonne nuit, les garçons.

Quand elle fut partie, Win se tourna vers Myron.

— Tu peux fermer la bouche maintenant.

Win se servit un cognac.

— De quelles affaires voulais-tu discuter ?

— C'est Esperanza. Elle veut devenir associée.

— Je sais.

— Elle te l'a dit ?

Win fit tournoyer l'alcool dans son gros verre.

— Elle m'a consulté. Essentiellement sur la façon de procéder. Les dispositions légales concernant un tel changement.

— Et tu ne m'en as jamais parlé ?

Win ne dit rien. La réponse était évidente. Win détestait proférer des évidences.

— Tu veux un Yoo-Hoo ?

Myron secoua la tête.

— À vrai dire, fit-il, je ne sais pas quoi faire.

— Oui, je sais. Tu as cherché à gagner du temps.

— C'est elle qui t'a dit ça ?

Win le dévisagea.

— Tu sais bien que non.

Myron acquiesça. Oui, il le savait.

— Écoute, c'est mon amie…

— Correction, le coupa Win. C'est ta meilleure amie. Plus encore, peut-être, que moi. Ce que tu dois oublier pour le moment. C'est juste une employée – excellente, au demeurant – mais votre amitié ne doit pas entrer en ligne de compte. Pour ton bien autant que pour le sien.

— Ouais, tu as raison, oublie ce que je viens de dire. Et je comprends parfaitement d'où elle vient. Elle est avec moi depuis le début. Elle a travaillé dur. Elle a fini ses études de droit.

— Mais ?

— Mais une association ? J'aimerais lui offrir une promotion, lui donner son propre bureau, plus de responsabilités, et même un intéressement sur les bénéfices. Mais elle ne l'acceptera pas. Elle veut être associée.

— Elle t'a dit pourquoi ?

— Ouais.

— Et ?

— Elle ne veut plus travailler pour quelqu'un. C'est aussi simple que ça. Pas même pour moi. Son père a fait le larbin toute sa vie. Sa mère faisait des ménages. Elle s'est juré qu'un jour elle ne travaillerait pour personne sinon pour elle-même.

— Je vois.

— Et je la comprends. Mais ses parents étaient probablement au service de crapules qui abusaient d'eux. Oublions notre amitié. Oublions le fait que j'aime Esperanza comme une sœur. Je suis un bon patron. Je suis juste. Et elle le sait.

Win avala une bonne rasade de cognac.

— Mais il est clair que cela ne lui suffit pas.

— Alors que suis-je censé faire ? Renoncer ? Les relations d'affaires entre amis ou parents ne marchent jamais. Jamais. C'est aussi simple que ça. Le fric fout tout en l'air. Toi et moi... on se donne beaucoup de mal à séparer nos intérêts tout en travaillant ensemble. Il n'y a pas de relation d'argent entre nous. Nous avons des buts similaires, c'est tout. Je connais des tas de gens et des tas de bonnes affaires qui se sont fait bousiller comme ça. Mon père et son frère ne se parlent toujours pas à cause d'un truc qu'ils ont voulu monter ensemble. Je ne veux pas que ça m'arrive avec Esperanza.

— Tu le lui as dit ?

— Non.

Pause.

— Elle m'a donné une semaine pour prendre une décision. Après, elle s'en va.

— Choix difficile, dit Win.

— Tu as une suggestion ?

— Pas la moindre.

Là-dessus, il pencha la tête sur le côté en souriant.

— Quoi ?

— Ton argument, dit Win. Je le trouve ironique.

— Comment ça ?

— Tu crois au mariage, à la famille, à la monogamie et à toutes ces insanités, pas vrai ?

— Quel rapport ?

— Élever des gosses, le panier de basket dans l'allée, les poubelles qu'on sort le soir, les cours de danse, toute cette comédie de la vie en banlieue, tu y crois, n'est-ce pas ?

— Et je répète, quel rapport ?

— Le voici : je pourrais affirmer que les mariages et consorts ne marchent jamais. Ils mènent inévitablement au divorce ou à la désillusion, à l'extinction des rêves ou, à tout le moins, à l'amertume et au ressentiment. Je pourrais – exactement comme tu le fais – citer ma propre famille en exemple.

— Ce n'est pas la même chose, Win.

— Je veux bien le reconnaître. Mais la vérité c'est que tout ce que nous vivons, nous l'évaluons grâce à nos propres expériences. Tu as eu une merveilleuse vie de famille, c'est pour cela que tu crois ce que tu crois. Je suis, évidemment, dans la situation opposée. Seule une illumination mystique, une conversion miraculeuse, pourraient nous faire changer d'avis.

Myron fit la grimace.

— Et tout ça est censé m'aider à prendre une décision?

— Dieu du ciel, non, dit Win. Mais j'adore philosopher dans mon boudoir.

Il trouva la télécommande pour brancher la télé. Canal Nostalgie. *Wonder Woman*. Ils firent le plein de boissons et s'installèrent. Un canapé chacun.

Win but encore un peu de cognac. Ce qui lui rosit les joues.

— Peut-être que Diana Prince aura la réponse à tes questions.

Elle ne l'avait pas. Et de toute manière, en Wonder Woman, bustier, petite culotte et lasso magique compris, Esperanza était nettement plus crédible que lui.

Dodo time. Avant de gagner sa chambre, il passa voir Brenda. Elle était assise dans la position du lotus sur le lit *queen-size*. Le grand livre médical était ouvert devant elle. Sa concentration était totale et pendant un moment, il se contenta simplement de l'observer. Son visage possédait la même sérénité que sur un terrain de basket. Elle portait un pyjama en flanelle, la peau encore humide d'une douche récente, une serviette enveloppant ses cheveux.

Sentant sa présence, elle leva les yeux. Quand elle lui sourit, il sentit quelque chose se serrer dans son estomac.

— Je peux vous aider ? s'enquit-il.

— Non, tout va bien. Vous avez résolu vos problèmes d'affaires ?

— Non.

— Je ne voulais pas écouter aux portes tout à l'heure.

— Ne vous inquiétez pas pour ça.

— Par ailleurs, j'étais sincère. J'aimerais que vous soyez mon agent.

— J'en suis heureux.

— Vous préparerez les papiers ?

— Oui.

— Bonne nuit, Myron.

— Bonne nuit, Brenda.

Elle baissa les yeux et tourna une page. Il la regarda encore une seconde. Puis il alla se coucher.

12

Ils prirent la Jaguar pour aller chez les Bradford car, comme l'expliqua Win, les gens comme eux « ne fréquentent pas les Taurus ». Win non plus.

Ils déposèrent Brenda à son entraînement avant de prendre la Route 80 qui avait enfin été achevée après avoir été mise en chantier à l'époque où Myron allait au collège. Ils se retrouvèrent sur Eisenhower Parkway, une superbe quatre voies qui faisait au moins cinq kilomètres de long. Ah, le New Jersey !

Un garde aux oreilles gigantesques les accueillit au portail d'entrée de – comme l'annonçait l'écriteau – BRADFORD FARMS. *Les* fermes Bradford. Au pluriel. Restons simple. C'est bien connu que les fermes possèdent toutes des gardes de sécurité et des gadgets de surveillance électronique. Faudrait pas que quelqu'un s'avise de venir piquer les carottes et l'avoine. Win se pencha par la vitre ouverte pour offrir au bonhomme son sourire le plus snob, ce qui ne lui demanda aucun effort et lui valut de recevoir aussitôt la permission d'entrer. Une sensation étrange saisit Myron tandis que la voiture franchissait la barrière. Combien de fois était-il passé devant ce portail quand il était môme, essayant d'apercevoir cette herbe forcément plus verte à travers les haies, imaginant les scénarios les plus délirants sur la vie qu'on devait mener à l'autre bout de ces pelouses impeccables ?

Maintenant, bien sûr, il en était revenu. En comparaison du domaine familial de Win, Lockwood Manor, cet endroit ressemblait à un vague taudis coincé derrière une ligne de chemin de fer. Myron avait vu de près comment vivent les riches. Bien sûr, c'est plus joli chez eux mais joli ne veut pas dire heureux. Waoh. Profonde, la pensée. Il n'allait sûrement pas tarder à en déduire que l'argent n'achète pas le bonheur. Ne zappez pas.

Quelques vaches et moutons égarés ici ou là aidaient à maintenir l'illusion paysanne, par nostalgie ou pour bénéficier de déductions fiscales, Myron n'aurait su le dire mais n'en pensait pas moins. Ils s'arrêtèrent devant un long corps de ferme qui avait subi plus de rénovations qu'une star hollywoodienne.

Pour rester dans la métaphore cinématographique, façon *Autant en emporte le vent*, un Noir déguisé en majordome, avec queue-de-pie et chevelure grise assortie, répondit à la porte. Après s'être incliné, il les pria de le suivre. Deux gorilles habillés comme des types des services secrets étaient postés dans le vestibule. Myron regarda Win. Celui-ci hocha la tête. C'étaient bien des gorilles. Pas des types des services secrets. Le plus costaud des deux leur sourit comme s'ils étaient des saucisses de cocktail qu'on ramenait en cuisine. L'autre, nettement plus âgé, faisait presque chétif. Myron repensa à la description que Mabel Edwards avait donnée de ses agresseurs. Difficile d'en être certain tant qu'il ne pourrait pas vérifier la présence du tatouage, mais l'hypothèse n'était pas à écarter.

Le majordome-maître-d'hôtel-larbin les conduisit dans une bibliothèque : des murs de livres sur une hauteur de trois étages couronnés par une coupole de verre qui laissait entrer la lumière nécessaire. La pièce était un ancien silo reconverti ou alors on s'était donné beaucoup de mal pour en donner l'impression. Les reliures étaient en cuir et intactes. Les meubles en acajou rouge cerise. Des tableaux mettant en scène des voiliers d'un autre temps étaient accrochés sous des lampes. Un énorme globe représentant la Terre à une époque où on pensait qu'elle était plate trônait au centre de la pièce. Il y avait à peu près le même dans le bureau de Win. Les gens riches aiment les vieux globes, en conclut Myron. Peut-être en raison du fait qu'ils valent extrêmement cher et ne servent absolument à rien.

Les fauteuils et canapés, en cuir eux aussi, étaient ornés de boutons dorés. Les lampes venaient de chez Tiffany. Un ouvrage était intentionnellement ouvert sur une table basse tout près d'un buste de Shakespeare. Rex Harrison n'était pas assis dans un coin en veste d'intérieur mais il aurait dû.

Comme par magie, une porte à l'autre bout de la pièce – en réalité une étagère entière de bouquins – s'ouvrit. Myron s'attendit presque à voir surgir Bruce Wayne et Dick Grayson appelant Alfred, lequel aurait fait tourner la tête de Shakespeare pour ouvrir un autre passage secret menant à la Batcave. Mais ce fut Arthur Bradford qui apparut, suivi par son frère, Chance. D'une taille impressionnante – il devait atteindre les deux mètres –, Arthur était mince et un peu voûté, comme le sont souvent les grands après cinquante ans. Il était chauve ou, plus exactement, rasé. Chance ne dépassait pas le mètre quatre-vingts avec des cheveux châtains ondulés et ce genre de visage de gamin qui rend impossible de donner un âge avec certitude. Myron savait qu'il avait quarante-neuf ans, trois ans de moins qu'Arthur.

Politicien jusqu'au bout des ongles, Arthur fonça droit sur eux avec l'enthousiasme de l'heureux gagnant qui vient toucher son chèque du loto.

— Windsor ! s'exclama-t-il en s'emparant de la main de Win comme s'il l'avait cherchée toute sa vie. Quel bonheur de vous voir !

Chance s'avança vers Myron comme le type qui, lors d'un double rencard, se tape la fille la plus moche des deux.

Win afficha un sourire des plus vagues.

— Vous connaissez Myron Bolitar ?

Les frères changèrent de partenaire de serrage de mains avec la maîtrise de danseurs professionnels. En acceptant celle d'Arthur Bradford, Myron eut l'impression d'enfiler un vieux gant de base-ball râpeux. De près, il avait une ossature solide, des traits massifs et le teint rougeaud. Le garçon de ferme était toujours là sous le costume et malgré la manucure.

— Nous ne nous sommes jamais rencontrés, dit Arthur à travers son grand sourire, mais tout le monde à Livingston – que dis-je, dans tout le New Jersey ! – connaît Myron Bolitar.

Myron adopta l'air modeste de circonstance mais évita de battre des paupières.

— J'ai assisté à tous vos matches depuis le lycée, continua Arthur avec une immense sincérité. Je suis un de vos plus grands fans.

Myron hocha la tête, sachant qu'aucun des Bradford n'avait jamais mis les pieds dans la salle de sport du lycée de Livingston. Un politicien qui déformait la vérité. Quel choc.

— S'il vous plaît, messieurs, prenez place.

Tout le monde s'enfonça dans du cuir. Arthur Bradford proposa du café qui fut unanimement accepté. Une femme, visiblement hispanique, apparut. « *Café, por favor* », lui dit Arthur Bradford. Encore un linguiste.

Win et Myron s'étaient installés sur un canapé, les frères face à eux dans des fauteuils assortis à haut dossier. Le café arriva sur une table roulante qui aurait pu servir de carrosse à Cendrillon. Il fut servi, lacté et sucré. Puis Arthur Bradford, le candidat dans toute sa splendeur, prit la direction des opérations et tendit lui-même leur breuvage à ses deux invités. Quelle simplicité. Un homme du peuple.

On se replongea dans le cuir moelleux. La domestique s'éclipsa. Myron porta la tasse de porcelaine à ses lèvres. Son addiction toute récente s'accompagnait d'un effet secondaire : il n'appréciait plus que les espressos aussi corrosifs que l'acide sulfurique. La décoction brunâtre que ses compatriotes américains appellent « café » lui évoquait le résultat de ce qui filtrait à travers une grille d'égout un jour de pic de pollution... un tel snobisme gustatif de la part d'un ignare, incapable de faire la différence entre un château-lafite 1917 et un jus de raisin. Pourtant, quand il but la première gorgée de sa mixture, il dut reconnaître que les riches n'avaient pas que des défauts. Ce truc était de l'ambroisie.

Arthur Bradford reposa sa tasse et sa sous-tasse Wedgwood. Il se pencha en avant, bras sur les genoux, mains pieusement croisées.

— D'abord, laissez-moi vous dire à quel point je suis ravi de vous recevoir tous les deux ici. Votre soutien signifie beaucoup pour moi.

Il se tourna vers Win. Le visage de ce dernier resta totalement neutre, patient.

— J'ai cru comprendre que Lock-Horne Securities veut agrandir ses bureaux de Florham Park et ouvrir une nouvelle succursale dans le Bergen County, poursuivit Bradford. Si je peux vous aider en quoi que ce soit, Win, je vous en prie, dites-le-moi.

Win eut un hochement de tête qui ne l'engageait à rien.

— Et si Lock-Horne désire souscrire un contrat quelconque avec l'État du New Jersey, encore une fois, je serai à votre entière disposition.

Arthur Bradford était quasiment assis sur les talons, comme s'il espérait qu'on le gratte derrière les oreilles. Win le récompensa d'un nouveau mouvement de menton sibyllin. Bon chien, ça. Il n'avait pas fallu longtemps à Bradford pour baver à la perspective de magouilles possibles. Il se tourna vers Myron.

— Je crois comprendre, Myron, que vous possédez une entreprise de représentation sportive.

Décidément, ce type croyait tout comprendre. Myron essaya d'imiter le hochement de tête de Win mais il en fit un peu trop. Pas assez subtil. Sûrement une impureté dans les gènes.

— Si je puis vous aider en quoi que ce soit, je vous en prie, n'hésitez pas à demander.

— Je peux dormir dans la chambre de Lincoln ? demanda Myron.

Les frères se figèrent un instant, se regardèrent, puis s'esclaffèrent bruyamment. Leurs rires étaient à peu près aussi authentiques que la chevelure d'un télévangéliste. Win lança un coup d'œil à Myron. Maintenant.

— À vrai dire, monsieur Bradford...

Toujours hilare, celui-ci ouvrit une main de la taille d'une raquette de tennis.

— Je vous en prie, Myron, appelez-moi Arthur.

— D'accord, Arthur. Il y a quelque chose que vous pourriez faire pour nous.

Les rires d'Arthur et Chance se transformèrent en gloussements avant de s'éteindre progressivement comme une chanson à la radio. Leurs visages se firent plus durs. La partie commençait. Ils s'installèrent dans leur moitié de terrain, signalant qu'ils étaient disposés à prêter aux problèmes de Myron quatre oreilles absolument sympathiques.

— Vous souvenez-vous d'une certaine Anita Slaughter ? demanda Myron.

Ils étaient bons, deux hommes politiques parfaitement dressés, mais leurs corps tressaillirent comme si leurs fauteuils venaient de se transformer en chaise électrique. Ils se reprirent très vite, faisant mine de fouiller dans leurs souvenirs, mais le doute n'était pas permis. Le choc avait été rude.

— Non, ce nom ne me dit rien, fit Arthur, les traits crispés dans un effort de réflexion aussi intense qu'un accouchement. Chance ?

— Le nom ne m'est pas inconnu, mais…

Il se tut pour signifier à quel point l'inconnu est un vaste domaine. En revanche, il connaissait la langue de bois comme sa poche.

— Anita Slaughter a travaillé ici, reprit Myron. Il y a une vingtaine d'années. En tant que bonne ou femme de chambre.

Nouvelle séance de pensées abyssales. Si Rodin avait été présent, il aurait pu couler deux superbes bronzes avec ces types. Chance ne quittait pas son frère des yeux, attendant le signal. Arthur Bradford garda la pose encore quelques secondes avant de claquer subitement des doigts.

— Bien sûr, dit-il. Anita. Chance, tu te souviens d'Anita ?

— Oui, bien sûr, psalmodia Chance. Mais nous n'utilisions jamais son nom de famille.

Ils souriaient à présent comme deux vendeurs de bagnoles d'occasion pendant la semaine « Coup de balai ».

— Combien de temps a-t-elle travaillé pour vous ? demanda Myron.

— Oh, je ne sais pas, dit Arthur. Un an ou deux, peut-être. Difficile à dire. Chance et moi ne nous occupions pas du personnel de maison. C'était plutôt le domaine de Mère.

Il en était déjà à évoquer ce qu'en termes juridiques on appelait « ignorance plausible ». Intéressant.

— Vous rappelez-vous des raisons pour lesquelles elle a quitté son emploi au service de votre famille ?

Arthur Bradford garda le sourire, cependant quelque

chose se passa dans ses yeux. Ses pupilles se dilatèrent et, pendant un instant, il parut complètement myope. Il se tourna vers Chance. Tous deux étaient pris au dépourvu par cette attaque imprévue. Ils ne voulaient pas répondre mais ils ne désiraient pas non plus perdre le soutien potentiellement massif de Lock-Horne Securities.

Arthur reprit la direction des opérations.

— Non, je ne me rappelle pas. Et toi, Chance ?

Quand tu doutes, fuis.

Son frère écarta les mains et afficha son sourire de gamin.

— Nous avons eu tellement d'employés... et beaucoup nous ont quittés.

Il se tourna vers Win comme pour dire : « Vous savez ce que c'est. » Mais les yeux de Win, comme toujours, ne semblaient rien savoir du tout.

— A-t-elle démissionné ou bien a-t-elle été renvoyée ?

— Oh, je doute qu'elle ait été renvoyée, dit très vite Arthur. Ma mère a toujours été très généreuse avec le personnel. Elle renvoie rarement, sinon jamais. Ce n'est pas dans sa nature.

Le politicien dans toute sa splendeur. La réponse était vraie ou pas – cela n'avait aucune espèce d'importance pour lui – mais, quelles que soient les circonstances, une pauvre Noire chassée de son emploi de domestique par une riche famille ne faisait pas bonne presse. Un homme politique voit immédiatement ce genre de détails et module sa réponse sur-le-champ. Réalité et Vérité restent toujours assises sur la banquette arrière dans la voiture qui conduit aux élections.

Myron insista.

— Selon ses proches, Anita Slaughter a travaillé ici jusqu'au jour de sa disparition.

Ils étaient tous les deux trop malins pour mordre à l'appât « disparition », pourtant Myron décida quand même de les attendre au tournant. Les gens détestent le silence et souvent se trahissent rien que pour le briser. C'était un vieux truc de flic : laisser planer le doute et les regarder creuser leur propre tombe en tentant de s'expliquer. Avec des hommes politiques, les résultats sont toujours intéressants. Ils sont assez futés pour savoir qu'il vaut mieux la boucler tout en en étant génétiquement incapables.

— Je suis désolé, déclara enfin Arthur Bradford. Comme je vous l'ai déjà expliqué, c'est Mère qui s'occupait de ces choses.

— Alors, c'est peut-être à elle que je devrais parler ?

— Mère est souffrante, je le crains. Elle a plus de quatre-vingts ans, la pauvre.

— J'aimerais quand même essayer.

— J'ai peur que cela ne soit pas possible.

Il y avait un peu d'acier dans la voix maintenant.

— Je vois, dit Myron. Connaissez-vous Horace Slaughter ?

— Non, répondit Arthur. Un parent d'Anita, j'imagine ?

— Son mari, répliqua Myron avant de se tourner vers Chance. Vous le connaissez ?

— Pas que je m'en souvienne.

Pas que je m'en souvienne. Comme s'il se trouvait à la barre des témoins, veillant à se laisser une échappatoire.

— Selon ses relevés téléphoniques, il a fréquemment appelé votre QG de campagne ces derniers temps.

— Beaucoup de gens appellent notre QG de campagne, dit Arthur avant d'ajouter avec un petit gloussement, du moins, je l'espère.

Chance gloussa lui aussi. Des vraies poulettes, ces Bradford.

— Ouais, j'imagine.

Myron consulta alors Win du regard. Celui-ci hocha la tête. Et les deux hommes se levèrent.

— Merci de nous avoir reçus, déclara Win. Nous trouverons la sortie.

Les deux politiciens se forcèrent à ne pas avoir l'air trop choqué. Chance finit par craquer un peu.

— Mais que signifie tout cela ?

Arthur le réduisit au silence d'un regard. Il se leva pour la séance de serrage de mains, mais Myron et Win étaient déjà à la porte.

Myron se retourna soudain, dans le plus pur style Columbo.

— C'est drôle...

— Quoi donc ? demanda Arthur Bradford.

— Que vous ne vous souveniez pas mieux d'Anita Slaughter.

Arthur leva les paumes vers le ciel.

— Nous avons eu beaucoup de domestiques ici depuis toutes ces années.

— Je m'en doute, dit Myron. Mais combien d'entre eux ont retrouvé le cadavre de votre femme ?

Les deux hommes se pétrifièrent. Des statues de marbre... immobiles, lisses et froides. Myron n'attendit pas davantage. Il sortit dans le sillage de Win.

13

Tandis qu'ils franchissaient le portail, Win demanda :
— Que venons-nous au juste d'accomplir ?
— Deux choses. Primo, je voulais savoir s'ils avaient quelque chose à cacher. Maintenant je sais.
— En te basant sur quoi ?
— Leurs mensonges patents et révélateurs et leur ambiguïté qui ne l'est pas moins.
— Ce sont des politiciens. Ils mentiraient et se montreraient ambigus même si tu leur demandais ce qu'ils ont mangé au petit déjeuner.
— Tu ne penses pas qu'ils cachent quelque chose ?
— En fait, si, dit Win. Et, secundo ?
— Je voulais les énerver un peu.
Win sourit. Cette idée lui plaisait davantage.
— Et maintenant, mon vieil ami ?
— Il faut enquêter sur le décès prématuré d'Elizabeth Bradford.
— Comment ?
— Amène-nous sur South Livingston Avenue. Je te dirai où tourner.

Le poste de police de Livingston se trouvait à côté de l'hôtel de ville, en face de la bibliothèque municipale elle-même adjacente au lycée. Myron y pénétra et demanda l'officier Francine Neagly. Francine avait quitté le lycée de l'autre côté de la rue la même année que Myron. Il espérait la retrouver ici.

Un sergent de garde déprimé l'informa, en langage flic, que l'officier Neagly « était actuellement absente » mais qu'elle venait de signaler par radio qu'elle prenait sa pause-déjeuner au *Ritz Diner*.

Un endroit charmant qui tenait de l'atelier de fonderie pour ses murs de brique et des salons de *La croisière s'amuse* pour sa peinture vert d'algue et sa porte rose saumon. Myron détestait ce Ritz-là. À sa grande époque, quand il était lycéen, ce restaurant était un établissement banal, sans prétention, dénommé *L'Héritage*. C'était ouvert vingt-quatre heures sur vingt-quatre, évidemment tenu par des Grecs – ce qui semblait être une loi dans cet État – et fréquenté par des jeunes qui se tapaient des hamburgers et des frites après des vendredis et des samedis soir passés à ne rien glander. Myron et ses copains enfilaient leurs beaux blousons aux couleurs de l'équipe, écumaient les différentes soirées chez les uns ou les autres avant de finir ici. Il essaya de se souvenir de ce qu'il fabriquait à ces soirées, mais rien de particulier ne lui vint à l'esprit. Myron ne picolait pas à l'époque – l'alcool le rendait malade – et il était aussi prude que Blanche-Neige en ce qui concernait les drogues. Alors que foutait-il à ces soirées ? Il se souvenait de la musique, bien sûr, les Doobie Brothers, Steely Dan et Supertramp et de son acharnement à extraire des pensées très profondes des paroles de Blue Oyster Cult (« Hé, mec, à ton avis, qu'est-ce qu'il veut dire, Eric, quand il dit : "Je veux me taper ta fille dans la grange" ? »). Lui aussi en avait connu des filles. Il était même sorti avec certaines. En général une seule et unique fois. Épisode après lequel la belle et lui s'étaient soigneusement évités pendant le restant de leur vie scolaire. Mais c'était à peu près tout. Ils allaient à ces soirées parce qu'ils avaient peur de rater quelque chose. Sauf qu'il ne s'y passait jamais rien. Toutes se fondaient maintenant dans un brouillard indistinct, monotone.

En revanche, Myron se souvenait – et il était convaincu que cela resterait à jamais vivace dans ses vieux stocks de souvenirs – de ses retours à la maison quand il trouvait son père soi-disant endormi dans son fauteuil. Quelle que soit l'heure. Une, deux, trois heures du matin. Myron n'avait pas de couvre-feu. Ses parents lui faisaient confiance. Mais tous les vendredis et samedis soir M. Bolitar l'attendait dans ce fauteuil : il s'inquiétait et, dès qu'il entendait la clé de Myron dans la serrure, il faisait semblant de roupiller. Myron le savait. Son père savait que Myron savait. Pourtant il recommençait chaque fois.

Le coup de coude de Win le ramena au présent.

— Tu te décides à entrer ou bien allons-nous devoir continuer à admirer ce monument à la gloire de la vulgarité moderne ?

— Mes copains et moi, on traînait souvent ici. Quand j'étais au lycée.

Win examina le restaurant puis Myron.

— Quels petits veinards !

Il resta dans la voiture. Myron retrouva Francine Neagly assise au comptoir. Il s'installa sur le tabouret voisin du sien et réprima l'envie de le faire tourner. Mais il ne put s'empêcher d'émettre un petit sifflement.

— Y a pas à dire, l'uniforme, c'est excitant.

Francine Neagly leva à peine les yeux de son assiette.

— En plus, répliqua-t-elle, t'imagines pas le succès quand je fais des strip-teases à des soirées pour célibataires.

— Histoire d'arrondir tes fins de mois ?

— Exactement.

Francine mordit dans un burger aussi saignant qu'une bavure de flic.

— Par tous les saints du calendrier, dit-elle, le héros du village daigne faire une apparition publique.

— Ne commence pas à provoquer une émeute, s'il te plaît.

— T'inquiète. Je suis là. Si les femmes se jettent sur toi, je suis habilitée à les abattre.

Elle essuya des mains très grasses.

— J'ai entendu dire que tu n'habitais plus en ville.

— C'est vrai.

Peu satisfaite du résultat, elle arracha une autre serviette en papier au distributeur.

— Ces derniers temps, c'est plutôt le contraire qui se passe. On répète sans arrêt que les gens veulent quitter les villes. Mais ici, tout le monde revient à Livingston pour élever sa petite famille. Tu te souviens de Santola ? Il est revenu. Il a trois gosses. Et Friedy ? Il a racheté la vieille maison des Weinberg. Deux gosses au compteur. Jordan vit près de St. Phil. Il a retapé une vieille merde. Trois gamines, que des filles. Je te jure, la moitié de notre classe s'est mariée et est revenue vivre ici.

— Et Gene Duluca ? demanda Myron avec un petit sourire.

Francine éclata de rire.

— Je l'ai laissé tomber en première année de fac. Bon Dieu, on était graves, hein ?

Gene et Francine avaient été *le* couple de la classe. Ils passaient tous leurs déjeuners assis à une table de la cafèt' à se rouler des pelles tout en bouffant. Détail crucial : tous deux portaient un appareil dentaire.

— Et gracieux, approuva Myron.

Elle amputa son burger d'une nouvelle bouchée. Une goutte vint s'écraser sur son assiette.

— Tu veux commander un truc bien dégoulinant ? Histoire de te rappeler comment ça fait ?

— Si seulement j'avais un peu plus de temps.
— Ils disent tous ça. Bon, que puis-je faire pour toi, Myron ?
— Tu te souviens de cette mort qui a eu lieu chez les Bradford quand on était au bahut ?

Elle s'arrêta de mordre.

— Un peu.
— Tu sais qui s'en est occupé chez vous ?

Elle avala.

— Wickner, je pense.

Myron le connaissait. Ce type s'était fait greffer des lunettes de soleil miroir sur le nez. Très actif en Little League, le championnat de base-ball minime et cadet. Le genre à vouloir *toujours* gagner. Et qui détestait les gosses dès qu'ils grandissaient et cessaient de le vénérer. Il adorait aussi traquer les jeunes commettant des excès de vitesse. Mais Myron l'avait toujours bien aimé. La vieille Amérique. Aussi fiable qu'un couteau en inox.

— Wickner est toujours là ?
— Non. Il a pris sa retraite. Il est parti s'installer à la cambrousse dans une cabane au bord d'un lac. Mais il repasse souvent en ville. Il traîne autour des terrains et serre des mains. Ils ont même donné son nom à un terrain de base-ball. Avec cérémonie officielle, ruban et ciseaux.
— Désolé d'avoir raté ça, dit Myron. Le dossier de l'affaire pourrait-il être encore au poste ?
— Elle date de quand ?
— Vingt ans.

Francine le regarda. Ses cheveux étaient plus courts qu'à l'époque du lycée et l'appareil dentaire avait disparu mais, à part ça, elle n'avait absolument pas changé.

— Aux archives peut-être. Pourquoi ?
— J'en ai besoin.
— Comme ça… d'un coup ?

Il hocha la tête.

— Tu es sérieux ?
— Ouais.
— Et tu veux que je te le procure ?
— Ouais.

Elle s'essuya à nouveau les mains. Très lentement.

— Les Bradford sont des gens puissants.
— Je sais.
— Tu cherches à le mouiller d'une façon quelconque ? Parce qu'il se présente aux élections ?
— Non.
— Donc, j'imagine que tu as une bonne raison de vouloir ce dossier.
— Ouais.
— Et tu vas me la donner ?
— Pas si je n'y suis pas forcé.
— Une vague idée, alors ?
— Je veux vérifier qu'il s'agissait bien d'un accident.

Nouveau regard.

— Tu as quelque chose qui pourrait te faire penser que ce n'était pas le cas ?
— À peine un très vague soupçon.

Francine Neagly s'empara d'une frite qu'elle examina longuement.

— Si ça débouche sur quelque chose, Myron, c'est à moi que tu viendras le dire, d'accord ? Tu n'iras pas trouver les journaux. Ni le FBI. Tu viendras me voir.
— Marché conclu.

Elle haussa les épaules.

— J'irai jeter un œil.

Il lui tendit sa carte.

— C'était bon de te revoir, Francine.
— Pareil, dit-elle en réattaquant son burger. Au fait, t'es avec quelqu'un ?
— Ouais. Et toi ?
— Non, dit-elle. Mais maintenant que tu m'y as fait penser, j'ai l'impression que Gene me manque.

14

Myron remonta à bord de la Jaguar. Win démarra.

— Ton plan concernant Bradford, dit-il. Il visait à le faire bouger, n'est-ce pas ?

— Oui.

— Alors, félicitations. Les deux gentlemen que nous avons croisés chez lui sont passés devant cet élégant établissement pendant que tu t'y trouvais.

— Où sont-ils maintenant ?

— Probablement au bout de la rue. Ils devraient nous prendre en charge à partir de là. Comment veux-tu que nous la jouions ?

Myron réfléchit un moment.

— Je ne veux pas les alerter pour le moment. Laissons-les nous suivre.

— Où donc, ô grand sage ?

Myron consulta sa montre.

— Quel est ton emploi du temps ?

— Je dois être de retour au bureau à deux heures.

— Tu peux me déposer à l'entraînement de Brenda ? Je me débrouillerai pour rentrer.

Win fit semblant de redresser une casquette.

— Chauffeur, ma vocation.

Ils prirent la 280 jusqu'au New Jersey Turnpike. Win

brancha la radio. Une voix les avertit solennellement de ne pas acheter un matelas par téléphone mais, plutôt, d'aller chez Sleepy consulter « votre professionnel en matelas ». Professionnel en matelas. Myron se demanda s'il existait un doctorat ou juste un master.

— Es-tu armé ? s'enquit Win.
— Je l'ai laissé dans ma voiture.
— Ouvre la boîte à gants.

Ce que fit Myron. Il y trouva trois flingues et plusieurs boîtes de munitions. Il plissa le nez.

— Tu attends une invasion armée ?
— Quel esprit de repartie, remarqua Win avant de montrer un des automatiques. Prends le 38. Il est chargé. Il y a un holster sous le siège.

Myron feignit d'obéir à regret mais, en vérité, il était soulagé. Il aurait dû être armé.

— Tu as compris, bien sûr, dit Win, que ce jeune FJ ne reculera pas.
— Ouais, je sais.
— Nous devons le tuer. Nous n'avons pas le choix.
— Tuer le fils de Frank Ache ? Même toi, tu n'y survivrais pas.

Win sourit avec gourmandise.

— C'est un défi ?
— Non, répondit aussitôt Myron. Ne fais rien pour l'instant. S'il te plaît. Je trouverai quelque chose.

Win haussa les épaules.

Ils franchirent le péage et passèrent devant l'aire de repos Vince Lombardi. Au loin, Myron apercevait encore le Meadowlands Sports Complex. Le Giant Stadium et la Continental Arena semblaient flotter au-dessus d'un immense marécage urbain. Myron contempla l'Arena un moment, silencieux, songeant à sa récente tentative de reprendre le basket. Un échec, mais il l'avait surmonté. On l'avait privé de la possibilité de jouer au jeu qu'il aimait, néanmoins il l'avait admis, il avait accepté la réalité. Myron avait laissé tout ça derrière lui, il s'était remis à avancer, il n'était plus en colère.

Bon, d'accord, il y pensait tous les jours.

— J'ai un peu fouiné, dit Win. Quand le jeune FJ se trouvait à Princeton, un professeur de géologie l'a accusé de triche à un examen.

— Et ?

— *Na, na, na, na. Na, na, na, na. Hey, hey. Good bye.*

Un des tubes préférés de Win. Myron le dévisagea.

— Tu plaisantes, j'espère ?

— On n'a jamais retrouvé le corps. Mais la langue, oui. Elle a été envoyée à un autre prof qui envisageait de lancer les mêmes accusations.

Myron sentit quelque chose lui chatouiller la gorge.

— C'était peut-être Frank, pas FJ.

Win prit un air sceptique.

— Frank est psychotique mais pas gaspilleur. S'il s'en était occupé, il aurait proféré quelques menaces très pittoresques peut-être ponctuées de coups bien placés. Mais ce genre de tuerie inutile... ce n'est pas son style.

Myron crut avoir trouvé une idée.

— Si on en parle à Herman ou à Frank, ils nous débarrasseront peut-être de ce charmant jeune homme.

Win haussa les épaules.

— Le tuer serait plus simple.

— S'il te plaît, non.

Nouvel haussement d'épaules. Ils continuèrent à rouler. Win emprunta la sortie Grand Avenue. Sur leur droite, s'étalait un énorme complexe de lotissements. Dans les années 80, quelques milliards de villas semblables avaient poussé comme des champignons dans le New Jersey. Celui-ci ressemblait à un parc d'attractions pour dépressifs ou au décor de *Poltergeist*.

— Je ne voudrais pas verser dans le sentimentalisme, commença Myron, mais si FJ parvient à me tuer...

— Je passerais quelques semaines divertissantes à semer des miettes de ses organes génitaux à travers toute la Nouvelle-Angleterre. Après cela, je le tuerai sans doute.

Myron en sourit.

— Pourquoi la Nouvelle-Angleterre ?

— J'aime la Nouvelle-Angleterre, déclara Win avant d'ajouter : Et puis, je me sentirais un peu seul dans New York sans toi.

Il appuya sur le bouton MODE et le lecteur de CD déversa le *Ain't no sunshine* de Bill Withers. Super morceau. Y a plus de soleil depuis qu'elle n'est plus là. Myron regarda son ami. Win était généralement aussi sentimental qu'une chambre froide. En fait, c'était juste qu'il aimait très peu de gens. Avec ses rares élus, il se montrait parfois étonnamment ouvert et ses démonstrations d'affection ressemblaient à sa façon de tuer : il touchait juste et fort avant de se fondre dans le néant.

— Horace Slaughter n'avait que deux cartes de crédit, dit Myron. Tu pourrais les vérifier ?

— Il utilisait des distributeurs de billets ?

— Seulement avec sa Visa.

Win hocha la tête et prit les numéros de cartes. Il laissa Myron devant le lycée d'Englewood. Les Dolphins étaient au milieu d'une séance de un contre un. Une joueuse dribblait à travers une série de plots disposés en zigzag sur le terrain pendant qu'une autre essayait de l'en empêcher. Bon exercice. Crevant, mais rien de tel pour développer les quadriceps.

Il y avait une demi-douzaine de personnes sur les gradins à présent. Myron s'installa au premier rang. En un rien de temps, la coach fondit sur lui. Elle était balèze avec des cheveux noirs impeccablement coiffés, un maillot frappé du logo des Dolphins, un jogging gris et des Nike.

— C'est vous, Bolitar ? aboya-t-elle.

On lui avait remplacé la colonne vertébrale par une

barre en titane et son sourire était aussi engageant qu'une pile de parpaings.

— Oui.

— Moi, c'est Podich. Jean Podich.

Elle parlait comme un sergent recruteur. Les mains derrière le dos. Le regard fixe.

— Je vous ai vu jouer, Bolitar. Foutrement impressionnant.

— Merci.

Il faillit ajouter *chef*.

— Vous continuez ?

— À l'occasion, avec des copains.

— Bien. J'ai une joueuse en moins. Entorse. J'ai besoin de quelqu'un pour équilibrer les équipes.

— Je vous demande pardon ?

— J'ai neuf joueuses sur le parquet, Bolitar. Neuf. M'en manque une, ou un, dixième. Il y a tout l'équipement nécessaire aux vestiaires. Y compris des chaussures. Allez vous habiller.

Ce n'était pas une requête.

— J'ai pas ma genouillère, se plaignit Myron.

— On en a aussi, Bolitar. On a tout ce qu'il faut, je vous dis. Le soigneur va vous emballer votre genou. Maintenant, magnez-vous, jeune homme.

Elle fit claquer ses mains, tourna les talons et s'en fut. Myron en resta cloué sur place. Génial. Il ne manquait plus que ça !

Podich souffla dans son sifflet si fort qu'il eut l'impression qu'on lui trouvait la prostate. Les joueuses s'arrêtèrent.

— Lancers francs, séries de dix, dit-elle. Ensuite, petit match.

Les filles s'éparpillèrent sur le terrain. Brenda rejoignit Myron en trottinant.

— Vous allez où ? demanda-t-elle.

— Faut que je me change.

Elle fit semblant de dissimuler un sourire.
— Quoi ? fit-il.
— L'équipement, dit-elle. Ils n'ont que des cyclistes en Lycra jaune.
— Alors, faudrait la prévenir.
— Qui ça ?
— Votre coach. Si je mets un short jaune moulant, les filles ne penseront plus au basket.

Elle rit.

— J'essaierai de garder une attitude professionnelle. Mais évitez les passages en force, je pourrais être tentée de vous mettre la main au panier.

— Je ne suis pas un objet, protesta Myron, dont vous pouvez vous servir selon votre bon plaisir.

— Dommage, dit-elle en le suivant aux vestiaires. À part ça, cet avocat qui a écrit à mon père, Thomas Kincaid…

— Oui ?

— Je me suis souvenue quand j'ai déjà entendu parler de lui. C'était pour ma première bourse. J'avais douze ans. C'est lui qui s'est chargé des papiers.

— Comment ça, il s'est chargé des papiers ?

— Il signait les chèques.

Myron s'immobilisa.

— Vous avez reçu des chèques pour une bourse d'études ?

— Bien sûr. Cette bourse couvrait tout. Les cours, la pension, les livres scolaires. Je notais mes dépenses et Kincaid signait les chèques.

— Quel était le nom de cette bourse ?

— Celle-là, précisément ? Je ne m'en souviens pas. Aide à l'éducation ou quelque chose comme ça.

— Combien de temps Kincaid s'en est-il occupé ?

— J'ai eu droit à cette bourse pendant toutes mes années de lycée. Ensuite, à la fac, j'ai eu une bourse de sport. C'est le basket qui a payé la première partie de mes études supérieures.

— Et l'école de médecine ?

— J'ai eu une autre bourse.

— Le même genre ?

— Non, elle ne provenait pas du même organisme, si c'est ce que vous voulez dire.

— Mais elle vous payait les mêmes trucs ? Les cours, la pension et les bouquins ?

— Oui.

— Et, elle aussi, gérée par un avocat ?

Elle hocha la tête.

— Vous vous souvenez de son nom ?

— Rick Peterson. Il travaille du côté de Roseland.

Un déclic se produisit dans la tête de Myron.

— Quoi ? demanda Brenda.

— Rendez-moi un service. J'ai quelques coups de fil à passer. Vous pouvez faire patienter Frau Panzer pour moi ?

— Je peux essayer.

Elle le laissa seul dans des vestiaires immenses. L'équipement des Dolphins était géré par un type de quatre-vingts ans qui lui demanda ses mensurations. Au bout d'un moment étonnamment court, il revint avec une pile de fringues. T-shirt pourpre, chaussettes noires avec rayures bleues, slip blanc, baskets vertes et, bien sûr, short en Lycra jaune.

Myron fronça les sourcils.

— Vous êtes sûr de ne pas avoir oublié une couleur ?

Le vieux lui lança un regard égrillard.

— J'ai un soutien-gorge rouge, si ça vous dit.

Myron se résolut à décliner cette tentante proposition.

Il passa le maillot et le slip. Enfiler le short lui donna l'impression de se glisser tout entier, ou presque, dans un préservatif. Tout était compressé – sensation pas si désagréable, d'ailleurs. Il s'empara de son portable et fila chez le soigneur. Sur le chemin, il croisa un miroir. Il ressemblait à une boîte de Crayolas oubliée sur la plage arrière d'une voiture. Il s'allongea sur le banc et appela le bureau. Esperanza répondit.

— MB Sports.
— Où est Cyndi ?
— Partie déjeuner.

Une image de Godzilla croquant des citoyens tokyoïtes lui passa devant les yeux.

— Et elle n'aime pas qu'on l'appelle Cyndi, ajouta Esperanza. C'est Big Cyndi.
— Je ne voudrais pas la vexer. Vous avez la liste des coups de téléphone de Horace Slaughter ?
— Oui.
— Il n'y en aurait pas à un avocat nommé Rick Peterson ?

L'hésitation fut brève.

— Vous êtes Mannix réincarné. Il l'a appelé cinq fois.

Les rouages commençaient à s'emballer dans la tête de Myron. Ce qui n'était jamais bon signe.

— Pas d'autres messages ?
— Deux appels de la Mouffiasse.
— S'il vous plaît, ne l'appelez pas comme ça, dit Myron.

Mouffiasse était en fait une amélioration par rapport au qualificatif généralement utilisé par Esperanza pour désigner Jessica (indice : rime avec *mouffiasse* mais commence par la lettre *p*). Myron avait récemment espéré la signature d'un cessez-le-feu entre elles – Jessica ayant invité Esperanza à déjeuner –, mais il était à présent prêt à admettre que seule une fusion thermonucléaire pourrait ramollir ces deux-là. On aurait pu prendre ça pour de la jalousie de la part d'Esperanza et on se serait lourdement gouré. Cinq ans plus tôt, Jessica avait mis Myron en morceaux. Morceaux qu'elle avait ramassés. Elle avait vu de près les ravages du cataclysme.

Certaines personnes sont rancunières. Esperanza s'enveloppait de rancune et se servait de ciment et de Super-Glu pour ne pas risquer de se retrouver à poil.

— Pourquoi appelle-t-elle ici, au fait ? gronda-t-elle. Elle n'a pas votre numéro de portable ?

— Elle ne l'utilise qu'en cas d'urgence.

Esperanza émit un bruit qui lui fit croire qu'elle était en train de se faire égorger.

— C'est beau, une relation si mature.

— Je pourrais avoir le message, s'il vous plaît ?

— Elle veut que vous la rappeliez. Au Beverly Wilshire. Chambre 618. Ça doit être la suite Pouffiasse.

Ah, l'éphémère illusion du progrès. Elle lui lut le numéro qu'il nota.

— Rien d'autre ?

— Votre mère a appelé. N'oubliez pas le dîner ce soir. Votre père officiera au barbecue. On attend une forte concentration d'oncles et de tantes.

— OK, merci. Je repasse cet après-midi.

— Je meurs d'impatience, dit-elle avant de raccrocher.

Myron se gratta la cervelle. Au figuré. Jessica avait appelé deux fois. Hum.

Le soigneur lui proposa une genouillère issue de l'attirail de *Robocop* qui lui prenait pratiquement la jambe de la cheville au slip. Rassurant. Histoire d'assurer le coup, il lui strappa le genou. Myron hésitait à rappeler Jessica mais il finit par se décider. La tête posée sur une sorte d'oreiller en mousse, il composa le numéro du Bervely Wilshire et demanda sa chambre. Elle décrocha comme si elle avait la main sur le combiné.

— Allô ?

— Allô, merveille, dit-il.

Myron, le charmeur.

— Qu'est-ce que tu fais ?

— Je viens juste d'étaler une douzaine de photos de toi par terre, dit-elle. J'envisageais de me mettre entièrement nue, de m'enduire le corps d'huile et de me trémousser dessus.

Myron regarda le soigneur.

— Heu... vous auriez pas un peu de glace ?

Le type parut perplexe. Jessica éclata de rire.

— Trémousser, dit Myron. Ce mot me plaît.

— J'suis écrivain, dit Jessica.

— Bon, comment ça se passe sur l'autre côte ?

L'autre côte. Charabia branché.

— Le soleil brille, dit-elle. Il brille beaucoup trop.

— Alors, reviens à la maison.

Petit silence. Puis :

— J'ai une bonne nouvelle.

— Ah ?

— Tu te souviens de cette boîte qui avait pris une option sur *Salle de contrôle* ?

— Bien sûr.

— Ils veulent que je le produise et que je coécrive le scénario. Plutôt cool, non ?

Myron ne dit rien. Un strap d'acier lui enserrait la poitrine.

— Ce sera génial, continua-t-elle, avec un mélange de pseudo-jovialité et de prudence. Je reviendrais en avion tous les week-ends et tu pourrais venir ici de temps en temps. Tu pourrais même recruter à L.A., dégoter quelques clients sur la côte Ouest. Ce serait génial.

Silence. Le soigneur avait achevé son travail et quitté la pièce. Myron avait peur de parler. Les secondes passaient.

— Ne sois pas comme ça, dit Jessica. Je sais que tu n'es pas ravi. Mais ça marchera. Tu me manqueras à la folie – tu le sais – mais Hollywood bousille toujours mes bouquins. C'est une opportunité incroyable.

Myron chercha son souffle et finit par en trouver un zeste infime.

— Reviens, s'il te plaît.

— Myron...

Il ferma les yeux.

— Ne fais pas ça.

— Je ne fais rien du tout.

— Tu fuis, Jessica. C'est ce que tu fais de mieux.

Silence.

— Ce n'est pas juste, dit-elle.

— J'emmerde la justesse. Je t'aime.

— Je t'aime aussi.

— Alors, reviens à la maison.

Le téléphone était trop petit dans sa main. Il ne pouvait pas le serrer assez fort. Ses muscles se raidissaient. Au loin, il entendit Coach Podich souffler dans son maudit sifflet.

— Tu ne me fais toujours pas confiance, dit doucement Jessica. Tu as encore peur.

— Alors que tu as tant fait pour calmer mes peurs, c'est ça ?

Myron était surpris par sa propre colère.

La vieille image lui sauta de nouveau à la gueule. Il s'appelait Doug. C'était un certain Doug. Il y a cinq ans. Ou peut-être bien Dougie ? Ouais, sûrement. Myron était prêt à parier que ses potes l'appelaient Dougie. Yo, Dougie, on va s'éclater, mec. Et il l'appelait probablement Jessie. Dougie et Jessie. Il y a cinq ans. Myron les avait surpris et son cœur avait éclaté. Explosion suivie d'un incendie. Réduit en cendres.

— Je ne peux pas changer ce qui s'est passé, dit Jessica.

— Je sais.

— Alors, que veux-tu de moi ?

— Je veux que tu reviennes. Je veux qu'on soit ensemble.

Grésillements sur la ligne. Coach Podich appela Molitar. Myron sentait sa poitrine vibrer comme un diapason.

— Tu te trompes, dit Jessica. Je sais que j'avais un peu de mal à m'engager avant...

— *Un peu* de mal ?

— ... mais je ne suis plus comme ça. Je ne suis pas en train de fuir. Tu te trompes.

— Peut-être que je me trompe.

Myron ferma les yeux. Sa respiration était difficile. Il ferait mieux de raccrocher maintenant. Montrer un peu de dureté, un peu de fierté. Arrêter de porter son cœur en bandoulière. Raccrocher.

— Reviens, c'est tout, dit-il. S'il te plaît.

Il sentait la distance qui les séparait, tout un continent, et leurs voix qui se frayaient un chemin à travers des millions d'autres.

— Calmons-nous tous les deux, répondit-elle. On ne va pas régler ça par téléphone de toute manière.

Nouveau silence.

— Écoute, Myron, j'ai une réunion. On en reparle, d'accord ?

Et ce fut elle qui raccrocha. Myron tenait son téléphone vide.

Il était seul.

Il se leva. Ses jambes tremblaient.

Brenda apparut à l'entrée de la pièce, une serviette autour du cou. Son visage luisait de sueur. Elle lui lança un coup d'œil et demanda :

— Ça ne va pas ?

— C'est rien.

Brenda continua à le regarder. Elle ne le croyait pas mais n'insista pas.

— Jolie tenue, dit-elle.

Myron baissa les yeux.

— Et encore, j'ai failli mettre un soutien-gorge rouge.

— Miam-miam.

Il parvint à sourire.
— Allons-y.
Ils s'engagèrent dans le couloir.
— Myron ?
— Ouais ?
— On a beaucoup parlé de moi.
Elle continuait à marcher sans le regarder.
— Ça ne nous tuerait ni l'un ni l'autre si on inversait les rôles de temps en temps. Ça pourrait même être sympa.

Myron hocha la tête sans rien dire. Il aurait bien aimé être un grand silencieux, façon Clint Eastwood ou John Wayne, mais ce n'était pas son genre. Il n'avait rien du gros dur qui garde ses problèmes bien à l'abri derrière sa peau blindée. Il se confiait sans arrêt à Win et à Esperanza. Cependant, ni l'un ni l'autre ne pouvaient l'aider avec Jessica. Esperanza la haïssait tellement qu'elle était incapable de réfléchir de façon rationnelle à son sujet. Quant à Win, eh bien, Win n'était tout simplement pas la personne avec qui on pouvait aborder les problèmes de cœur, ses vues sur le sujet pouvant être qualifiées d'« effrayantes ».

Quand ils arrivèrent au bord du terrain, Myron se figea. Brenda lui lança un regard interrogateur. Deux hommes se tenaient près de la ligne de touche. Costumes sombres froissés, absolument pas à la mode. Regards harassés, cheveux courts et grosses bedaines. Le doute n'était pas permis.

Des flics.

Quelqu'un désigna Myron et Brenda. Les deux hommes se mirent en marche avec lassitude. Brenda semblait perplexe. Myron vint plus ou moins à leur rencontre. Les deux types s'arrêtèrent face à eux.

— Vous êtes Brenda Slaughter ?
— Oui.
— Je suis l'inspecteur David Pepe de la police de Mahwah. Voici l'inspecteur Mike Rinsky. Vous voulez bien nous suivre, s'il vous plaît ?

15

Mryon s'interposa.
— De quoi s'agit-il ?
Les deux flics le dévisagèrent sans le moindre intérêt.
— Vous êtes ?
— Myron Bolitar.
— Et qui est Myron Bolitar ?
— L'avocat de Miss Slaughter.
Un des flics regarda l'autre et réciproquement.
— Vous êtes un rapide, vous, dit-il.
L'autre :
— On se demande bien pourquoi elle a déjà appelé son avocat.
— Bizarre, hein ?
— Je dirais, monsieur Bolitar, dit Flic 2 en examinant avec une certaine gaieté la tenue multicolore de Myron, que vous n'avez pas l'air d'un avocat.
— J'ai laissé mon veston gris à la maison. Que voulez-vous, messieurs ?
— Nous aimerions ramener Miss Slaughter au poste, dit Flic 1.
— S'agit-il d'une arrestation ?
Flic 1 se tourna vers Flic 2.

— Les avocats ne savent pas que quand on arrête les gens, on leur lit leurs droits ?

— Il a dû avoir son diplôme par correspondance. Paraît qu'y a des cours vidéo maintenant.

— Ouais, alors il a dû l'avoir en même temps que son diplôme de réparateur en magnétoscopes.

— Ou alors, il a suivi les cours de l'institut du barreau de derrière les barreaux. Paraît qu'ils filent des diplômes en couleur : avocats marrons et compagnie.

Myron croisa les bras.

— Vous gênez pas, les gars. Je vous en prie, continuez. Vous êtes hilarants tous les deux.

Flic 1 soupira.

— Nous aimerions que Miss Slaughter nous accompagne au poste.

— Pourquoi ?

— Pour parler.

Waoh, ils faisaient des progrès considérables.

— Lui parler de quoi ? tenta Myron.

— Ben, dit Flic 2. C'est pas pour nous.

— C'est ça, c'est pas pour nous.

— Nous, on est juste passés la prendre.

— Voilà, c'est ça : la voiture de Madame est avancée.

Myron s'apprêta à faire un commentaire sur la qualité du service de limousines en question, mais Brenda posa la main sur son bras :

— Allons-y.

— La dame est intelligente, dit Flic 1.

— Elle devrait changer d'avocat, ajouta Flic 2.

Myron et Brenda s'installèrent sur le siège arrière d'une voiture banalisée dont même un aveugle aurait vu qu'il s'agissait d'une caisse banalisée. Conduite intérieure sombre, assortie à leurs costumes et hérissée d'antennes, une Chevrolet Caprice. Caprice de flics, sans doute.

Pendant les dix premières minutes de trajet, personne ne pipa mot. Le visage de Brenda restait fermé mais elle bougea sa main sur le siège jusqu'à toucher celle de Myron. Et elle la laissa là. Le contact était chaud et agréable. Elle le regarda. Il essaya d'avoir l'air confiant, pourtant une affreuse appréhension lui liquéfiait les entrailles.

Ils prirent la Route 4 puis la 7. Rien de plus normal pour aller à Mahwah. Joli petit coin de banlieue à la limite de New York. Ils se garèrent derrière le bâtiment municipal. L'entrée du commissariat se trouvait là. Les deux flics les conduisirent en salle d'interrogatoire. Une table en métal était rivetée au sol et entourée par quatre chaises. Pas de lampe aveuglante. Juste un miroir qui occupait la moitié d'un mur. Seul un demeuré qui ne regardait jamais la télé n'aurait pas su qu'il s'agissait d'un miroir sans tain. Myron se demanda si quelqu'un s'y laissait encore prendre. Même si on ne regarde jamais la télé, pourquoi la police ferait-elle installer un miroir dans une salle d'interrogatoire ? Pour satisfaire la vanité des assassins ?

On les laissa seuls.

— Pourquoi sommes-nous là à votre avis ? s'enquit Brenda.

Myron haussa les épaules. Il en avait une idée assez précise. Mais spéculer maintenant était inutile. Ils ne tarderaient pas à le savoir. Dix minutes passèrent. Mauvais signe. Cinq de plus. Il décida de bluffer.

— Barrons-nous, dit-il.

— Quoi ?

— Rien ne nous oblige à attendre ici. Partons.

Comme par miracle, la porte s'ouvrit. Un homme et une femme entrèrent. L'homme était massif, bâti en forme de barrique – une barrique néanmoins extraordinairement velue. La moustache si épaisse qu'en comparaison celle de Staline ressemblait à un sourcil épilé et les cheveux plantés si bas qu'on se demandait où était passé son front. Il n'aurait pas déparé au Politburo. Devant, sa bedaine menaçait de faire craquer son pantalon alors que, derrière, celui-ci flottait en raison d'un cruel manque de fesses. La chemise était ridiculement étroite. Les manches relevées s'enfonçaient dans ses avant-bras comme des garrots. Le col l'étranglait. C'était peut-être pour ça qu'il était congestionné. Ou alors il était très en colère.

Pour ceux qui prendraient des notes, disons qu'il s'agissait de Méchant Flic.

La femme portait une jupe grise avec sa plaque de détective glissée à la ceinture et un chemisier blanc à col haut. La trentaine, blonde, avec des taches de rousseur et de bonnes joues roses, elle respirait la santé. Si elle avait été une blanquette de veau, le menu aurait spécifié « nourri au lait ».

Elle leur fit un grand sourire.

— Désolée de vous avoir fait attendre.

Jolies dents.

— Je suis l'inspecteur Maureen McLaughlin. Je travaille au bureau du procureur du Bergen County. Voici l'inspecteur Dan Tiles. Il appartient aux services de police de Mahwah.

Tiles ne dit rien. Les bras croisés, il lorgnait Myron comme si c'était un clodo qui venait d'uriner sur sa pelouse. Myron leva les yeux vers lui.

— Je peux vous appeler Danny ?

Pas de réponse. McLaughlin garda son sourire.

— Miss Slaughter... Puis-je vous appeler Brenda ?

Maligne... et amicale avec ça.

— Bien sûr, Maureen, répondit Brenda.

— Brenda, j'aimerais vous poser quelques questions si cela ne vous dérange pas.

— Pourquoi sommes-nous ici ? intervint Myron.

Maureen McLaughlin braqua son sourire vers lui. Avec les taches de rousseur, ça lui donnait un air très coquin.

— Puis-je vous offrir quelque chose ? Un café, peut-être ? Un breuvage froid ?

Myron se leva.

— Allons-nous-en, Brenda.

— Hé, doucement, fit McLaughlin. On se calme, d'accord ? Quel est le problème ?

— Le problème c'est que vous refusez de nous donner la raison de notre présence ici, dit Myron. De plus, vous avez utilisé le mot *breuvage* dans une conversation banale.

Tiles prit la parole pour la première fois.

— Dites-leur.

Sa bouche n'avait même pas bougé. Mais le buisson accroché sous son nez s'était mis à faire du yo-yo. Danny le yo-yo.

McLaughlin semblait soudain affolée.

— Je ne peux pas le dire comme cela, Dan. Ce ne serait…

— Dites-leur, répéta Tiles.

Myron les engloba d'un geste.

— Joli numéro. Vous répétez souvent ?

Mais il ne faisait que gagner du temps maintenant. Il savait ce qui allait venir. Il ne voulait simplement pas l'entendre.

— S'il vous plaît, dit McLaughlin. S'il vous plaît, asseyez-vous.

Le sourire avait disparu.

Tous deux se rassirent lentement. Myron croisa les mains sur la table.

McLaughlin semblait réfléchir à son choix de mots.

— Avez-vous un petit ami, Brenda ?

— Vous gérez un service de rencontres ? intervint Myron.

Soudain, Tiles se décrocha du mur pour venir lui saisir la main droite. Il la souleva, l'étudia un moment avant de la lâcher pour ramasser sa main gauche. Nouvel examen qui s'acheva par une moue dégoûtée.

Myron essaya de ne pas avoir l'air déconcerté.

— Palmolive, dit-il. La douceur en plus.

Tiles s'éloigna et recroisa les bras.

— Dites-leur, répéta-t-il encore une fois.

Les yeux de McLaughlin étaient sur Brenda à présent. Elle se pencha vers elle.

— Votre père est mort, Brenda, dit-elle d'une voix un peu plus sourde. Nous avons retrouvé son corps il y a trois heures. Je suis désolée.

Myron s'y était préparé. Les mots le frappèrent quand même comme une chute de météorites. Pris de vertiges, il serra le rebord de la table entre ses mains. Brenda ne dit rien. Son visage ne changea pas mais elle respirait bizarrement, par petits hoquets.

McLaughlin ne concéda pas énormément de temps aux condoléances.

— Je comprends que c'est un moment très difficile mais nous devons vous poser quelques questions.

— Sortez, dit Myron.

— Quoi ?

— Je veux que Staline et vous, vous foutiez le camp de cette pièce. Cet interrogatoire est terminé.

— Vous avez quelque chose à cacher, Bolitar ?

— Exactement, le yeti. Maintenant, dehors.

Brenda n'avait toujours pas bougé. Elle regarda McLaughlin et proféra un seul mot.

— Comment ?

— Comment quoi ?

Brenda déglutit.

— Comment a-t-il été assassiné ?

Tiles bondit quasiment à travers la pièce.

— Comment savez-vous qu'il a été assassiné ?

— Quoi ?

— Nous n'avons jamais parlé de meurtre, dit Tiles qui semblait très fier de lui. Nous avons simplement dit que votre père est mort.

— Vous nous avez eus, Tiles, fit Myron. Deux flics

nous embarquent, façon Sipowicz et Simone, et bizarrement nous en déduisons que son père n'est pas mort de causes naturelles. On est soit médiums, soit coupables.

— La ferme, connard.

Myron se leva aussitôt, renversant sa chaise, pour se planter si près de Tiles qu'il sentit les poils de sa moustache lui chatouiller la peau.

— Dehors.
— Sinon ?
— Vous me cherchez, Tiles ?
— Parce que j'vais vous trouver ?

McLaughlin s'interposa entre eux.

— Faut pas abuser de la testostérone au petit déjeuner, les gars. Allez, on s'écarte. Tous les deux.

Myron ne lâcha pas Tiles des yeux. Il respira profondément plusieurs fois. Il se conduisait de façon irrationnelle. Il le savait. C'était stupide de perdre son sang-froid. Horace était mort. Brenda avait des ennuis. Il devait garder son calme.

Il se rassit.

— Ma cliente ne dira rien tant que nous ne nous serons pas consultés.

— Pourquoi ? lui dit Brenda. Où est le problème ?

— Ils pensent que c'est vous.

Cela la stupéfia. Elle se tourna vers McLaughlin.

— Vous me suspectez ?

McLaughlin haussa une épaule amicale, genre ne-craignez-rien-je-suis-de-votre-côté.

— Disons qu'il est encore trop tôt pour écarter la moindre hypothèse.

— En langage flic, ça veut dire oui, traduisit Myron.

— La ferme, connard.

Tiles, encore.

Myron l'ignora.

— Répondez à sa question, McLaughlin. Comment son père a-t-il été tué ?

McLaughlin hésita puis se décida.

— Horace Slaughter a été abattu d'une balle dans la tête.

Brenda ferma les yeux.

Dan Tiles s'immisça de nouveau dans la discussion.

— À bout portant, ajouta-t-il.

— Exact, à bout portant. Et par-derrière.

— À bout portant, répéta Tiles.

Il posa les poings sur la table et se pencha en avant.

— Comme s'il connaissait son tueur. Comme si c'était quelqu'un en qui il avait confiance.

— Vous avez un truc coincé dans la moustache, fit Myron. On dirait de l'omelette.

Tiles se pencha encore jusqu'à ce que leurs nez se frôlent. Il avait de gros pores. Vraiment très gros. Myron eut presque peur de tomber dans l'un d'entre eux.

— J'aime pas ton attitude, connard.

Myron se pencha à son tour. Puis il secoua doucement la tête, frottant le bout de son nez avec le sien.

— Si on était esquimaux, on serait fiancés maintenant.

Par pur réflexe, Tiles s'écarta. Mais il ne tarda pas à se reprendre.

— Tu peux jouer au con mais ça ne change rien à ce qui s'est passé : Horace Slaughter a été abattu à bout portant.

— Ce qui signifie que dalle, Tiles. Si vous étiez vraiment flic, vous sauriez que la plupart du temps ce sont les tueurs à gages qui abattent leurs victimes à bout portant. Et non les parents proches.

Que ce soit vrai ou pas, Myron n'en avait pas la moindre idée. Mais ça sonnait bien.

Brenda s'éclaircit la gorge.

— Où a-t-il été abattu ?

— Je vous demande pardon ? fit McLaughlin.

— Où a-t-il été abattu ?

— Je viens de vous le dire. Dans la tête.

— Non, je veux dire où. Dans quelle ville ?

Bien sûr, ils avaient parfaitement compris ce qu'elle voulait dire, ils espéraient juste qu'elle commettrait un faux pas.

Myron lui répondit.

— Il a été tué ici, à Mahwah, dit-il avant de se tourner vers Tiles. Et avant que Magnum se frise la moustache, c'est la déduction qui s'impose puisque nous nous trouvons au poste de police de Mahwah. Ce qui implique que son corps a été retrouvé ici.

McLaughlin reprit l'initiative.

— Brenda, quand avez-vous vu votre père pour la dernière fois ?

— Ne répondez pas, dit Myron.

— Brenda ?

Celle-ci se tourna vers Myron. Les yeux écarquillés, elle semblait à peine le voir. Elle luttait pour refouler ses émotions et cette lutte commençait à l'épuiser. Sa voix était presque une supplique.

— Finissons-en, d'accord ?

— Je vous conseille de ne pas répondre.

— Bon conseil, dit Tiles. Si vous avez quelque chose à cacher.

Myron le regarda.

— Et vous, qu'est-ce que vous cachez derrière tous ces poils ?

Cette fois, McLaughlin ne laissa pas la situation dégénérer mais garda toute sa sollicitude. La vraie meilleure copine.

— Laissez-moi vous expliquer, Brenda. Si vous répondez à nos questions maintenant, nous en aurons très vite terminé. Mais si vous vous taisez, nous devrons nous demander pourquoi. Ce qui ne serait pas bon pour vous, Brenda. Nous pourrions croire que vous avez quelque chose à cacher. Et puis, il y a les médias.

Myron leva la main.

— Quoi ?

Tiles s'occupa de ça.

— C'est pourtant simple, connard. Fais ton cinéma d'avocat et nous dirons aux médias qu'elle est suspecte, qu'elle refuse de coopérer.

Il ricana.

— Miss Slaughter ici présente aura de la chance si on lui permet de faire de la pub pour des préservatifs.

Bref silence. Frapper un agent là où ça fait mal.

— Quand avez-vous vu votre père pour la dernière fois, Brenda ?

Myron allait de nouveau intervenir mais Brenda l'en empêcha d'un geste.

— Il y a neuf jours.

— Dans quelles circonstances ?

— Nous étions dans son appartement.

— Continuez, s'il vous plaît.

— Continuez quoi ? intervint Myron.

Règle numéro vingt-six du parfait petit avocat : ne jamais laisser l'interrogateur – qu'il soit flic ou avocat de la partie adverse – imposer son rythme.

— Vous lui avez demandé quand elle vu son père pour la dernière fois. Elle vous a répondu.

— J'ai demandé dans quelles circonstances, répliqua McLaughlin. S'il vous plaît, Brenda, dites-moi ce qui s'est passé lors de votre visite.

— Vous savez ce qui s'est passé, dit Brenda.

Myron ne pouvait pas en dire autant.

Maureen McLaughlin acquiesça.

— J'ai en ma possession une plainte.

Elle fit glisser une feuille de papier sur la table métallique.

— C'est bien votre signature, Brenda ?

— Oui.

Myron prit la feuille mais n'eut pas le temps de la lire.

— Cela décrit-il de façon exacte votre dernière rencontre avec votre père ?

Les yeux de Brenda étaient durs à présent.

— Oui.

— Donc, ce jour-là, dans son appartement, lors de votre dernière rencontre, votre père vous a agressée à la fois physiquement et verbalement. C'est bien exact ?

Myron ne broncha pas.

— Il m'a bousculée, dit Brenda.

— Assez fort pour que vous demandiez une ordonnance restrictive, c'est bien ça ?

Myron essayait de suivre mais il commençait à se sentir comme une bouée dans un torrent. Horace avait agressé sa propre fille et maintenant il était mort. Il fallait revenir à la surface, remonter dans la barque.

— Arrêtez de la harceler, dit-il d'une voix qui lui parut faible et forcée. Vous avez les documents officiels, alors finissons-en.

— Brenda, parlez-moi de l'agression de votre père, s'il vous plaît.

— Il m'a poussée.

— Pouvez-vous me dire pourquoi ?

— Non.

— Non, vous ne voulez pas ? Ou non, vous ne savez pas ?

— Non, je ne sais pas.

— Il vous a juste bousculée ?

— Oui.

— Vous entrez chez lui. Vous dites : « Salut, Papa. » Et aussitôt il vous insulte et vous agresse. C'est bien ce que vous êtes en train de nous dire ?

Brenda essayait de garder un visage calme mais certains muscles ne lui obéissaient plus. Le masque était sur le point de craquer.

— Ça suffit, dit Myron.

McLaughlin insista.

— Est-ce bien ce que vous êtes en train de nous dire, Brenda ? L'agression de votre père était totalement injustifiée ?

— Elle est en train de ne rien vous dire du tout, McLaughlin. Basta.

— Brenda…

— Nous ne sommes plus ici.

La prenant par le bras, Myron força quasiment Brenda à se lever. Tiles se déplaça de façon à bloquer la porte.

McLaughlin continuait à parler.

— Nous pouvons vous aider, Brenda. Mais c'est votre dernière chance. Si vous partez maintenant, vous serez sous le coup d'une mise en examen pour meurtre.

Brenda parut émerger de l'espèce de transe dans laquelle elle se trouvait.

— De quoi parlez-vous ?

— Ils bluffent, dit Myron.

— Vous voulez que je vous fasse un dessin ? continua McLaughlin. Votre père est mort depuis un moment déjà. Nous n'avons pas encore pratiqué d'autopsie mais je suis prête à parier que sa mort remonte à une semaine. Vous êtes intelligente, Brenda. Vous comprenez la situation. Vous deux, vous aviez des problèmes. Nous en avons la preuve ici même. Il vous a agressée il y a neuf jours. Vous êtes allée au tribunal pour l'obliger à ne plus s'approcher de vous. Notre théorie, c'est que votre père n'a pas obéi à cette injonction. C'était, à l'évidence, un homme violent, probablement rendu furieux, au point d'en avoir perdu tout contrôle, par ce qu'il percevait comme de la déloyauté de votre part. C'est bien ce qui s'est passé, Brenda ?

— Ne répondez pas, dit Myron.

— Laissez-moi vous aider, Brenda. Votre père n'a pas respecté l'ordre du tribunal, c'est bien ça ? Il vous a harcelée ?

Brenda demeura silencieuse.

— Vous étiez sa fille. Vous lui aviez désobéi. Vous l'aviez publiquement humilié. Alors, il a décidé de vous donner une leçon. Et quand il s'est attaqué à vous quand cet homme très grand, terrifiant, vous a une nouvelle fois attaquée, vous n'avez pas eu le choix. Vous l'avez abattu. C'était de la légitime défense, Brenda. Je vous comprends. J'en aurais fait autant. Mais si vous franchissez cette porte, Brenda, je ne pourrais plus vous aider. Nous passerons d'un acte justifiable à un meurtre de sang-froid. C'est aussi simple que ça.

McLaughlin lui prit la main.

— Laissez-moi vous aider, Brenda.

Le silence tomba sur la pièce. Le visage constellé de taches de rousseur de McLaughlin était totalement sincère, la parfaite image de la sollicitude, de la confiance et de la générosité. Myron jeta un coup d'œil vers Tiles. Celui-ci détourna les yeux.

Très mauvais signe.

McLaughlin avait exposé une jolie petite théorie. Qui tenait debout. Myron comprenait pourquoi ils étaient prêts à la croire. Il y avait des frictions entre le père et la fille. Un passé reconnu et attesté d'abus. Un ordre du tribunal...

On se calme.

Myron dévisagea à nouveau Tiles. Qui refusa encore de croiser son regard.

Myron se souvint alors du sang sur la chemise dans le placard. Les flics ne savaient rien à ce sujet, ne pouvaient pas savoir...

— Elle veut voir son père, s'exclama-t-il soudain.

Tout le monde se tourna vers lui.

— Pardon ?

— Son corps. Elle veut voir le corps de Horace Slaughter.

— Ce ne sera pas nécessaire, dit McLaughlin. Nous

l'avons identifié grâce à ses empreintes. Il n'y a aucune raison de soumettre...

— Refusez-vous à Miss Slaughter la possibilité de voir le corps de son père ?

McLaughlin battit en retraite.

— Bien sûr que non. Si c'est vraiment ce que vous voulez, Brenda...

— C'est ce que nous voulons.

— C'est à Brenda que je parle...

— Je suis son avocat, inspecteur. Adressez-vous à moi.

McLaughlin se figea. Puis elle secoua la tête et se tourna vers Tiles. Il haussa les épaules.

— Très bien, dit McLaughlin. Nous allons vous conduire.

16

Le bâtiment de médecine légale du Bergen County ressemblait à une petite école élémentaire. Une sorte de longue boîte en briques rouges, sans étage et parfaitement banale, mais que demander de plus à une morgue ? Les chaises de la salle d'attente étaient en plastique moulé et aussi confortables qu'un nerf coincé. Myron était déjà venu ici, peu après le meurtre du père de Jessica. Le souvenir n'était pas agréable.

— Nous pouvons entrer maintenant, dit McLaughlin.

Brenda resta près de Myron tandis qu'ils longeaient le petit couloir. Il passa un bras autour de sa taille. Elle se colla contre lui. Elle ne cherchait qu'un peu de réconfort. Il le savait. Il savait aussi que cela n'aurait pas dû lui paraître aussi normal.

Ils pénétrèrent dans une pièce où métal et carrelage luisaient. Pas de gros tiroirs ou quoi que ce soit de ce genre. Les vêtements – un uniforme de gardien – se trouvaient dans un sac en plastique transparent posé sur une paillasse. Dans un coin, tous les instruments et autres ustensiles utilisés étaient cachés sous un drap. Comme l'était la table se trouvant au centre. Myron vit immédiatement que le corps qui y gisait appartenait à un homme de grande taille.

Tous se rassemblèrent autour du brancard. Sans cérémonie superflue, un homme, le légiste, sans doute, souleva le drap. Pendant un instant très bref, Myron se dit que les flics s'étaient peut-être plantés avec leurs empreintes. C'était un espoir infime, basé sur rien. Mais il était certain qu'il traversait l'esprit de chaque personne venant ici identifier un proche – un dernier fantasme, le rêve qu'une merveilleuse erreur avait été commise. C'était naturel.

Il n'y avait pas eu d'erreur.

Les yeux de Brenda se gonflèrent. Elle pencha la tête, se massacrant les lèvres. Sa main se tendit pour venir effleurer la joue rigide.

— Ça ira, dit McLaughlin.

Le légiste voulut remonter le drap. Mais Myron l'en empêcha. Il contempla la dépouille de son vieil ami. Sentant les larmes lui monter aux yeux, il les refoula aussitôt. Ce n'était pas le moment. Il avait un but en venant ici.

— La blessure faite par la balle, dit-il d'une voix rauque. Elle est derrière ?

Le légiste lança un coup d'œil à McLaughlin. Celle-ci acquiesça.

— Oui, dit-il. Je l'ai nettoyé quand j'ai su que vous veniez.

Myron montra la joue droite de Horace.

— Qu'est-ce que c'est ?

Le médecin légiste parut nerveux.

— Je n'ai pas encore eu le temps d'analyser correctement le corps.

— Je ne vous ai pas demandé une analyse, docteur. Je vous ai demandé ce que c'est.

— Oui, je comprends. Mais je préfère ne pas émettre de supposition avant d'avoir effectué l'autopsie.

— Eh bien, docteur, ceci est une ecchymose, dit Myron. Et elle date d'avant la mort. On peut le déduire d'après la lividité et la coloration.

Il ignorait si c'était vrai.

— Et son nez semble aussi avoir été brisé, n'est-ce pas, docteur ?

— Ne répondez pas, dit McLaughlin.

— Ce n'est pas nécessaire, en effet.

Myron entraîna Brenda à l'écart de cette forme qui avait autrefois été son père.

— Bien essayé, McLaughlin. Appelez-nous un taxi. Nous n'avons plus rien à vous dire.

Quand ils se retrouvèrent seuls dehors, Brenda demanda :

— Vous voulez bien m'expliquer ?

— Ils ont tenté de vous piéger.

— Comment ?

— Pour les besoins de la discussion, disons que vous avez assassiné votre père. Les flics vous interrogent. Vous êtes nerveuse. Soudain, ils vous proposent la version idéale pour vous en sortir.

— Le truc de la légitime défense.

— Exact. Ils appellent ça « homicide justifiable ». Ils font semblant d'être de votre côté, de vous comprendre. Si vous êtes la tueuse, vous sautez sur l'occasion, pas vrai ?

— Si j'étais la tueuse, ouais, je suppose.

— Mais, vous voyez, McLaughlin et Tiles étaient au courant de ces ecchymoses.

— Et alors ?

— Et alors, si vous aviez abattu votre père en état de légitime défense, comment expliquer les coups qu'il a reçus avant de mourir ?

— Je ne comprends pas.

— Voilà comment ils voient les choses. Ils vous amènent à vous confesser. Vous acceptez leur version, en racontant comment il vous a attaquée et comment vous avez dû l'abattre. Mais, dans ce cas, d'où viennent ces blessures au visage ? Tout à coup, McLaughlin et Tiles produisent une nouvelle preuve qui contredit votre version des faits. Quelle est la situation ? Vous avez signé des aveux que vous ne pouvez plus rétracter et eux, ils utilisent ces ecchymoses pour démontrer que ce n'était pas de la légitime défense. Vous êtes baisée.

Brenda rumina ce petit exposé.

— Donc, ils pensent que quelqu'un l'a frappé avant sa mort ?

— Oui.

— Ils croient vraiment que c'est moi qui aurais pu le passer à tabac ainsi ?

— Probablement pas.

— Alors, qu'est-ce qu'ils s'imaginent ?

— Que vous l'avez surpris avec une batte de base-ball, par exemple. Mais, plus probablement – et c'est là où est le piège –, ils sont convaincus que vous avez un complice. Vous vous souvenez comment Tiles a vérifié mes mains ?

Elle hocha la tête.

— Il cherchait des phalanges abîmées. Quand on cogne quelqu'un, en général, ça laisse des traces sur les mains.

— Et c'est aussi pour ça qu'elle m'a demandé si j'avais un petit ami ?

— Exact.

Le soleil commençait à se fatiguer. La circulation grondait. Ils se trouvaient sur un parking donnant sur la rue. Quelques hommes et femmes regagnaient leurs voitures après une journée passée sous les néons d'un bureau, le visage pâle, les yeux clignotants.

— Ils croient donc que mon père a été tabassé juste avant d'être tué.

— Oui.

— Mais nous savons que ce n'est probablement pas ce qui s'est passé.

Myron acquiesça.

— Le sang sur la chemise. Selon moi, votre père a été agressé un ou deux jours avant. Soit il s'en est tiré tout seul, soit ce passage à tabac n'était qu'un avertissement. Il est allé à St. Barnabas désinfecter les plaies. Il s'est servi de la chemise pour éponger le sang qui lui coulait du nez. Ensuite, il a tenté de se planquer.

— Mais quelqu'un l'a retrouvé et l'a tué.

— Oui.

— Ne devrions-nous pas parler de la chemise ensanglantée à la police ?

— Je ne sais pas trop. Réfléchissez une seconde. Les flics sont persuadés que vous êtes coupable. Et voilà qu'on leur amène une chemise de votre père tachée de sang. Cela plaidera-t-il en votre faveur ou pas ?

Brenda hocha la tête avant de se détourner brusquement. De nouveau, elle respirait bizarrement. Beaucoup trop vite, pensa Myron. Il demeura à l'écart, préférant la laisser tranquille. Son cœur recommençait à enfler. Plus de mère, plus de père, pas de frère ni de sœur. Quel effet ça faisait ?

Un taxi finit par arriver. Brenda cette fois se tourna face à lui.

— Où voulez-vous que je vous dépose ? demanda-t-il. Chez un ami ? Chez votre tante ?

Elle réfléchit à sa proposition. Puis elle secoua la tête, le regardant droit dans les yeux.

— Je crois que je préférerais rester avec vous.

17

Le taxi s'arrêta devant la maison des Bolitar dans Livingston.
— Nous pouvons aller ailleurs, essaya-t-il de nouveau.
Elle secoua la tête.
— Rendez-moi juste un service.
— Lequel ?
— Ne leur parlez pas de mon père. Pas ce soir.
Oncle Sydney et tante Selma étaient déjà là. Tout comme oncle Bernie, tante Sophia et leurs garçons. D'autres voitures arrivèrent tandis qu'il payait le chauffeur. Mme Bolitar sprinta dans l'allée pour étreindre son Myron comme s'il venait à peine d'être relâché par des terroristes du Hamas. Elle serra aussi Brenda dans ses bras. Et tous les autres en firent autant. Son père était au barbecue. Un gril au gaz, désormais, Dieu merci, ce qui lui évitait de verser de l'essence sur le feu. Il portait une toque de chef à peu près aussi haute qu'une tour de contrôle et un tablier qui proclamait VÉGÉTARIEN REPENTI. Brenda fut présentée comme une cliente. Mme Bolitar l'entraîna très vite à l'écart de Myron, nouant inextricablement son bras autour de son coude pour lui faire visiter la maison. D'autres gens débarquèrent. Les voisins. Chacun avec une salade de pâtes

ou une salade de fruits ou une salade d'autre chose. Les Dempsey, les Cohen, les Daley et les Wenstein. Les Braun avaient finalement succombé aux charmes torrides de la Floride et un très jeune couple avec deux gamins les avaient remplacés. Ceux-là vinrent aussi.

Les festivités commencèrent. On sortit une batte et une balle de soft-ball. Les équipes furent choisies. Quand Myron frappa et rata la balle, tous les joueurs s'écroulèrent comme soufflés par le courant d'air. Marrant. Tout le monde parlait à Brenda. Ils voulaient tous des nouvelles de la nouvelle ligue féminine, mais furent bien plus impressionnés d'apprendre qu'elle allait devenir médecin. M. Bolitar la laissa même s'occuper du gril un moment, un sacrifice qui équivalait pour lui à un don de rein. L'odeur de viande grillée emplissait l'air : poulet, burgers et hot dogs de chez Don's Deli (ma mère n'achetait ses hot dogs que chez Don), auxquels s'ajoutaient des chiches-kébabs et même quelques steaks de saumon pour les malades de la santé.

Myron n'arrêtait pas de regarder Brenda. Brenda n'arrêtait pas de sourire.

Des gamins, dûment casqués, garèrent leurs vélos au bout de l'allée. Le gosse des Cohen portait une boucle d'oreille. On se moqua de lui. Il baissa la tête en se marrant. Vic Ruskin donna à Myron un tuyau sur la Bourse. Myron le remercia et l'oublia aussitôt. Fred Dempsey dénicha un ballon de basket dans le garage. La fille Daley fit les équipes. Myron dut jouer. Brenda aussi. Rigolade générale. Myron engloutit un cheeseburger entre deux paniers. Délicieux. Timmy Ruskin tomba et s'écorcha le genou. Pleura. Brenda s'accroupit pour examiner la blessure. Elle lui colla un pansement sur la rotule et un bisou sur la joue. Timmy rayonnait.

Des heures passèrent. La pénombre s'installa lentement comme elle le fait dans le ciel d'été des banlieues. Les gens commencèrent à rentrer chez eux. Voitures et vélos s'évanouirent. Des pères posèrent leurs bras sur les épaules de leurs fils. Des petites filles rentrèrent chez elles perchées sur des épaules. Tout le monde embrassa M. et Mme Bolitar. Myron regarda ses parents. Désormais, ils étaient la plus ancienne famille du coin, quasiment les grands-parents du quartier. Soudain, ils lui parurent vieux. Cela l'effraya.

Brenda vint derrière lui.

— C'est merveilleux, lui dit-elle.

Et ça l'était. Quoi qu'en pense Win. Quant à Jessica, ce genre de scènes suscitait chez elle un ennui prodigieux. Sa propre famille planquait sa décomposition derrière une façade si lisse qu'elle ressemblait à une photo sur papier glacé. Les visites qu'elle lui rendait étaient d'une brièveté déconcertante, comme si elle avait la trouille de se faire coincer dans la photo. Quand Myron et Jess revenaient de ces soirées, il régnait dans la voiture un silence total. Myron y songea. Et il repensa à ce que Win lui avait raconté à propos des illuminations mystiques.

— Votre père me manque, dit-il à Brenda. Je ne lui ai pas parlé depuis dix ans. Mais il me manque quand même.

Elle hocha la tête.

— Je sais.

Ils aidèrent à débarrasser. Il n'y avait pas grand-chose à faire. On avait utilisé des assiettes en papier et des couverts en plastique. Brenda et ma mère riaient tout le temps. Ma chère maman me lançait sans cesse des regards. Des regards un peu trop sûrs d'eux.

— J'ai toujours voulu que Myron devienne médecin. Étonnant, non ? Une mère juive qui veut que son fils soit médecin.

Les deux femmes s'esclaffèrent.

— Mais il s'évanouit à la vue du sang, poursuivit-elle. Il ne supporte pas. Myron a dû attendre dix-huit ans pour oser aller voir un film interdit aux moins de seize ans. Il a dormi avec la lumière allumée jusqu'à…

— Maman !

— Oh, je le gêne. Je suis ta mère, Myron. C'est normal que je te gêne. N'est-ce pas, Brenda ?

— Absolument, madame Bolitar.

— Pour la dixième fois, appelez-moi Ellen. Et le père de Myron, c'est Al. Tout le monde nous appelle El Al. Comme la compagnie aérienne.

— Maman !

— Chut… Bon, je vous laisse. Brenda, vous dormez ici ? La chambre d'ami est prête.

— Merci, Ellen. C'est très gentil à vous.

Mme Bolitar tourna les talons.

— Je vous laisse, les enfants.

Son sourire était trop heureux.

Le silence tomba dans la cour. La pleine lune était la seule source de lumière. Le chant des criquets, la seule source de bruit. Bon, un chien aboya. Mais une fois seulement. Ils se mirent à marcher. En parlant de Horace. Pas de son meurtre. Ni des raisons pour lesquelles il avait disparu. Ils ne parlèrent pas d'Anita Slaughter, ni de FJ, ni de la ligue, ni des Bradford. Ils ne parlèrent de rien d'autre. Juste de Horace.

Ils se retrouvèrent devant Burnet Hill, l'école élémentaire de Myron. Quelques années auparavant, la ville en avait fermé la moitié en raison de la proximité de câbles électromagnétiques à haute tension. Myron avait passé trois ans sous ces câbles. Ce qui pouvait expliquer certaines choses.

Brenda s'assit sur une balançoire. Sa peau luisait au clair de lune. Elle se mit à se balancer, poussant avec les jambes. Il prit place à ses côtés, la rejoignant dans les airs. Malgré sa solidité, le portique de métal trembla sous leurs assauts conjugués.

Ils se calmèrent un peu.

— Vous ne m'avez pas interrogée sur ce qui s'est passé entre mon père et moi, demanda-t-elle.

— Rien ne presse.

— Il n'y a pas grand-chose à dire.

Myron garda le silence, attendant la suite.

— Je suis allée le voir. Il était soûl. Papa ne buvait pas. Alors, quand il s'y mettait, c'était terrible. Il délirait déjà quand j'ai ouvert la porte. Il s'est mis à m'insulter. Il m'a traitée de petite salope. Puis il m'a poussée.

Myron secoua la tête, ne sachant comment réagir.

Brenda immobilisa la balançoire.

— Il m'a aussi appelée Anita.

La gorge de Myron se serra.

— Il vous prenait pour votre mère ?

— Il avait une telle haine dans les yeux. Je ne l'avais jamais vu comme ça.

Myron resta calme. Une théorie prenait lentement forme dans son esprit. Le sang dans le casier à St. Barnabas. Les appels aux avocats et aux Bradford. La fuite de Horace. Son meurtre. Tout ça commençait à s'ajuster dans un cadre plus global. Mais, pour le moment, il ne s'agissait que d'une hypothèse basée sur de pures spéculations. Il n'osait pas encore la formuler. Mieux valait s'accorder une bonne nuit de sommeil pour laisser mariner tout ça dans son jus de cervelle.

— Nous sommes loin de chez les Bradford ? demanda Brenda.

— Dix minutes à pied.

Elle ne le regardait pas.

— Vous pensez toujours que ma mère s'est enfuie à cause de quelque chose qui s'est passé chez eux ?

— Oui.

Elle se leva.

— Allons là-bas.

— Il n'y a rien à voir. Juste un portail et des haies.

— Ma mère a franchi ce portail pendant six ans. Ça me suffira. Pour l'instant.

Ils empruntèrent le passage entre Ridge Drive et Coddington Terrace – Myron avait peine à croire qu'il existait encore après toutes ces années – avant de tourner à droite. Ils aperçurent les lumières sur la colline. Mais rien de plus. Brenda s'approcha du portail. Le gardien loucha vers elle. Elle s'arrêta devant les barres de fer. Et demeura là quelques secondes.

Le gardien s'avança.

— Je peux faire quelque chose pour vous, m'dame ?

Brenda secoua la tête et s'éloigna.

Il était tard quand ils revinrent à la maison. Le père de Myron faisait semblant de dormir dans son fauteuil. Les vieilles habitudes... Myron le « réveilla ». Il sursauta. Même Pacino n'en aurait pas fait autant. Souriant, M. Bolitar souhaita une bonne nuit à Brenda avant que Myron l'embrasse sur la joue. Celle-ci était rêche et sentait légèrement l'Old Spice. Indispensable.

Le lit était fait dans la chambre d'ami au rez-de-chaussée. La femme de ménage avait dû passer parce que la mère de Myron évitait les tâches domestiques comme si c'étaient des déchets nucléaires. Elle avait eu un gosse et travaillé toute sa vie, elle avait fait carrière, bien avant le féminisme. C'était une des avocates les plus redoutées du New Jersey.

Ses parents récupéraient les trousses de toilette qu'on distribue en première classe dans les avions. Il en donna une à Brenda. Il lui trouva aussi un T-shirt et un pantalon de pyjama.

Quand elle l'embrassa sur la bouche, son corps se transforma en une immense réaction chimique. L'excitation du premier baiser, la nouveauté. Son goût, son odeur. Ce corps, si présent, si solide et si jeune, qui se pressait contre le sien. Myron ne s'était jamais senti aussi perdu, aussi ivre, aussi nébuleux. Quand leurs langues se touchèrent, il s'entendit gémir.

Il s'écarta.

— On ne devrait pas. Votre père vient de mourir. Vous…

Elle le fit taire avec un autre baiser. Myron lui prit la tête dans sa paume. Les larmes lui montèrent aux yeux tandis qu'il la tenait.

Quand le baiser s'acheva, ils se serrèrent tous les deux très fort, haletants.

— Si vous me dites que je fais ça parce que je suis vulnérable, dit-elle, vous aurez tort. Et vous le savez.

La gorge de Myron se noua.

— Jessica et moi, on traverse une période difficile.

— Il ne s'agit pas de ça, non plus.

Il le savait aussi. Et après une décennie passée à aimer la même femme, c'était peut-être ce qui le terrifiait le plus. Il recula d'un pas.

— Bonne nuit, parvint-il à dire.

Myron fonça à la cave dans son ancienne chambre. Il rampa sous les draps et se les coinça sous le menton. Il contempla les vieux posters de John Havlicek et de Larry Bird. Havlicek, le plus grand de tous les Celtic, s'était retrouvé sur ce mur quand il avait six ans. Bird l'avait rejoint en 1979. Myron cherchait un peu de réconfort et peut-être un moyen de fuir dans cette vieille chambre, dans ces images si familières.

Il ne trouva ni l'un ni l'autre.

18

La sonnerie du téléphone et l'écho de voix étouffées envahirent son sommeil, chassant son rêve. Quand Myron ouvrit les paupières, il l'avait déjà pratiquement oublié. Dans le rêve, il était plus jeune. Une profonde tristesse le saisit tandis qu'il revenait à la conscience. Il referma les yeux, essayant de ne pas quitter ce si doux royaume nocturne. La deuxième sonnerie dispersa les dernières images comme un nuage de poussière.

Il trouva son portable. Depuis trois ans, le réveil sur sa table de nuit indiquait midi. Myron consulta sa montre. Pas encore sept heures du matin.

— Allô ?
— Où es-tu ?

Il lui fallut un moment avant de reconnaître la voix. Francine Neagly. L'officier Francine Neagly, sa vieille copine d'école.

— Chez mes parents, coassa-t-il.
— Tu te souviens de Halloween ?
— Ouais.
— Retrouve-moi là-bas dans une demi-heure.
— Tu as le rapport ?
Clic.

Myron coupa le téléphone. Et respira un bon coup. Génial. Et maintenant ?

De nouveau il perçut les voix étouffées à travers les conduits d'aération. Elles provenaient de la cuisine. Des années passées ici-bas lui avaient permis de savoir de quelle pièce de la maison venait tel ou tel son – un peu comme dans ces vieux westerns où le brave guerrier peau-rouge colle son oreille au sol et annonce que la cavalerie sera là dans une demi-lune.

Myron se décida à sortir du lit. Il se massa le visage avec les paumes, enfila un peignoir de bain datant des années 70, se brossa les dents et les cheveux sans se tromper de brosse, puis monta dans la cuisine.

Brenda et sa mère buvaient du café. De l'instantané, évidemment. Une décoction insipide avec plein de flotte. Pour Mme Bolitar, ce qui comptait c'était la caféine, pas le goût. Mais l'odeur de bagels frais lui donna des crampes d'estomac. Il y en avait un plat entier avec tout un assortiment de choses à tartiner et des serviettes en papier. Un dimanche matin chez les Bolitar.

— Bonjour, dit sa mère.
— B'jour.
— Tu veux un café ?
— Non, merci.

Il y avait un nouveau Starbucks à Livingston. Il y passerait en allant retrouver Francine.

Myron regarda Brenda. Elle lui rendit son regard. Sans la moindre gêne. Il en fut content.

— Bonjour, lui dit-il.

Sans doute émerveillée par tant d'esprit, elle hocha la tête. Ou alors, elle était plus sobre.

— Il y a des bagels, dit Mme Bolitar, au cas où il aurait perdu ses yeux et ses nerfs olfactifs. Ton père est allé les chercher ce matin. Chez Livingston Bagels, Myron. Tu te souviens ? Celui qui se trouve sur Northfield Avenue ? Près de la pizzeria ?

Myron se rappelait. Cela faisait trente ans que son père achetait des bagels dans le même magasin et sa mère éprouvait encore le besoin de lui chatouiller la mémoire. Il les rejoignit à table.

Mme Bolitar croisa les doigts.

— Brenda m'expliquait sa situation.

Sa voix était différente maintenant, moins maternelle, plus juridique. Elle poussa le journal vers Myron. Le meurtre de Horace Slaughter faisait la une, colonne de gauche, l'endroit généralement réservé aux adolescentes qui jetaient leur nouveau-né dans une poubelle.

— Je la représenterais bien moi-même, continua sa mère, mais avec ton implication, il pourrait y avoir conflit d'intérêts. Je pensais à tante Clara.

Clara n'était pas vraiment sa tante, simplement une vieille amie de la famille et, comme Ellen Bolitar, une avocate stupéfiante.

— Bonne idée, dit Myron.

Il s'empara du journal pour parcourut l'article du regard. Rien de surprenant. On mentionnait le fait que Brenda avait récemment obtenu une contrainte contre son père, qu'elle l'avait accusé d'agression et qu'elle était recherchée pour un nouvel interrogatoire, mais qu'on ne savait où la joindre. L'inspecteur Maureen McLaughlin balançait le laïus habituel comme quoi « il est encore trop tôt pour se livrer à des conjectures ». Ben voyons. Les flics contrôlaient cette histoire, ne laissant filtrer dans la presse que ce qui contribuait à incriminer et à mettre la pression sur une seule personne : Brenda Slaughter.

Il y avait un cliché de Horace et Brenda. Elle portait le maillot de basket de sa fac et lui avait le bras posé sur ses épaules. Tous deux souriaient mais c'étaient des sourires qui tenaient plus de la variété « dites *cheese* » que de quoi que ce soit ressemblant à une joie réelle. La légende proclamait « le père et la fille en des temps plus heureux ». Chers lecteurs, quel terrible drame !

Myron lut la suite en pages intérieures. Il y avait une autre photo, plus petite, de Brenda et aussi, de façon plus intéressante, une du neveu de Horace, Terence Edwards, le candidat au Sénat de l'État. Selon la légende, celle-ci avait été prise lors d'un « récent moment de campagne ». Hum. On aurait dit un des clichés que Myron avait vus chez sa mère. Avec cependant une différence importante : sur cette image, Terence était accompagné d'Arthur Bradford.

Bonjour.

Myron montra la photo à Brenda. Elle la considéra un bon moment.

— C'est drôle qu'Arthur Bradford apparaisse partout si souvent, dit-elle.

— Je trouve aussi.

— Mais qu'est-ce que Terence vient faire là-dedans ? Il n'était qu'un gamin quand ma mère a disparu.

Myron haussa les épaules. Il vérifia l'heure à l'horloge de la cuisine. Il était temps de partir rejoindre Francine.

— J'ai une course à faire, dit-il. Je n'en ai pas pour longtemps.

— Une course ? fit sa mère. Quel genre de course ?

— Une petite course.

Maman amplifia son froncement de sourcils, creusant les rides sur son front.

— Quelle course dois-tu faire alors que tu n'habites même plus ici, Myron ? Il est à peine sept heures du matin.

Du matin, au cas où il aurait pu penser qu'il était sept heures du soir.

— Il n'y a rien d'ouvert à sept heures du matin.

Maman Bolitar, interrogatrice du Mossad.

Myron se retourna sur le seuil et se prit en pleine poire les regards de Brenda et de sa mère.

— Je vous expliquerai tout à l'heure.

Il fila, se douchant et s'habillant en un temps record.

Francine Neagly avait parlé de Halloween. Il en avait brillamment déduit qu'il s'agissait d'une sorte de code. À l'époque du lycée, ils avaient été voir *Halloween* en groupe. Le film venait de sortir et avait foutu la trouille à tout le monde. Le lendemain, Myron et son copain Eric s'étaient déguisés en affreux Michael Myers – c'est-à-dire tout en noir avec un masque de goal de hockey sur le visage –, puis s'étaient cachés dans les bois pendant le cours de gym des filles. Ils ne s'étaient jamais approchés d'elles, se contentant de surgir ici ou là derrière les rochers, pourtant cela avait suffi pour en terroriser quelques-unes qui s'étaient mises à hurler.

Hé, c'était le lycée. Faut pas lui en vouloir, OK ?

Myron gara la Taurus près du terrain de foot de Livingston. De l'herbe artificielle remplaçait la pelouse depuis une bonne dizaine d'années. De l'Astroturf dans un bahut. Était-ce bien nécessaire ? Il s'enfonça dans les bois. Et la rosée. Son pantalon ne tarda pas à être trempé. Il retrouva son chemin sans trop de difficulté. Pas très loin d'ici, Myron s'était envoyé en l'air – « avait flirté », pour utiliser la terminologie de ses parents qui n'avaient pas tout su de l'aventure – avec Nancy Pettino. Ils étaient en seconde et ne s'appréciaient pas plus que ça mais tous leurs copains sortaient avec quelqu'un et ils en avaient marre. Donc ils avaient décidé qu'ils n'en avaient rien à foutre.

Ah, le premier amour...

Encore en uniforme, Francine était assise sur le même gros rocher derrière lequel les deux faux Michael Myers s'étaient planqués deux décennies plus tôt. Elle lui tournait le dos et ne se donna pas la peine de se retourner en l'entendant. Myron s'arrêta à quelques pas d'elle.

— Francine ?

Elle poussa un long soupir avant de répondre :

— Et si tu me disais ce qui se passe, Myron ?

Au lycée, Francine était une espèce de garçon manqué, une dingue de la compétition qui n'avait jamais froid aux yeux ou ailleurs et qu'il ne pouvait s'empêcher d'envier. Elle vous fonçait dans le lard avec énergie et délectation, intimidante et sûre d'elle-même. Maintenant, elle était recroquevillée sur le rocher, serrant les genoux contre sa poitrine et se balançant d'avant en arrière.

— Et si c'était toi qui me le disais ? répondit-il.

— Ne te fous pas de moi.

— Je ne me fous pas de toi.

— Pourquoi voulais-tu que je regarde ce rapport ?

— Je te l'ai dit. Je ne suis pas certain qu'il s'agissait d'un accident.

— Qu'est-ce qui te rendait si incertain ?

— Rien de concret. Pourquoi ? Que s'est-il passé ?

Francine secoua la tête.

— Je veux savoir ce qui se passe. Toute l'histoire.

— Il n'y a pas d'histoire.

— Ben voyons. Hier, tu t'es réveillé et tu t'es dit : « Hé, cette mort accidentelle qui remonte à vingt ans, je suis prêt à parier que ce n'était pas du tout un accident. Et si j'allais demander à ma vieille copine Francine de me récupérer le rapport de police ? » C'est ça qui s'est passé, Myron ?

— Non.

— Alors, parle.

Il hésita.

— Bon, disons que j'ai raison, que la mort de cette Elizabeth Bradford n'était pas un accident. Et disons qu'il y a quelque chose dans ce rapport qui le prouve. Cela voudrait dire que la police couvre cette histoire, pas vrai ?

Elle haussa les épaules, toujours sans le regarder.

— Peut-être.

— Et peut-être aussi que la police a intérêt à ce que cette affaire reste enterrée.

— Peut-être.

— Alors peut-être que la police a envie de savoir ce que je sais. Peut-être qu'elle a envoyé une vieille amie me tirer les vers du nez.

La tête de Francine se retourna brusquement comme si quelqu'un avait tiré sur un fil.

— Tu m'accuses de quelque chose, Myron ?

— Non, dit-il. Mais si quelqu'un couvre quelque chose, comment savoir si je peux te faire confiance ?

Elle reprit ses genoux dans ses bras.

— Parce que personne ne couvre quoi que ce soit, dit-elle. J'ai vu le rapport. Un peu mince, mais rien d'inhabituel. Elizabeth Bradford est tombée. Il n'y avait aucun signe de lutte.

— Ils ont pratiqué une autopsie ?

— Ouais. Elle a atterri sur la tête. L'impact lui a fracassé le crâne.

— Une analyse toxico ?

— Ils n'en ont pas fait.

— Pourquoi pas ?

— Elle est morte à cause d'une chute, pas d'une overdose.

— Mais une analyse toxico aurait montré si elle avait été droguée, dit Myron.

— Et ?

— Il n'y avait aucun signe de lutte, d'accord, mais qu'est-ce qui aurait pu empêcher qu'on la drogue pour la flanquer ensuite par-dessus ce balcon ?

Francine effectua une grimace très réussie.

— Et peut-être qu'elle a été poussée par de petits hommes verts.

— Hé, si ç'avait été un couple de pauvres et que la femme avait eu un accident sur l'échelle d'incendie...

— Mais ce n'était pas un couple de pauvres, Myron.

C'étaient les Bradford. Est-ce qu'ils ont eu droit à un traitement de faveur ? Probablement. Mais même si Elizabeth Bradford avait été droguée, ça ne nous mène pas au meurtre. Au contraire, même.

Maintenant, c'était au tour de Myron de se sentir perdu.

— Comment ça ?

— La chute s'est produite du deuxième étage, dit Francine. Des étages pas très hauts.

— Et alors ?

— Si on avait vraiment voulu la tuer, c'était pas un moyen très sûr. Ça fait pas une chute si terrible. Il est plus probable qu'elle se serait cassé une jambe.

Myron n'avait pas pensé à ça. Pourtant ce n'était pas idiot. Pas idiot du tout, même. Pousser quelqu'un du balcon du deuxième étage en espérant qu'il atterrirait sur la tête et se fracasserait le crâne était au mieux risqué. Arthur Bradford ne lui paraissait pas homme à prendre de tels risques.

Ce qui voulait dire ?

— Elle a peut-être été frappée sur la tête avant la chute, hasarda-t-il.

Francine n'était pas d'accord là-dessus non plus.

— L'autopsie n'a montré aucun signe de coup antérieur. Et ils ont aussi fouillé toute la maison. Aucune trace de sang. Nulle part. Bien sûr, ils auraient pu nettoyer avant l'arrivée des flics. Je doute qu'on le sache un jour.

— Donc, il n'y avait absolument rien de suspect dans le rapport ?

— Rien, dit-elle.

Myron leva les mains.

— Alors, pourquoi sommes-nous ici ? Pour essayer de retrouver notre jeunesse perdue ?

Francine le regarda.

— On m'a cambriolée.

— Quoi ?

— Après que j'ai lu le rapport. C'était censé ressembler à un cambriolage mais, en fait, c'était une fouille. Une fouille en règle et très complète. Ils ont saccagé toute la maison. Puis, juste après ça, je reçois une convocation de Roy Pomeranz. Tu te souviens de lui ?
— Non.
— C'était l'ancien partenaire de Wickner.
— Ah ouais, dit Myron. L'armoire à glace ?
— En personne. Il est inspecteur en chef maintenant. Donc, hier, il m'appelle dans son bureau, ce qu'il n'avait encore jamais fait. Pour savoir pourquoi je m'intéresse au vieux dossier Bradford.
— Qu'est-ce que tu lui as dit ?
— Des conneries comme quoi j'étudiais les anciennes techniques de police.
Myron tenta de rééditer l'excellente grimace de Francine.
— Et Pomeranz a gobé ça ?
— Non, il a rien gobé du tout, aboya Francine. Il avait envie de m'écraser contre le mur pour me faire cracher la vérité. Mais il avait peur. Il faisait comme si ses questions étaient de pure routine, rien d'extraordinaire, mais tu aurais dû voir sa tête. Il était à un poil de l'infarctus. Il a prétendu que mes agissements l'inquiétaient parce que nous sommes en année électorale. J'ai dit un tas de oui, je me suis beaucoup excusée et j'ai gobé son histoire à peu près autant qu'il avait gobé la mienne. En rentrant chez moi, j'ai repéré qu'on me filait. Ce matin, je les ai semés et nous voilà réunis.
— Ils ont saccagé ta maison ?
— Ouais. Un vrai travail de pro.
Elle se leva pour s'approcher de lui.
— Donc, maintenant que je me retrouve au milieu d'un nid de serpents à cause de toi, aurais-tu la bonté de m'expliquer pourquoi je me fais mordre de partout ?
Myron considéra le problème mais il n'avait, à vrai

dire, qu'une solution. C'était lui qui l'avait fourrée dans cette situation. Elle avait le droit de savoir.

— Tu as lu le journal de ce matin ?
— Oui.
— Tu as vu l'article sur le meurtre de Horace Slaughter ?
— Oui, dit-elle avant de tendre la main comme pour l'arrêter. Ce nom, Slaughter, il était dans le rapport. Mais c'était celui d'une femme. Une domestique quelconque. C'est elle qui a retrouvé le corps.
— Anita Slaughter. L'épouse de la victime.

Le visage de Francine perdit des couleurs.

— Oh, merde, j'aime de moins en moins ça. Continue.

Ce qu'il fit. Il lui raconta toute l'histoire. Quand il eut terminé, Francine contemplait le terrain où elle avait été capitaine de l'équipe de hockey sur gazon. Elle se rongeait les joues.

— Une chose, dit-elle. Je ne sais pas si c'est important ou pas. Mais Anita Slaughter avait été agressée peu de temps avant la mort d'Elizabeth Bradford.
— Comment ça, agressée ?
— C'était dans le rapport. Wickner a noté que le témoin, Anita Slaughter, présentait encore des écorchures dues à une agression récente.
— Quelle agression ? Quand ça ?
— Je sais pas. Il n'y avait rien d'autre.
— Comment pourrait-on le savoir ?
— Il y a peut-être un autre rapport aux archives, répondit-elle, mais...
— OK, pas question que tu y retournes.

Francine regarda sa montre. Elle s'approcha encore de lui.

— J'ai quelques trucs à faire avant de prendre mon service.
— Sois prudente. Il est possible que ton téléphone

soit sur écoute et qu'on ait posé des micros chez toi. Fais comme si tu étais tout le temps suivie. Et si tu repères une filature, appelle-moi sur mon portable.

Francine acquiesça avant de se tourner de nouveau vers le terrain.

— Le lycée, dit-elle doucement. Ça te manque pas ?

Myron la regarda.

Elle sourit.

— Ouais, moi non plus.

19

Myron rentrait chez lui quand son portable sonna. Il décrocha.

— J'ai l'information sur la carte de crédit de Slaughter.

Win. Encore un qui adorait échanger des blagues de bon matin. Il n'était pas encore huit heures.

— Tu es réveillé ? dit Myron.
— Eh bien...
Pause infime.
— Comment as-tu deviné ?
— Non, je veux dire qu'en général tu te couches tard.
— Je ne suis pas encore allé me coucher.
— Ah.

Myron faillit lui demander ce qu'il fabriquait, puis il y renonça. En ce qui concernait les activités nocturnes de Win, l'ignorance était mère de béatitude.

— Une seule dépense au cours des deux dernières semaines, dit Win. Jeudi dernier, Horace a utilisé sa carte *Discover* au Holiday Inn de Livingston.

Myron secoua la tête. Livingston. Encore. Le jour précédant sa disparition.

— Combien ?
— Vingt-six dollars tout rond.

Curieux montant.

— Merci.

Clic.

Livingston. Horace Slaughter se trouvait donc à Livingston. Myron passa en revue la théorie qui dansait dans sa tête depuis la veille. Elle lui paraissait de plus en plus sexy.

Quand il arriva à la maison, Brenda était douchée et habillée. Ses tresses cascadaient sur ses épaules dans une superbe vague noire. La peau *café con leche* était lumineuse. Elle lui offrit un sourire qui se vissa droit dans son cœur.

Il mourait d'envie de la prendre dans ses bras.

— J'ai appelé tante Mabel, dit-elle. Les gens vont se retrouver chez elle.

— Je vous dépose.

Ils dirent au revoir à Mme Bolitar qui les prévint avec sévérité de ne pas parler à la police hors la présence d'un avocat. Et d'attacher leurs ceintures.

Quand ils furent dans la voiture, Brenda dit :

— Vos parents sont géniaux.

— Ouais...

— Vous avez de la chance.

Il en était conscient.

Silence. Puis elle reprit :

— J'arrête pas d'attendre que l'un de nous dise : « À propos d'hier soir. »

Myron sourit.

— Moi aussi.

— Je n'ai pas envie d'oublier ça.

Il déglutit.

— Moi non plus.

— Alors, qu'est-ce qu'on fait ?

— Je ne sais pas.

— L'esprit de décision, dit-elle. J'aime ça, chez un homme.

Il sourit encore et tourna à droite dans Hobart Gap Road.

— West Orange, c'est pas dans la direction opposée ?

— Je voudrais faire un petit détour, si ça ne vous ennuie pas.

— Où ça ?

— Au Holiday Inn. Selon le relevé de carte de crédit de votre père, il se trouvait là-bas jeudi dernier. C'est la dernière fois qu'il a utilisé une de ses cartes. Je pense qu'il y a rencontré quelqu'un pour un repas ou pour boire un verre.

— Comment savez-vous qu'il n'y a pas passé la nuit ?

— Le montant débité est de vingt-six dollars tout rond. Pas assez pour une chambre et trop pour un repas pour une personne. Et puis, c'est aussi un compte rond. Pas de cents. En général, quand les gens laissent un pourboire, ils arrondissent. Je dirais qu'il a retrouvé quelqu'un là-bas pour déjeuner.

— Alors, que faisons-nous ?

Myron haussa vaguement les épaules.

— J'ai pris le journal avec la photo de Horace. Je vais la montrer et voir ce qui se passe.

Sur la 10, ils prirent à gauche pour pénétrer sur le parking du Holiday Inn. Ils se trouvaient à moins de trois kilomètres de la maison de Myron. Le Holiday Inn était un motel d'autoroute typique à un étage. Myron y était venu quatre ans plus tôt. L'enterrement de vie de garçon d'un vieux copain d'école. Quelqu'un avait loué les services d'une pute noire adéquatement nommée « Danger ». Danger exécutait un « numéro sexy » qui était moins érotique que bizarre. Elle distribuait aussi sa carte professionnelle. Qui conseillait : « METTEZ-VOUS EN DANGER. » Original. Et maintenant qu'il y réfléchissait, Myron était prêt à parier que Danger n'était même pas son vrai nom.

— Vous voulez attendre dans la voiture ? demanda-t-il.

— Non, je vais marcher un peu.

Il y avait des fleurs imprimées aux murs de la réception. La moquette était vert pâle. Le bureau se trouvait sur la droite. Face à une sculpture en plastique qui évoquait deux queues de poisson imbriquées l'une dans l'autre. On pouvait faire plus moche, mais ça relèverait du génie.

C'était l'heure du petit déjeuner. Façon buffet. Des douzaines de personnes défilaient entre des barrières comme obéissant à une chorégraphie – un pas en avant, une cuillerée dans l'assiette, un pas en arrière, une louche dans le bol, un pas à droite, un nouveau pas en avant. Personne ne heurtait personne. Mains et bouches restaient dans le flou. Ce ballet faisait irrésistiblement penser à un documentaire animalier sur une fourmilière.

Une hôtesse pleine d'entrain vint vers lui.

— Combien ?

Myron enfila sa meilleure tête de flic, y ajoutant juste une pincée de sourire. Façon présentateur du « 20 Heures » – professionnel, mais accessible. La gorge éclaircie, il demanda :

— Avez-vous déjà vu cet homme ?

Paf. Comme ça. Sans préambule.

Il lui présentait la photo parue dans le journal. L'hôtesse pleine d'entrain l'étudia. Elle ne demanda pas qui c'était. Comme il l'avait espéré, son attitude lui donnait à croire qu'il occupait des fonctions officielles.

— Ce n'est pas à moi qu'il faut demander, dit-elle. Vous devriez voir Caroline.

— Caroline ?

Myron Bolitar, Inspecteur Perroquet.

— Caroline Gundeck. C'est elle qui a déjeuné avec lui.

La chance, ça arrive parfois.

— Par hasard, ce ne serait pas jeudi dernier ? s'enquit-il.

L'hôtesse réfléchit un moment.

— Je crois, ouais.

— Où puis-je trouver Miss Gundeck ?

— Son bureau se trouve au niveau B. Tout au bout du couloir.

— Caroline Gundeck travaille ici ?

On venait de lui dire que le bureau de Caroline Gundeck se trouvait au niveau B et, *paf*, d'un coup il en déduisait qu'elle travaillait ici. Sherlock en serait resté baba.

— Caroline travaille ici depuis toujours, dit l'hôtesse en roulant des yeux avec indulgence.

Ce qui est plus difficile à faire qu'il n'y paraît.

— Quelle est sa fonction ?

— Responsable de l'intendance, nourriture et boissons.

Hum. Sa profession ne l'éclairait en rien – à moins que Horace n'ait envisagé d'organiser une petite fête juste avant son meurtre. Peu plausible. Néanmoins, c'était un indice solide. Myron emprunta les marches qui menaient au sous-sol et trouva très vite le fameux bureau. La chance l'abandonna tout aussi vite. Une secrétaire l'informa que Miss Gundeck n'était pas là. Devait-elle venir ? La secrétaire ne le savait pas. Pouvait-elle lui donner son numéro personnel ? La secrétaire fronça ses sourcils épilés. Myron n'insista pas. Caroline Gundeck vivait sûrement dans le coin. Obtenir son adresse et son numéro de téléphone ne devrait pas être trop difficile.

De retour dans le couloir, il appela les renseignements. Il demanda Caroline Gundeck à Livingston. Rien. Il demanda Caroline Gundeck à East Hanover ou dans les environs. Bingo. Il y avait une C. Gundeck à Whippany. Myron composa le numéro. Au bout de quatre sonneries, on lui demanda de laisser un message. Ce qu'il fit.

De retour à la réception, il trouva Brenda debout, seule dans un coin. Elle avait les yeux écarquillés comme si elle venait de recevoir un coup au plexus solaire. Elle ne bougea pas, ne lui adressa même pas un coup d'œil quand il approcha.

— Que se passe-t-il ? demanda-t-il.

Elle hoqueta et se tourna enfin vers lui.

— Je crois que je suis déjà venue ici.

— Quand ?

— Il y a très longtemps. Je ne me souviens pas vraiment. C'est juste une impression... ou peut-être que je me fais des idées. Mais je crois être venue ici, quand j'étais petite. Avec ma mère.

Silence.

— Vous vous souvenez...

— De rien, le coupa-t-elle. Je ne suis même pas sûre que c'était ici. C'était peut-être un autre motel. Celui-ci n'a franchement rien de spécial. Pourtant je crois que c'était ici. Cette sculpture. Elle me rappelle quelque chose.

— Comment étiez-vous habillée ? essaya-t-il.

Elle secoua la tête.

— Je n'en sais rien.

— Et votre mère ? Que portait-elle ?

— Vous êtes quoi ? Consultant de mode ?

— Je m'efforce juste de déclencher quelque chose.

— Je ne me souviens de rien. Elle a disparu quand j'avais cinq ans. Vous avez beaucoup de souvenirs de vos cinq ans, vous ?

Dis comme ça, évidemment...

— Marchons un peu, suggéra-t-il. Il vous reviendra peut-être autre chose.

Mais rien ne « revint ». Si tant est qu'il y ait eu quelque chose qui puisse resurgir. Myron n'y comptait pas trop. Il n'était pas fan des souvenirs refoulés ni de ce genre de trucs. Cet épisode restait quand même curieux et, une fois encore, il collait assez bien avec son scénario.

Tandis qu'ils retournaient vers la voiture, il décida que le moment était venu d'exposer sa théorie.

— Je pense savoir ce que faisait votre père.

Brenda s'immobilisa et le regarda. Myron continua à marcher. Grimpa dans la voiture. Elle le suivit. Les portières se refermèrent.

— Je crois que Horace recherchait votre mère.

Les mots mirent un moment à atteindre sa conscience. Puis elle se laissa aller contre son dossier.

— Expliquez-vous.

Il lança le moteur.

— D'accord, mais souvenez-vous que j'ai dit je *crois*. Je *crois* que c'était ce qu'il faisait. Je n'ai aucune preuve.

— OK, allez-y.

Il respira un bon coup.

— Commençons par les coups de fil de votre père. Un, il appelle plusieurs fois le QG de campagne d'Arthur Bradford. Pourquoi ? Pour autant que nous le sachions, il n'existe qu'un seul lien entre votre père et les Bradford.

— Le fait que ma mère a travaillé chez eux.

— Exact. Il y a vingt ans. Mais voici autre chose à considérer. En me lançant à la recherche de votre mère, je suis tombé moi aussi sur les Bradford. J'ai pensé qu'il devait exister un lien quelconque. Votre père est peut-être arrivé à la même conclusion.

Brenda ne parut nullement impressionnée.

— Quoi d'autre ?

— Restons-en au chapitre des coups de téléphone. Horace a appelé les deux avocats qui se sont occupés de vos bourses.

— Et alors ?

— Et alors, pour quelle raison les aurait-il appelés ?

— Je n'en sais rien.

— Vos bourses sont mystérieuses, Brenda. Surtout la première. Vous ne jouiez même pas au basket à l'époque et vous obtenez une vague bourse académique, tous frais compris, pour une école privée plutôt classe ? Ça ne tient pas debout. On n'attribue pas des bourses comme ça. Et j'ai vérifié. Vous êtes l'unique récipiendaire de la bourse Outreach Education. Bourse qui n'a été accordée que cette année-là.

— Ce qui vous amène à quelle conclusion ?

— Que quelqu'un a monté ces bourses dans l'unique intention de vous aider, dans l'unique intention de vous faire parvenir de l'argent.

Myron fit un demi-tour sur place devant Daffy Dan, un magasin de fripes, et remonta la Route 10 en direction du Circle.

— En d'autres mots, quelqu'un s'efforçait de vous aider à vous en sortir. Votre père tentait peut-être de savoir de qui il s'agissait.

Il lui jeta un coup d'œil mais elle évitait de le regarder maintenant. Sa voix, quand elle se décida enfin à parler, était rauque.

— Et vous pensez que c'était ma mère ?

Il essaya d'y aller en douceur.

— Je ne sais pas. Mais pour quelle autre raison votre père aurait-il appelé si souvent Thomas Kincaid ? Ce type ne s'est plus occupé de vos bourses d'étude depuis que vous avez quitté le lycée. Vous avez lu la lettre. Pourquoi Horace l'aurait-il relancé au point de le harceler ? La seule réponse qui me vient à l'esprit, c'est que Kincaid détenait une information que votre père voulait.

— La provenance de l'argent de ma bourse ?

— Exact. Et je suis convaincu que si nous parvenions à le découvrir…

Encore une fois… en douceur.

— … nous trouverions quelque chose de très intéressant.

— Et on pourrait y arriver ?

— Je n'en suis pas sûr. Les avocats vont, à coup sûr, brandir le secret professionnel. Mais je peux mettre

Win là-dessus. Quand il s'agit d'argent, il a toutes les relations nécessaires.

Brenda tâchait de digérer tout ça.

— Vous pensez que mon père a trouvé l'origine de cet argent ?

— Je le suppose mais je n'en sais rien. Quoi qu'il en soit, votre père commençait à devenir gênant. Il enquiquinait les avocats et il a même été jusqu'à chercher à interroger Arthur Bradford. C'est là, probablement, où il a été trop loin. Même s'il n'y a eu aucune malversation, Bradford n'a pas dû apprécier de voir quelqu'un fouiner dans son passé, réveiller de vieux fantômes, surtout au beau milieu d'une année électorale.

— Qui a tué mon père ?

Question à laquelle il était très délicat de répondre.

— Il est trop tôt pour le dire avec certitude. Mais imaginons une seconde que votre père se soit montré trop curieux. Et imaginons que les Bradford aient voulu lui faire peur en le faisant passer à tabac.

Brenda hocha la tête.

— Le sang dans son casier.

— Exact. Je n'arrête pas de me demander pourquoi ce sang se trouvait là-bas, pourquoi Horace n'est pas allé chez lui pour se changer et se soigner. Mon explication, c'est qu'il s'est fait tabasser près de l'hôpital. À Livingston, par exemple.

— Là où vivent les Bradford.

Il acquiesça.

— Et si Horace a réussi à échapper à ceux qui le tabassaient ou bien s'il avait simplement peur qu'ils s'en reprennent à lui, il ne serait sûrement pas retourné chez lui. Il a dû se changer à l'hôpital avant de fuir. À la morgue, dans un coin, j'ai remarqué les vêtements qu'il portait – un uniforme de gardien. C'était probablement la seule tenue de rechange qu'il avait dans son casier. Ensuite, il a filé et...

Il s'interrompit.
— Et quoi ?
— Merde !
— Quoi ?
— Quel est le numéro de téléphone de Mabel ?
Brenda le lui donna.
— Pourquoi ?

Myron brancha son portable et appela Lisa à Bell Atlantic. Il lui demanda de faire une vérification. Cela ne lui prit pas plus de deux minutes.

— Rien d'officiel sur ce numéro, dit Lisa. Mais j'ai vérifié la ligne. Il y a un écho.
— Ce qui veut dire ?
— On l'a probablement mis sur écoute. En interne. Il faudrait envoyer quelqu'un sur place pour en être sûr.

Myron la remercia et raccrocha.

— Ils ont aussi mis le téléphone de Mabel sur écoute. Ce qui explique probablement comment ils ont retrouvé votre père. Il a appelé votre tante et ils l'ont repéré.
— Qui est derrière ces écoutes ?
— Je ne sais pas, dit Myron.

Silence. Ils passaient devant la Star-Bright Pizzeria. Dans la jeunesse de Myron, la rumeur prétendait qu'il y avait un bordel dans l'arrière-salle. La famille y dînait régulièrement. Dès que son père allait aux toilettes, Myron l'accompagnait. Rien à signaler.

— Il y a autre chose qui ne tient pas debout, dit Brenda.
— Quoi ?
— Même si vous avez raison à propos des bourses, où ma mère aurait-elle trouvé autant d'argent ?

Bonne question.

— Combien avait-elle pris à votre père ?
— Quatorze mille, je crois.
— Si elle a investi comme il le fallait, ça aurait pu peut-être suffire. Il s'est écoulé sept années entre sa

disparition et le règlement de votre première bourse, alors...

Myron se mit à faire du calcul mental. Quatorze mille pour commencer. Hum. Il aurait fallu qu'Anita Slaughter trouve un sacré bon placement pour faire durer l'argent aussi longtemps. Possible certes, mais même pendant les années Reagan, peu probable.

Attendez un peu.

— Elle a peut-être trouvé un autre moyen de gagner de l'argent, dit-il lentement.

— Lequel ?

Il garda le silence un moment. Les engrenages tournaient de nouveau dans sa tête. Il lança un coup d'œil dans le rétro. S'ils étaient filés, il ne repéra personne. Ce qui ne voulait pas dire grand-chose. Un regard de temps à autre donnait rarement un résultat. Il fallait observer les voitures, les mémoriser, étudier leurs mouvements. Mais il ne pouvait se concentrer là-dessus. Pas maintenant.

— Myron ?

— Je réfléchis.

Brenda le regarda comme si elle allait dire quelque chose, puis se ravisa.

— Supposons, reprit-il, que votre mère ait appris quelque chose à propos de la mort d'Elizabeth Bradford.

— On n'a pas déjà tenté ça, non ?

— Écoutez-moi juste une seconde, d'accord ? Jusqu'ici, nous n'avons considéré que deux éventualités. Un, elle a eu peur et elle s'est enfuie. Deux, ils ont essayé de lui faire du mal et elle s'est enfuie.

— Et maintenant, vous en avez une troisième ?

— Plus ou moins.

Ils passèrent devant le nouveau Starbucks au coin de Mount Pleasant Avenue. Myron eut envie de s'arrêter – son manque de caféine agissant comme un aimant –, mais il continua à rouler.

— Supposons que votre mère se soit effectivement enfuie. Et supposons qu'une fois en sécurité, elle ait exigé de l'argent pour garder le silence.
— Elle aurait fait chanter les Bradford ?
— Parlons plutôt de compensation.

Il parlait à mesure que les idées se formaient. Ce qui est toujours dangereux.

— Votre mère voit quelque chose. Elle comprend que le seul moyen d'assurer sa sécurité, et celle de sa famille, c'est de fuir et de se planquer. Si les Bradford la trouvent, ils la tuent. C'est aussi simple que ça. Et si elle tente de jouer la maligne – comme cacher une preuve dans un coffre au cas où elle disparaîtrait ou quelque chose dans le genre –, ils la tortureront jusqu'à ce qu'elle leur dise ce qu'ils veulent savoir. Votre mère n'a pas le choix. Elle doit disparaître. Mais elle veut aussi prendre soin de sa fille. Donc, elle s'assure que sa fille obtient toutes les choses dont elle n'a elle-même jamais pu bénéficier. Une éducation haut de gamme. La chance de vivre sur un joli campus plutôt que dans les bas-fonds de Newark. Ce genre de trucs.

Stop.
Silence.
Myron temporisa. Il lâchait ses théories un peu trop vite à présent, ne se donnant pas le temps de les examiner ni même de choisir ses mots. Il valait mieux arrêter, laisser les choses reposer.

— Vos scénarios..., dit Brenda. Vous cherchez toujours à faire apparaître ma mère sous le meilleur jour. Ce qui est en train de vous aveugler, je crois.
— Comment ça ?
— Je vous le redemande : si tout cela est vrai, pourquoi ne m'a-t-elle pas emmenée avec elle ?
— Elle essayait d'échapper à des tueurs. Quel genre de mère aurait voulu faire courir un tel risque à sa fille ?

— Et elle était paranoïaque au point qu'elle ne m'a jamais appelée ? Qu'elle n'est jamais venue me voir ?

— Paranoïaque ? répéta Myron. Ces types ont mis votre téléphone sur écoute. Ils vous font filer. Votre père a été tué.

Brenda secoua la tête.

— Vous ne comprenez pas.

— Comprendre quoi ?

Ses yeux étaient mouillés maintenant, mais elle conserva un ton un tout petit peu trop calme.

— Vous pouvez lui trouver toutes les excuses que vous voulez, mais vous ne pouvez pas contourner le fait qu'elle a abandonné son enfant. Même si elle avait de bonnes raisons, même si elle était cette merveilleuse mère prête à tous les sacrifices que vous décrivez, pourquoi aurait-elle laissé sa fille croire que sa propre mère l'avait abandonnée ? Ne se rendait-elle pas compte des dégâts que cela infligerait à une petite fille de cinq ans ? N'aurait-elle pas pu trouver un moyen de lui dire la vérité... même après toutes ces années ?

Son enfant. *Sa* fille. *Lui* dire la vérité. Jamais *moi* ou *je*. Intéressant. Cependant Myron garda le silence. Il n'avait aucune réponse à lui donner.

Devant le Kessler Institute, ils durent s'arrêter à un feu rouge.

— Je veux toujours aller à l'entraînement cet après-midi, dit Brenda au bout d'un moment.

Myron hocha la tête. Il comprenait. Le terrain était un réconfort.

— Et je veux jouer le match d'ouverture.

De nouveau, il acquiesça. C'était probablement ce que Horace aurait voulu aussi.

Ils tournèrent près de Mountain High School pour arriver devant la maison de Mabel Edwards. Une douzaine de voitures au moins étaient garées dans la rue, la plupart made in America, la plupart vieilles et cabossées.

Un couple de Noirs en tenue de deuil se trouvait à la porte. L'homme appuya sur le bouton de sonnette. La femme tenait un plateau de nourriture. Quand ils aperçurent Brenda, ils lui tournèrent ostensiblement le dos.

— Ils ont lu le journal, dit Brenda.

— Personne ne peut croire que c'est vous.

D'un regard, elle lui signifia qu'elle n'avait pas besoin de ses bons sentiments.

Il l'accompagna sur le porche, juste derrière le couple. L'homme tapa du pied, la femme émit un soupir qui dut s'entendre jusqu'à l'autre bout de la rue. Myron ouvrit la bouche mais Brenda la lui referma aussi sec en secouant fermement la tête. Déjà, elle le connaissait par cœur.

Quelqu'un ouvrit la porte. Il y avait des tas de gens à l'intérieur. Tous bien habillés. Tous noirs. Bizarre comme Myron n'arrêtait de remarquer ça. Un couple de Noirs. Des Noirs partout à l'intérieur. La veille au barbecue, il n'avait pas trouvé étrange que tout le monde, à l'exception de Brenda, soit blanc. En fait, il ne se souvenait pas d'avoir jamais vu une personne noire participer à ces barbecues de quartier. Alors pourquoi devait-il être surpris d'être le seul Blanc ici ? Et pourquoi ressentait-il cette impression si étrange ?

Le couple disparut à l'intérieur comme aspiré par un vortex. Brenda hésita. Quand ils se décidèrent enfin à franchir le seuil, ce fut un peu comme dans une scène de saloon avec John Wayne. La rumeur de murmures s'arrêta comme si quelqu'un avait éteint la radio. Tous les regards se tournèrent vers eux et aucun n'était amical. Pendant une demi-seconde, Myron pensa que c'était un truc racial – le fait qu'il soit le seul Blanc présent. Puis il vit aussitôt que l'animosité visait directement l'orpheline.

Brenda avait raison. Ils la croyaient tous coupable.

La pièce était bondée et étouffante. Des ventilateurs tournaient inutilement. Les hommes glissaient un doigt sous leur col pour laisser passer un peu d'air. Les visages luisaient de sueur. Myron regarda Brenda. Elle lui parut petite, seule et effrayée, mais elle ne baissait pas les yeux. Il sentit qu'elle lui prenait la main. Il la serra très fort. Elle se tenait très droite maintenant, la tête haute.

La foule s'écarta un peu et Mabel Edwards apparut. Les yeux rouges et gonflés. Un mouchoir dans son poing serré. Tous les regards étaient désormais braqués sur elle, guettant sa réaction. Quand Mabel vit sa nièce, elle tendit les mains en signe d'invitation. Brenda n'hésita pas. Elle sprinta dans ces gros bras si doux, baissa la tête sur l'épaule de Mabel et, pour la première fois, sanglota vraiment. Sans pleurer. Des sanglots à vous retrousser l'âme.

Mabel berça sa nièce d'avant en arrière, lui tapota le dos et lui roucoula des mots de consolation. Mais dans le même temps, les yeux de Mabel passait la pièce en revue, louve protectrice de son petit, défiant puis éteignant toute lueur de méchanceté qui aurait pu être destinée à sa nièce.

La foule se détourna et les murmures redevinrent normaux. Myron sentit son propre ventre se dénouer. Il chercha des visages familiers autour de lui. Il reconnut deux types avec qui il avait joué au basket à l'école ou sur les playgrounds. Un couple hocha la tête. Myron le salua à son tour. Un gamin, à peine plus qu'un bébé, traversa le salon en courant en imitant une sirène. Myron le reconnut grâce aux photos sur la cheminée. C'était le petit-fils de Mabel. Le fils de Terence Edwards.

À propos, où était le candidat Edwards ?

Myron fouilla de nouveau la pièce. Aucun signe de lui. Mabel et Brenda rompirent enfin leur étreinte. Brenda s'essuya les yeux. Mabel lui montra la direction de la salle de bains. Brenda s'esquiva.

Mabel vint vers Myron, le regard planté sur lui. Sans préambule, elle demanda :

— Savez-vous qui a tué mon frère ?

— Non.
— Mais vous allez le trouver ?
— Oui.
— Vous avez une idée ?
— Une idée, dit Myron. Rien de plus.
Elle hocha la tête.
— Vous êtes un homme bien, Myron.

Il y avait une sorte d'autel sur la cheminée. Une photo d'un Horace souriant était entourée de fleurs et de chandelles. Myron regarda ce sourire qu'il n'avait pas vu depuis dix ans et qu'il ne reverrait jamais.

Il n'avait pas du tout l'impression d'être un homme bien.

— Il faudra que je vous pose quelques questions, dit-il.
— Tout ce que vous voulez.
— Et aussi à propos d'Anita.

Les yeux de Mabel restèrent sur lui.

— Vous croyez toujours qu'elle a un rapport avec tout ça ?
— Oui. J'aimerais aussi envoyer quelqu'un vérifier votre téléphone.
— Pourquoi ?
— Je pense que vous êtes sur écoute.

Mabel parut déconcertée.

— Mais qui voudrait espionner mon téléphone ?

Mieux valait éviter les spéculations pour le moment.

— Je ne sais pas, dit Myron. Quand votre frère a appelé, a-t-il mentionné le Holiday Inn de Livingston ?

Il se passa quelque chose dans ses yeux.

— Pourquoi me demandez-vous ça ?
— Il est établi que Horace a déjeuné là-bas avec une employée le jour précédant sa disparition. C'est la dernière fois que sa carte de crédit a été utilisée. Et quand nous nous y sommes rendus, Brenda a cru se souvenir

de quelque chose. Elle y est peut-être déjà allée avec Anita.

Mabel ferma les yeux.

— Quoi ? demanda Myron.

D'autres amis du défunt arrivèrent, tous avec des plateaux de victuailles. Mabel accepta leurs mots de sympathie avec un doux sourire et une ferme poignée de main. Myron attendit.

Quand elle eut une seconde de libre, Mabel se tourna vers lui.

— Horace n'a jamais parlé du Holiday Inn au téléphone.

— Mais il y a autre chose, dit Myron.

— Oui.

— Anita a-t-elle jamais amenée Brenda au Holiday Inn ?

Brenda revint dans la pièce et les regarda. Mabel posa la main sur le bras de Myron.

— Ce n'est pas le moment, lui dit-elle.

Il acquiesça.

— Ce soir, peut-être. Pensez-vous pouvoir venir seul ?

— Oui.

Mabel Edwards le quitta pour s'occuper de la famille et des amis de Horace. Myron eut de nouveau l'impression de ne pas être à sa place mais, cette fois, cela n'avait rien à voir avec la couleur de sa peau.

Il partit assez vite.

20

Une fois au volant, Myron rebrancha son portable. Deux appels en absence. L'un d'Esperanza au bureau, l'autre de Jessica à Los Angeles. Il hésita brièvement. Très brièvement. Et composa le numéro de la suite de Jessica. Ça faisait pas un peu soumis de la rappeler sur-le-champ ? Peut-être. Mais Myron, lui, se trouvait d'une grande maturité. Il n'était pas du style à essayer de jouer au plus fin.

L'opératrice de l'hôtel lui passa la chambre mais personne ne répondit. Il laissa un message. Et appela le bureau.

— Nous avons un gros problème, dit Esperanza.
— Un dimanche ?
— Le Seigneur se repose peut-être, pas les propriétaires d'équipe.
— Vous avez appris pour Horace Slaughter ? demanda-t-il.
— Oui. Je suis désolée pour sa fille mais nous avons quand même une boîte à faire tourner. Et un problème.
— Lequel ?
— Les Yankees vont vendre Lester Ellis. À Seattle. Ils ont prévu une conférence de presse à la première heure demain matin.

Myron se frotta l'arête du nez avec le pouce et l'index.

— Comment l'avez-vous su ?

— Par Devon Richards.

Une source fiable. Merde.

— Lester est au courant ?

— Non.

— Il va faire une attaque.

— Une grosse.

— Une suggestion ?

— Pas la moindre, répliqua Esperanza. Un des maigres avantages que m'autorise mon statut de sous-fifre.

Le signal de double appel retentit.

— Je vous rappelle.

Myron passa sur l'autre ligne et dit bonjour.

— Je suis suivie.

Francine Neagly.

— Où es-tu ?

— Au A&P près du Circle.

— Quel genre de bagnole ?

— Une Buick Skylark bleue. Cinq ans d'âge. Toit blanc.

— Un numéro de plaque ?

— New Jersey, 4-7-6-4-5 T.

Myron réfléchit un moment.

— Quand commences-tu ton service ?

— Dans une demi-heure.

— En patrouille ou au bureau ?

— Au bureau.

— Bien. Je le récupère là-bas.

— Tu le récupères ?

— Si tu restes au poste, il ne va pas perdre un superbe dimanche matin à poireauter dehors. Je vais le suivre.

— Filer le fileur ?

— Exact. Prends Mount Pleasant jusqu'à Livingston Avenue. À partir de là, je m'occupe de tout.

— Hé, Myron ?

— Ouais.
— Si c'est du gros qui tombe, je veux en être.
— D'accord.

Ils raccrochèrent. Myron revint vers Livingston. Il se gara le long du Memorial Circle près de l'accès à Livingston Avenue. Vue impeccable sur le poste de police et accès aisé à toutes les routes. Il laissa le moteur tourner et observa comment les citadins négociaient le Memorial Circle. Le « cercle » faisait un petit kilomètre de circonférence et était fréquenté par une immense variété de Livingstoniens. Il y avait des vieilles dames marchant lentement, généralement par deux – certaines, plus aventureuses, agitant de minuscules haltères. Ensuite venaient les couples de cinquantenaires et de sexagénaires, beaucoup en survêtements assortis. Mignons. Dans leur genre. Les teenagers, eux, traînassaient, soumettant uniquement leurs muscles masticateurs à un entraînement sévère. Les joggers purs et durs laissaient tout ce petit monde sur place sans même lui accorder un regard. Ils portaient des lunettes de soleil carrossées comme des hors-bord et des brassières qui leur laissaient le nombril à l'air. Des brassières. Y compris les hommes. C'est quoi, cette époque ?

Il se forçait à ne pas penser aux baisers avec Brenda. Ou à ce qu'il avait éprouvé quand elle lui souriait entre deux bouchées de hamburger. Ou avec quelle chaleur elle avait parlé aux gens au barbecue. Ou avec quelle tendresse elle avait mis ce pansement à Timmy.

Heureusement qu'il ne pensait pas à elle.

Pendant un bref instant, Myron se demanda si Horace aurait été d'accord. Curieuse pensé, en vérité. Mais bien présente. Son ancien mentor aurait-il donné sa bénédiction ? Il se le demandait. Il se demandait aussi quel effet ça faisait de sortir avec une femme noire. Y avait-il une attirance dans le tabou ? De la répulsion ? Une inquiétude vis-à-vis de l'avenir ? Il imagina qu'ils vivaient ensemble en banlieue, la pédiatre et l'agent sportif, un couple mixte aux rêves similaires, et puis il se rendit compte à quel point c'était idiot pour un homme qui aimait une femme se trouvant à Los Angeles de délirer sur des trucs pareils à propos d'une autre femme qu'il ne connaissait que depuis deux jours.

Idiot. Ouais.

Une joggeuse blonde en short moulant magenta et soutif de sport blanc copieusement rempli arrivait face à lui. Elle regarda dans la voiture et lui sourit. Myron sourit aussi. La brassière. Le nombril à l'air. Faut prendre le bon comme le mauvais.

De l'autre côté de la rue, Francine Neagly s'arrêtait dans l'allée menant au poste de police. Myron passa en drive et garda le pied sur le frein. La Buick Skylark fila devant le poste sans ralentir. Myron aurait bien voulu relier le numéro de la plaque avec son propriétaire grâce à ses contacts au service des cartes grises mais, bon, c'était dimanche. Il y avait encore des gens qui ne travaillaient pas le dimanche.

Il s'engagea sur Livingston Avenue, suivant la Buick à quatre voitures d'intervalle et se tordant le cou. Personne ne s'énervait sur l'accélérateur. Encore une fois, c'était dimanche et Livingston prenait son temps. Tant mieux. La Buick s'arrêta à un feu rouge sur Northfield Avenue. Sur la droite, se trouvait un minicentre commercial. Quand Myron était gamin, ce même bâtiment avait été l'école élémentaire Roosevelt. Vingt et quelques années plus tard, quelqu'un avait décidé que le New Jersey avait en fait besoin de moins d'écoles et de plus de centres commerciaux. Si c'était pas de la prévoyance…

La Skylark tourna à droite. Myron en fit autant. Ils se dirigeaient à nouveau vers la 10 mais, au bout de huit cents mètres, la Skylark prit à gauche sur Crescent Road. Myron fronça les sourcils. C'était une toute petite rue, connue surtout des gens du coin, utilisée en général comme raccourci pour rejoindre Hobart Gap Road. Ce qui signifiait que M. Skylark connaissait bien la ville et n'était pas un étranger.

Il ne tarda pas à prendre à droite. Dès lors, Myron sut où il se rendait. Il n'y avait qu'un seul truc niché derrière ces maisons et ce ruisseau quasiment à sec. Un terrain de base-ball.

Deux terrains, en fait. Ceux de Meadowbrook. Réservés aux gamins. La Little League. Comme on était encore dimanche et que le soleil brillait, la route et le parking grouillaient de bagnoles. Les prétendus utilitaires et autres monospaces avaient remplacé les breaks à carrosserie en bois de la jeunesse de Myron, mais, à part ça, rien n'avait changé. Le parking était toujours en terre battue recouverte de gravier. La cabine au bord des terrains était toujours en ciment blanc avec les encadrements de porte et de fenêtres peints en vert et gérée par des mamans volontaires. Les gradins métalliques branlaient toujours sous l'enthousiasme des parents qui encourageaient leurs mioches.

La Buick Skylark se gara sur un emplacement de stationnement interdit. Myron ralentit et attendit. Quand la portière s'ouvrit et que l'inspecteur Wickner, l'enquêteur responsable du dossier Elizabeth Bradford, sortit de la voiture avec la décontraction d'un seigneur visitant ses terres, il ne fut pas autrement surpris. Le policier à la retraite enleva ses lunettes de soleil et les jeta négligemment sur le tableau de bord. Il se vissa une casquette de base-ball sur le crâne, verte avec la lettre *S* dessus. On aurait juré que le visage ridé de Wickner se détendait comme si le soleil brillant sur le stade était son masseur personnel. Il fit signe à quelques types debout près de la grille située derrière le receveur – le Grillage Eli Wickner, s'il fallait en croire la pancarte. Les types lui rendirent son salut. Wickner s'avança vers eux.

Myron resta où il était. Eli Wickner régnait déjà

sur ces lieux avant même que Myron ne les fréquente. C'était sa salle du Trône. Les gens ici le célébraient. Ils venaient lui taper dans le dos et lui serrer la main. Un peu plus et ils l'auraient baisée. Wickner rayonnait. Il était chez lui. Au paradis. Là où il était encore un grand homme.

Le moment était venu de semer la merde au paradis.

Myron trouva une place à un pâté de maisons. Il revint vers les terrains. Le gravier crissait sous ses semelles. Bruit qui mit en branle son usine à souvenirs. Il avait été un bon joueur de base-ball – non, il avait été un *grand* joueur – jusqu'à l'âge de onze ans. Ça se passait ici même, sur le terrain n° 2. Il avait mené son équipe à coups de *home runs* et n'allait pas tarder à battre le record de points marqués dans toute l'histoire de Livingston. Il lui suffisait d'en réussir deux autres et il restait quatre rencontres avant la fin de la saison. En face, au lancer, Joey Davito, douze ans. Davito lançait fort et sans le moindre contrôle. La première balle frappa Myron en plein front, juste sous la visière du casque. Il était tombé. Il se souvenait qu'il avait cligné des yeux alors qu'il gisait sur le dos. Il se souvenait avoir regardé le soleil qui brillait trop fort. Il se souvenait avoir vu le visage de son coach, M. Farley. Puis son père avait été là. Son papa qui ravalait ses larmes l'avait pris dans ses bras costauds, tenant doucement sa tête dans sa grande main. Il l'avait amené à l'hôpital mais il n'y avait pas de dégâts durables. Du moins, aucun d'ordre physique. Mais, par la suite, Myron n'avait plus jamais pu s'empêcher de se débiner sur un lancer intérieur. Le base-ball avait changé pour lui. Le jeu lui avait fait mal, avait perdu de son innocence.

Il avait arrêté pour de bon un an plus tard.

Une demi-douzaine de types entouraient Wickner et autant de casquettes. Toutes impeccables, la visière rigide et pas cassée comme celles de leurs gosses. Ils portaient des T-shirts blancs gonflés par ce qui ressemblait à des boules de bowling. Budweiser, les abdos. Plaqués contre le grillage, les coudes enroulés autour du rebord comme pendant une balade en car, ils commentaient le jeu de leurs rejetons, le disséquaient, prédisaient leur avenir… sans imaginer que leurs opinions n'avaient pas la moindre importance.

Le base-ball fait pas mal de ravages chez les jeunes. Ces dernières années, on a beaucoup critiqué – le plus souvent, avec raison – les parents qui poussent leurs gamins en Little League. L'alternative gnangnan, politiquement correcte, façon New Age, du « on est tous égaux », ne vaut pourtant pas mieux. Un gosse rate sa frappe. Déçu, il soupire et se traîne vers la première base. Évidemment, il est en retard d'un kilomètre et se fait virer du terrain. Il regagne le banc et, là, le coach New Age lui hurle : « Bien joué ! » Mais bien sûr que ce n'est pas bien joué. Alors, c'est quoi le message qu'on fait passer ? Les parents prétendent que gagner ne compte pas, que le meilleur de l'équipe ne devrait pas jouer plus que les autres ou qu'il ne devrait pas avoir une meilleure position à la batte que le plus mauvais. Le problème – en dehors du fait évident que c'est un mensonge –, c'est que les gosses n'y croient pas une seconde. Ils ne sont pas idiots. Ils savent que ces conneries du genre « l'important c'est de s'amuser » sont justement des conneries. Et ils n'aiment pas ça.

Alors, le ressentiment s'incruste. Et, avec lui, la douleur. Plus moyen de s'en débarrasser.

Plusieurs personnes reconnurent Myron. Elles tapèrent les épaules voisines en pointant du doigt. Hé, regardez un peu. Myron Bolitar. Le plus grand joueur de basket que cette ville ait jamais produit. Celui qui aurait été une star si. Si. Le destin. Le genou. Myron Bolitar. Mi-légende, mi-avertissement pour les jeunes. L'équivalent athlétique de ces bagnoles fracassées dont ils se servent pour démontrer les dangers de l'alcool au volant.

Myron se dirigea droit vers le groupe d'hommes réunis derrière le grillage. Les *tifosi* de Livingston. C'étaient les mêmes qui allaient aux matches de foot, de basket et de base-ball. Certains étaient sympas. D'autres étaient de sales cons. Tous le reconnurent. Ils l'accueillirent avec chaleur. L'inspecteur Wickner resta silencieux, les yeux collés au terrain, étudiant le jeu avec un peu trop d'intensité, d'autant que c'était juste l'échauffement.

Myron fit comme tout le monde : il lui tapa sur l'épaule.

— Bonjour, inspecteur.

Wickner se retourna lentement. Il avait toujours eu les yeux gris perçants, mais aujourd'hui ils étaient gris, perçants et rouges. Une conjonctivite, peut-être. Ou une allergie. Ou la gnôle. Au choix. Sa peau était aussi tannée qu'un vieux cuir. Il portait une chemisette à col jaune avec une petite fermeture Éclair en guise de boutonnière. Elle était descendue, révélant une épaisse chaîne en or. Neuve probablement. Histoire de donner un peu d'éclat à sa retraite ? Elle ne lui allait franchement pas.

Wickner se plaqua un sourire sur les dents.

— Vous êtes assez grand pour m'appeler Eli maintenant, Myron.

— Comment allez-vous, Eli ?

— Pas mal, Myron. La retraite se passe bien. Je pêche beaucoup. Et vous ? J'ai vu votre tentative de come-back l'an dernier. Désolé que ça n'ait pas marché.

— Merci.

— Vous vivez toujours chez vos parents ?

— Non, j'habite en ville maintenant.

— Qu'est-ce qui vous amène ici ? La famille ?

— En fait, je voulais vous parler.

Ils s'écartèrent du groupe. Personne ne les suivit. Ces deux-là désiraient visiblement être seuls.

— De quoi ? demanda Wickner.

— D'une vieille affaire.

— Une affaire de police ?

Myron le regarda dans les yeux.

— Oui.

— De quelle affaire s'agit-il ?

— De la mort d'Elizabeth Bradford.

Wickner eut le bon goût de ne pas faire semblant d'être surpris. Il enleva sa casquette, aplatit quelques mèches grises, puis la remit.

— Que voulez-vous savoir ?

— Le montant du pot-de-vin, dit Myron. Les Bradford vous ont-ils filé une grosse somme ou bien un truc plus étalé dans le temps avec intérêt et plus-value ?

Wickner encaissa mais resta debout. Un coin de sa bouche frémit comme s'il ravalait des larmes.

— Je n'aime pas votre attitude, fiston.

Myron savait que sa seule chance était de cogner sans retenue. Danser autour de son adversaire, faire dans la dentelle ne serviraient à rien.

— Vous avez deux possibilités, Eli. Un, vous me dites ce qui est réellement arrivé à Elizabeth Bradford et j'essaie de laisser votre nom en dehors de tout ça. Ou deux, je fais un scandale auprès des médias à propos d'une manipulation policière et je démolis votre réputation.

D'un geste, Myron montra la pancarte sur le grillage.

— Quand j'en aurai fini avec vous, vous aurez de la chance s'ils vous laissent les « Pissotières Eli Wickner ».

Wickner lui tourna le dos. Ses épaules montaient et retombaient comme s'il avait du mal à respirer.

— Je ne sais pas de quoi vous parlez.

Myron hésita une fraction de seconde. Mais il garda une voix douce.

— Que vous est-il arrivé, Eli ?

— Quoi ?

— J'avais de l'estime pour vous. Votre opinion comptait pour moi.

Ces deux phrases tapèrent dans le mille. Les épaules

de Wickner se raidirent. Il gardait le visage baissé. Myron attendit. La peau tannée était plus sèche maintenant, le cuir plus cassant. Il essayait de dire quelque chose. Myron décida de lui accorder un peu de temps.

Et il sentit une grosse main lui serrer l'épaule.

— Y a un problème ici ?

Myron fit volte-face. La main appartenait à l'inspecteur en chef, Roy Pomeranz, le grand costaud autrefois partenaire de Wickner. Pomeranz portait un T-shirt blanc et un short, blanc lui aussi, qui montait si haut qu'on aurait dit un bavoir. À l'autre extrémité, le bavoir lui sciait la raie des fesses. Il avait toujours un physique de brute, mais il était complètement chauve à présent, la tête aussi lisse qu'un cul de babouin.

— Enlevez votre main, dit Myron.

Pomeranz l'ignora.

— Tout va bien ici ?

— On ne faisait que parler, Roy, dit Wickner.

— Parler de quoi ?

Cette fois, Myron répondit.

— De vous.

Grand sourire.

— Ah ouais ?

— On était justement en train de se dire qu'avec une boucle d'oreille, vous seriez le portrait craché de Monsieur Propre.

Pomeranz perdit son sourire.

Myron baissa la voix.

— Je vous le répète encore une fois. Enlevez votre main ou je la brise en trois endroits différents.

Notez la précision. Les menaces spécifiques sont toujours les meilleures. Il avait appris ça de Win.

Pomeranz laissa la main en place pendant une seconde ou deux encore – histoire de garder la face – avant de la retirer.

— Vous faites toujours partie de la police, Roy, dit

Myron. Donc, c'est vous qui avez le plus à perdre. Mais je vais vous faire la même offre. Dites-moi ce que vous savez sur l'affaire Bradford et je tâcherai de ne pas mêler votre nom à cette histoire.

Pomeranz lui ricana au nez.

— C'est drôle, Bolitar.

— Quoi ?

— Que vous ressortiez cette vieille histoire en pleine année d'élections.

— Et vous en déduisez ?

— Que vous travaillez pour Davison. Vous essayez de traîner dans la boue quelqu'un de bien comme Arthur Bradford pour le compte de cette ordure.

Davison était l'adversaire de Bradford pour le poste de gouverneur.

— Désolé, Roy, mais c'est faux.

— Ouais ? De toute manière, on s'en fout. Elizabeth Bradford est morte à cause d'une chute.

— Qui l'a poussée ?

— C'était un accident.

— Quelqu'un l'a poussée accidentellement ?

— Personne ne l'a poussée, petit malin. Il était tard. Il faisait nuit. Le balcon était glissant. Ça arrive tout le temps.

— Vraiment ? Je serais curieux de savoir combien de décès accidentels se sont produits à Livingston ces vingt dernières années au cours desquels une femme a fait une chute mortelle depuis son propre balcon ?

Tout ça, sans respirer.

Pomeranz croisa les bras sur sa poitrine, juste au-dessus de la ceinture de son short. Ses biceps gonflèrent comme des ballons de baudruche. Ce mec bandait subtilement ses muscles en faisant semblant de rien bander du tout.

— Accidents domestiques, ça s'appelle. Vous savez

combien de personnes meurent dans des accidents domestiques chaque année ?

— Non, Roy. Combien ?

Pomeranz ne répondit pas. Énorme surprise. Il croisa le regard de Wickner. Qui resta muet. Il avait l'air vaguement honteux.

Myron décida de chercher le K.-O.

— Et l'agression sur Anita Slaughter ? Ça aussi, c'était un accident ?

Silence stupéfait. Wicker émit un grognement involontaire. Les gros bras de Pomeranz tombèrent le long de ses flancs.

— Je ne sais pas de quoi vous parlez, dit ce dernier.

— Allons, Roy, un petit effort ! Eli y a même fait allusion dans un rapport de police.

Nouveau ricanement coléreux.

— Vous parlez de ce rapport que Francine Neagly a volé aux archives ?

Myron secoua la tête.

— Ça ne sera pas si facile, Roy. Vous pouvez planquer ce rapport. Vous pouvez même planquer le rapport sur l'agression d'Anita Slaughter. Mais j'ai déjà mis la main sur le dossier des urgences. À St. Barnabas. Eux aussi, ils ont des archives.

Nouveaux regards de stupeur. C'était un coup de bluff. Mais un bon. Et il avait fait son petit effet.

Pomeranz se pencha tout près de Myron. Il avait l'haleine d'un type affligé de troubles digestifs.

— Vous êtes en train de fourrer votre nez là où il a rien à foutre.

— Et vous ne vous lavez pas les dents après chaque repas.

— Je ne vais pas vous laisser calomnier un homme bien avec des insinuations.

— Des insinuations, répéta Myron. Vous écoutiez des cours de vocabulaire enregistrés dans votre bagnole de patrouille, Roy ? Les contribuables savent-ils ce qu'on faisait de leurs impôts ?

— Vous jouez un jeu dangereux, monsieur Blague à la Con.

— Ouhh, j'ai peur.

En cas de panne de réplique, ressortir les classiques.

— Je n'ai même pas besoin de m'occuper de vous, dit Pomeranz qui avait retrouvé le sourire. J'ai déjà Francine Neagly.

— Et ?

— Et ce rapport ne la regardait en rien. Nous croyons que quelqu'un de chez Davison – probablement vous, Bolitar – l'a payée pour le voler. Afin de rassembler des renseignements qui, utilisés à mauvais escient, viseraient à discréditer Arthur Bradford.

Myron ouvrit de grands yeux.

— À mauvais escient ? Visant à discréditer ?

— Vous croyez que je ne le ferai pas ?

— Je ne sais même pas ce que ça veut dire. À mauvais escient ? Ça aussi, vous avez l'appris sur vos cours enregistrés ?

Pomeranz braqua un doigt sur l'œil de Myron.

— Vous croyez que je vais pas suspendre cette salope et ruiner sa carrière ?

— Pomeranz, même vous, vous n'êtes pas aussi con. Vous avez déjà entendu parler de Jessica Culver ?

Le doigt disparut.

— C'est votre copine, c'est ça ? dit Pomeranz. Elle est écrivain ou journaliste.

— C'est un grand écrivain, dit Myron. Très, très respecté. Que tous les médias s'arrachent. Et vous savez ce qu'elle aimerait faire ? Une grande enquête sur le sexisme au sein des services de police. Si vous touchez, que dis-je, si vous effleurez Francine Neagly, si vous la rétrogradez, si vous l'engueulez ou même si vous vous contentez de lui faire respirer votre haleine de grand singe, je vous promets que quand Jessica en aura fini avec vous, vous vous planquerez au fond de la jungle avec une ceinture de bananes en guise de caleçon.

Pomeranz parut déconcerté. Il devait avoir du mal à compter les bananes. Pourtant il eut le bon sens de ne pas répondre tout de suite. Il prit le temps de retrouver son sang-froid et son sourire de pub pour carrelage.

— D'accord, dit-il. Donc, c'est la guerre froide. Vous pouvez m'atomiser, je peux vous atomiser. Match nul.

— Faux, Roy. C'est vous qui avez un boulot, une famille, une réputation et peut-être une sentence de prison qui plane au-dessus de votre crâne dégarni. Moi, je n'ai rien à perdre.

— Vous n'êtes pas sérieux. Vous vous attaquez à la plus puissante famille du New Jersey. Vous croyez vraiment que vous n'avez rien à perdre ?

— C'est vrai, je suis un peu cinglé. Ou pour le dire autrement, mon esprit fonctionne à mauvais escient.

Pomeranz regarda Wickner. Wickner lui rendit son regard. Une batte cogna une balle. La foule se leva. La balle heurta le grillage.

— Vas-y, Billy !

Billy contourna la deuxième base et fonça vers la troisième.

Pomeranz s'en fut sans ajouter un mot.

Myron observa longuement Wickner.

— Êtes-vous le dernier des faux-culs, inspecteur ?

Wickner ne dit rien.

— Quand j'avais onze ans, vous êtes venu parler dans ma classe et on pensait tous que vous étiez le mec le plus cool de la terre. Pendant les matches, je cherchais votre regard. Je voulais votre approbation. Mais vous n'êtes qu'un mensonge ambulant.

Wickner ne lâchait pas le terrain des yeux.

— Laissez tomber, Myron.

— Je ne peux pas.

— Davison est une ordure. Il n'en vaut pas la peine.
— Je ne travaille pas pour Davison. Je travaille pour la fille d'Anita Slaughter.

Wickner continua à regarder le terrain. Mâchoires serrées. Myron vit néanmoins le tremblement qui prenait naissance à la commissure de ses lèvres.

— Tout ce que vous allez faire, c'est du mal à un tas de gens.
— Qu'est-il arrivé à Elizabeth Bradford ?
— Elle est tombée. C'est tout.
— Je vais continuer à creuser, dit Myron.

Wickner réajusta sa casquette et commença à s'éloigner.

— Alors, d'autres gens vont mourir.

Ce n'était pas une menace, seulement le ton grave et guindé de quelqu'un qui annonce l'inévitable.

21

Quand Myron revint à sa voiture, les deux gorilles de Bradford Farms l'y attendaient. Le gros et le maigre. Ce dernier portant des manches longues, impossible de dire s'il avait un tatouage de serpent sur le bras, mais ces deux-là correspondaient toujours autant à la description de Mabel.

Myron sentit que ça commençait à bouillir en lui.

Le gros n'était là que pour impressionner. Il avait dû être lutteur dans l'équipe du lycée. Études brillantes qui lui avaient sans doute permis d'embrasser la carrière de videur dans un bar local. Il se croyait coriace. Myron savait qu'il ne lui poserait aucun problème. Le maigre, nettement plus âgé, n'était pas vraiment un spécimen physique formidable. On aurait dit la version troisième âge du gringalet dans les anciennes pubs de Monsieur Muscle. Sauf que ses yeux incitaient à la prudence. Myron ne se fiait jamais aux apparences, mais le visage de ce type était trop maigre, trop pointu et trop cruel.

Il s'adressa à lui.

— Vous me montrez votre tatouage ?

Vive l'approche directe.

Contrairement à son collègue, Petit Maigre ne se laissa pas démonter et répondit du tac au tac.

— En général, c'est pas les mecs qui me demandent ça.

— C'est vrai qu'avec une tête pareille, les nanas doivent pas vous lâcher.

Si Petit Maigre fut offensé, il se contenta d'en rire.

— Vous tenez vraiment à voir mon serpent ?

Inutile. Myron était fixé. L'autre avait répondu à la question. C'étaient bien ces types. Le gros avait frappé Mabel Edwards.

Ça bouillait à grosses bulles maintenant.

— Que puis-je faire pour vous, les gars ? demanda Myron. Vous récoltez des dons pour l'enfance handicapée ?

— Ouais, fit Gros Lard. Des dons de sang.

Myron se tourna vers lui.

— Ça va être un peu plus difficile qu'avec une grand-mère.

— Hein ?

Petit Maigre s'éclaircit la gorge.

— Le futur gouverneur Bradford voudrait vous voir.

— Le futur gouverneur ?

Petit Maigre haussa les épaules.

— J'ai confiance.

— C'est beau, la confiance. Et pourquoi ne m'appelle-t-il pas ?

— Le prochain gouverneur a estimé qu'il valait mieux que nous vous accompagnons.

— Je devrais être capable de m'accompagner tout seul, dit Myron avant de dévisager à nouveau Gros Lard et de déclarer très lentement : après tout, je ne suis pas une grand-mère.

Gros Lard renifla et fit rouler les muscles de son cou.

— Avec moi, tu feras pas plus le poids qu'une grand-mère.

— Pas plus le poids qu'une grand-mère. Waoh, quel mec.

Myron avait lu récemment que des gourous du développement personnel enseignaient de se représenter en vainqueur. Visualisez et ça arrivera, quelque chose comme ça. Dans la vie courante, Myron avait des doutes mais en combat ça marchait. Si l'occasion se présente, imaginez comment vous allez attaquer. Imaginez les ripostes possibles de votre adversaire et préparez-vous. C'était ce qu'il faisait depuis que Petit Maigre avait admis le tatouage. Ils étaient seuls, sans personne autour. Il frappa.

Son genou s'enfonça violemment dans l'entrejambe de Gros Lard. Le type émit un gargouillement semblable à celui qu'on produit quand on suce une paille dans laquelle il ne reste plus que quelques gouttes de liquide. Myron dégaina son arme qu'il braqua sur Petit Maigre tandis que le corps de son acolyte coulait par terre pour former une espèce de flaque.

Petit Maigre n'avait pas bougé. Il paraissait vaguement amusé.

— Stérile, dit-il.

— Ouais, acquiesça Myron. Mais je me sens beaucoup mieux.

Il toisa Gros Lard.

— Ça, c'était pour Mabel Edwards.

Petit Maigre haussa les épaules. Il s'en moquait éperdument.

— Et maintenant ?

— Où est votre voiture ?

— On nous a déposés. On était censés rentrer avec vous.

— Dommage pour vous.

Gros Lard se tortillait en essayant d'avaler un peu d'air. Aucun des deux autres ne lui prêtait la moindre attention. Myron rangea son arme.

— Je vais me conduire tout seul, si ça ne vous dérange pas.

L'autre écarta les bras.

— Comme vous voulez.

Myron recula vers la Taurus.

— Vous ne savez pas à qui vous avez affaire, dit Petit Maigre.

— Ouais, on n'arrête pas de me le dire.

— Peut-être. Mais maintenant, c'est moi qui vous le dis.

— Ah, si c'est vous alors...

— Demandez à votre père, Myron.

Uppercut.

— Quoi, mon père ?

— Interrogez-le sur Arthur Bradford...

Petit Maigre se mit à sourire. Le sourire d'une mangouste rongeant une gorge.

— Et interrogez-le sur moi.

De l'eau glacée inonda la poitrine de Myron.

— Qu'est-ce que mon père vient faire là-dedans ?

Mais l'autre n'avait plus envie de répondre.

— Dépêchez-vous. Le futur gouverneur du New Jersey vous attend.

22

Myron appela Win. Il lui raconta brièvement ce qui était arrivé.

— Stérile, convint Win.

— Il avait frappé une femme.

— Alors, mets-lui une balle dans le genou. Les séquelles seront permanentes. Un coup au bas-ventre est dérisoire.

Étiquette du châtiment, par Windsor Horne Lockwood III.

— Je laisse mon portable branché. Tu peux venir jusqu'ici ?

— Mais bien sûr. S'il te plaît, abstiens-toi de perpétrer de nouvelles violences jusqu'à mon arrivée.

Sous-entendu : Laisse-m'en un peu.

Le garde à l'entrée de Bradford Farms fut surpris de voir Myron seul. Le portail était déjà ouvert, sans doute en prévision de l'arrivée d'un trio. Myron n'hésita pas. Il passa sans s'arrêter. Le garde paniqua. Il jaillit de sa cabine. Myron lui adressa un signe du petit doigt, comme Oliver Hardy. Salut qu'il accompagna d'un sourire béat à la Hardy. Il regretta presque l'absence de Petit Maigre : planqué sous un chapeau melon, il aurait pu faire Laurel.

Quand il arriva à la maison, le vieux majordome l'attendait déjà sur le seuil.

— Si vous voulez bien me suivre, monsieur Bolitar.

Ils empruntèrent un long corridor. La galerie des huiles. Les murs étaient couverts de tableaux représentant des hommes à cheval. Il y avait aussi un nu. Une femme, bien sûr. Mais sans cheval. N'est pas la Grande Catherine qui veut. Le majordome tourna à droite. Ils pénétrèrent dans un couloir de verre. L'ambiance changea du tout au tout. Maintenant, c'était *Voyage au centre de la biosphère* ou alors *La Maison du futur*, version Walt Disney. Myron calcula qu'ils avaient déjà parcouru une cinquantaine de mètres.

Le domestique s'arrêta et ouvrit une porte. Comme l'exigeait sa fonction, il était aussi expressif que ladite porte.

— Si vous voulez bien entrer, monsieur.

Myron sentit le chlore avant d'entendre les bruits de barbotage.

— J'ai oublié mon maillot, dit-il.

Les deux portes restèrent de bois.

— En général, je mets un string. Mais je suis pas trop mal en bikini.

Là, la porte affublée d'un gilet cligna des paupières. Franchement extravagant.

— Je pourrai vous emprunter le vôtre, continua Myron, si vous en avez un en rab.

— Si vous voulez bien entrer, monsieur.

— Ouais, bon. On s'appelle, d'accord ?

Myron se décida à franchir le seuil. Il régnait dans la salle cette humidité particulière aux piscines couvertes. Tout ici était en marbre. Sauf les plantes. Des statues d'une déesse quelconque se dressaient aux quatre coins de la piscine. Quelle déesse ? Myron l'ignorait. La déesse des piscines couvertes, sans doute. L'unique occupant du bassin fendait l'eau sans quasiment faire de vagues.

Arthur Bradford nageait avec une aisance paresseuse. Il toucha le bord juste devant Myron pour l'examiner avec ses lunettes de nage aux verres bleu-noir. Il se décida enfin à les enlever, se passant la main sur son crâne rasé.

— Qu'est-il arrivé à Sam et à Mario ?

— Mario, fit Myron en hochant la tête. C'est le gros plein de muscles ?

— Sam et Mario auraient dû vous accompagner ici.

— Je suis un grand garçon, Artie. J'ai pas besoin qu'on m'accompagne.

Bien sûr, Bradford les avait envoyés pour l'intimider. Myron devait lui montrer que sa manœuvre n'avait pas produit le résultat escompté.

— Parfait, répliqua Bradford d'une voix sèche. J'ai encore six longueurs à faire. Vous permettez ?

Myron eut un geste généreux.

— Mais, je vous en prie. Je n'imagine rien qui pourrait me faire plus plaisir que vous regarder nager. Hé, mais c'est une idée, ça ! Vous devriez en faire un clip pour votre campagne. Slogan : « Votez Artie, il a une piscine couverte. »

Bradford faillit sourire.

— D'accord.

Il se hissa hors du bassin avec souplesse. Son corps, long et mince, semblait lustré par l'eau. Il attrapa une serviette en indiquant deux chaises longues. Myron s'assit sur l'une d'elles mais sans s'y allonger. Arthur Bradford en fit autant.

— La journée a été longue, dit Arthur. J'ai déjà eu quatre réunions de campagne et j'en ai trois autres cet après-midi.

Myron hocha la tête avec l'air de s'en foutre royalement. Arthur Bradford n'eut pas besoin qu'il lui fasse un dessin. Il se claqua les cuisses avec les paumes.

— Bien, vous êtes un homme occupé. Et moi aussi. Si nous passions aux choses sérieuses ?

— C'est ça. Soyons sérieux.

Bradford se pencha légèrement en avant.

— Je voulais vous parler de votre précédente visite ici.

Myron resta de marbre. Toujours se fondre dans le décor.

— Vous serez d'accord avec moi, n'est-ce pas, reprit Bradford, pour dire qu'elle a été assez curieuse ?

Myron émit un bruit. Genre « hon-hon » mais en plus neutre.

— Pour faire court, j'aimerais savoir ce que Win et vous cherchiez.

— Des réponses à quelques questions.

— Oui, cela, je m'en suis rendu compte. Ce que je veux savoir, c'est pourquoi ?

— Pourquoi quoi ?

— Pourquoi m'interroger sur une femme qui n'est plus à mon service depuis vingt ans ?

— Quelle différence ? Vous l'avez presque oubliée, non ?

Arthur Bradford sourit, et ce sourire disait que tous deux savaient que ce n'était pas le cas.

— J'aimerais vous aider, dit Bradford. Mais je dois d'abord m'assurer de vos mobiles.

Il ouvrit les bras.

— Après tout, nous sommes en année électorale.

— Vous croyez que je travaille pour Davison ?

— Vous venez ici avec Windsor sous des prétextes fallacieux. Vous vous mettez à poser des questions bizarres concernant mon passé. Vous soudoyez un officier de police pour qu'il dérobe un rapport sur la mort de ma femme. Vous êtes lié à un homme qui a récemment tenté de me faire chanter. Et on vous a vu discuter avec des criminels connus pour être associés à Davison.

Il eut son sourire politicien, celui qui ne pouvait s'empêcher d'être un poil condescendant.

— Si vous étiez à ma place, qu'en déduiriez-vous ?

— On reprend à zéro, dit Myron. À primo plutôt : je n'ai soudoyé personne pour dérober un rapport.

— L'officier Francine Neagly. Niez-vous l'avoir rencontrée au *Ritz Diner* ?

— Non.

Expliquer la vérité serait trop long et à quoi bon.

— D'accord, convint Myron. Oublions ça pour le moment. Qui a essayé de vous faire chanter ?

Le majordome fit son apparition.

— Un thé glacé, monsieur ?

Bradford réfléchit à cette grave question.

— Une citronnade, Mattius. Une citronnade, ce serait divin.

— Très bien, monsieur. Monsieur Bolitar ?

Myron doutait que Bradford ait du Yoo-Hoo en stock.

— Pareil pour moi, Mattius. Mais que la mienne soit diabolique.

Mattius le Majordome resta imperturbable.

— Très bien, monsieur.

Il disparut.

Arthur Bradford enveloppa une serviette autour de ses épaules. Puis il s'allongea sur la chaise. Celle-ci était assez longue pour supporter son interminable carcasse. Il ferma les yeux.

— Nous savons tous les deux que je me souviens d'Anita Slaughter. Comme vous l'avez sous-entendu, on n'oublie pas le nom de la personne qui a trouvé le cadavre de votre femme.

— C'est la seule raison ?

Bradford ouvrit un œil.

— Je vous demande pardon ?

— J'ai vu des photos d'elle, dit simplement Myron. Difficile d'oublier une femme pareille.

Bradford referma l'œil. Et ne parla pas pendant un moment.

— Ce ne sont pas les femmes séduisantes qui manquent.

— Ouais...

— Vous pensez que j'ai eu une histoire avec elle ?

— Ce n'est pas ce que j'ai dit. J'ai juste dit qu'elle était belle. Les hommes se souviennent des belles femmes.

— C'est vrai, acquiesça Bradford. Mais voyez-vous, c'est ce genre de fausses rumeurs qui ferait le bonheur de Davison. Vous comprenez mon inquiétude ? Je suis en train de vous parler de politique et la politique est affaire de manipulation. Vous présumez à tort que mes inquiétudes dans cette affaire prouvent que j'ai quelque chose à cacher. Ce n'est pas le cas. La vérité, c'est que je m'inquiète de ce qu'on peut penser. Ce n'est pas parce que je n'ai rien fait que mon adversaire va renoncer à tenter de faire croire que j'ai fait quelque chose. Vous me suivez ?

— Comme un politicien à la poursuite d'un pot-de-vin.

Mais Bradford n'avait pas tort. Il se présentait aux élections. Même s'il n'y avait rien sous cette histoire, il était normal pour lui de déployer des mesures de défense.

— Qui a essayé de vous faire chanter ?

Bradford attendit une seconde, calculant intérieurement, pesant le pour et le contre. L'ordinateur interne analysa tous les sondages, évalua tous les scénarios. Le *pour* l'emporta.

— Horace Slaughter, dit-il.

— Avec quoi ? demanda Myron.

Bradford ne répondit pas directement.

— Il a appelé mon QG de campagne.

— Et il est arrivé jusqu'à vous ?

— Il disait avoir des informations compromettantes à propos d'Anita Slaughter. J'ai pensé que c'était probablement un cinglé, mais le fait qu'il connaisse le nom d'Anita m'a troublé.

Tu m'étonnes, pensa Myron.

— Qu'a-t-il dit exactement ?

— Il voulait savoir ce que j'avais fait avec sa femme. Il m'a accusé de l'avoir aidée à s'enfuir.

— Aider comment ?

Bradford leva les mains.

— En la soutenant, en lui donnant de l'argent, en la renvoyant. Je n'en sais rien. C'était parfaitement incohérent.

— Mais qu'a-t-il dit ?

Bradford se redressa, posant les pieds à terre. Pendant plusieurs secondes, il considéra Myron comme si c'était un hamburger et qu'il se demandait si le moment était venu de le retourner.

— Je veux savoir ce qui vous motive.

Donner un peu, prendre un peu. La règle du jeu.

— La fille.

— Je vous demande pardon ?

— La fille d'Anita Slaughter.

Bradford hocha très lentement la tête.

— La joueuse de basket, c'est cela ?

— Oui.

— Vous la représentez ?

— Oui. J'avais aussi des liens d'amitié avec son père. Vous savez qu'il a été assassiné ?

— C'était dans le journal, dit Bradford.

Dans le journal. Pas possible d'obtenir un simple oui avec ce type.

— Quels sont vos rapports avec la famille Ache ? continua celui-ci.

Subitement Myron eut un déclic :

— Ce sont eux, « les criminels associés » à Davison ?

— Ce sont eux.

— Les Ache ont donc intérêt à ce qu'il gagne cette élection ?

— Bien sûr. C'est pourquoi j'aimerais savoir quels sont vos rapports avec eux.

— Je n'ai pas de rapport avec eux, répondit Myron. Ils sont en train de monter une ligue rivale de basket féminin. Ils veulent faire signer Brenda.

Néanmoins, à présent, il s'interrogeait. Les Ache avaient rencontré Horace Slaughter. Selon FJ, celui-ci avait même signé avec eux au nom de sa fille. Et voilà que, juste après, Horace se met à harceler Bradford à propos de sa femme décédée. Horace au service des Ache ? La question méritait réflexion.

Mattius revint avec les citronnades. Des vraies. Avec du vrai citron sûrement pressé à la main. Glacées, délicieuses sinon divines. Ah, les riches. Encore. Après le départ de Mattius, Bradford prit cet air pénétré qu'il avait souvent utilisé au cours de leur précédente rencontre. Myron attendit le fruit de cette profonde pensée.

— Être un homme politique, commença Bradford, est une chose étrange. Toutes les créatures luttent pour survivre. C'est instinctif. Mais la vérité c'est que les politiciens sont plus froids que les autres. Ils ne peuvent pas s'en empêcher. Un homme vient d'être assassiné et tout ce que je vois c'est la gêne potentielle que cela pourrait générer. Voilà la vérité pure et simple. Mon but est simplement d'éviter que mon nom soit prononcé.

— Il le sera, dit Myron. Ça ne dépend ni de vous ni de moi.

— Qu'est-ce qui vous rend si sûr ?

— La police va établir les mêmes liens que moi.

— Je ne vous suis pas.

— Je suis venu vous voir parce que Horace Slaughter vous a appelé. Les flics vérifieront ses appels téléphoniques eux aussi. Ils remonteront jusqu'à vous.

Arthur Bradford sourit.

— Ne vous inquiétez pas de la police.

Myron songea à Wickner et Pomeranz et à la puissance

de cette famille. Bradford avait peut-être raison. Myron y songea. Et décida d'en tirer avantage.

— Donc, vous me demandez de me tenir tranquille ?

Bradford hésita. Un jeu d'échecs. Il observait les pièces de Myron et essayait de deviner son prochain coup. Et les soixante-trois suivants.

— Je vous demande d'être juste.

— Ce qui veut dire ?

— Ce qui veut dire que vous n'avez aucune preuve réelle que je sois mêlé à la moindre manœuvre illicite.

Myron inclina la tête sur le côté. Peut-être. Ou peut-être pas.

— Et si ce que vous dites est vrai, si vous ne travaillez pas pour les Davison, vous n'avez aucune raison de saboter ma campagne.

— Voilà qui n'est pas si sûr, dit Myron.

— Je vois.

De nouveau, Arthur tenta de lire dans les feuilles de thé.

— Je présume dans ce cas que vous désirez quelque chose en échange de votre silence.

— Possible. Mais pas ce à quoi vous pensez.

— De quoi s'agit-il ?

— Deux choses. D'abord, des réponses à quelques questions. Les vraies réponses. Si j'ai le moindre soupçon que vous me mentez ou que vous tentez de travestir la vérité, je vous laisse vous démerder. Je ne suis pas là pour vous gêner. Je me moque des élections. Je veux juste la vérité.

— Et la deuxième chose ?

— Nous y viendrons. D'abord, il me faut les réponses.

Bradford hésita une fraction de seconde.

— Comment pouvez-vous espérer me voir donner mon accord à une condition que je ne connais même pas ?

— Répondez à mes questions d'abord. Si je suis

convaincu que vous me dites la vérité, je vous donnerai ma deuxième condition. Mais si vous vous montrez évasif, elle devient inutile.

— Je ne pense pas pouvoir accepter un tel marché.

— Parfait, dit Myron en se levant. Bonne journée, Arthur.

Sa voix fut très sèche :

— Asseyez-vous.

— Vous répondrez à mes questions ?

Arthur Bradford le dévisagea.

— Le représentant Davison n'est pas le seul à avoir des amis déplaisants.

Myron laissa les mots flotter au-dessus de la piscine.

— Si on veut survivre en politique, continua Bradford, il faut composer avec les éléments les plus sordides de notre vie sociale. Voilà l'hideuse vérité, Myron. Suis-je clair ?

— Oui, dit Myron. Et c'est la troisième fois en une heure qu'on me menace.

— Vous ne semblez pas trop effrayé.

— On ne m'effraie pas facilement.

Demi-vérité. Montrer sa peur est très mauvais pour la santé. C'est même parfois mortel.

— Et si on arrêtait les conneries ? reprit-il. J'ai des questions. Je les pose. Sinon, les médias s'en chargeront.

De nouveau, Bradford prit son temps. L'homme était la prudence même.

— Je ne comprends toujours pas. Quel est votre intérêt dans tout cela ?

Il retardait encore le moment de répondre.

— Je vous l'ai dit. La fille.

— Lors de votre première visite ici, vous recherchiez son père ?

— Oui.

— Et vous êtes venu me trouver uniquement parce que Horace Slaughter a appelé mes bureaux ?

Myron hocha la tête. Lentement.

Bradford fit encore l'étonné.

— Mais alors, pourquoi au nom de tous les saints du paradis, m'avez-vous interrogé à propos de ma femme ? Si, réellement, vous ne vous intéressiez qu'à Horace Slaughter, pourquoi toutes ces questions sur Anita Slaughter et sur cette histoire qui remonte à vingt ans ?

Le silence tomba. Enfin, presque. On n'entendait plus que les doux clapotis de l'eau de la piscine. La lumière se réfléchissait sur l'eau, rebondissant ici et là comme un économiseur d'écran aléatoire. Ils en étaient à un point crucial et en étaient conscients tous les deux. Myron réfléchissait. Les yeux braqués sur Bradford, il se demandait ce qu'il pouvait dire et comment en tirer avantage. Négocier. La vie, c'est une imitation du métier d'agent. Une longue suite de négociations.

— Parce que je ne recherchais pas uniquement Horace Slaughter, dit-il. Je cherchais aussi Anita Slaughter.

Bradford fit un effort pour garder le contrôle de son expression et de ses gestes. Soudain il respira un peu trop rapidement. Il était fort, aucun doute là-dessus, mais pas infaillible.

— Anita Slaughter a disparu il y a vingt ans, n'est-ce pas ? demanda-t-il très lentement.

— Oui.

— Et vous croyez qu'elle est toujours en vie ?

— Oui.

— Pourquoi ?

Pour avoir des tuyaux, il fallait en donner. Myron le savait. C'était de la plomberie de base. On doit amorcer la pompe. Mais là, il était en train de la noyer. Il était temps de fermer le robinet.

— En quoi cela vous intéresse ? s'enquit-il.

— Ça ne m'intéresse pas.

Pause. Bradford semblait conscient qu'il n'était guère convaincant.

— Mais je la croyais morte, ajouta-t-il.
— Pourquoi ?
— Elle me faisait l'effet d'une femme bien. Pourquoi se serait-elle enfuie en abandonnant son enfant ainsi ?
— Elle avait peut-être peur, dit Myron.
— De son mari ?
— De vous.

Bradford se figea instantanément.

— Pourquoi aurait-elle eu peur de moi ?
— À vous de me le dire, Arthur.
— Je n'en ai pas la moindre idée.

Myron le fixa en hochant la tête.

— Et votre femme a accidentellement glissé sur ce balcon il y a vingt ans, c'est ça ?

Bradford ne répondit pas.

— Un beau matin, en venant travailler, Anita Slaughter a trouvé votre femme morte après une chute, enchaîna Myron. Elle avait glissé sur son propre balcon par une nuit pluvieuse et personne ne s'était rendu compte de rien. Ni vous. Ni votre frère. Ni personne. Le jour se lève et Anita se retrouve devant son cadavre. C'est bien ce qui s'est passé ?

Bradford ne craquait pas mais Myron croyait voir des lézardes ramper sur la façade.

— Vous ne savez absolument rien.
— Alors, racontez-moi.
— J'aimais ma femme. Je l'aimais de tout mon être.
— Alors, que lui est-il arrivé ?

Bradford prit quelques inspirations, essayant de retrouver son contrôle.

— Elle est tombée, dit-il.

Puis, réfléchissant encore un peu, il demanda :

— Pourquoi pensez-vous qu'il existe un lien entre la mort de ma femme et la disparition d'Anita ?

Sa voix était plus ferme à présent. Elle retrouvait son timbre.

— En fait, si je me souviens bien, Anita est restée ici après l'accident. Elle ne nous a quittés que plusieurs mois après la tragédie d'Elizabeth.

Exact. Et à un point qui ne cessait d'irriter Myron, comme un grain de sable sur la cornée.

— Alors, pourquoi insistez-vous ainsi sur la mort de ma femme ? conclut Bradford.

N'ayant pas de réponse à lui donner, Myron para avec deux questions.

— Pourquoi ce rapport de police excite-t-il autant de gens ? Pourquoi les flics sont-ils si inquiets ?

— Pour la même raison que moi. C'est une année électorale. Fouiller dans des dossiers aussi anciens leur paraît suspect. C'est tout. Il n'y a pas à chercher plus loin. Ma femme est morte dans un accident. Fin de l'histoire.

Sa voix continuait à prendre de la force. Dans les négociations, c'est comme au basket : il y a des moments où la domination bascule. Là, c'était le bon quart d'heure de Bradford.

— Maintenant, à votre tour de répondre à une question : Pourquoi croyez-vous qu'Anita Slaughter est encore vivante ? Même sa propre famille n'a pas eu de ses nouvelles depuis vingt ans...

— Qui dit qu'elle n'en a pas eu ?

Bradford arqua un sourcil.

— Vous êtes en train de dire qu'ils en ont eu ?

Myron haussa les épaules. Le moment était délicat. Il devait se montrer prudent. Si Anita Slaughter avait vraiment fui ce type – et si Bradford l'avait effectivement crue morte –, comment réagirait-il à l'annonce qu'elle était toujours en vie ? Logiquement, ne tenterait-il pas de la retrouver pour la réduire au silence ? Idée intéressante. D'un autre côté, selon la théorie qu'il avait lui-même développée devant Brenda, Bradford avait payé Anita pour qu'elle disparaisse. Il la savait donc vivante.

Ou du moins, il la savait en fuite, ce qui signifiait qu'elle n'avait pas eu d'accident, disons, fatal.

Mais alors, que se passait-il au juste ici ?

— Je pense en avoir assez dit, fit Myron.

Bradford vida son verre de citronnade. Il remua la carafe et se resservit. Il indiqua le verre de Myron. Celui-ci déclina. Les deux hommes se réinstallèrent.

— J'aimerais vous engager, dit Bradford.

Myron essaya de sourire.

— Comme ?

— Conseiller. À la sécurité. Je veux vous engager pour que vous me teniez informé de votre enquête. Bon sang, j'emploie assez de crétins censés s'occuper des problèmes collatéraux. Qui est mieux placé que vous dans cette affaire ? Vous pourriez m'éviter un éventuel scandale. Qu'en dites-vous ?

— J'en dis que je vais refuser.

— Réfléchissez, dit Bradford. Je vous promets ma coopération ainsi que celle de toute mon équipe.

— Ouais. Et aussi d'enterrer tout ce que je pourrais déterrer.

— Je ne nie pas que je préférerais m'assurer que les faits soient présentés sous une juste lumière.

— Ou sans lumière du tout.

Bradford sourit.

— Vous perdez de vue votre mission première, Myron. Votre cliente ne s'intéresse pas à moi ni à ma carrière politique. Elle veut retrouver sa mère. J'aimerais l'y aider.

— Ben voyons. Après tout, c'est pour aider les gens que vous vous êtes lancé dans la politique.

Bradford parut vexé.

— Je vous fais une offre sérieuse et vous plaisantez.

— Pas tout à fait.

Le moment était venu de refaire basculer la rencontre. Myron choisit ses mots avec soin.

— Même si je le voulais, je ne le pourrais pas.
— Pourquoi pas ?
— J'ai mentionné une autre condition.

Bradford porta un doigt à ses lèvres.

— En effet.
— Je travaille déjà pour Brenda Slaughter. Elle doit demeurer mon souci principal.

Bradford se massa le cou. Détendu.

— Oui, bien sûr.
— Vous avez lu les journaux. Les flics la croient coupable.
— Eh bien, il vous faut admettre, dit Bradford, qu'elle fait une excellente suspecte.
— Peut-être. Mais s'ils l'arrêtent, je devrais agir au mieux de ses intérêts.

Myron le regarda droit dans les yeux.

— Ce qui signifie, reprit-il, que je devrais leur donner toute information qui pourrait les conduire à envisager d'autres suspects.

Bradford sourit. Il voyait où il voulait en venir.

— Dont moi.

Myron tourna les paumes vers le ciel et haussa les épaules.

— Je n'aurais pas le choix, n'est-ce pas ? Ma cliente avant tout.

Infime hésitation.

— Mais, bien sûr, rien de tout cela n'arriverait si Brenda Slaughter restait libre.

Toujours le même sourire.

— Ah…, fit Bradford.

Myron resta silencieux.

Bradford se redressa et leva les deux mains comme pour l'arrêter.

— N'en dites pas plus.

Myron n'en dit pas plus.

— Il en sera ainsi, dit Bradford avant de consulter sa

montre. Maintenant, je dois m'habiller. J'ai des obligations de campagne.

Ils se levèrent ensemble. Bradford tendit la main. Myron la serra. Monsieur le futur Gouverneur n'avait pas été d'une franchise absolue, mais le contraire eût été stupéfiant. Ils avaient tous les deux appris quelque chose. Quant à savoir lequel avait fait la meilleure affaire, c'était une autre histoire. Cependant la première règle de toute négociation, c'est de partager. Quand on ne fait que prendre, un jour ou l'autre, on le paie.

Ouais, peut-être. À condition de ne pas s'être fait plumer d'abord.

— Au revoir, dit Bradford en lui secouant encore la main. J'espère sincèrement que vous me tiendrez au courant de vos progrès.

Fin du serrage de pognes. Myron regardait Bradford... et il posa la question qu'il ne voulait pas poser.

— Vous connaissez mon père ?

Bradford pencha la tête sur le côté et sourit.

— C'est lui qui vous l'a dit ?

— Non, c'est votre ami Sam.

— Cela fait très longtemps que Sam travaille pour moi.

— Je ne vous ai pas parlé de Sam. Je vous ai parlé de mon père.

Mattius ouvrit la porte. Bradford la montra.

— Pourquoi n'interrogeriez-vous pas votre père, Myron ? Cela pourrait clarifier la situation.

23

Tandis que Mattius le majordome précédait Myron dans le long couloir, les mêmes deux mots ne cessaient de se cogner sur les parois de son crâne :

Mon père ?

Myron chercha un souvenir, une mention éventuelle du nom des Bradford à la maison, un *tête-à-tête*[1] politique entre ses parents concernant le plus éminent résident de Livingston. Il n'en trouva pas.

Alors comment se faisait-il que Bradford connaisse son père ?

Gros Mario et Petit Sam se trouvaient dans le hall. Mario tapait furieusement du pied par terre comme s'il voulait démolir le marbre. Il gesticulait, mais avec moins de grâce que Jerry Lewis en pleine crise d'hystérie. S'il avait été un personnage de dessin animé, de la fumée lui serait sortie des oreilles.

Petit Sam, quant à lui, fumait effectivement. Une Marlboro. Tranquillement adossé au mur. Sinatra attendant son pote, Dean Martin. Sam possédait cette aisance. Comme Win. Myron pouvait se montrer violent, et il était assez doué pour ça. Cependant il avait aussi droit

---

1. En français dans le texte.

aux montées d'adrénaline, aux jambes qui flageolent, et aux sueurs froides d'après-combat. Rien que de très normal, bien sûr. Seuls quelques rares spécimens ont la capacité de se déconnecter, de rester calmes dans la tempête, de traverser les explosions comme si elles éclataient au ralenti.

Gros Mario fonça droit vers lui. Poings serrés. Les traits déformés.

— T'es mort, connard. Tu m'entends ? Mort. Mort et enterré. On va aller dehors et j'vais te…

Le genou de Myron était parti. Et, de nouveau, il trouva sa cible. Cet imbécile de Gros Mario s'écroula sur le marbre en se tortillant comme un poisson hors de son bocal.

— Petit conseil du jour, dit Myron. Une coquille ne serait pas un investissement inutile.

Il se tourna vers Sam. Celui-ci ne s'était pas décollé du mur. Il prit une autre taf et fit passer la fumée par les narines.

— Il est jeune dans le métier, dit-il en guise d'explication.

Myron ne put qu'approuver. La connerie n'attend pas le nombre des années.

— Parfois, on doit faire peur à des gens stupides, dit Sam. Et les gens stupides ont peur des gros muscles.

Une autre taf.

— Mais il ne faudrait pas que son incompétence vous fasse bander.

Myron baissa les yeux. Il faillit faire une vanne mais y renonça. Bander, un coup dans les couilles.

Trop facile.

Win l'attendait debout devant sa voiture. Le corps légèrement penché en avant, il pratiquait son swing. Sans balle ni club, évidemment. Vous vous rappelez ce rock qui défonçait les enceintes. Vous sautiez alors sur votre lit et vous jouiez un air avec une guitare imaginaire. Les golfeurs se mettent dans le même état. Ils imaginent les bruits de la nature, puis installent leurs tees et lèvent leurs clubs. Des bois imaginaires, bien sûr. Des air bois. Parfois, quand ils veulent affiner leur jeu, ils sortent leurs air fers de leurs air sacs. Et comme les ados avec leurs air guitares, les golfeurs aiment se regarder dans des miroirs. Win, par exemple, vérifiait souvent son reflet dans les vitrines des magasins. Tout à coup, il s'arrêtait sur le trottoir, s'assurait que sa prise était bonne, répétait son backswing, replaçait ses épaules ou le col de sa chemisette.

— Win ?

— Un moment.

Il avait repositionné le rétroviseur côté passager pour pouvoir se voir en entier. Il s'arrêta à mi-geste, repéra quelque chose dans le reflet, fronça les sourcils.

— N'oublie pas, dit Myron. Les objets dans le rétro peuvent paraître plus petits qu'ils ne le sont.

Win l'ignora. Il reconsidéra la... balle, choisit un sand wedge et tenta un petit coup lifté. À en juger par son expression, la balle avait atterri sur le green et roulé jusqu'à trente – peut-être, trente et un – centimètres du trou. Win sourit et leva la main pour saluer... la foule admirative.

Les golfeurs.

— Comment as-tu fait pour arriver aussi vite ? demanda Myron.

— En Batcopter.

Lock-Horne Securities possédait un hélicoptère et une aire d'atterrissage sur le toit du building. Win avait probablement atterri sur un terrain proche.

— Tu as tout entendu ?

Win hocha la tête.

— Qu'en penses-tu ?

— Stérile.

— D'accord, j'aurais dû lui mettre une balle dans le genou.

— Eh bien, oui, il y a ça aussi. Mais, en l'occurrence, je faisais référence à toute cette affaire.

— Ce qui veut dire ?

— Ce qui veut dire qu'Arthur Bradford n'a peut-être pas tort. Tu oublies ta mission.

— Et quelle est ma mission ?

Sourire de Win.

— Telle est la question.

Myron hocha la tête à son tour.

— Encore une fois, je n'ai pas la moindre idée de ce dont tu parles.

Il déverrouilla les portières et les deux hommes se glissèrent à l'intérieur. Le Skaï était brûlant à cause du soleil. Le climatiseur cracha quelque chose qui ressemblait à de la bave tiède.

— Il nous est arrivé, dit Win, d'exécuter des tâches inappropriées pour une raison ou pour une autre. Mais nous avions, généralement, un motif. Un but, si tu préfères. Nous savions ce que nous étions en train de faire.

— Et tu penses que ce n'est pas le cas cette fois ?

— Exact.

— Alors, je vais te donner trois buts. Un, j'essaie de retrouver Anita Slaughter. Deux, j'essaie de trouver l'assassin de Horace Slaughter. Trois, j'essaie de protéger Brenda.

— La protéger de quoi ?

— Je ne sais pas encore.

— Voyons si je te comprends bien. Tu as le sentiment que la meilleure façon d'assurer la protection de Miss Slaughter est de chercher des noises à des policiers, à la plus puissante famille de l'État et à quelques truands notoires ?

— Pas moyen de faire autrement.

— Ah, oui, bien sûr, pas moyen. Considérons alors tes deux autres buts.

Win abaissa le pare-soleil pour admirer sa coiffure dans le miroir. Pas un seul cheveu blond ne dépassait. Mais il se tapota néanmoins le scalp, l'air contrarié.

— Commençons par la recherche de la mère de Brenda, d'accord ?

— D'accord, dit Myron.

— Voyons de nouveau si je te comprends parfaitement. Tu t'en prends à des officiers de police, à la plus puissante famille de l'État et à des truands notoires pour retrouver une femme qui s'est enfuie il y a vingt ans.

— Oui.

— Et la raison de cette recherche ?

— Brenda. Elle veut savoir où est sa mère. Elle a le droit…

— Bah, le coupa Win.

— Bah ?

— Évitons le couplet sur la défense des enfants bafoués par la vie. Quel droit ? Brenda n'a aucun droit ici. Crois-tu qu'Anita Slaughter est retenue contre sa volonté ?

— Non.

— Alors, dis-moi, s'il te plaît, ce que tu cherches à faire ? Si Anita Slaughter désirait une réconciliation avec sa fille, elle aurait pris une initiative. À l'évidence, c'est une option qu'elle n'a pas choisie. Nous savons qu'elle a filé il y a vingt ans. Nous savons qu'elle a fait beaucoup d'efforts pour qu'on ne la retrouve pas. Ce que nous ne savons pas, bien sûr, c'est pourquoi. Et, au lieu de respecter sa décision, tu choisis de l'ignorer.

Silence de Myron.

— Dans des circonstances normales, continua Win, cette recherche serait déjà délicate. Mais si on ajoute les facteurs aggravants – le danger évident que représente le fait de s'en prendre aux adversaires précités –, nous franchissons largement les limites de la délicatesse. Autrement dit, nous prenons un risque formidable pour de minuscules raisons.

Myron secoua la tête mais il admettait son raisonnement. Ne s'était-il pas lui-même interrogé ? Il recommençait son numéro d'équilibriste, cette fois au-dessus d'un enfer rugissant, et il entraînait d'autres personnes, comme Francine Neagly, derrière lui. Et pour quoi ? Win avait raison. Il était en train d'agacer des gens puissants. Il était peut-être même en train d'aider ceux qui voulaient beaucoup de mal à Anita Slaughter. S'il la faisait sortir de son trou, ces messieurs auraient d'autant moins de difficultés à lui trouver un autre trou, permanent celui-là. Il fallait être prudent, très prudent sur ce coup-là. Le moindre faux pas et *pan*.

— Ce n'est pas tout, dit-il. Un crime a peut-être été étouffé.

— Es-tu en train de parler d'Elizabeth Bradford ?

— Oui.

Win fronça les sourcils.

— C'est donc après cela que tu cours, Myron ? Tu es en train de risquer des vies pour que justice lui soit faite au bout de vingt ans ? Elizabeth Bradford est sortie de sa tombe pour t'appeler à la rescousse ?

— Il faut aussi penser à Horace.

— Pensons à Horace.

— C'était mon ami.

— Et tu crois que retrouver son assassin soulagera ta culpabilité de ne pas lui avoir parlé pendant dix ans ?

Myron encaissa. Difficilement.

— Coup bas, Win.

— Non, mon ami, je tente simplement de te tirer de l'abîme. Je ne suis pas en train de dire que ce que tu cherches à faire n'a pas de valeur. Mais il serait bon que tu te livres à une sorte d'analyse des pertes et profits.

Tu essaies de retrouver une femme qui ne veut pas être retrouvée. Tu luttes contre des forces qui sont plus puissantes que toi et moi réunis.

— On dirait presque que tu as peur, Win.

Win se tourna vers lui.

— Tu me connais mieux que ça.

Myron regarda les yeux bleus tachetés d'argent. Il acquiesça. Il le connaissait mieux que ça.

— Il s'agit de pragmatisme, continua Win, et non de peur. Je n'ai rien contre le fait d'exercer une certaine pression, de forcer la confrontation. Nous l'avons déjà souvent fait par le passé. Nous savons tous les deux que je recule rarement dans ces moments-là, que je les apprécie peut-être même un peu trop. Mais nous avions toujours un but. Nous recherchions Kathy pour innocenter un client, et l'assassin de Valérie pour les mêmes raisons. Nous avons cherché Greg en échange d'une confortable compensation financière. On pourrait en dire autant à propos du fils Coldren[1]. Mais, cette fois, le but est trop vague.

Le volume de la radio était réglé au minimum, cependant Myron entendit quand même Seal « comparer » son amour « au baiser de la rose sur la tombe ». Romance.

— Je dois continuer, dit-il. En tout cas, encore un peu.

Win ne dit rien.

— Et j'aimerais que tu m'aides.

Toujours rien.

— Tout au long de sa scolarité, Brenda a bénéficié de plusieurs bourses, enchaîna Myron. Je pense que c'est peut-être le moyen qu'a trouvé sa mère pour lui faire parvenir de l'argent. De façon anonyme. Je voudrais que tu essaies de suivre cette piste.

Win éteignit la radio. La circulation était pratiquement

---

1. Voir *Rupture de contrat*, *Balle de match*, *Faux rebond* et *Du sang sur le green*, éditions Fleuve Noir.

inexistante. Le climatiseur ronronnait dans un silence qui devenait de plus en plus pesant.

— Tu es amoureux d'elle, n'est-ce pas ?

Pris par surprise, Myron accusa le coup. Win ne lui avait encore jamais posé une question pareille. À vrai dire, ils évitaient ce sujet. Expliquer les relations amoureuses à Win, c'était comme expliquer le jazz à une chaise de jardin.

— Je crois, peut-être, dit Myron.

— Cela affecte ton jugement. L'émotion peut prendre le pas sur le pragmatisme.

— Non. Pas cette fois.

— Si tu n'étais pas amoureux d'elle, continuerais-tu ?

— Est-ce que ça compte ?

Win acquiesça. Il comprenait mieux que la plupart. Les « si » n'ont rien à faire avec la réalité.

— Bien, dit-il. Donne-moi les informations sur ces bourses d'étude. Je verrai ce que je peux faire.

Le silence retomba. Win, comme toujours, semblait parfaitement détendu.

— La frontière, Myron, est très mince entre l'obstination et la stupidité. Essaie de rester du bon côté.

24

La circulation était digne d'un dimanche. C'était un vrai bonheur d'emprunter le Lincoln Tunnel. Win jouait avec les boutons du nouveau lecteur de CD de Myron, se décidant pour une récente compil de tubes des années 70. Ils écoutèrent *The Night Chicago died*. Puis *The Night the Lights went out in Georgia*. Les nuits, en déduisit Myron, étaient dangereuses à l'époque. Puis la chanson du film *Billy Jack* déversa son message de paix sur la Terre. Vous vous souvenez des films de Billy Jack ? Win, lui, s'en souvenait. Un peu trop bien, même.

Le morceau final était un classique larmoyant des seventies, *Shannon*. Shannon mourait très jeune dans la chanson. Une voix suraiguë annonce que Shannon est partie, que la mer l'a avalée. Triste. Myron était ému chaque fois. La mère a le cœur brisé. Le père n'a plus goût à rien depuis que Shannon n'est plus là.

— Tu savais, dit Win, que Shannon était une chienne ?
— C'est ton quart d'heure sexiste ?
— Non, je veux dire, une vraie chienne. Qui fait ouah-ouah.
— Tu te fous de moi ?
— Si tu écoutes attentivement le refrain, c'est évident.

— Difficile à dire, je comprends juste quand il s'égosille que Shannon est partie, que la mer l'a avalée.

— Ensuite, il sanglote son espoir que Shannon trouvera une île avec un arbre.

— Un arbre ?

Win brailla : « Comme celui qui est au fond du jardin. »

— Ça ne veut pas dire que c'est une chienne, Win. Peut-être que Shannon aimait juste s'asseoir sous cet arbre. Peut-être qu'ils avaient un hamac.

— Peut-être. Mais tu oublies un autre indice subtil.

— Lequel ?

— Dans le livret du CD, la note dit que cette chanson parle d'une chienne.

Win…

— Tu veux que je te dépose à la maison ? demanda Myron.

— Non, j'ai de la paperasse à terminer. Et il vaut mieux que je ne m'éloigne pas trop.

Myron ne discuta pas.

— Tu as ton arme ? s'enquit Win.

— Oui.

— Tu en veux une autre ?

— Non.

Ils se garèrent sur le parking du Kinney et prirent l'ascenseur ensemble. Le gratte-ciel était silencieux, les fourmis ayant déserté la fourmilière. L'effet était saisissant, étrange, comme dans ces films de fin du monde où la ville est abandonnée et semble hantée. Le tintement qui annonçait l'arrêt de la cabine résonna comme un coup de tonnerre.

Myron descendit au douzième étage. Big Cyndi se trouvait à son bureau. Un dimanche. Comme toujours, tout autour d'elle paraissait miniature, comme dans cet épisode de *La Quatrième Dimension* où la maison se met à rétrécir, ou bien comme si quelqu'un avait coincé un nounours en peluche dans la Corvette rose de Barbie.

Elle portait une perruque, un truc qui évoquait à la fois une choucroute et une meringue. Il en faut pour tous les goûts, concéda Myron. Elle se leva et lui sourit. Gardant les yeux ouverts, il fut tout surpris de ne pas être transformé en statue de pierre.

Normalement, Big Cyndi mesurait deux mètres, mais aujourd'hui elle portait des talons. Des espèces de tennis avec d'énormes semelles compensées. Lesdites semelles ne compensaient pas grand-chose et hurlaient de douleur à chacun de ses pas. Elle avait revêtu ce que d'aucuns auraient pu considérer comme un costume d'affaires. La chemise était blanche, avec un jabot de dentelle qui dégoulinait de partout. La veste d'un gris scintillant était déchirée à la couture de l'épaule.

Elle leva les bras et tournoya sur place devant Myron. Godzilla qui se cabre après avoir reçu une décharge de Taser.

— Vous aimez ? demanda-t-elle.

— Beaucoup.

Jurassic Park III : Le Défilé de mode.

— J'ai trouvé tout ça chez Benny.

— Et qui est Benny ?

— Il est dans le Village, expliqua Big Cyndi. Il tient un magasin de fringues pour travestis. Mais il y a pas mal de filles un petit peu fortes comme moi qui s'habillent là-bas.

— Pratique.

Big Cyndi renifla et soudain se mit à pleurer. Comme toujours, elle était trop maquillée et ne tarda pas à ressembler à un Picasso passé au micro-ondes.

— Oh, monsieur Bolitar !

Elle se rua sur lui, bras ouverts, le sol tremblant sous ses pieds. Myron songea à un de ces personnages de dessin animé qui traversent une série de murs en y laissant leur silhouette découpée.

Il leva les mains à son tour. *Non ! Myron gentil !*

Myron aimer Cyndi! Cyndi pas faire mal à Myron! Mais son geste fut inutile.

Deux énormes bras l'enveloppèrent et le soulevèrent dans les airs. Il eut l'impression d'être attaqué par un matelas à eau mutant. Il ferma les yeux et tenta de conjurer cette image.

— Merci, murmura-t-elle entre deux sanglots.

Du coin de l'œil, il aperçut Esperanza. Elle observait la scène avec un intérêt amusé, les bras croisés. Le nouveau contrat, se souvint Myron. Big Cyndi était embauchée à temps complet.

— Vous êtes la bienvenue, parvint-il à dire.

— Je ne vous laisserai pas tomber.

— Mais vous pourriez peut-être me reposer ?

Big Cyndi émit un bruit qui devait être un gloussement. Tous les gosses à cent kilomètres à la ronde hurlèrent et cherchèrent la jupe de maman.

Elle le déposa doucement à terre comme un gamin plaçant un dernier bloc au sommet de la pyramide.

— Vous ne le regretterez pas. Je travaillerai jour et nuit. Je travaillerai le week-end. Je ferai votre lessive. Je vous ferai du café. J'irai vous chercher des Yoo-Hoo. Et je vous masserai le dos.

L'image d'un rouleau compresseur approchant d'une pêche trop mûre s'imposa à lui.

— Heu... un Yoo-Hoo suffira.

— Tout de suite.

Big Cyndi bondit jusqu'au frigo.

Myron rejoignit Esperanza.

— Vous avez tort, dit-elle. Elle masse super bien.

— Votre parole me suffira.

— Je lui ai dit que c'est vous qui avez voulu l'embaucher.

— La prochaine fois, laissez-moi juste lui retirer une épine de la patte.

Big Cyndi brandit la canette de Yoo-Hoo.

— Vous voulez que je la secoue pour vous, monsieur Bolitar ?

— Je me débrouillerai, Cyndi, merci.

— Oui, monsieur Bolitar.

Elle revint, toujours sautillante, et Myron repensa à la scène du *Poséidon* où le navire rebondit sur la mer en furie. Elle lui tendit le Yoo-Hoo. Puis elle sourit de nouveau. Et les dieux se voilèrent la face.

Myron s'adressa à Esperanza.

— Rien de neuf à propos de Lester ?

— Non.

— Appelez-moi Ron Dixon. Essayez son numéro personnel.

Big Cyndi prit l'initiative.

— Tout de suite, monsieur Bolitar.

Esperanza haussa les épaules. Big Cyndi composa un numéro et prit son accent britannique. Soyeux, distingué, élégant, raffiné… pour tout dire, anglais. Myron et Esperanza passèrent dans le bureau. L'appel fut transféré.

— Ron ? C'est Myron Bolitar, comment va ?

— Je sais que c'est toi, crétin. Ta réceptionniste vient de me le dire. On est dimanche, Myron. Le dimanche, c'est mon jour de congé. Mon jour en famille. Mon jour de repos. L'occasion de mieux connaître les gosses. Pourquoi m'appelles-tu un dimanche ?

— Est-ce que vous vendez Lester Ellis ?

— C'est pour ça que tu m'appelles chez moi, un dimanche ?

— C'est vrai ?

— Pas de commentaire.

— Tu m'avais dit que tu ne le vendrais pas.

— Faux. Je t'ai simplement dit que je ne ferai pas le forcing pour le mettre sur le marché des transferts. Si tu te rappelles bien, monsieur le Super Agent, c'est toi qui as voulu inclure une clause d'approbation de transfert dans son contrat. J'étais contre, sauf si vous acceptiez une diminution de salaire de cinquante plaques. Ce que tu as refusé. Maintenant tu vas le regretter. Tu vas te prendre le retour de bâton dans le cul.

Myron s'agita sur son siège. Malgré le bâton dans le cul.

— Qui prenez-vous en échange ?
— Pas de commentaire.
— Ne fais pas ça, Ron. C'est un grand talent.
— Ouais. Dommage que ce ne soit pas un grand joueur de base-ball.
— Tu vas te ridiculiser. Tu te souviens de Nolan Ryan contre Jim Fregosi ? Tu te souviens de Babe Ruth, euh…

Myron avait oublié contre qui il avait été échangé.

— … transféré par les Red Sox ?
— Parce que tu veux me faire avaler que Lester Ellis, c'est Babe Ruth ?
— On peut en discuter.
— Il n'y a rien à discuter, Myron. Et maintenant, si tu veux bien m'excuser, mon épouse m'appelle. C'est bizarre.
— Qu'est-ce qui est bizarre ?
— Cette histoire de jour de repos. Mieux connaître les enfants. Tu sais ce que j'ai découvert, Myron ?
— Quoi ?
— Je hais mes gosses.

Clic.

Myron leva les yeux vers Esperanza.

— Trouvez-moi Al Toney au *Chicago Tribune*.
— C'est à Seattle qu'il est transféré.
— Faites-moi confiance.

Esperanza montra le téléphone.

— C'est plus moi qui m'occupe de ça. Demandez à Big Cyndi.

Myron brancha l'Interphone.

— Big Cyndi, pourriez-vous, s'il vous plaît, appeler Al Toney ? Il devrait être à son bureau.

— Oui, monsieur Bolitar.

Une minute plus tard, elle le rappelait.

— Al Toney sur la une.

— Al ? C'est Myron.

— Salut, Myron, qu'est-ce qui se passe ?

— J'ai une dette envers toi, n'est-ce pas ?

— Au moins une.

— Tu veux un scoop ?

— Mes tétons durcissent déjà. Dis-moi des cochonneries, mon chou.

— Tu connais Lester Ellis ? Il est transféré demain à Seattle. Lester est tout excité. Depuis le début de la saison, il tanne les Yankees pour qu'ils le laissent partir. Nous sommes fous de joie.

— C'est ça, ton scoop ?

— Hé, ça va faire du bruit.

— À New York ou à Seattle, peut-être. Mais je suis à Chicago, Myron.

— Je me disais que t'aimerais être au courant.

— Que dalle. Ta dette n'est pas effacée.

— Tu veux pas vérifier tes tétons, d'abord ?

— Attends un peu...

Pause.

— ... mous comme de la compote. Mais je peux revérifier dans cinq minutes si tu veux.

— Pas la peine, Al, merci. Franchement, je me doutais que ça te ferait pas planer, mais ça valait le coup d'essayer. Entre toi et moi, les Yankees sont pressés de conclure. Ils m'ont demandé de faire enfler la rumeur. J'ai pensé que tu pourrais m'aider.

— Pourquoi ? Ils prennent qui en échange ?

— J'en sais rien.

— Lester est pas mauvais, pourtant. Un peu brut de

décoffrage mais doué. Pourquoi les Yankees tiennent-ils tant à se débarrasser de lui ?

— Ça reste entre nous ?

Silence. Myron entendait pratiquement grincer le cerveau d'Al.

— Si c'est toi qui me le demandes.

— Il est blessé. Une chute dans sa cuisine. Le genou en compote. Un peu comme tes tétons. Ils ont instauré le black-out là-dessus, mais Lester devra se faire opérer à la fin de la saison.

Silence.

— Tu ne peux pas imprimer ça, Al.

— T'inquiète. Bon, faut que j'y aille.

Myron sourit.

— À un de ces quatre, Al.

Il raccrocha.

Esperanza le dévisageait.

— Vous êtes bien en train de faire ce que je crois que vous êtes en train de faire ?

— Al Toney est le roi des faux-culs, expliqua Myron. Il a promis que *lui* ne l'imprimerait pas. Et il ne le fera pas. Mais son truc, c'est d'échanger des services. C'est le meilleur à ce jeu-là dans toute la profession.

— Donc ?

— Donc, il doit déjà être en train d'appeler un pote au *Seattle Times*. La rumeur de blessure ne va pas tarder à se répandre. Si elle devient publique avant que le transfert soit annoncé, il n'y aura pas de transfert.

Esperanza sourit.

— Moralement condamnable.

— Disons, moralement flou.

— N'empêche, j'apprécie la manœuvre.

— N'oubliez jamais le credo de MB Sports : « Le client d'abord. »

Elle acquiesça et ajouta :

— Y compris pour les histoires de fesses.

260

— Hé, notre devoir est de rendre tous les services possibles.

Myron l'observa un long moment avant d'ajouter :

— Je peux vous demander quelque chose ?

— Vous pouvez essayer.

— Pourquoi détestez-vous Jessica ?

Une ombre passa sur le visage d'Esperanza.

— L'habitude, sans doute.

— Je suis sérieux.

Elle croisa les jambes, les décroisa.

— Je préférerais en rester aux vannes à deux balles, d'accord ?

— Vous êtes ma meilleure amie, dit-il. Je veux savoir pourquoi vous ne l'aimez pas.

Esperanza soupira, recroisa les jambes, coinça une mèche derrière l'oreille.

— Jessica est brillante, intelligente, drôle. C'est un grand écrivain et je la virerais pas de mon lit en échange d'un paquet de crackers.

Les bisexuels.

— Mais elle vous a fait du mal.

— Et alors ? Ce n'est pas la première femme à avoir commis une indiscrétion.

— Ça, c'est bien vrai, dit Esperanza.

Elle se fila une claque sur le genou et se leva.

— Donc, j'ai tort. Je peux y aller maintenant ?

— Pourquoi lui gardez-vous rancune ?

— J'aime la rancune, dit Esperanza. C'est plus facile que le pardon.

Myron secoua la tête et lui fit signe de se rasseoir.

— Que voulez-vous que je vous dise, Myron ?

— Je veux que vous me disiez pourquoi vous ne l'aimez pas.

— J'aime bien jouer les emmerdeuses. Faut pas me prendre trop au sérieux.

Il secoua à nouveau la tête.

Elle détourna les yeux. Longtemps.

— Vous n'êtes pas assez coriace, d'accord? dit-elle enfin.

— Que voulez-vous dire?

— Pour ce genre de douleur. La plupart des gens arrivent à encaisser. J'y arrive. Jessica y arrive. Win aussi sûrement. Mais pas vous. Vous n'êtes pas assez dur. Vous n'avez pas ce qu'il faut en vous.

— C'est peut-être ma faute.

— *C'est* votre faute, dit Esperanza. Au moins, jusqu'à un certain point. D'abord, vous idéalisez beaucoup trop les relations. Ensuite, vous êtes trop sensible. Votre truc, c'était de trop vous exposer. De laisser trop d'ouverture.

— Et c'est si mal que ça?

Elle hésita.

— Non. En fait, c'est plutôt bien, j'imagine. Un peu naïf, peut-être, mais ça vaut bien mieux que ces connards qui retiennent tout en eux. Nous pourrions arrêter de parler de cela, maintenant?

— J'ai toujours le sentiment que vous n'avez pas répondu à ma question.

Esperanza montra ses paumes.

— Je ne peux pas faire mieux.

Myron se retrouva soudain en Little League, le lancer de Joey Davito en pleine tronche, la trouille de se remettre à la batte. Ouais. Ouais, ouais. Votre truc, c'était de trop vous exposer, avait-elle dit. Votre truc, c'était. Curieux choix de mots.

Elle profita du silence pour changer de sujet.

— J'ai fait quelques recherches sur Elizabeth Bradford.

— Et?

— Rien trouvé qui puisse suggérer que sa mort n'était pas due à un accident. Vous pouvez passer voir son frère, si ça vous tente. Il habite à Westport. Il est aussi très redevable à son ex-beau-frère. Je doute donc qu'il vous soit très utile.

— Pas d'autre famille ?

— Une sœur qui vit aussi à Westport. Mais elle passe l'été sur la Côte d'Azur.

Deux coups pour rien.

— Autre chose ?

— Un détail qui m'a chiffonnée, dit Esperanza. Elizabeth Bradford était à n'en pas douter un animal mondain, une grande dame de la haute société, comme on dit. Pas une semaine sans que son nom ne soit cité dans le journal pour un événement ou pour un autre. Mais environ six mois avant sa chute du balcon, on a cessé de parler d'elle.

— Quand vous dites « cessé »...

— Je veux dire, complètement. Son nom n'était plus nulle part, pas même dans le journal de la ville.

— Elle était peut-être sur la Côte d'Azur.

— Peut-être. Dans ce cas, son mari n'y était pas avec elle. Arthur était toujours abondamment cité.

Myron se renfonça dans son fauteuil, qu'il fit tourner. Il contempla les posters de Broadway derrière son bureau. Ouais, fallait vraiment qu'il s'en débarrasse.

— Et il y avait beaucoup d'articles sur Elizabeth Bradford avant ?

— Pas des articles, corrigea Esperanza. Des mentions. Son nom figurait toujours dans des phrases du genre « L'hôtesse de la soirée était... » ou « Parmi les invités... » ou bien « De gauche à droite sur la photo ».

— C'était une sorte de rubrique ou bien des articles d'ordre général ?

— Le *Jersey Ledger* avait une rubrique mondaine. Qui s'appelait « Soirées mondaines ».

— Accrocheur.

Mais Myron se souvenait vaguement de cette rubrique. Les noms des célébrités régionales y figuraient en caractères gras et sa mère en faisait des choux tout aussi gras. Elle y avait même été citée un jour : « L'éminente avocate locale, Ellen Bolitar. » Et c'était ainsi qu'elle avait voulu qu'on l'appelle pendant une semaine entière. Myron gueulait : « Hé, m'man ! » et elle répondait : « Quand vous vous adressez à moi, Monsieur Culotte Courte, il faut dire Madame l'Éminente Avocate Locale Ellen Bolitar. » Avec les majuscules.

— Qui tenait cette rubrique ? s'enquit-il.

Esperanza lui tendit une feuille de papier. En haut, à gauche, il y avait une petite photo d'un joli visage coiffé d'une permanente tarabiscotée. Elle s'appelait Deborah Whittaker.

— Vous pensez qu'on pourrait trouver son adresse ?
— Ça devrait pouvoir se faire.

Ils se dévisagèrent un long moment. L'ultimatum d'Esperanza planait au-dessus d'eux, telle la mortelle faux.

— Je ne peux pas imaginer ma vie sans vous, dit Myron.

— Pas la peine de l'imaginer, répliqua-t-elle. Quelle que soit votre décision, vous resterez mon meilleur ami.

— Les affaires détruisent l'amitié.
— Si vous le dites.
— Je le sais.

Myron avait assez reporté cette discussion. Pour employer une métaphore du basket, il avait épuisé ses trente secondes de préparation. Il fallait tirer. Il ne pouvait plus retarder l'inévitable dans l'espoir que l'inévitable se transformerait en fumée et disparaîtrait dans une bouche d'aération quelconque.

— Mon père et mon oncle ont essayé, dit-il. Ils ne se sont plus adressé la parole pendant quatre ans.

— Je sais.

— Même maintenant, leur relation n'est pas ce qu'elle était. Elle ne le sera plus jamais. Je connais littéralement des douzaines de familles et d'amis – des gens bien, Esperanza – qui ont tenté des partenariats comme celui-ci. Je ne connais pas un seul exemple de réussite à long terme. Pas un. Le frère contre le frère. La fille contre le père. Le meilleur ami contre le meilleur ami. L'argent fait des choses bizarres aux gens.

Esperanza acquiesça encore une fois.

— Notre amitié pourrait survivre à beaucoup de choses, dit Myron, mais je ne suis pas sûr qu'elle survivrait à une association.

Elle se leva à nouveau.

— Je vais vous trouver l'adresse de Deborah Whittaker. Ça ne devrait pas être long.

— Merci.

— Et je vous donne trois semaines pour la transition. Ça suffira ?

Myron hocha la tête, la gorge sèche. Il voulait dire quelque chose mais tout ce qui lui venait à l'esprit était encore plus débile que ce qui précédait.

L'interphone fit *buzz*. Esperanza sortit. Myron pressa le bouton.

— Oui ?

Big Cyndi :

— Le *Seattle Times* sur la une.

25

La maison de convalescence d'Inglemoore était un joli bâtiment peint en jaune vif, joliment décoré avec des tas de jolies couleurs, entouré d'un joli jardin, et qui n'en donnait pas moins l'impression d'être un endroit où on venait mourir.

Il y avait un arc-en-ciel sur un des murs de la réception. Le mobilier était fonctionnel et joyeux. Rien de trop moelleux. On ne tenait pas à ce que les pensionnaires ne parviennent plus à s'extraire des fauteuils. Un immense bouquet de roses fraîchement coupées trônait sur une table au centre de la pièce. Les roses étaient rouge vif, superbes, et mourraient dans un jour ou deux.

Myron respira un grand coup. *On se calme, mon gars, on se calme.*

Une odeur lourde de cerisier régnait, semblable à celle que diffusent ces désodorisants en forme de sapin qu'on accroche aux rétroviseurs. Une employée en pantalon et chemisette, ostensiblement « décontractée », l'accueillit. Elle avait à peine trente ans et le sourire cordial d'une épouse de Stepford.

— Je voudrais voir Deborah Whittaker.

— Bien sûr, dit-elle. Deborah doit être en salle de détente. Je m'appelle Gayle. Je vais vous conduire.

Deborah. Gayle. Ici, chacun était un prénom. Il y avait probablement un Dr Bob quelque part. Ils empruntèrent un couloir garni de fresques festives. Les sols étincelaient mais Myron y distingua néanmoins d'infimes traces de fauteuils roulants. Tous les membres du personnel arboraient le même faux sourire. Qui devait faire partie de leur formation. Chacun d'entre eux – aide-soignant, infirmière ou autre –, était habillé en civil. Personne ne portait de stéthoscope, de bipeur, de badge sur la poitrine ou quoi que ce soit qui évoque la médecine. Tous copains ici à Inglemoore.

Myron et Gayle pénétrèrent dans la salle de détente. Tables de ping-pong inutilisées. Billards, *idem*. Tables de jeux de cartes, *idem*. Télévision branchée en permanence.

— Installez-vous, s'il vous plaît, dit Gayle. Becky et Deborah ne vont pas tarder.

— Becky ? demanda Myron.

Re-sourire.

— Becky est l'amie de Deborah.

— Je vois.

Myron se retrouva seul avec six personnes âgées, dont cinq femmes. La longévité n'est pas misogyne. Toutes vêtues avec soin – l'homme portait une cravate – et toutes en chaise roulante. Deux avaient la tremblote. Deux autres marmonnaient toutes seules. Toutes avaient le teint aussi gris qu'un ciel de novembre. Une des femmes leva une main osseuse, striée de veines bleuâtres, en direction de Myron. Il sourit et lui rendit son salut.

Plusieurs pancartes au mur proclamaient le slogan d'Inglemoore :

INGLEMOORE – AUJOURD'HUI, LE PLUS BEAU DES JOURS.

Joli, se dit Myron, mais il ne put s'empêcher de penser à un autre, plus approprié :

INGLEMOORE – AUJOURD'HUI, MIEUX QUE DEMAIN.

Hum. Il le glisserait dans la boîte à idées avant de partir.

— Monsieur Bolitar ?

Deborah Whittaker venait de faire son apparition. Sa permanente – qui méritait bien son nom – toujours posée sur le crâne, aussi noire qu'un mocassin verni et aussi rigide qu'un casque en fibres de verre. L'effet Dorian Gray : comme si elle avait pris un million d'années en franchissant la porte. Elle avait le regard d'un vétéran d'une centaine de guerres. En notant le tremblement de la moitié gauche de son visage, Myron pensa à Katharine Hepburn. Parkinson peut-être, mais il n'était pas expert en gériatrie.

Son « amie » Becky était celle qui avait prononcé son nom. Elle avait peut-être trente ans. Elle aussi était en civil, et non en blouse blanche, et même si rien en elle ne suggérait l'infirmière, l'image de Louise Fletcher dans *Vol au-dessus d'un nid de coucou* s'imposa à Myron.

Il se leva.

— Je m'appelle Becky.

— Myron Bolitar.

Elle lui serra la main avec un sourire protecteur. C'était plus fort qu'elle sans doute. Elle ne devait s'arrêter de sourire qu'au bout d'une semaine de vacances.

— Puis-je me joindre à vous ?

Deborah Whittaker prit la parole pour la première fois.

— Dégage.

Sa voix ressemblait au bruit que produit un pneu crevé sur du gravier.

— Écoutez, Deborah...

— Il n'y a pas d'« Écoutez Deborah » qui tienne. Un séduisant gentleman vient me rendre visite et je veux être seule avec lui. Alors, dehors.

Le sourire protecteur de Becky devint un peu hésitant.

— Deborah, dit-elle sur un ton qui se voulait aimable

mais était surtout, eh bien, protecteur. Savez-vous où nous sommes ?

— Bien sûr, rétorqua Deborah. Les Alliés viennent de bombarder Munich. L'Axe a capitulé. Je suis sur le quai sud de Manhattan. La brise de l'océan me caresse le visage et j'attends l'arrivée du bateau pour coller un gros baiser tout mouillé au premier matelot qui débarquera.

Deborah Whittaker adressa un clin d'œil à Myron.

— Deborah, dit Becky, nous ne sommes pas en 1945. Nous…

— Je le sais, bon sang. Au nom du ciel, Becky, ne soyez pas si crédule.

Deborah s'assit et se pencha vers Myron.

— La vérité, c'est que je vais et je viens. Je voyage dans le temps. Parfois, je suis ici. Et parfois, j'y suis plus. Quand mon grand-père a eu ça, ils ont dit que c'étaient ses artères qui se bouchaient. Quand ç'a été ma mère, ils ont appelé ça la sénilité. Pour moi, c'est Parkinson ou Alzheimer.

Elle regarda son infirmière, les muscles faciaux toujours en pleine crise de tremblante.

— Vous voulez bien, Becky, tant que je suis encore lucide, me foutre la paix ?

Becky hésita une seconde, gardant son sourire du mieux qu'elle le pouvait. Myron lui adressa un hochement de tête et elle s'en fut.

Deborah Whittaker se pencha encore un peu plus vers lui.

— J'adore être méchante avec elle, murmura-t-elle. C'est l'unique et maigre bénéfice du grand âge.

Elle croisa les mains sur son giron et étira ses lèvres grelottantes.

— Bon, je sais que vous venez de me le dire, mais j'ai oublié votre nom.

— Myron.

Elle parut décontenancée.

— Non, ce n'est pas ça. André, peut-être ? Vous ressemblez à André. Mon coiffeur.

Non loin de là, Becky les surveillait du coin de l'œil. Prête à intervenir.

— Madame Whittaker, dit Myron, je voulais vous parler d'Elizabeth Bradford.

Une lueur étincela dans le regard de la vieille dame avant de s'estomper. Un peu comme une chandelle qui apparaît derrière une vitre la nuit puis qui s'éloigne.

— Lizzy ? Elle est ici ?
— Non, m'dame.
— Je croyais qu'elle était morte.
— Elle l'est.
— Pauvre petite. Elle organisait de si belles soirées. À Bradford Farms. Ils accrochaient des guirlandes de lampions sur le porche. Des invités par centaines. Lizzy avait toujours le meilleur orchestre, le meilleur traiteur. Je m'amusais tellement à ses soirées. Je m'habillais comme une reine et…

La vitre retrouva un peu d'éclat comme si Deborah Whittaker se rendait compte qu'il n'y aurait plus jamais d'invitation à ces soirées. Elle s'arrêta de parler.

— Dans votre chronique, dit Myron, vous parliez souvent d'Elizabeth Bradford.

— Oh, bien sûr. C'était toujours intéressant d'écrire sur Lizzy. Elle faisait l'admiration de tous. Mais…

Nouvelle interruption. La vitre était noire.

— Mais quoi ?
— Eh bien, je n'ai plus écrit sur Lizzy depuis des mois. Étrange, vraiment. La semaine dernière, Constance Lawrence a donné son bal de charité pour les Enfants de St. Sebastian et Lizzy n'est pas venue. C'était pourtant sa soirée préférée. C'est elle qui l'a organisé ces quatre dernières années, vous savez.

Myron acquiesça, essayant de ne pas se perdre dans les changements d'époque.

— Mais Lizzy ne sort plus, n'est-ce pas ?
— Non. Elle ne sort plus.
— Pour quelle raison ?

Deborah Whittaker eut une sorte de sursaut. Elle le considéra avec suspicion.

— Comment vous appelez-vous déjà ?
— Myron.
— Ça, je le sais, vous venez de me le dire. Je veux dire, votre nom de famille.
— Bolitar.

La chandelle réapparut.

— Le garçon d'Ellen ?
— Oui, c'est bien ça.
— Ellen Bolitar, dit-elle avec un grand sourire. Comment va-t-elle ?
— Bien, très bien.
— Ah, quelle femme brillante. Dites-moi, Myron. Elle met toujours en pièces les témoins de la partie adverse ?
— Oui, m'dame.
— Brillante.
— Elle adorait votre rubrique, dit Myron.

La chandelle se transforma en lustre étincelant.

— Ellen Bolitar, l'avocate, lit ma rubrique ?
— Chaque semaine. C'était la première chose qu'elle lisait.

Deborah Whittaker se renfonça dans sa chaise, secouant la tête.

— Non mais vous entendez ça ? Ellen Bolitar lit ma rubrique.

Il y avait toujours beaucoup de lumière derrière la vitre. Elle sourit à Myron. Qui avait du mal à suivre la concordance des verbes. Les temps de Deborah n'étaient pas son temps à lui. Il allait devoir s'adapter.

— C'est bien agréable de passer un moment ensemble, n'est-ce pas, Myron ?
— Oui, m'dame, très agréable.

La vitre redevint un peu plus sombre.

— Personne ici ne se souvient plus de ma rubrique, dit-elle. Ils sont tous très charmants et très gentils. Ils me traitent convenablement. Mais, pour eux, je ne suis qu'une vieille dame parmi d'autres. À partir d'un certain âge, soudain, vous devenez invisible. Ils ne voient que cette enveloppe pourrissante. Ils ne se rendent pas compte que l'esprit qui se trouve à l'intérieur était pénétrant, que ce corps assistait aux plus élégantes soirées et dansait avec les hommes les plus séduisants. Ils ne le voient pas. Je ne me souviens pas de ce que j'ai mangé au petit déjeuner, mais je me souviens de ces soirées. Vous ne trouvez pas cela étrange ?

— Non, m'dame, je ne trouve pas.

— Je me souviens de la dernière soirée de Lizzy comme si c'était hier. Elle portait une Halston noire, sans bretelles, avec des perles blanches. Elle était bronzée et ravissante. J'étais en Lilly Pulitzer, une robe d'été rose vif et, croyez-moi, je faisais encore tourner les têtes.

— Qu'est-il arrivé à Lizzy, madame Whittaker ? Pourquoi a-t-elle cessé de sortir dans le monde ?

Deborah Whittaker se raidit soudain.

— Je tiens une chronique mondaine, pas une fabrique de ragots.

— Je le comprends tout à fait. Il ne s'agit pas d'indiscrétion de ma part. Si je vous le demande, c'est que cela pourrait être important.

— Lizzy est mon amie.

— L'avez-vous revue après cette soirée ?

Une fois encore, la vitre était toute noire.

— J'ai cru qu'elle buvait trop. Je me suis même demandé si elle n'avait pas un problème.

— Un problème avec la boisson ?

— Je n'aime pas les ragots. Ce n'est pas mon genre. Je tiens une rubrique mondaine. Je ne veux pas blesser les gens.

— Et je vous admire pour cela, madame Whittaker.
— De toute manière, je me trompais.
— Vous vous trompiez ?
— Lizzy n'avait pas un problème avec l'alcool. Oh, bien sûr, il lui arrivait de boire dans les soirées, mais elle était trop bien éduquée pour dépasser les limites.

Les temps changeaient de nouveau.

— L'avez-vous revue après cette soirée ?
— Non, dit-elle d'une voix douce. Jamais.
— Vous lui avez peut-être parlé au téléphone ?
— Je l'ai appelée deux fois. Après la soirée chez les Woodmere qu'elle avait ratée. Et, bien sûr, après le bal de Constance, j'ai compris qu'il se passait quelque chose de grave. Mais je ne lui ai pas parlé. Elle n'était pas là, ou alors elle ne pouvait pas répondre au téléphone.

Elle leva les yeux vers Myron.

— Vous savez où elle est ? Vous pensez qu'elle va bien ?

Il ne savait pas trop comment répondre. Ni dans quel temps.

— Vous vous faites du souci pour elle ?
— Bien sûr que je me fais du souci. Lizzy a disparu, comme ça, du jour au lendemain. J'ai parlé avec ses plus proches amies au club mais personne ne l'a vue.

Elle fronça les sourcils.

— Des amies pareilles, je m'en passerais. Des amies ne propagent pas de tels ragots.
— À quel propos ?
— À propos de Lizzy.
— Comment cela ?

Elle baissa la voix, murmurant comme une conspiratrice.

— Je pensais qu'elle se comportait bizarrement parce qu'elle buvait trop. Mais ce n'était pas la question.

Myron se pencha vers elle et adopta le même ton.

— C'était quoi, alors ?

Deborah Whittaker le regarda. Et il se demanda ce qu'elle pouvait bien voir derrière cette vitre.

— Une dépression nerveuse, dit-elle enfin. Les dames au club disait que Lizzy avait fait une dépression. Qu'Arthur l'avait envoyée quelque part. Dans une institution avec des murs capitonnés.

Le sang dans les veines de Myron se refroidit d'une dizaine de degrés.

— Des commérages, cracha Deborah Whittaker. Des potins de bonnes femmes.

— Vous n'y croyez pas ?

— Répondez à cette simple question.

Deborah Whittaker passa une langue pointue sur des lèvres si sèches qu'il eut peur qu'elles ne s'effritent.

— Si Elizabeth Bradford avait été enfermée dans une institution, dit-elle, comment se fait-il qu'elle ait fait cette chute chez elle ?

Myron acquiesça. Matière à méditer.

26

Il resta encore un moment, bavardant avec Deborah Whittaker de gens et d'une époque qu'il n'avait pas connus. Becky mit finalement un terme à la visite. Myron promit de revenir. Et qu'il essaierait d'amener sa mère. Il était sincère. Deborah Whittaker quitta la salle de son pas traînant et il se demanda si elle se rappellerait encore de sa visite quand elle arriverait dans sa chambre. Puis il se dit que cela n'avait pas la moindre importance.

De retour dans sa voiture, il appela le bureau d'Arthur Bradford. Sa « secrétaire exécutive » lui apprit que le « futur gouverneur » se trouvait à Belleville. Myron consulta sa montre et se mit en route. Avec un peu de chance, il y serait à temps.

En arrivant sur le Garden State Parkway, Myron passa un autre coup de fil. Eloise, la secrétaire de son père, lui dit exactement ce qu'elle lui disait chaque fois qu'il téléphonait depuis vingt-cinq ans : « Je vous le passe tout de suite, Myron. » Peu importait que M. Bolitar soit occupé. Peu importait qu'il soit déjà au téléphone ou qu'il ait quelqu'un dans son bureau. Son père avait laissé ses instructions depuis très longtemps : si son fils appelait, on devait toujours le déranger.

— Inutile, dit Myron. Dites-lui simplement que je passerai le voir tout à l'heure.
— Ici ? Mon Dieu, Myron, cela fait des années que vous n'êtes pas venu.
— Ouais, je sais.
— Y a-t-il un problème ?
— Non, Eloise. Je veux juste lui parler. Dites-lui de ne pas s'inquiéter.
— Oh, votre père va être ravi.
Myron n'en était pas aussi sûr.

Le bus de campagne d'Arthur Bradford arborait évidemment des rayures rouges et bleues et de grosses étoiles blanches. BRADFORD GOUVERNEUR était inscrit sur les flancs en caractères 3-D obliques. Stylisés. Les vitres étaient teintées de façon à ce que le grand dirigeant ne soit pas offert au regard du vulgaire. Chacun a le droit de se sentir chez soi.

Arthur Bradford se tenait près de la porte du car, micro en main. Frère Chance était juste derrière lui, montrant sa dentition au cas où la caméra s'attarderait sur lui. C'était le sourire regardez-comme-notre-candidat-est-génial de celui qui a vocation à servir d'ombre à son suzerain. À sa droite, se trouvait Terence Edwards, le cousin de Brenda. Également affublé d'un sourire aussi naturel qu'une pub pour dentifrice blancheur. Tous deux arboraient ces chapeaux cotillons que les politiciens en campagne distribuent au bon peuple.

La foule clairsemée était essentiellement composée de vieux. De très vieux. Ils semblaient distraits comme si on les avait attirés ici avec la promesse d'un buffet gratuit. D'autres passants ralentissaient pour voir ce qui se passait, un peu comme ces gens qui se coagulent autour d'un accident en espérant voir un peu de sang. Les sbires de Bradford se mêlaient au public, distribuant pancartes, pin's et même quelques-uns de ces couvre-chefs grotesques, arborant tous le slogan BRADFORD GOUVERNEUR en lettrage compliqué. De temps à autre, ils interrompaient leur distribution pour se mettre à applaudir et le reste de la foule les imitait sans conviction. Quelques médias locaux avaient envoyé des équipes, des correspondants visiblement peinés par ce qu'ils étaient en train de faire, se demandant ce qui était le pire : rendre compte d'un énième discours en conserve ou bien se faire démembrer par une tronçonneuse. À en juger par leurs expressions, ils étaient prêts à jouer ça à pile ou face.

Myron se fraya un chemin dans la foule jusqu'au premier rang.

— Ce dont le New Jersey a besoin, c'est de changement, rugit Arthur Bradford.

Curieuse, cette éternelle célébration du changement que chantent tous les politiciens avant les élections.

— Ce dont le New Jersey a besoin, c'est d'élus audacieux et braves. Ce dont le New Jersey a besoin, c'est d'un gouverneur qui ne cédera pas aux intérêts particuliers.

Waoh.

Les sbires aimaient beaucoup cette phrase-là. Ils se mirent à glapir comme autant de stars du porno singeant l'orgasme (du moins, Myron se l'imaginait ainsi). La foule était plus timide. Les sbires entonnèrent une psalmodie : « Bradford… Bradford… Bradford. » Original. Une autre voix retentit dans les haut-parleurs. « Encore une fois, mesdames et messieurs, le prochain gouverneur du New Jersey, Arthur Bradford ! Celui dont le New Jersey a besoin ! »

Applaudissements. Arthur adressa un signe à la populace. Puis il descendit de son perchoir et s'autorisa même à toucher quelques élus… correction : quelques électeurs.

— Je compte sur votre soutien, disait-il après chaque serrage de paluche.

Myron sentit une tape sur son épaule. Il se retourna. Chance. Toujours souriant et coiffé de son chapeau de réveillon.

— Qu'est-ce que vous foutez là ?

— Vous me le prêtez ? demanda Myron en désignant son couvre-chef.

— Je ne vous aime pas, Bolitar.

Toujours avec le sourire.

Myron savait sourire lui aussi. Et il le démontra.

— Ça me fend le cœur.

Ils restèrent un instant plantés là avec leurs sourires figés. Comme les deux époux au début de l'émission télé où ils vont raconter pourquoi ils divorcent.

— Il faut que je parle à Art, dit Myron.

Sourire encore. Les meilleurs potes du monde.

— Montez dans le bus.

— Bien sûr, dit Myron. Mais, une fois dedans, je pourrai arrêter de sourire ? Je commence à avoir mal aux joues.

Mais Chance n'était déjà plus là. Myron grimpa à bord du car. Moquette marron et molle. Des espèces de sofas remplaçaient les sièges. Il y avait plusieurs téléviseurs écran plat suspendus en hauteur, un bar avec un mini-frigo, des téléphones, des ordinateurs.

Petit Sam était le seul occupant de ce salon ambulant. Assis à l'avant, il lisait un exemplaire de *People*. Il regarda Myron avant de se replonger dans sa lecture.

— Les cinquante personnalités les plus fascinantes, dit-il. Et je n'y suis même pas.

Myron compatit.

— C'est basé sur le copinage, pas sur le mérite.

— Le piston, approuva Sam en tournant la page. Va au fond, grande gueule.

— J'y cours.

Myron s'installa dans un fauteuil pivotant pseudo-futuriste qui semblait rescapé de *Battlestar Galactica*. Il n'eut pas à attendre longtemps. Chance revint le premier. Souriant et saluant, comme toujours. Puis ce fut le tour de Terence Edwards. Enfin, arriva Arthur. Le chauffeur pressa un bouton. La porte se referma, les trois visages aussi. Les sourires disparurent aussi vite qu'une promesse électorale après le scrutin.

Arthur fit signe à Terence de s'asseoir à l'avant. Fidèle vassal, celui-ci obéit. Arthur et Chance gagnèrent l'arrière du car. Arthur semblait détendu. Chance constipé.

— Ravi de vous voir, dit Arthur.

— Ouais, dit Myron, le plaisir est partagé.

— Voudriez-vous boire quelque chose ?

— Pourquoi pas ?

Le bus démarra. Le public s'était rassemblé et saluait à travers les vitres sans tain. Arthur le contempla avec le plus grand dédain. Le peuple. Il lança un Snapple à Myron et en ouvrit un autre pour lui-même. Myron regarda la bouteille. Thé glacé à la pêche. Sans sucre. Pas mauvais. Arthur s'assit. Chance, le petit frère, prit place à ses côtés. Il n'avait pas eu droit à son biberon.

— Mon discours vous a plu ? demanda Arthur.

— « Ce dont le New Jersey a besoin », répliqua Myron, c'est d'un maximum de clichés.

Arthur sourit.

— Vous auriez préféré une discussion plus profonde sur les enjeux réels, c'est ça ? Dans cette chaleur ? Avec cette foule ?

— Que dire ? Je continue à aimer « Votez Artie, il a une piscine dans son salon. »

Bradford balaya tout ça d'un geste.

— Avez-vous appris du nouveau sur Anita Slaughter ?

— Non. Mais j'ai appris quelque chose sur feu votre épouse.

Arthur fronça les sourcils. Le visage de Chance se congestionna.

— Vous étiez censé essayer de retrouver Anita Slaughter.

— Ce qui est marrant, dit Myron. C'est que plus j'enquête sur sa disparition, plus je tombe sur la mort de votre femme. Vous auriez une explication ?

Chance intervint.

— Ouais : vous êtes con.

Myron se tourna vers lui et posa l'index sur ses lèvres.
— Chut.

— Stérile, dit Arthur. Tout à fait stérile. Je vous ai pourtant assez répété qu'il n'y a aucun rapport entre la mort d'Elizabeth et la disparition d'Anita Slaughter.

— Dans ce cas, faites-moi plaisir, dit Myron. Dites-moi pourquoi votre femme a cessé de sortir.

— Je vous demande pardon ?

— Durant les six derniers mois de sa vie, aucune de ses amies n'a plus revu votre épouse. Elle n'allait plus aux réceptions. Elle n'allait plus à son club.

Quel qu'ait pu être ce fameux club.

— Qui vous a dit ça ?

— Plusieurs de ses amies.

Arthur sourit.

— Qui se résument à une vieille cocotte sénile.

— Attention, Arthur. Même les vieilles cocottes ont le droit de vote.

Pause.

— Hé, reprit Myron, ça rime. Je vous ai trouvé un nouveau slogan de campagne. « Salut les Cocottes, on a besoin de vos votes. »

Personne ne sortit son stylo.

— Vous me faites perdre mon temps et cela ne nous mène nulle part, dit Arthur. Le chauffeur va vous déposer.

— Je peux encore aller voir la presse, dit Myron.

Chance bondit.

— Et je peux vous mettre une balle dans la tête.

Myron replaça son doigt sur ses lèvres.

— Chut.

Chance allait répondre mais Arthur ne lui en laissa pas l'occasion.

— Nous avions un accord, dit-il. Je m'arrange pour que Brenda Slaughter n'aille pas en prison. Vous cherchez Anita Slaughter et évitez que mon nom soit cité. Mais vous persistez à fouiller les bas-côtés. C'est une erreur. Votre insistance aveugle va finir par attirer l'attention de mon adversaire et lui donner de nouvelles munitions qu'il utilisera contre moi.

Il attendit que Myron dise quelque chose. Mais il ne dit rien.

— Vous ne me laissez pas le choix, poursuivit Arthur. Je vous dirai ce que vous voulez savoir. Vous vous rendrez ainsi compte que cela n'a absolument aucun rapport avec les problèmes qui vous préoccupent. Ensuite, nous pourrons avancer.

Chance voulut se révolter.

— Arthur, tu n'es pas sérieux...

— Va t'asseoir à l'avant, Chance.

— Il... il travaille peut-être pour Davison.

Il en postillonnait.

— Non, dit Arthur.

— Mais tu ne peux en être cer...

— S'il travaillait pour Davison, ils auraient déjà mis dix types sur cette histoire. En revanche, s'il continue à fouiner, il ne tardera pas à se faire remarquer par Davison et son équipe.

Chance regarda Myron qui lui fit un clin d'œil.

— Je n'aime pas ça, objecta Chance.

— Va t'asseoir devant, Chance.

Celui-ci se leva avec toute la dignité dont il était capable, c'est-à-dire aucune, et alla bouder à l'avant du bus.

Arthur se tourna vers Myron.

— Il va sans dire que tout ce que je vais vous révéler est strictement confidentiel. Si cela est répété...

Il décida de ne pas finir sa phrase, préférant enchaîner sur une question :

— Avez-vous parlé à votre père ?
— Non.
— Vous devriez.
— Pourquoi ?

Arthur ne répondit pas. Silencieux, il se mit à contempler la rue à travers la vitre. Le bus s'arrêta à un feu. Quelques passants adressèrent un salut au véhicule. Arthur ne fit même pas semblant de les voir.

— J'aimais ma femme, commença-t-il. Je veux que vous le compreniez. Nous nous étions rencontrés à l'université. Un jour, je l'ai vue traverser le campus et...

Le feu passa au vert. Le car redémarra.

— Et ma vie en a été à jamais transformée.

Arthur jeta un coup d'œil à Myron.

— Ringard, hein ?

Myron haussa les épaules.

— Moi, j'aime bien.
— *C'était* bien.

Bradford inclina la tête comme si le souvenir était trop lourd pour lui et, pendant un instant, le politicien fit place à un véritable être humain.

— Elizabeth et moi nous sommes mariés une semaine après notre diplôme. Nous avons fait une immense cérémonie à Bradford Farms. Vous auriez dû voir ça. Six cents invités. Nos familles étaient ravies mais on s'en moquait. Nous étions amoureux. Et nous avions la certitude de la jeunesse que rien ne changerait jamais.

De nouveau, son regard se perdit. Le bus ronronnait. Quelqu'un brancha une télévision puis coupa le son.

— Le premier coup survint un an après le mariage. Elizabeth a appris qu'elle ne pouvait pas avoir d'enfant. Une faiblesse des parois utérines. Elle pouvait tomber enceinte mais ne pouvait pas garder le bébé plus de trois mois. C'est étrange quand j'y repense maintenant. Vous voyez, depuis le début, Elizabeth avait ce que je considérais comme des moments de calme… des accès de mélancolie, diraient certains. À mes yeux, cependant, cela ne ressemblait pas à de la mélancolie. Plutôt à des moments de réflexion. Je les trouvais étrangement attirants. Vous comprenez ce que je veux dire ?

Myron hocha la tête mais Arthur continuait à regarder par la fenêtre.

— Puis ces absences sont devenues de plus en plus fréquentes. Et elles étaient de plus en plus profondes. Ce qui était naturel, je suppose. Qui n'aurait pas été triste dans de telles circonstances ? Aujourd'hui, bien sûr, on dirait qu'Elizabeth était maniaco-dépressive.

Il sourit.

— Selon eux, c'est entièrement physiologique. Ce serait simplement dû à un déséquilibre chimique dans le cerveau ou quelque chose comme ça. Certains prétendent même que les stimuli extérieurs n'ont aucun effet, que même sans son problème utérin, Elizabeth aurait fini par être tout aussi malade.

Arthur se tourna vers Myron.

— Vous y croyez ?

— Je ne sais pas.

Il ne parut pas l'entendre.

— J'imagine que c'est possible. Les maladies mentales sont si étranges. Les problèmes physiques ne nous font pas aussi peur. Mais l'esprit fonctionne de façon irrationnelle. Et, par définition, l'esprit rationnel ne peut l'accepter. Nous pouvons éprouver de la pitié. Mais nous ne pouvons pas réellement comprendre. J'ai donc vu sa santé mentale se délabrer. Son état a empiré. Des amies qui l'avaient toujours trouvée excentrique ont commencé à se poser des questions. Parfois, elle allait si mal que nous prétendions partir en vacances pour la garder

à la maison. Cela a duré ainsi pendant des années. Lentement, la femme dont j'étais tombé amoureux a été rongée de l'intérieur. Bien avant sa mort – cinq, six ans avant –, elle était déjà une personne différente. Nous avons tout tenté, bien sûr. Nous lui avons donné les meilleurs soins médicaux, nous l'avons soutenue, réconfortée. Mais rien n'a arrêté la descente. Il est arrivé un moment où Elizabeth n'a plus pu sortir de la maison.
Silence.
— Vous l'avez placée dans une institution ?
Arthur but une gorgée de son Snapple. Ses doigts se mirent à jouer avec l'étiquette de la bouteille, arrachant les coins.
— Non, répondit-il enfin. Ma famille me pressait de la faire interner. Mais je ne pouvais pas m'y résoudre. Elizabeth n'était plus la femme que j'aimais. Je le savais. Et peut-être que j'aurais dû continuer sans elle. Pourtant je ne pouvais pas l'abandonner. Je lui devais encore au moins cela, quoi qu'elle fût devenue.
Myron ne dit rien. La télévision était éteinte à présent. Une radio se mit à brailler, branchée sur une station d'infos en continu : donnez-leur vingt-deux minutes et ils vous donnent le monde. Sam lisait toujours *People*. Chance ne cessait de se tourner vers eux, les paupières comme des fentes.
— J'ai engagé des infirmières et j'ai gardé Elizabeth à la maison. J'ai continué à vivre ma vie tandis qu'elle continuait à décliner. Rétrospectivement, ma famille avait raison. J'aurais dû la faire interner.
Le car s'arrêta dans un hoquet.
— Vous devinez probablement la suite. L'état d'Elizabeth a encore empiré. Elle était pratiquement catatonique à la fin. Le mal qui avait envahi son cerveau avait fini par en prendre totalement possession. Vous aviez raison, bien sûr. Sa chute n'était pas accidentelle. Elizabeth a sauté. Ce n'est pas par malchance qu'elle a

atterri sur le crâne. C'était intentionnel de sa part. Ma femme s'est suicidée.

Il posa la main sur son visage et se laissa aller en arrière. Myron l'observait. Ce geste n'était peut-être qu'un numéro – les politiciens jouent affreusement bien la comédie –, néanmoins Myron crut y discerner une culpabilité sincère. Quelque chose semblait vraiment avoir déserté son regard sans rien laisser à la place. On n'est jamais sûr de rien, cependant. Ceux qui prétendent pouvoir repérer les mensonges à coup sûr sont généralement ceux qui se font le mieux avoir.

— Anita Slaughter a trouvé son corps ?

— Oui. Et le reste est du Bradford tout craché. Nous avons immédiatement étouffé l'affaire. Des pots-de-vin ont été versés. Un suicide, vous imaginez ? Une épouse folle au point qu'un Bradford l'a poussée à se tuer... Nous aurions évité de mêler Anita à tout cela mais son nom avait été prononcé sur la radio de la police. Les médias l'ont intercepté.

Cette partie-là en tout cas tenait debout.

— Vous avez mentionné des pots-de-vin.

— Oui.

— Combien a reçu Anita ?

Arthur ferma les yeux.

— Anita a refusé notre argent.

— Que voulait-elle ?

— Rien. Elle n'était pas comme ça.

— Et vous aviez confiance en elle ? Vous étiez certain qu'elle ne parlerait pas ?

Arthur hocha la tête.

— Oui. J'avais confiance en elle.

— Vous ne l'avez jamais menacée ni...

— Jamais.

— Je trouve ça difficile à croire.

Arthur haussa les épaules.

— Elle est restée encore neuf mois chez nous. Cela devrait vous éclairer.

Toujours ce même problème. Sur lequel Myron ne cessait de buter. Il entendit un bruit à l'avant du bus. Chance s'était levé et fonçait vers eux. Il se planta devant eux. Les deux hommes l'ignorèrent.

— Tu lui as raconté ?
— Oui, dit Arthur.

Chance pivota vers Myron.

— Si vous soufflez un mot de cette histoire à quiconque, je vous tue...
— Chut.

Soudain, Myron le vit.

Le détail. Invisible. L'histoire était en partie vraie – les meilleurs mensonges le sont toujours –, mais il lui manquait ce fameux détail.

— Vous oubliez une chose, Arthur.

Les rides se creusèrent sur le front du « futur gouverneur ».

Myron désigna Chance puis Arthur.

— Lequel de vous deux a filé une raclée à Anita Slaughter ?

Silence de pierre.

Myron enchaîna.

— Quelques semaines à peine avant le suicide d'Elizabeth Bradford, quelqu'un a agressé Anita Slaughter. Elle a été conduite au St. Barnabas Hospital et ses écorchures n'étaient pas encore cicatrisées quand votre femme a sauté. Vous voulez me parler de ça ?

Des tas de choses parurent survenir en même temps. Arthur Bradford fit un petit signe de la tête. Sam posa *People* et se leva. Chance devint apoplectique.

— Il en sait trop ! hurla-t-il.

Arthur réfléchissait.

— Il faut l'éliminer !

Arthur réfléchissait encore. Sam venait vers eux.

Myron parla d'une voix douce.

— Chance ?

— Quoi ?

— Votre braguette est ouverte.

Chance vérifia. Et découvrit le 38 de Myron fermement pressé sur sa braguette impeccablement close. Il sursauta mais Myron s'arrangea pour le tenir à bout portant – façon de parler. Sam, quant à lui, braquait son flingue sur Myron.

— Dites à Sam de retourner à sa place, dit Myron, sinon vous n'aurez plus jamais de problème pour enfiler un cathéter.

Tout le monde se figea. Sam, braquant Myron. Myron, braquant l'appareil génital de Chance. Et Arthur toujours perdu dans ses réflexions.

Chance commença à trembler.

— Évitez de pisser sur mon pistolet, Chance.

Le gros dur qui sait causer. Mais Myron n'aimait pas du tout la situation. Il connaissait les types comme Sam. Ils étaient prêts à courir le risque et à tirer.

— Cette arme est inutile, dit Arthur. Personne ne vous fera le moindre mal.

— Je me sens déjà mieux.

— Je vais être clair. Vous m'êtes plus utile vivant que mort. Sinon, Sam vous aurait déjà collé une balle dans le crâne. Vous comprenez ?

Myron ne dit rien.

— Notre marché tient toujours, Myron. Trouvez Anita et j'évite la prison à Brenda. Et laissons ma femme en dehors. Est-ce assez clair ?

Sam, le pistolet au bout des yeux, esquissa un petit sourire.

Myron le désigna du menton.

— Que diriez-vous d'un geste de bonne volonté ?

— Sam, dit simplement Arthur.

Sam rengaina son arme, retourna à son siège et se plongea de nouveau dans *People*.

Myron fila une petite secousse à son flingue. Chance couina et il remballa son artillerie.

On le déposa à côté de sa voiture. Sam lui adressa un petit salut quand il descendit. Il le lui rendit. Quand le bus disparut au carrefour suivant, Myron se rendit compte qu'il retenait son souffle depuis très longtemps. Il essaya de se détendre.

— Enfiler un cathéter, fit-il à voix haute. Franchement...

27

Le bureau de mon père se trouvait toujours dans un entrepôt de Newark. Bien des années plus tôt, on fabriquait des sous-vêtements ici. Cette époque était révolue. Maintenant, on recevait des produits finis en provenance d'Indonésie, de Malaisie ou d'un autre de ces coins du monde où l'on fait travailler les enfants. Tout le monde sait que des abus sont commis et tout le monde continue à en profiter. Les clients continuent à acheter ces produits parce qu'ils sont moins chers, et pour être juste, toute cette affaire est moralement assez fumeuse. C'est facile d'être contre le travail des gamins, facile d'être contre le fait de payer un gosse de douze ans dix centimes de l'heure. Facile de condamner les parents et de dénoncer une telle exploitation. C'est un peu plus difficile quand le choix, c'est dix centimes ou crever de faim, l'exploitation ou la mort.

Et c'est encore plus facile de ne pas trop y penser.

Trente ans auparavant, quand on fabriquait des sous-vêtements à Newark, mon père avait des tas de travailleurs noirs qui bossaient pour lui. Il pensait être bon avec eux. Il pensait qu'ils le considéraient comme un patron bienveillant. Mais, quand les émeutes avaient éclaté en 1968, ces mêmes travailleurs avaient brûlé quatre des cinq bâtiments de son usine. Après cela, il ne les avait plus jamais regardés de la même manière.

Eloise Williams était avec mon père bien avant les émeutes. « Tant qu'il me restera un souffle, disait-il souvent, Eloise aura un travail. » Elle était comme une seconde épouse pour lui. Ils se disputaient, s'engueulaient, se faisaient la tête. Leur affection mutuelle était sincère. Ma mère le savait, bien sûr. « Dieu merci, Eloise est plus laide qu'une vache née à Tchernobyl, aimait-elle dire. Sinon, je me poserais des questions. »

Autrefois, l'usine comportait donc cinq bâtiments. Il ne restait plus aujourd'hui que cet entrepôt qui servait à stocker les produits venus généralement d'Asie. Le bureau de M. Bolitar était coincé en plein milieu de la salle, juste sous le plafond. Les quatre parois en verre lui permettaient de surveiller son stock comme un gardien de prison dans sa tour.

Myron gravit les marches métalliques au trot. Quand il arriva en haut, Eloise l'accueillit dans ses bras et lui pinça la joue. Il s'attendait presque à la voir sortir un jouet du tiroir de son bureau. Quand il venait ici, gamin, elle avait toujours un pistolet à eau, un de ces planeurs en plastique qui ne planaient jamais ou une bande dessinée. Mais, cette fois, elle se contenta de le serrer contre sa poitrine et il ne fut que légèrement déçu.

— Entrez, dit-elle.

Pas la peine de l'annoncer, de vérifier que son père était disponible.

À travers la vitre, Myron voyait qu'il était au téléphone. Et qu'il discutait ferme. Comme toujours. Il entra dans le bureau. Son père leva un doigt vers lui.

— Irv, je t'ai dit, demain. Pas d'excuse. Demain, tu m'entends ?

C'était dimanche et tout le monde faisait des affaires. Ah, la réduction du temps de loisir au début du XXIe siècle !

M. Bolitar raccrocha. Il regarda Myron et se mit, tout bonnement, à rayonner. Myron contourna le bureau pour l'embrasser sur la joue. Sa peau grattait un peu comme du papier de verre et sentait vaguement l'Old Spice. Normal.

Son père était habillé comme un député de la Knesset : pantalon noir, chemise blanche ouverte sur un T-shirt. Des poils blancs jaillissaient entre le col du T-shirt et le cou. Il était clairement sémite : la peau olivâtre et un nez que les gens polis qualifiaient de « proéminent ».

— Tu te rappelles de Don Rico ? s'enquit M. Bolitar.

— Les Portugais chez qui on allait souvent manger ?

— Partis. Le mois dernier. Manuel a fait des merveilles avec ce restaurant pendant trente-six ans. Il a finalement dû abandonner.

— C'est dommage.

Mon père se gonfla les joues.

— Bah, qui ça intéresse ? Je parle, je parle simplement parce que je suis un peu inquiet. Eloise m'a dit que tu avais l'air bizarre au téléphone.

Sa voix descendit d'une demi-octave.

— Tout va bien ?

— Oui.

— Tu as besoin d'argent ?

— Non, Papa, je n'ai pas besoin d'argent.

— Mais il y a un problème, n'est-ce pas ?

Myron décida de quitter le plongeoir.

— Tu connais Arthur Bradford ?

Son visage perdit de ses couleurs – pas petit à petit mais tout d'un coup. Il se mit à tripoter des trucs sur son bureau. Il rajusta les photos de famille, prenant un peu plus de temps avec celle montrant Myron brandissant le trophée de la NCAA après avoir mené Duke au titre. Il jeta une boîte vide de Dunkin' Donuts dans la corbeille à papier.

Et finalement, il dit :

— Pourquoi me demandes-tu ça ?
— Je suis embarqué dans quelque chose.
— Qui concerne Arthur Bradford ?
— Oui.
— Alors, débarque. Vite.

Mon père porta un gobelet en plastique à ses lèvres et renversa la tête en arrière. Le gobelet était vide.

— Bradford m'a dit de t'interroger à son sujet, dit Myron. Et ce type qui travaille pour lui, aussi.

Sa tête revint brutalement à l'horizontale.

— Sam Richards ?

Le ton était sourd, inquiet.

— Il est toujours vivant ?
— Oui.
— Seigneur Jésus !

Silence.

— Comment se fait-il que tu les connaisses ? demanda Myron.

Mon père ouvrit un tiroir dans lequel il chercha quelque chose. Puis il appela Eloise en hurlant. Elle vint à la porte.

— Où est le Tylenol ? lui demanda-t-il.
— Dernier tiroir de droite en bas. Au fond à gauche, sous la boîte d'élastiques.

Eloise se tourna vers Myron.

— Vous voulez un Yoo-Hoo ?
— Oui, s'il vous plaît.

Il n'avait pas mis les pieds dans le bureau de M. Bolitar depuis une décennie et ils continuaient à stocker sa boisson préférée. Son père trouva le flacon de médicaments et joua avec. Eloise referma la porte en sortant.

— Je ne t'ai jamais menti, dit-il.
— Je sais.
— J'ai essayé de te protéger. C'est à ça que servent les parents. Ils protègent leurs enfants. Quand ils voient

un danger arriver, ils essaient de se mettre devant pour prendre le coup.

— Tu ne peux pas prendre celui-ci à ma place, répliqua Myron.

Mon père hocha lentement la tête.

— Ce n'est pas plus facile pour autant.

— Tout ira bien, dit Myron. Explique-moi simplement à qui j'ai affaire.

— Tu as affaire au mal incarné.

Mon père sortit deux cachets qu'il avala sans eau.

— Tu as affaire à la cruauté, à des hommes qui n'ont aucune conscience.

Eloise revint avec le Yoo-Hoo. Voyant leurs têtes, elle le tendit sans un mot à Myron et disparut aussitôt. Au loin, un chariot élévateur se mit à couiner pour annoncer qu'il allait reculer.

— C'était à peu près un an après les émeutes, commença M. Bolitar. Tu es probablement trop jeune pour t'en souvenir, mais ces émeutes ont déchiré la ville. Et, à ce jour, cette déchirure ne s'est toujours pas refermée. C'est même plutôt le contraire.

Il fit un geste vers les empilages de caisses.

— La garniture s'ouvre à la couture et personne ne fait rien. La déchirure continue à s'agrandir et finalement tout le modèle est bon à jeter. C'est ça Newark maintenant. Un sous-vêtement en lambeaux.

« Quoi qu'il en soit, mes ouvriers ont fini par revenir. Mais ce n'étaient plus les mêmes. Ils étaient à présent en colère. Je n'étais plus leur employeur. J'étais leur oppresseur. Ils me regardaient comme si c'était moi qui avais enchaîné leurs ancêtres pour leur faire traverser l'océan dans des cages. Ensuite, les fauteurs de troubles ont commencé à les exciter. C'était déjà écrit, Myron. La partie fabrication de ce métier était condamnée. Le coût du travail était trop élevé. La ville implosait sur elle-même. Alors, les truands se sont mis à mener les travailleurs. Ils voulaient former un syndicat. Pas un syndicat d'ouvriers. Un syndicat de bandits. C'est une vieille habitude dans ce pays. En fait, ils ne l'ont pas demandé, ils l'ont exigé. Et, bien sûr, j'étais contre.

Mon père regarda par la vitre les interminables alignements de cartons et de caisses. Myron se demanda combien de fois celui-ci avait contemplé cette même scène. Il se demanda à quoi il pensait quand il voyait ça, à quoi il rêvait pendant toutes ces années passées dans cet entrepôt poussiéreux. Myron secoua sa canette et tira la languette. Le bruit fit légèrement sursauter son père, qui se tourna de nouveau vers son fils et parvint à sourire.

— Le vieux Bradford était en cheville avec les gangsters qui voulaient monter le syndicat. Voilà qui ils étaient : des gangsters, des truands, des voyous qui contrôlaient la prostitution, le jeu et pis encore. Et voilà que, tout à coup, ils devenaient des experts en travail. Mais je me suis quand même battu contre eux. Et j'étais en train de gagner. Alors, un jour, le vieux Bradford envoie son fils Arthur ici. Pour avoir une petite conversation avec moi. Sam Richards l'accompagne. Ce fils de… se contente de s'adosser au mur sans rien dire. Arthur s'assied et met les pieds sur mon bureau. Je vais donner mon accord à ce syndicat, qu'il dit. En fait, je vais même le soutenir. Financièrement. Grâce à une généreuse contribution. Je dis à ce petit morveux qu'il y a un nom pour ça. Que ça s'appelle de l'extorsion. Je lui dis d'aller se faire voir ailleurs.

Des perles de sueur se formèrent sur son front. Il les épongea avec un mouchoir en papier. Il y avait un ventilateur dans un coin de la pièce. Qui oscillait d'avant en arrière, vous taquinant avec des moments de confort aussitôt suivis par une chaleur étouffante. Myron jeta un coup d'œil aux photos de famille, notamment une de ses parents lors d'une croisière aux Caraïbes. Il y avait peut-être dix ans. Son père et sa mère portaient tous les deux des chemises voyantes et semblaient bronzés, en bonne santé et beaucoup plus jeunes. Cela lui fit peur. Encore une fois.

— Que s'est-il passé ensuite ? s'enquit-il.

M. Bolitar ravala quelque chose et recommença à parler.

— Sam a finalement pris la parole. Il est venu jusqu'à mon bureau et il a regardé les photos de la famille. Il a souri, comme un vieil ami. Puis il a posé un sécateur sur la table.

Myron commença à avoir froid.

Son père parlait toujours, les yeux vitreux, écarquillés.

— « Imaginez ce qu'on pourrait faire à un être humain avec ça », me dit Sam. « Imaginez qu'on tranche un morceau à la fois. Imaginez non pas combien de temps il faudrait pour mourir mais combien de temps on pourrait maintenir quelqu'un en vie. » Voilà. C'est tout ce qu'il a dit. Ensuite, Arthur Bradford s'est mis à rigoler et ils ont tous les deux quitté mon bureau.

M. Bolitar approcha son gobelet de café de sa bouche, mais celui-ci était toujours aussi vide. Myron leva son Yoo-Hoo mais son père secoua la tête.

— Alors, je rentre à la maison et je fais comme si de rien n'était. J'essaie de manger. J'essaie de sourire. Je joue avec toi dans le jardin. Mais je ne peux pas m'empêcher de penser à ce qu'a dit Sam. Ta mère sent bien qu'il y a quelque chose mais, pour une fois, elle n'insiste pas. Plus tard, je me couche. Au début, je n'arrive pas à dormir. C'était comme avait dit Sam : je n'arrêtais pas d'imaginer. Qu'on tranchait des petits morceaux d'un être humain. Lentement. Chaque coup de cisailles provoquant un nouvel hurlement. Puis le téléphone a sonné. J'ai fait un bond dans le lit. J'ai regardé ma montre. Il était trois heures du matin. J'ai décroché et personne n'a parlé. Ils étaient là. Je les entendais respirer. Mais personne ne parlait. Alors, j'ai raccroché et je me suis levé.

Sa respiration était saccadée à présent. Ses yeux se gonflaient. Myron voulut se lever, mais son père l'en empêcha d'un geste.

— Laisse-moi aller jusqu'au bout.

Myron se rassit.

— Je suis allé dans ta chambre.

Sa voix était plus monotone maintenant, plate, sans vie.

— Tu sais probablement que je faisais ça souvent. Parfois, je m'asseyais juste pour te regarder dormir.

Des larmes glissaient sur son visage.

— Alors, je suis allé dans ta chambre. Tu dormais profondément. Ça m'a aussitôt réconforté. J'étais content. Puis je me suis approché du lit pour te border un peu mieux. Et c'est alors que je l'ai vu.

Il porta son poing devant sa bouche comme s'il allait tousser. Des spasmes martelaient sa poitrine. Les mots suivants sortirent dans des hoquets.

— Sur ton lit. Sur le couvre-lit. Un sécateur. Quelqu'un s'était glissé dans ta chambre et l'avait déposé sur ton lit.

Myron eut l'impression qu'on lui arrachait les entrailles.

Son père le regarda, les yeux rougis.

— On ne combat pas des hommes pareils, Myron. Parce qu'on ne peut pas gagner. Ce n'est pas une question de bravoure. C'est question d'amour. Il y a des personnes qu'on aime, avec qui on est lié. Ces hommes ne comprennent même pas ça. Ils ne sentent pas. Comment faire mal à quelqu'un qui ne sent rien ?

Myron n'avait pas la réponse.

— Va-t'en, c'est tout. Il n'y a aucune honte à ça.

Alors, Myron se leva. M. Bolitar aussi. Ils s'étreignirent, se serrant férocement. Myron ferma les yeux. Son père lui mit la main sur la nuque avant de lisser ses cheveux. Myron se nicha là et y resta. Il inhala l'Old Spice. Il retourna en arrière dans le temps, se souvenant comment cette même main avait soutenu sa tête après que Joey Davito lui avait expédié sa balle dans le front.

C'était toujours réconfortant, pensa-t-il. Après toutes ces années, c'était encore pour lui l'endroit le plus sûr.

28

Un sécateur.
Ça ne pouvait être une coïncidence. Myron appela le site d'entraînement des Dolphins sur son portable. Au bout de quelques minutes, Brenda fut en ligne.
— Salut, dit-elle.
— Salut.
Ils se turent tous les deux.
— Un homme qui sait parler. J'adore.
— C'est clair.
Elle éclata de rire. Un son mélodieux qui lui chatouillait le cœur.
— Comment allez-vous ? demanda-t-il.
— Bien. Jouer, ça fait du bien. Et j'ai beaucoup pensé à nous. Ça fait du bien aussi.
— Pareil, dit Myron.
Il alignait les répliques qui tuent.
— Vous venez au match d'ouverture ce soir ?
— Bien sûr. Vous voulez que je vienne vous chercher ?
— Non, je prendrai le car avec l'équipe.
— J'ai une question, dit Myron.
— Allez-y.
— Comment s'appellent les deux garçons qui se sont fait trancher le tendon d'Achille ?

— Clay Jackson et Arthur Harris.
— Ils ont été mutilés avec un sécateur, c'est bien ça ?
— Oui.
— Et ils vivent dans East Orange ?
— Ouais, pourquoi ?
— Je ne pense pas que ce soit Horace qui leur ait fait ça.
— Qui alors ?
— Longue histoire. Je vous la raconte plus tard.
— Après le match, suggéra Brenda. Je devrai causer aux médias, mais on pourrait peut-être manger un morceau ensemble avant de retourner chez Win.
— Ça me plairait, dit Myron.
Silence.
— J'ai l'air un peu trop impatiente, non ?
— Pas du tout.
— C'est juste que...
Une petite pause.
— ... que ça semble si normal, vous comprenez ?
Il hocha la tête et son téléphone avec. Il comprenait. Il pensait à ce qu'Esperanza lui avait dit, comme quoi son truc c'était de s'exposer complètement, de rester planté là en se foutant de savoir s'il allait se faire démolir.
— On se voit au match, conclut Myron.
Et il raccrocha.
Il s'assit, ferma les yeux et pensa à Brenda. Pendant un moment, il se laissa aller. Il laissa tout déferler. Ça le picotait de partout. Puis il se mit à sourire.
Brenda.
Myron sortit de sa transe et téléphona à Win.
— Articulez.
— J'ai besoin de renfort, Win.
— Il suffit de demander.

Ils se retrouvèrent sur le parking de l'Essex Green Mall dans West Orange.

— C'est loin ? demanda Win.
— Dix minutes.
— Vilain quartier ?
— Oui.

Win contempla sa précieuse Jaguar.

— Prenons ta voiture.

Ils grimpèrent à bord de la Ford Taurus. Le soleil de cette fin d'été projetait des ombres filiformes. La chaleur montait du trottoir en volutes paresseuses et sales. L'air était si épais qu'une pomme tombant d'un arbre aurait mis plusieurs minutes pour arriver au sol.

— Je me suis intéressé à cette bourse d'étude Outreach, dit Win. D'un point de vue financier, celui qui l'a mise en place savait parfaitement ce qu'il faisait. L'argent provenait de l'étranger, plus précisément des îles Caïman.

— Donc, pas moyen de remonter la piste ?

— Pratiquement pas, corrigea Win. Mais, même aux Caïman, un bakchich reste un bakchich.

— Reste à savoir à qui verser notre bakchich ?

— C'est déjà fait. Malheureusement, le compte a été ouvert sous un faux nom et fermé il y a quatre ans.

— Quatre ans, répéta Myron. Ce qui correspond à la période où Brenda a reçu sa dernière bourse. Avant qu'elle ne commence l'école de médecine.

— Logique, dit Win qui, parfois, imitait Spock à la perfection.

— Donc, c'est une impasse.

— Temporairement, oui. Quelqu'un pourrait fourrer son nez dans de vieux dossiers, mais cela prendrait plusieurs jours.

— Rien d'autre ?

— Le bénéficiaire de cette bourse était choisi par des avocats et non par une quelconque instance éducative. Les critères étaient vagues : potentiel scolaire, attitude constructive, ce genre de choses.

— En d'autres termes, ils ont été fixés de façon à ce que ces avocats choisissent Brenda. Comme nous le disions, c'était un moyen de lui faire parvenir de l'argent.

— Logique, répéta Win.

Ils quittaient West Orange pour East Orange. La transformation était graduelle. Les belles villas de banlieue cédaient la place à des immeubles en copropriété protégés par des grilles. Puis les maisons revinrent. Plus petites, plus vieilles, plus tassées les unes sur les autres. Les usines abandonnées commencèrent à ronger le paysage. Les HLM aussi. C'était la vie du papillon à l'envers : il redevenait chenille.

— J'ai aussi reçu un appel de Hal, dit Win.

Hal était l'expert en électronique avec qui ils avaient travaillé à l'époque où ils étaient au FBI. C'était lui que Myron avait envoyé vérifier la présence de matériel de surveillance.

— Et ?

— Tous les téléphones étaient sur écoute... chez Mabel Edwards, chez Horace Slaughter et aussi à la résidence universitaire de Brenda.

— Ce qui n'est pas une surprise.

— À un détail près, corrigea Win. Les systèmes employés dans les deux maisons – chez Mabel et Horace – étaient assez anciens. Hal estime qu'ils devaient être là depuis au moins trois ans.

Le manège redémarra dans la tête de Myron.

— Trois ans ?

— Oui. C'est une estimation, bien sûr. Mais les gadgets étaient assez vieux et encrassés de poussière.

— Et chez Brenda ?

— Du matériel beaucoup plus récent. Mais elle ne vit là-bas que depuis quelques mois. Hal a aussi trouvé des micros. Un sous le bureau dans la chambre à coucher de Brenda, un autre derrière le canapé dans la pièce commune.

— Des micros ?
— Quelqu'un ne se contentait pas d'écouter les communications téléphoniques de Brenda.
— Bon Dieu !
Win faillit en sourire.
— Oui, je pensais bien que tu trouverais cela curieux.
Myron essaya d'insérer cette nouvelle donnée dans son cerveau.
— Visiblement, ce quelqu'un espionne toute la famille depuis un bon moment.
— Visiblement.
— Ce qui implique que ce quelqu'un a les moyens.
— En effet.
— Ça ne peut être que les Bradford, dit Myron. Ils sont à la recherche d'Anita Slaughter. Ils la recherchent sans doute depuis vingt ans. C'est la seule explication. Tu sais ce que cela signifie ?
— Tu vas me le dire.
— Arthur Bradford s'est foutu de moi.
Win s'étrangla.
— Un politicien sournois ? Bientôt, tu vas me dire que les œufs en chocolat ne tombent pas du ciel.
— C'est exactement ce que nous pensions depuis le début, dit Myron. Anita Slaughter s'est enfuie parce qu'elle avait peur. Et c'est pour ça qu'Arthur Bradford se montre si coopératif. Il espère que je vais retrouver Anita à sa place. Pour la tuer.
— Et ensuite, il tentera de te tuer, ajouta Win.
Il étudia sa coiffure dans le miroir du pare-soleil.
— Être si séduisant. Ce n'est pas facile, tu sais.
— Et pourtant, tu souffres sans te plaindre.
— Je suis ainsi.
Win s'admira une dernière fois avant de remonter le pare-soleil.
Clay Jackson habitait au bout d'une rangée de maisons collées contre la Route 280. C'était un quartier

de travailleurs pauvres. Chaque baraque abritait deux familles, sauf certaines aux coins de rue qui faisaient aussi office de bars. Des néons fatigués Budweiser clignotaient à travers des vitres crasseuses. Ici, pas de haies ou de palissades mais des grillages tordus. Les mauvaises herbes défonçaient tellement le trottoir qu'il était difficile de savoir où celui-ci se terminait et où commençaient les pelouses.

Encore une fois, tous les résidents du quartier semblaient être noirs. Et encore une fois, Myron éprouva son habituelle et apparemment inexplicable gêne.

Il y avait une sorte de petit square juste en face de la maison de Clay Jackson. Des gens s'y étaient installés pour un barbecue. Une partie de soft-ball avait lieu. De gros rires explosaient partout. À peine moins bruyants que le ghetto-blaster. Quand Myron et Win sortirent de la voiture, tous les yeux se tournèrent vers eux et le ghetto-blaster se tut. Myron afficha un sourire. Win resta parfaitement imperturbable.

— Ils nous regardent, dit Myron.

Sacré sens de l'observation, quand même.

— Si deux Noirs s'arrêtaient devant chez toi à Livingston, dit Win, à quelle réception auraient-ils droit ?

— Donc, tu penses que les voisins sont en train d'appeler la police pour signaler deux « jeunes à l'air suspect » traînant dans la rue ?

Win haussa un sourcil.

— Jeunes ?

— On peut toujours espérer.

— Ça ne coûte rien.

Ils gravirent trois marches pour se retrouver sur une véranda. Myron frappa à la porte. Win avait commencé sa séance de repérage – seuls ses yeux bougeaient, notant absolument chaque détail. Les adeptes de soft-ball et de barbecue les fixaient toujours. Ils ne semblaient pas apprécier ce qu'ils voyaient.

Myron frappa de nouveau.

— Qui est là ? demanda une voix de femme.

— Je m'appelle Myron Bolitar et je suis avec Win Lockwood. Nous aimerions parler à Clay Jackson si c'est possible.

— Vous pouvez attendre une seconde ?

La seconde dura une minute. Puis ils entendirent un bruit de chaîne. La poignée tourna et une femme apparut. Noire, la quarantaine à peu près. Son sourire clignotait avec la même hésitation que les néons Budweiser au coin de la rue.

— Je suis la mère de Clay, dit-elle. Entrez, s'il vous plaît.

Ils la suivirent à l'intérieur. Quelque chose de bon cuisait sur le feu. Un vieux climatiseur tournait, rugissant comme un DC-10. La fraîcheur fut la bienvenue mais de courte durée. La mère de Clay traversait déjà un étroit couloir pour ressortir par la porte de derrière. Ils se retrouvèrent dans le jardin.

— Vous voulez boire quelque chose ? demanda-t-elle.

Elle avait dû crier pour dominer le vacarme de la circulation.

Myron regarda Win. Celui-ci fronçait les sourcils.

— Non, merci, dit Myron.

— D'accord.

Le sourire clignotait plus vite maintenant, un peu comme un stroboscope dans une boîte disco.

— Je vais chercher Clay. Je reviens tout de suite.

La porte écran claqua.

Ils étaient seuls dehors. Le jardin était microscopique. Il y avait des buissons en fleur éclatants de couleurs et deux gros massifs agonisants. Myron alla jusqu'au grillage pour contempler la 280 en contrebas. C'était une quatre voies et le trafic y était rapide et dense. Les gaz d'échappement montaient lentement, accrochés à l'humidité ambiante, planant sans jamais vraiment se dissiper. Quand Myron déglutit, il en sentit le goût.

— Je n'aime pas ça, fit Win.

Myron acquiesça. Deux Blancs se pointent chez vous. Vous ne connaissez ni l'un ni l'autre. Vous ne leur demandez pas leurs papiers. Vous les faites juste entrer pour les conduire derrière dans le jardin. Non, ça ne présageait rien de bon.

— Attendons de voir.

Ils n'attendirent pas longtemps. Huit types costauds arrivèrent de trois directions différentes. Deux surgirent par la porte de la maison. Trois la contournèrent par la droite. Trois autres par la gauche. Ils arboraient tous des battes en aluminium et un air éloquent : celui qui voulait dire c'est-dimanche-allons-casser-quelques-gueules-dans-le-jardin. Ils s'avancèrent, déployés en éventail. Myron sentit son pouls s'accélérer. Win croisa les bras, seuls ses yeux bougeaient.

Ce n'étaient pas une bande ou les membres d'un gang. C'étaient ces mêmes joueurs de soft-ball qu'ils avaient vus tout à l'heure de l'autre côté de la rue, des hommes adultes au corps endurci par un rude labeur quotidien : des dockers, des camionneurs... Certains tenaient leurs battes comme s'ils étaient déjà prêts à frapper. D'autres l'avaient posée sur l'épaule. D'autres encore s'en cognaient doucement la jambe comme dans une série B.

Myron plissa les yeux dans le soleil.

— Vous avez fini votre partie, les gars ?

Le plus grand s'avança. Il avait une bedaine énorme, dure comme de la caillasse, des mains calleuses et les bras épais de quelqu'un capable de broyer un tronc d'arbre. Sa casquette Nike était réglée au plus large mais, sur son crâne, on aurait dit une kippa. Son T-shirt arborait le logo Reebok. Casquette Nike, T-shirt Reebok. Déloyauté envers les marques.

— Elle commence à peine, ducon.

Myron regarda Win.

— Réplique décente, déclara celui-ci, mais manquant cependant d'originalité. De plus, ajouter *ducon* à la fin me paraît une redondance inutile. Je ne peux lui accorder une bonne note mais j'attends son prochain travail.

Les huit hommes les encerclaient maintenant. Nike/Reebok, leur chef apparemment, fit un geste avec sa batte de base-ball.

— Hé, Mie de Pain, viens un peu par ici.

Cette fois, ce fut Win qui regarda Myron.

— Là, je crois qu'il parle de toi, dit ce dernier.

— Et moi qui ne mange jamais la mie, tss…

Puis Win sourit et Myron sentit son cœur bégayer. Les gens commettaient toujours la même erreur. Ils s'en prenaient chaque fois à Win. Il mesurait presque une tête de moins que Myron. Mais ce n'était pas juste pour ça. Sa blondeur, sa pâleur, ses veines si bleues, son air de poupée de Saxe faisaient toujours ressortir ce qu'il y avait de pire en eux. Il semblait si doux, si délicat… le genre de type qui, sous le poing, éclate comme de la porcelaine. Une proie facile. Les gens aiment les proies faciles.

Win se dirigea vers Nike/Reebok. Il arqua un sourcil.

— Vous avez sonné ?

— Comment tu t'appelles, Mie de Pain ?

— Malcolm X.

Cette réponse ne plut pas à la foule. Des murmures s'élevèrent.

— Tu nous fais une blague raciste ?

— Comment oserais-je alors que vous m'avez appelé Mie de Pain ?

Win leva le pouce en direction de Myron. Myron lui rendit la pareille. S'il s'était agi d'un débat au lycée, Win aurait mené d'un point.

— T'es flic, Malcolm ?

Win fronça les sourcils.

— Avec *ce* costume ?

Il examina ses revers.

— Quand même...

— Alors qu'est-ce que vous foutez ici ?

— Nous souhaiterions parler à un certain Clay Jackson.

— De quoi ?

— De l'énergie solaire et de son rôle au XXIe siècle.

Nike/Reebok vérifia ses troupes. Elles se rapprochaient. Les oreilles de Myron sifflaient. Il guettait Win et attendait.

— Et moi, reprit le chef, j'ai comme l'impression que vous, les Blancs, vous êtes ici pour vous en prendre encore une fois à Clay.

Il fit un pas en avant. Œil contre œil.

— J'ai comme l'impression qu'on a l'droit d'utiliser la force pour vous en empêcher. Pas vrai, les gars ?

Les gars grognèrent leur assentiment, levant leurs battes.

Le geste de Win fut soudain et totalement inattendu. Il tendit simplement la main pour enlever sa batte à Nike/Reebok. La bouche du gros costaud forma un O de surprise. Il contempla ses paumes comme s'il s'attendait à voir la batte s'y rematérialiser. Ce qu'elle ne fit pas. Win l'expédia au fond du jardin.

Puis il offrit son bras au costaud.

— Ça te dirait, un tango, Mie de Pain de Seigle ?

Myron dit :

— Win.

Mais Win fixait son adversaire.

— J'attends.

Nike/Reebok ricana, les yeux gourmands. Puis il se mouilla les lèvres.

— Laissez-le-moi, les gars.

Une proie facile, on vous dit.

Le gros fonça comme le monstre de Frankenstein, les bras tendus vers le cou de Win. Celui-ci resta immobile jusqu'au tout dernier moment. Puis il plongea à l'intérieur, le bout des doigts serrés, transformés en une sorte de lance. La lance frappa très sèchement au larynx, comme un oiseau qui donne un coup de bec. Un gargouillement évoquant la machine à aspirer d'un dentiste sortit de la bouche du gros type. Instinctivement, il se tint la gorge. Win se baissa, pivota en laissant traîner son talon, fouettant la jambe de Nike/Reebok. Celui-ci s'envola quasiment à l'horizontale avant d'atterrir sur la nuque.

Win lui enfonça son 44 dans une narine. Il souriait toujours.

— J'ai comme l'impression, dit-il, que vous venez de m'attaquer avec une batte de base-ball. J'ai comme l'impression que vous mettre une balle dans l'œil droit serait considéré comme de la légitime défense.

Myron avait lui aussi sorti son arme. Il ordonna aux autres de lâcher leurs battes. Ce qu'ils firent. Puis il les fit s'allonger sur le ventre, mains croisées derrière la tête. Cela prit une minute ou deux mais tous finirent par obéir.

Nike/Reebok était lui aussi sur le ventre maintenant. Il se tordit le cou pour coasser.

— Faites pas ça.

Win mit sa main libre en coupe derrière l'oreille.

— Je vous demande pardon ?

— Nous ne vous laisserons pas mutiler ce gosse une deuxième fois.

Win éclata de rire et lui chatouilla le visage du bout de l'orteil. Myron intercepta le regard de Win et secoua la tête. Win haussa les épaules et s'arrêta.

— Nous ne voulons mutiler personne, dit Myron. Nous essayons juste de savoir qui a attaqué Clay sur ce toit.

— Pourquoi ? demanda une voix.

Myron se retourna vers la porte écran. Un jeune homme s'y trouvait, muni de béquilles. Le plâtre bleuâtre qui lui protégeait le tendon faisait penser à une créature marine lui avalant la jambe.

— Parce que tout le monde pense que c'est Horace Slaughter qui vous a fait ça, dit Myron.

Clay se rééquilibra sur une jambe.

— Et alors ?
— C'était lui ?
— Qu'est-ce que ça peut vous foutre ?
— Il a été assassiné.

Clay haussa les épaules.

— Et alors ?

Myron poussa un gros soupir.

— C'est une longue histoire, Clay. Je veux juste savoir qui vous a sectionné le tendon.

— Je ne vous le dirai pas.
— Pourquoi pas ?
— Parce qu'ils m'ont dit de ne pas le dire.

Win s'adressa à lui pour la première fois.

— Et vous avez choisi de leur obéir ?

Le garçon se tourna vers lui.

— Ouais.
— L'homme qui vous a fait ça, continua Win, il vous fait peur ?

La pomme d'Adam de Clay dansa.

— Merde, ouais.

Win sourit.

— Je suis pire.

Personne ne bougea.

— Voudriez-vous une démonstration ?
— Win, dit Myron.

Nike/Reebok décida de tenter sa chance. Il commença à se redresser sur les coudes. Win leva le pied et le frappa avec le talon à la base du cou. Nike/Reebok s'effondra de nouveau comme un sac de sable mouillé, les bras en croix. Inerte. Win posa sa semelle sur son crâne. La casquette Nike glissa. Win poussa le visage dans le sol comme s'il écrasait un cigarette.

— Win, insista Myron.

— Arrêtez ! s'écria Clay Jackson.

Il chercha de l'aide auprès de Myron, les yeux fous, désespérés.

— C'est mon oncle. Il veut juste me protéger.

— Et il s'y prend merveilleusement, ajouta Win.

Il se redressa, pour mieux assurer son équilibre. Le visage de l'oncle s'enfonça encore un peu plus dans la poussière. Ses traits y disparaissaient maintenant, la bouche et le nez bouchés.

Le gros homme ne pouvait plus respirer.

Un des autres commença à se lever. Win lui braqua son arme sur la tête.

— Remarque importante, énonça-t-il. Je ne pratique pas les tirs de semonce.

L'homme se rallongea. Win reporta son attention sur Clay Jackson. Le garçon essayait d'avoir l'air d'un dur mais il tremblait. Et, franchement, Myron aussi.

— Vous craignez une possibilité, dit Win au garçon, alors que vous devriez craindre une certitude.

Il leva le pied, genou plié, se positionnant de façon à frapper selon l'angle adéquat.

Myron fit un pas vers lui mais Win le pétrifia d'un regard. Puis il eut de nouveau ce sourire. Le petit sourire. Le sourire tranquille, vaguement amusé. Le sourire qui disait qu'il allait le faire. Le sourire qui laissait supposer qu'il pourrait même y prendre du plaisir. Myron avait souvent vu ce sourire et, chaque fois, il lui avait glacé le sang.

— Je compte jusqu'à cinq, dit Win au garçon. Mais je lui briserai probablement la nuque avant d'arriver à trois.

— Deux Blancs, dit très vite Clay Jackson. Ils avaient des flingues. Le gros costaud nous a attachés. Un jeune qui doit faire de la muscu. Mais le petit, le vieux… c'était lui le chef. C'est lui qui nous a coupés.

Win se tourna vers Myron. Il écarta les mains.

— Nous pouvons y aller, maintenant ?

29

De retour dans la voiture.

— Tu as été trop loin, dit Myron.

— Hu-mmm.

— Je suis sérieux, Win.

— Tu voulais cette information. Je l'ai eue.

— Je ne la voulais pas comme ça.

— Oh, s'il te plaît. Ce type m'est tombé dessus avec une batte de base-ball.

— Il avait peur. Il pensait que nous voulions mutiler son neveu.

Win fit mine de jouer du violon.

— Le gosse aurait fini par nous le dire, enchaîna Myron.

— J'en doute. Ce Sam l'avait terrorisé.

— Alors, il fallait que tu le terrorises davantage?

— Je dirais oui.

— Tu ne peux pas recommencer, Win. Tu n'as pas le droit de faire du mal à des innocents.

— Hu-mmm, marmonna Win.

Il consulta sa montre.

— Tu as fini? Tu as assouvi ton besoin de te sentir moralement supérieur?

— Mais qu'est-ce que ça veut dire, bon Dieu?

Win se tourna franchement vers lui.

— Tu me connais, dit-il lentement. Pourtant tu fais toujours appel à moi.

Silence. Les mots de Win planèrent dans l'air, coincés dans l'humidité comme les gaz d'échappement. Les phalanges de Myron sur le volant étaient blêmes.

Ils ne s'adressèrent de nouveau la parole qu'en arrivant devant la maison de Mabel Edwards.

— Je sais que tu es violent, reprit Myron.

Il se gara avant de dévisager son ami.

— Mais, en général, tu ne t'attaques qu'à des gens qui le méritent.

Win ne dit rien.

— Si le garçon n'avait pas parlé, aurais-tu mis ta menace à exécution ?

— Question sans objet. Je savais qu'il parlerait.

— Mais suppose qu'il ne l'ait pas fait.

Win secoua la tête.

— Tu t'intéresses à quelque chose qui n'appartient pas au champ du possible.

— Parle-moi de l'impossible, alors.

Win réfléchit un moment.

— Je ne m'en prends jamais intentionnellement à des gens innocents. Mais je ne lance jamais non plus de menaces en l'air.

— Ce n'est pas une réponse, Win.

Win se tourna vers la maison de Mabel.

— Va lui parler, Myron. Nous perdons du temps.

Mabel Edwards était assise face à lui dans une petite chambre à coucher.

— Ainsi, Brenda se souvient du Holiday Inn, dit-elle.

Elle avait encore une petite marque jaunâtre au coin de l'œil, mais elle disparaîtrait bien avant que Gros Mario puisse pisser sans pleurer sa mère. Les invités n'étaient pas encore partis, pourtant la maison était plongée dans le silence. Un silence de mort. La réalité s'imposait avec la nuit qui tombait. Win était dehors, montant la garde.

— Très vaguement, dit Myron. C'est plus une impression de déjà-vu qu'un réel souvenir.

Mabel hocha la tête comme si elle comprenait.

— Ça remonte à loin.

— Brenda est donc bien allée dans cet hôtel ?

Mabel baissa les yeux, lissa sa robe et prit sa tasse de thé.

— Oui, elle y a été. Avec sa mère.

— Quand ?

Mabel tenait la tasse devant ses lèvres.

— La nuit où Anita a disparu.

Myron était perdu même s'il essayait de ne pas en avoir l'air.

— Elle avait emmené Brenda avec elle ?

— Au début, oui.

— Je ne comprends pas. Brenda n'a jamais évoqué...

— Brenda avait cinq ans. Elle ne se souvient pas. Du moins, c'est ce que croyait Horace.

— Mais vous n'avez rien dit avant.

— Horace ne voulait pas qu'elle le sache, dit Mabel. Il pensait que cela lui ferait du mal.

— Je ne comprends toujours pas. Pourquoi Anita a-t-elle emmené Brenda dans un hôtel ?

Mabel Edwards se décida enfin à boire une gorgée de thé. Puis elle reposa sa tasse avec d'immenses précautions. Elle lissa de nouveau sa robe et joua avec la chaîne qu'elle portait autour du cou.

— C'est comme je vous l'ai déjà dit. Anita a laissé un mot à Horace lui expliquant qu'elle partait. Elle a pris tout son argent et elle a filé.

— Sauf qu'elle comptait emmener Brenda avec elle ?

— Oui.

L'argent, pensa Myron. Le fait qu'Anita l'ait pris l'avait toujours gêné. Fuir un danger est une chose. Mais abandonner sa propre fille sans un sou… cela paraissait extraordinairement cruel. À présent, il tenait une explication : Anita voulait prendre Brenda avec elle.

— Que s'est-il passé ? s'enquit-il.
— Anita a changé d'avis.
— Pourquoi ?

Une femme passa sa tête par la porte. Mabel la fusilla du regard et la tête disparut comme un canard dans un stand de tir. Myron entendait des bruits dans la cuisine, famille et amis faisant un peu de ménage pour se préparer à un nouveau jour de deuil. Depuis ce matin, Mabel semblait avoir vieilli. Elle avait l'âge de sa fatigue.

— Anita a pris leurs affaires à toutes les deux, dit-elle. Et elles sont allées dans cet hôtel. Je ne sais pas ce qui s'est passé ensuite. Peut-être qu'Anita a été effrayée par quelque chose. Peut-être qu'elle s'est rendu compte que c'était impossible de s'enfuir avec une petite de cinq ans. Je n'en sais rien. Elle a appelé Horace. En larmes, hystérique. C'était trop pour elle. Elle lui a demandé de venir chercher Brenda.

Silence.

— Donc, Horace est allé au Holiday Inn ? demanda Myron.
— Oui.
— Il a donc revu Anita ?
— Non, je crois qu'elle était déjà partie.
— Et tout cela s'est déroulé la nuit où elle a disparu ?
— Oui.
— Donc, elle ne pouvait pas être partie depuis plus de quelques heures, c'est bien ça ?
— C'est ça.
— Alors, qu'est-ce qui lui a fait changer d'avis aussi vite ? Qu'est-ce qui a pu la convaincre aussi vite d'abandonner sa fille ?

Mabel Edwards se leva avec un grand soupir pour se diriger vers la télévision. Ses gestes n'avaient plus leur fluidité habituelle. Le chagrin la tétanisait. D'une main hésitante, elle prit une photo posée sur l'appareil. Puis la montra à Myron.

— C'est le père de Terence, Roland. Mon mari.

Myron regarda le cliché noir et blanc.

— Roland a été abattu un soir en rentrant du travail. Pour douze dollars. Là, sur notre porche. Deux balles dans la tête. Pour douze dollars.

Sa voix était monocorde maintenant, sans passion.

— J'ai eu du mal après ça. Roland est le seul homme que j'aie jamais aimé. Je me suis mise à boire. Terence n'était qu'un petit garçon mais il ressemblait tellement à son père que ça me faisait mal rien que de le regarder. Alors, je buvais encore plus. Ensuite, ç'a été la drogue. J'ai cessé de m'occuper de mon fils. Ils sont venus et ils l'ont mis dans un foyer.

Mabel guetta une réaction de Myron. Il essaya de ne rien montrer.

— C'est Anita qui m'a sauvée. Horace et elle m'ont envoyée me faire soigner. Ça m'a pris un moment mais je m'en suis sortie. Pendant tout ce temps, c'est Anita qui s'est occupée de Terence… pour qu'on ne me le reprenne plus, qu'on ne l'envoie plus dans un foyer.

Mabel chaussa les lunettes de lecture qui pendaient sur sa poitrine et contempla l'image de son mari mort. Avec une douleur si poignante que Myron sentit une larme gonfler sous sa paupière.

— Quand j'ai vraiment eu besoin d'elle, dit Mabel, Anita a toujours été là. Toujours.

Elle se tourna de nouveau vers Myron.

— Vous comprenez ce que je suis en train de vous dire ?

— Je n'en suis pas sûr, madame.

— Anita était là pour moi, répéta-t-elle. Mais quand

elle a eu des ennuis, je n'étais pas là pour elle. Je savais que ça n'allait pas très bien entre Horace et elle. Et j'ai fait semblant de ne pas savoir. Elle a disparu et qu'ai-je fait ? J'ai tâché de l'oublier. Quand elle s'est enfuie, j'ai acheté cette belle maison loin de la zone et j'ai essayé de laisser tout ça derrière moi. Si Anita s'était juste contentée de plaquer mon frère, eh bien, ç'aurait été atroce. Mais quelque chose l'a terrorisée au point qu'elle a abandonné sa propre fille. Comme ça, d'un coup. Et je n'arrête pas de me demander ce que c'est. Qu'est-ce qui a pu lui faire peur au point que vingt ans après elle refuse toujours de revenir ?

Myron s'agita sur sa chaise.

— Et vous avez trouvé une réponse ?

— Moi non. Mais j'ai posé la question à Anita un jour.

— Quand ?

— Il y a une quinzaine d'années, je crois. Quand elle appelait pour avoir des nouvelles de Brenda. Je lui ai demandé pourquoi elle ne revenait pas voir son enfant.

— Qu'a-t-elle répondu ?

Mabel le regarda droit dans les yeux.

— Elle a dit : « Si je reviens, Brenda mourra. »

Une giclée de sang glacé s'engouffra dans le cœur de Myron.

— Qu'est-ce qu'elle entendait par là ?

— Je ne sais pas. Elle a dit ça comme si c'était une évidence. Comme deux et deux font quatre.

Elle reposa la photo sur la télévision.

— Je ne l'ai plus jamais interrogée là-dessus. Il y a des choses qu'il vaut mieux ne jamais savoir.

30

Myron et Win récupérèrent chacun leur voiture pour rentrer à New York. Le match de Brenda commençait dans quarante-cinq minutes. Juste le temps de passer au loft se changer.

Il se gara en double file et laissa les clés sur le tableau de bord. La voiture ne risquait rien : Win l'attendait dans la Jag. Il prit l'ascenseur, ouvrit la porte. Jessica était là.

Il se pétrifia.

Elle le fixait.

— Je ne me défile pas, dit-elle. Je ne me défilerai plus jamais.

Myron ravala sa salive, hocha la tête. Il essaya de faire un pas mais ses jambes refusèrent.

— Ça ne va pas ? demanda-t-elle.

— Pas trop.

— Tu veux en parler ?

— Mon ami Horace a été assassiné.

Jessica ferma les yeux.

— Et Esperanza quitte MB.

— Vous n'avez pas pu trouver un accord ?

— Non.

Le portable de Myron sonna. Il l'éteignit. Ils restaient là, face à face, ni l'un ni l'autre ne bougeant.

Puis Jessica reprit :
— Quoi d'autre ?
— C'est tout.
Elle secoua la tête.
— Tu n'arrives même pas à me regarder.

Alors, il le fit. Il leva la tête et la regarda en face pour la première fois depuis qu'il avait ouvert la porte du loft. Elle était, comme toujours, douloureusement belle. Quelque chose en lui commença à se déchirer.

— J'ai failli coucher avec quelqu'un d'autre.

Jessica ne bougea pas.

— Failli ?
— Oui.
— Je vois.

Puis :

— Pourquoi, failli ?
— Pardon ?
— C'est elle qui a arrêté ? Ou toi ?
— Moi.
— Pourquoi ?
— Pourquoi ?
— Oui, Myron, pourquoi n'as-tu pas consommé l'acte ?
— Bon Dieu, c'est quoi cette question ?
— Une question. Tu en avais envie, non ?
— Oui.
— Plus qu'envie même, ajouta-t-elle. Tu voulais le faire.
— Je ne sais pas.

Jessica fit un bruit de buzzer.

— Menteur.
— D'accord, je voulais le faire.
— Pourquoi ne l'as-tu pas fait ?
— Parce que je suis avec une autre femme, dit-il. En fait, je suis amoureux d'une autre femme.

— Très chevaleresque. Donc, tu as refusé à cause de moi ?

— J'ai refusé à cause de nous.

— Nouveau mensonge. Tu as refusé pour toi. Myron Bolitar, le mec parfait, le héros de la monogamie.

Jessica serra le poing et se le mit dans la bouche. Myron s'avança mais elle recula.

— J'ai été conne. Je l'admets. J'ai fait tellement de conneries que c'est un miracle que tu ne m'aies pas larguée. Peut-être que j'ai fait toutes ces conneries justement parce que je savais que je ne risquais rien. Tu m'avais toujours aimée. Malgré toutes mes conneries, tu m'avais toujours aimée. Alors, peut-être que c'est normal. J'ai bien mérité une petite vengeance.

— Il ne s'agit pas de vengeance, dit Myron.

— Je le sais, merde.

Elle se serra dans ses propres bras. Comme si la pièce était soudain devenue très froide. Comme si elle avait besoin d'être serrée dans des bras.

— Et c'est bien ce qui me terrifie, ajouta-t-elle.

Il se tut et attendit.

— Tu n'es pas du genre à tromper, Myron. Tu ne cavales pas. Tu ne dragues pas. Bon sang, ça ne te tente même pas. Alors, la question est : à quel point l'aimes-tu ?

— Je la connais à peine.

— Tu crois que ça compte ?

— Je ne veux pas te perdre, Jess.

— Et je ne vais pas t'abandonner sans me battre. Mais je veux savoir contre quoi je me bats.

— Ce n'est pas comme ça.

— C'est comment, alors ?

Myron ouvrit la bouche, la ferma.

Puis il dit :

— Tu veux te marier ?

Jessica cligna des paupières mais elle ne recula pas :

— C'est une proposition ?

— Je te pose une question. Est-ce que tu veux te marier ?

— S'il le faut, ouais, je veux me marier.

— Quel enthousiasme.

— Que veux-tu que je te dise, Myron ? Dis-moi ce que tu veux que je te dise et je te le dirai. Oui, non, ce qu'il faut pour que tu restes ici avec moi.

— Ce n'est pas un test, Jess.

— Alors, pourquoi soulèves-tu tout à coup la question du mariage, Myron ?

— Parce que je veux être avec toi pour toujours, dit-il. Et je veux acheter une maison. Et je veux des gosses.

— Moi aussi, dit-elle. Mais la vie est trop bien en ce moment. Nous avons nos carrières, notre liberté. Pourquoi gâcher ça ? Nous aurons le temps pour ça plus tard.

Il secoua la tête.

— Pourquoi ? demanda-t-elle.

— Tu te défiles.

— Non, je ne me défile pas.

— Je ne veux pas avoir une famille parce qu'un jour notre emploi du temps sera plus commode.

Jessica leva les mains.

— Mais maintenant ? Tout de suite ? C'est ça que tu veux vraiment ? Une maison en banlieue comme celle de tes parents ? Les barbecues du samedi soir ? Les réunions de parents d'élèves ? Les courses au supermarché après avoir pris les gosses à l'école ? C'est ça que tu veux vraiment ?

Myron la dévisagea et sentit quelque chose tout au fond de lui s'émietter.

— Oui. C'est exactement ce que je veux.

Ils restèrent plantés là à se regarder. On frappa à la porte. Ni l'un ni l'autre ne bougea. Deuxième coup. Puis la voix de Win.

— Ouvre.

Win n'était du genre à s'incruster pour le plaisir. Myron lui obéit. Win adressa un coup d'œil et un bref hochement de tête à Jessica. Il tendit son portable à Myron.

— Norm Zuckerman. Il a tenté de te joindre.

Jessica tourna les talons et quitta la pièce. Vite. Win la suivit des yeux mais resta impassible. Myron prit le téléphone.

— Ouais, Norm.

— Le match va bientôt commencer.

Panique à l'état pur.

— Et alors ?

— Et alors, bordel de merde, où est Brenda ?

Cette fois, le cœur de Myron s'arrêta.

— Elle m'a dit qu'elle y allait en car avec l'équipe.

— Brenda n'est jamais montée dans le car, Myron.

La vision de Horace à la morgue s'imposa. Ses genoux mollirent. Il regarda Win.

— Je conduis, dit celui-ci.

31

Ils prirent la Jag. Win ne ralentissait pas aux feux rouges. Il ne ralentissait pas pour les piétons non plus. À deux reprises, il fonça sur le trottoir pour éviter un bouchon.

Myro regardait droit devant lui.

— Ce que j'ai dit tout à l'heure. Comme quoi tu vas trop loin.

Silence de Win.

— Oublie, dit Myron.

Ils ne décrochèrent plus un mot pendant le reste du trajet.

Win arrêta la voiture dans un hurlement de gomme sur un emplacement interdit au coin de la 33e et de la 8e Avenue. Myron sprinta vers l'entrée de service du Madison Square Garden. L'air autoritaire, un officier de police se pointa devant Win. Celui-ci déchira un billet de cent dollars en deux et lui en tendit une moitié. L'agent toucha sa casquette. Tout ça sans échanger le moindre mot.

Le gardien à l'entrée de service reconnut Myron et lui fit signe de passer.

— Où est Norm Zuckerman ?

— Dans la salle de presse. De l'autre côté de…

Myron savait où elle se trouvait. Tandis qu'il dévalait les marches, il entendait la rumeur de la foule attendant le match. C'était un son étrangement apaisant. Arrivé au niveau du terrain, il obliqua sur la droite. La salle de presse se trouvait juste en face. Il traversa le parquet en courant et fut surpris par la foule. Norm lui avait expliqué qu'il avait l'intention de fermer certaines parties des tribunes et de les occulter – c'est-à-dire, déployer un grand rideau noir sur les sièges inoccupés de façon à donner l'impression que le public était plus nombreux qu'il ne l'était en réalité. Mais les ventes avaient dépassé ses attentes. La rencontre se jouerait à guichets fermés. Beaucoup de fans avaient déployé des banderoles : L'AUBE D'UNE NOUVELLE ÈRE, BRENDA AU PANIER, BRENDA REFAIT LE PARQUET, À NOTRE TOUR, LES FEMMES PRÉFÈRENT LES FEMMES, ALLEZ-Y, LES FILLES ! Et ainsi de suite. Les logos des sponsors dominaient la scène comme les élucubrations d'un graffeur fou. Des images géantes d'une Brenda impressionnante défilaient au-dessus du panneau de score qui planait au-dessus du terrain. Un clip. Brenda avec son maillot de l'université. Musique à donf. Un truc branché. C'était ce que voulait Norm. Brancher. Il n'avait pas lésiné non plus sur les invits. Spike Lee était au premier rang. Avec Jimmy Smits, Rosie O'Donnell, Sam Waterston, Woody Allen et Rudy Giulani. Il y avait aussi plusieurs ex-habitués de MTV, ceux qu'on ne voyait plus que dans des reality-shows, accros aux caméras, cherchant désespérément à se faire voir. Des super-top models montraient leurs lunettes de soleil, essayant d'avoir l'air à la fois belles et studieuses.

Ils étaient tous là pour célébrer le dernier phénomène new-yorkais : Brenda Slaughter.

Cette nuit était la sienne, celle où elle allait briller dans l'arène des pros. Myron avait cru comprendre son insistance à jouer ce match. Mais il s'était trompé. Ce match, c'était plus qu'un match. Plus que son amour du basket. Plus qu'un tribut personnel. C'était de l'histoire. Et Brenda l'avait senti. En cette époque de superstars blasées, elle savourait sa chance de servir de modèle, d'influencer des gosses impressionnables. Ringard peut-être, mais vrai. Myron s'immobilisa une seconde pour contempler l'immense écran au-dessus de sa tête. Une Brenda numériquement gigantisée s'envolait vers le panier, les traits déterminés, le corps et les mouvements férocement splendides, gracieux. En pleine lancée.

Oui, Brenda était en pleine lancée.

Il repartit au sprint, quitta le terrain, plongea le long de la rampe dans un corridor. Quelques secondes plus tard, il faisait son entrée dans la salle de presse. Norm Zuckerman était là. Ainsi que les inspecteurs Maureen McLaughlin et Dan Tiles.

Tiles fit tout un cinéma pour consulter sa montre.

— Ç'a été rapide, dit-il.

Il ricanait peut-être derrière la jungle qui lui servait de moustache.

— Elle est là ? demanda Myron.

Maureen McLaughlin lui adressa son sourire de meilleure copine.

— Pourquoi ne pas vous asseoir, Myron ?

Myron l'ignora. Il se tourna vers Norm.

— Brenda est-elle arrivée ?

Norm Zuckerman était habillé comme Janis Joplin invitée dans un épisode de *Miami Vice*.

— Non.

Win se pointa derrière Myron. Une intrusion qui ne plut pas à Tiles. Il traversa la pièce pour toiser Win façon gros dur. Win le laissa faire.

— Et qui avons-nous là ? demanda Tiles.

Win braqua un index.

— Vous avez quelque chose dans la moustache. On dirait un bout d'omelette.

Myron ne lâchait pas Norm des yeux.

— Qu'est-ce qu'ils font ici ?

— Asseyez-vous, Myron, répéta McLaughlin. Il faut qu'on parle.

Myron jeta un coup d'œil à Win. Celui-ci acquiesça avant de rejoindre Norm qu'il attira dans un coin, un bras autour des épaules.

— Assis, ordonna McLaughlin, d'un ton nettement moins courtois cette fois.

Myron se glissa sur une chaise. Elle en fit autant, sans jamais le quitter du regard. Tiles resta debout. Il faisait partie de ces crétins qui croyaient intimider en restant plus haut que l'autre.

— Que s'est-il passé ? demanda Myron.

Maureen McLaughlin croisa les mains.

— Et si vous nous le disiez, Myron ?

— Je n'ai pas de temps à perdre avec ces conneries, Maureen. Pourquoi êtes-vous là ?

— Nous recherchons Brenda Slaughter. Savez-vous où elle est ?

— Non. Pourquoi la recherchez-vous ?

— Pour lui poser quelques questions.

Myron montra la pièce autour d'eux.

— Et vous vous êtes dit que le meilleur moment pour ça, c'était juste avant le plus grand match de sa vie ?

McLaughlin et Tiles échangèrent un regard. Myron en profita pour voir ce que faisait Win. Il chuchotait toujours avec Norm.

Tiles entra en jeu.

— Quand avez-vous vu Brenda Slaughter pour la dernière fois ?

— Aujourd'hui.

— Où ?

Ce petit jeu allait durer trop longtemps.

— Je n'ai pas à répondre à vos questions, Tiles. Et Brenda non plus, d'ailleurs. Je suis son avocat, vous

vous rappelez ? Si vous avez quelque chose, dites-le. Sinon, arrêtez de me faire perdre mon temps.

La moustache de Tiles se tortilla, comme de plaisir.

— Oh, mais on a quelque chose, monsieur l'avocat.

Myron n'aima pas du tout la façon avec laquelle il avait dit ça.

— Je vous écoute.

McLaughlin se pencha, cette fois avec son regard sincère.

— Nous avons obtenu un mandat de perquisition pour la résidence universitaire de Brenda ce matin, dit-elle de son ton le plus officiel. Sur les lieux, nous avons trouvé une arme, Smith & Wesson calibre 38, le même qui a tué Horace Slaughter. Nous attendons les résultats des tests balistiques pour savoir s'il s'agit bien de l'arme du crime.

— Des empreintes ?

McLaughlin secoua la tête.

— L'arme a été soigneusement nettoyée.

— Même s'il s'agit de l'arme du crime, il est clair que quelqu'un d'autre l'a planquée là.

McLaughlin parut perplexe.

— Et comment savez-vous ça, Myron ?

— Allons, Maureen, pourquoi aurait-elle nettoyé l'arme pour la laisser là où vous pouviez la trouver ?

— Elle était cachée sous son matelas, contra McLaughlin.

Win s'écarta de Norm Zuckerman. Il composa un numéro sur son portable. Quelqu'un répondit. Win parla à voix basse.

Myron haussa les épaules, feignant la nonchalance.

— C'est tout ce que vous avez ?

— Nous prends pas pour des cons, connard.

L'inimitable style de Tiles.

— On a un mobile : elle avait peur de son père au point de demander une interdiction officielle de l'approcher. On a trouvé l'arme du crime planquée sous son matelas. Et voilà que maintenant elle a mis les voiles. C'est largement assez pour l'arrêter.

— Donc, c'est pour ça que vous êtes là ? Pour l'arrêter ?

McLaughlin et Tiles échangèrent un nouveau regard.

— Non, dit McLaughlin comme si ce mot lui coûtait un énorme effort. Mais nous aimerions beaucoup lui parler.

Win mit un terme à sa communication. Puis il appela Myron d'un signe de tête.

Myron se leva.

— Excusez-moi.

— Qu'est-ce que... ! explosa Tiles.

— Je dois m'entretenir avec mon associé. Cela ne prendra qu'un instant.

Myron et Win se retirèrent dans un coin. Tiles mit ses sourcils en berne et les poings sur les hanches. Win lui rendit son regard. Tiles garda son rictus. Win s'enfonça les pouces dans les oreilles, tira la langue et agita les doigts. Tiles ne l'imita pas.

Win parla à mi-voix et rapidement.

— Selon Norm, Brenda a reçu un coup de téléphone à l'entraînement. Elle l'a pris et est partie aussitôt après. Le car de l'équipe l'a attendue un moment mais elle ne s'est pas montrée. Après le départ du car, une assistante du coach a attendu avec une voiture. Elle attend toujours. Norm n'en sait pas davantage. J'ai ensuite appelé Arthur Bradford. Il était au courant du mandat de perquisition. Il a prétendu qu'au moment où vous avez passé votre accord concernant la protection de Brenda, le mandat avait déjà été délivré et le pistolet découvert. Il a depuis contacté quelques amis haut placés qui ont accepté de ralentir les recherches concernant Miss Slaughter.

Ce qui expliquait les efforts quasi diplomatiques

déployés ici. McLaughlin et Tiles auraient bien voulu mordre mais leurs maîtres tiraient sur la laisse.

— Rien d'autre ?

— Arthur était très inquiet de la disparition de Brenda.

— Tu m'étonnes.

— Il veut que tu l'appelles sur-le-champ.

— Ouais, eh bien, on n'a pas toujours ce qu'on veut, dit Myron avant de jeter un regard vers les deux inspecteurs. Bon, faut que je me tire d'ici.

— Tu as une idée ?

— Le vieux flic de Livingston. Un type nommé Wickner. Il a failli craquer au terrain de base-ball.

— Et tu penses qu'il craquera cette fois ?

— Il craquera, assura Myron.

— Tu veux que je vienne ?

— Non, je m'en occupe. J'ai besoin que tu restes ici. McLaughlin et Tiles ne peuvent pas légalement me retenir mais ils pourraient essayer. Retarde-les pour moi.

Win faillit sourire.

— Pas de problème.

— Vois aussi si tu peux trouver le type qui a répondu au téléphone à l'entraînement. Celui qui a appelé Brenda s'est peut-être identifié. Ou peut-être qu'une de ses équipières ou une des coaches a remarqué quelque chose.

— D'accord, dit Win en lui tendant le deuxième morceau du billet de cent et les clés de la voiture. Reste branché.

Il montrait son portable.

Évitant la séance de salutations, Myron se rua hors de la pièce. Il entendit Tiles hurler.

— Arrête ! Fils de pute !

Tiles se mit à lui courir après. Et tomba sur Win qui lui barrait le chemin.

— Qu'est-ce... ?

Tiles ne termina pas sa phrase. Myron continua à courir. Win ferma la porte. Tiles ne sortirait pas.

Une fois dans la rue, Myron tendit la moitié de billet au flic qui attendait et s'engouffra dans la Jag. Les renseignements lui fournirent le numéro de la maison au bord du lac d'Eli Wickner. Il le composa. Wickner décrocha à la première sonnerie.

— Brenda Slaughter a disparu, lui dit Myron.

Silence.

— Il faut qu'on parle, Eli.

— Oui, répondit le policier à la retraite. Oui, je crois aussi.

32

Le trajet dura une heure. La nuit était bien installée maintenant et les abords du lac étaient d'un noir profond et inquiétant. Myron ralentit l'allure. Old Lake Drive était une route étroite et goudronnée par endroits seulement. Au bout, ses phares accrochèrent une pancarte en bois taillée en forme de poisson. Elle annonçait FAMILLE WICKNER. Famille Wickner. Myron se souvenait de Mme Wickner. Elle tenait le stand de bouffe à côté des terrains de base-ball – les cheveux teints si souvent qu'on aurait dit de la paille et un rire permanent qui faisait penser à un pot d'échappement percé. Un cancer des poumons l'avait emportée dix ans auparavant. Eli Wickner passait seul sa retraite ici.

Myron s'engagea dans l'allée. Ses pneus mâchèrent le gravier. Des lumières s'allumèrent un peu partout, sans doute à cause d'un détecteur de mouvements. Il immobilisa la voiture et sortit dans la nuit silencieuse. La maison ressemblait à un chalet de montagne. Collée au lac. Mignon. Des bateaux étaient amarrés au ponton. Myron tendit l'oreille pour écouter le clapotement de l'eau mais l'eau ne clapotait pas. Le lac était incroyablement calme comme si on l'avait recouvert d'un couvercle en verre pour la nuit. Quelques lumières éparpillées brillaient ici et là sur la surface vitrifiée, immobiles et nettes. La lune pendait comme une boucle d'oreilles. Des chauves-souris, bien alignées sur une branche d'arbre, faisaient penser à une garde royale miniature.

Myron se précipita vers la porte. Malgré la lumière à l'intérieur, il ne vit aucun mouvement. Il frappa à la porte. Pas de réponse. Frappa de nouveau. Et sentit le baiser du canon d'un fusil à pompe sur sa nuque.

— Ne vous retournez pas.

Eli Wickner.

— Vous êtes armé ?

— Oui.

— Mains contre la porte, pieds écartés. Ne m'obligez pas à vous descendre, Myron. Vous avez toujours été un bon gosse.

— Le fusil est inutile, Eli.

C'était idiot de dire ça, bien sûr, mais il ne l'avait pas dit pour Wickner. Win écoutait au bout du fil. Myron se livra à un rapide calcul. Il lui avait fallu une heure pour arriver ici. Win mettrait moitié moins.

Objectif : gagner du temps.

Pendant que Wickner le fouillait, Myron sentit une odeur d'alcool. Mauvais, ça. Il envisagea d'agir mais il avait affaire à un flic expérimenté qui avait pris la précaution de lui faire adopter une position délicate. Il ne pouvait pas faire grand-chose.

Wickner trouva son flingue. Il vida le chargeur et empocha l'arme.

— Ouvrez la porte.

Myron tourna la poignée. Wickner le poussa avec son fusil. Myron entra. Et le cœur lui tomba dans les chaussettes. La peur obstrua sa gorge, lui bloquant la respiration. Le décor était tel qu'on pouvait s'y attendre dans un pavillon de pêche : des poissons empaillés au-dessus de la cheminée, des murs lambrissés, un bar copieusement garni, des fauteuils confortables, du bois de chauffage empilé, un tapis beige assez usé. Ce qui était moins prévisible, bien sûr, c'étaient les longues traînées de sang qui rayaient le beige.

Du sang très frais qui emplissait la pièce d'une odeur de rouille.

Myron se tourna vers Eli Wickner. Celui-ci garda ses distances, fusil à pompe braqué maintenant sur sa poitrine. Une cible plus commode. Les yeux de Wickner étaient un peu trop ouverts et bien plus rouges qu'à l'époque où il entraînait l'équipe. Sa peau avait la consistance d'un vieux parchemin. Des veines en toile d'araignée s'étaient tissées sur sa joue droite. Il y en avait peut-être aussi sur sa joue gauche, mais c'était difficile à dire en raison du sang qui avait giclé dessus.

— C'est vous qui avez fait ça ?

Wickner resta silencieux.

— Que se passe-t-il, Eli ?

— Allez dans la pièce du fond.

— Ça ne vous ressemble pas.

— Je sais, Myron. Maintenant, retournez-vous et marchez.

Myron suivit la piste sanglante comme si elle avait été laissée là exprès par un Petit Poucet macabre. Le mur était tapissé de photos d'équipes de jeunes, les plus anciennes remontant à plus de trente ans. Sur chaque cliché, Wickner se tenait fièrement au milieu de ses protégés, souriant sous le puissant soleil d'une belle journée. Une pancarte ou une banderole tenue par deux garçons au premier rang annonçait LES GLACES FRIENDLY AVEC LES SENATORS ou alors LE SNACK SEYMOUR AVEC LES INDIANS. Les sponsors... Les enfants plissaient les yeux et montraient joyeusement leurs incisives manquantes. Ce n'étaient jamais les mêmes mais, *grosso modo*, ils se ressemblaient tous. Au cours des trente dernières années, les gosses avaient effroyablement peu changé. En revanche, Eli avait vieilli, bien sûr. Année après année, ces photos au mur récitaient sa vie. L'effet était particulièrement bizarre.

Ils pénétrèrent dans la pièce du fond. Une sorte de bureau. Là encore, des murs couverts de clichés. Wickner recevant le titre de citoyen d'honneur de Livingston. La séance de coupage de ruban quand on avait donné son nom au terrain de base-ball. Wickner en grand uniforme en compagnie de l'ex-gouverneur Brendan Byrne. Wickner nommé « policier de l'année ». Sur une étagère, des plaques, des trophées et des balles de base-ball montées sur socle. Un document encadré titré « Merci, Coach », qui lui avait été offert par une de ses équipes. Et encore plus de sang.

Une peur glacée saisit Myron et ne le lâcha plus.

Dans un coin, sur le dos, les bras largement écartés comme pour se préparer à une crucifixion, gisait l'inspecteur en chef, Roy Pomeranz. On aurait dit que quelqu'un avait déversé un seau de sirop sur sa chemise. Ses yeux étaient grands ouverts et tout à fait vides.

— Vous avez tué votre propre partenaire, dit Myron.

Encore pour Win. Au cas où il arriverait trop tard. Pour la postérité, pour témoigner ou pour une autre imbécillité du même genre.

— Il y a à peu près dix minutes, dit Wickner.

— Pourquoi ?

— Asseyez-vous, Myron. Ici, si ça ne vous dérange pas.

Myron s'installa dans le siège désigné : un grand fauteuil en lattes de bois massif.

Gardant son arme pointée sur lui, Wickner passa de l'autre côté du bureau. Il ouvrit un tiroir, y laissa tomber le pistolet de Myron avant de lui jeter une paire de menottes.

— Attachez-vous à un des bras. Je n'ai pas envie de devoir me concentrer en permanence.

Myron regarda autour de lui. C'était, comme on dit,

maintenant ou jamais. Une fois les menottes en place, il n'aurait plus aucune chance. Il chercha un moyen. Et n'en trouva pas. Wickner était trop loin et séparé de lui par le bureau. Myron repéra un coupe-papier sur la table. Ouais, c'est ça, il n'avait plus qu'à plonger, l'attraper et le lancer, à la manière d'une star des arts martiaux, en plein dans la jugulaire. Bruce Lee serait fier de lui.

Comme s'il lisait dans ses pensées, Wickner haussa légèrement le canon du fusil.

— Dépêchez-vous, Myron.

Aucune chance. Il allait devoir gagner du temps. En espérant que Win ne crèverait pas en route. Il referma une menotte autour de son poignet gauche. Puis il verrouilla l'autre au bras du fauteuil.

Les épaules de Wickner parurent se relâcher un peu.

— J'aurais dû deviner qu'ils avaient mis mon téléphone sur écoute, dit-il.

— Qui ça ?

Wickner ne parut pas l'avoir entendu.

— On ne peut pas approcher de cette maison sans que je le sache. Et pas uniquement à cause du gravier. J'ai mis des détecteurs de mouvements un peu partout. La maison s'illumine comme un arbre de Noël dès que quelqu'un se pointe à moins de cent mètres. Au début, c'était pour effrayer les animaux, pour qu'ils arrêtent de faire les poubelles. Mais ils le savaient. Alors, ils ont envoyé quelqu'un en qui j'aurais confiance. Mon ancien partenaire.

Myron essayait de suivre.

— Vous êtes en train de dire que Pomeranz est venu ici pour vous tuer ?

— Je n'ai pas le temps de répondre à vos questions, Myron. Vous vouliez savoir ce qui s'est passé. Vous allez le savoir. Et après…

Il détourna les yeux, laissant la fin de la phrase en suspens avant qu'elle n'atteigne ses lèvres.

— J'ai rencontré Anita Slaughter pour la première

fois à l'arrêt de bus au coin de Northfield Avenue, là où il y avait la Roosevelt School.

Sa voix avait retrouvé sa monotonie flicarde, un peu comme s'il lisait un rapport.

— On avait reçu un appel anonyme passé de chez Sam de l'autre côté de la rue. Il disait qu'une femme était sérieusement amochée et saignait abondamment. Notez bien. L'appel disait qu'une femme *noire* saignait. Le seul endroit où on rencontrait des Noires à Livingston, c'était devant les arrêts de bus. Elles venaient faire le ménage chez les gens. Sinon, elles n'avaient aucune raison d'y mettre les pieds C'était aussi simple que ça. À l'époque, si elles se pointaient pour d'autres raisons, eh bien, on les invitait poliment à réaliser leur erreur et on les raccompagnait au bus.

« J'étais en patrouille en voiture. Alors, j'ai répondu à l'appel. C'est vrai qu'elle pissait le sang. On l'avait drôlement amochée. Mais c'est pas ça qui m'a le plus frappé. Cette femme était splendide. Noire comme du charbon et, même avec toutes ces griffures sur le visage, vraiment magnifique. Je lui ai demandé ce qui s'était passé mais elle a rien voulu dire. J'ai pensé à une querelle conjugale. Un mari à la main lourde. Ça ne me plaisait pas mais, en ce temps-là, dans des cas pareils, on ne faisait rien. Cela dit, aujourd'hui, on n'en fait pas beaucoup plus. J'ai quand même insisté pour la conduire à St. Barnabas. Ils l'ont recousue. Elle était assez secouée mais ça allait. Les griffures étaient plutôt profondes, comme si elle s'était fait attaquer par un chat. Moi, j'avais fait mon boulot et je me suis dépêché d'oublier cette histoire... Sauf que, trois semaines plus tard, j'ai reçu l'appel à propos d'Elizabeth Bradford.

Une horloge sonna. Un délicat petit tintement qui résonna longuement. Eli baissa son arme. Son regard sembla se perdre. Myron vérifia son poignet menotté.

Rien à espérer. Le fauteuil était trop lourd. Toujours pas la moindre chance.

— Sa mort n'était pas un accident, n'est-ce pas, Eli ?
— Non, dit Wickner. Elizabeth Bradford s'est suicidée.

Il s'empara d'une vieille balle de base-ball qui traînait sur son bureau. Il la contempla comme si elle allait lui révéler l'avenir. Elle était couverte de signatures maladroites de gamins de douze ans.

— 1973, dit l'ancien coach avec un sourire mélancolique. L'année où on a gagné le championnat de l'État. Une sacrée équipe.

Wickner reposa la balle.

— J'aime Livingston. J'ai donné ma vie à cette ville. Mais chaque ville a sa famille Bradford. Pour ajouter à la tentation, j'imagine. Comme le serpent dans le jardin d'Éden. Ça démarre sans en avoir l'air. Vous laissez tomber une contravention pour stationnement interdit. Ensuite, vous voyez un des gamins commettre un excès de vitesse et vous détournez les yeux. Sans en avoir l'air. Ils ne vous arrosent pas ouvertement, mais ils savent s'occuper de vous, de vos proches. Ils commencent par vos supérieurs. Vous arrêtez un Bradford pour conduite en état d'ivresse et quelqu'un au-dessus de vous le fait relâcher. Et vous êtes sanctionné, mais pas de façon officielle, bien sûr. Ensuite, d'autres flics vous prennent en grippe parce que les Bradford vous ont filé des places pour un match des Giants. Ou alors, ils vous invitent en week-end quelque part. Ce genre de trucs. Rien d'énorme. Sauf, qu'au fond, on sait que c'est mal. On arrive toujours à se justifier mais, en vérité, on sait que c'est mal. J'ai mal agi.

Il fit un geste vers la masse de chairs par terre.

— Et Roy a mal agi. J'ai toujours su qu'un jour on finirait par régler la facture. Je ne savais pas quand. Jusqu'à ce que vous me tapiez sur l'épaule ce matin.

Wickner s'arrêta, sourit.

— Je perds un peu le fil, pas vrai ?

— Je ne suis pas pressé.
— Malheureusement, moi si.
Un autre sourire qui tordit le cœur de Myron.
— Je vous parlais de ma deuxième rencontre avec Anita Slaughter. Comme je vous le disais, c'était le jour où Elizabeth Bradford s'est suicidée. Une femme se prétendant femme de ménage a appelé le commissariat à six heures du matin. Je n'ai su qu'il s'agissait d'Anita qu'en arrivant sur les lieux. Roy et moi étions en plein milieu de nos investigations quand le vieux nous a convoqués dans la bibliothèque. Vous l'avez vue ? La bibliothèque dans le silo ?
Myron fit signe que oui.
— Ils étaient là, tous les trois – le vieux, Arthur et Chance. Toujours dans leurs jolis pyjamas de soie et en robe de chambre, bordel de merde. Alors, le Vieux nous a demandé un petit service. Un petit service – comme s'il s'agissait de l'aider à déplacer son piano. Il voulait qu'on déclare la mort comme accidentelle. La réputation de la famille, vous comprenez. Il n'était pas assez lourd pour nous proposer le moindre dollar, en revanche il a clairement laissé entendre qu'on n'aurait pas à le regretter. Roy et moi, on s'est dit, où est le mal ? Accident ou suicide, en fin de compte, qui s'en soucie vraiment ? Ce genre de déclarations trafiquées, ça arrive tout le temps. Pas de quoi en faire une histoire, pas vrai ?
— Alors, vous les avez crus ? demanda Myron.
La question ramena Wickner dans son chalet.
— Que voulez-vous dire ?
— Que c'était un suicide. Vous les avez crus sur parole ?
— C'était un suicide, Myron. Votre Anita Slaughter l'a confirmé.
— Comment ?
— Elle était là.
— Vous voulez dire qu'elle a trouvé le corps ?

— Non, je veux dire qu'elle a vu Elizabeth Bradford sauter.

Surprise.

— Selon son propre témoignage, Anita Slaughter est arrivée au travail, a remonté l'allée et a aperçu Elizabeth Bradford debout seule sur le balcon. Ensuite, elle l'a vue plonger, tête la première.

— On a pu lui faire la leçon, dit Myron.

Wickner secoua la tête.

— Non.

— Comment pouvez-vous en être aussi sûr ?

— Parce que Anita Slaughter a fait sa déposition *avant* que les Bradford n'aient eu l'occasion de lui parler. Ils étaient à peine levés quand on est arrivé sur place. Ensuite, quand ils ont commencé à prendre le contrôle de la situation, Anita a changé sa version. C'est à partir de ce moment-là seulement qu'elle a prétendu être arrivée après la chute et avoir simplement trouvé le cadavre.

— Je ne comprends pas. Pourquoi changer le moment de la chute ? Quel intérêt ?

— J'imagine qu'ils voulaient que ça ait plus l'air d'un accident. Une femme glissant par inadvertance sur un balcon mouillé en plein milieu de la nuit, c'est plus facile à faire gober qu'à six heures du matin.

Myron réfléchit à cela. Et la conclusion à laquelle il arriva ne lui plut pas.

— Il n'y avait aucun signe de lutte, reprit Wickner. Et il y avait même une lettre.

— Que disait-elle ?

— Des trucs pas très compréhensibles. Je ne m'en souviens pas trop. Les Bradford l'ont gardée. C'était intime, selon eux. Nous avons pu confirmer qu'il s'agissait bien de son écriture. C'est tout ce qui comptait pour nous.

— Dans votre rapport, vous avez mentionné le fait qu'Anita présentait encore des signes de sa récente agression.

Wickner acquiesça.

— Vous avez donc eu des soupçons.

— Des soupçons de quoi ? Je me suis posé des questions, bien sûr. Mais je ne voyais franchement pas de lien. Une bonne se fait arranger le portrait trois semaines avant le suicide de sa patronne. Quel rapport ?

Myron hocha lentement la tête. Effectivement, quel rapport ? Il regarda l'horloge au-dessus de la tête de Wickner. Encore au moins un quart d'heure, estima-t-il. Sans compter que Win devrait effectuer une approche prudente. Les détecteurs de mouvements lui feraient perdre du temps. Il respira un bon coup. Win allait y arriver. Il y arrivait toujours.

— Ça ne s'arrête pas là, dit Wickner.

Myron le dévisagea et attendit la suite.

— J'ai encore revu Anita Slaughter une dernière fois, dit Wickner. Neuf mois plus tard. Au Holiday Inn.

Myron se rendit compte qu'il retenait son souffle. Wickner posa son flingue sur le bureau – largement hors de sa portée – pour se saisir d'une bouteille de whisky. Il but longuement avant de reprendre le fusil à pompe.

Qu'il braqua sur Myron.

— Vous vous demandez pourquoi je vous raconte tout ça.

Son débit était plus pâteux maintenant. Le canon fixait Myron, grosse bouche noire attendant de l'avaler tout cru.

— Cette idée m'a traversé l'esprit, dit Myron.

Wickner sourit. Puis il laissa échapper un long soupir et baissa un peu son arme.

— Je n'étais pas de service cette nuit-là. Et Roy non plus. Il m'a appelé chez moi en me disant que les Bradford avaient besoin de nous. Je lui ai dit que les Bradford pouvaient aller se faire voir, que je ne faisais pas partie de leur petite agence de police privée. Mais c'était de la frime.

« Roy m'a dit de mettre mon uniforme et de le rejoindre au Holiday Inn. J'y suis allé, bien sûr. On s'est retrouvés sur le parking. Je lui ai demandé ce qui se passait. Il a dit qu'un des Bradford avait encore fait une connerie. Je lui ai demandé, quelle genre de connerie ? Il a dit qu'il ne connaissait pas les détails. Une histoire de fille. Il avait un peu abusé d'elle ou alors ils avaient pris de la drogue. Un peu trop. Quelque chose comme ça. Faut bien comprendre que ça se passait il y a vingt ans. Si une nana acceptait de se retrouver dans une chambre d'hôtel avec un mec, il arrivait ce qu'il arrivait. Je ne suis pas en train de défendre quoi que ce soit. Je dis juste que c'était comme ça.

« Je lui ai demandé ce qu'on était censés faire. Roy a dit qu'on devait juste interdire l'accès à l'étage. Il y avait un grand mariage ou une convention quelconque. L'hôtel était bondé et la chambre se trouvait plutôt près d'un endroit de passage. Il fallait qu'on éloigne les gens de façon à ce qu'ils puissent nettoyer leurs saloperies. Roy et moi, on s'est chacun postés à un bout du couloir. Ça ne me plaisait pas, mais j'avais pas non plus le sentiment d'avoir vraiment le choix. Que pouvais-je faire ? Les dénoncer ? Les Bradford me tenaient déjà. Ils m'avaient donné du fric pour l'histoire du suicide. Et pas que pour ça. Si ça se savait, on finirait aussi par apprendre que j'étais pas le seul au poste à bénéficier de leurs largesses. Et les flics réagissent bizarrement quand ils se sentent menacés.

Il montra le sol.

— Regardez ce que Roy était prêt à faire à son propre partenaire.

Myron ne pouvait que lui donner raison sur ce point.

— Alors, on a interdit l'accès aux curieux. Et j'ai vu le soi-disant expert de la sécurité du vieux Bradford. Un petit mec déplaisant. Le genre qui vous fout vraiment les foies. Sam quelque chose.

— Sam Richards.

— Ouais, c'est ça, Richards. C'est lui. Il a tenu à me baver la même histoire que j'avais déjà entendue. Un problème de nana. Pas de quoi s'inquiéter. Il allait tout nettoyer. La fille était un peu secouée, mais on allait la soigner et lui offrir un petit magot. Tout irait bien. Ça se passe comme ça chez les riches. L'argent, c'est le détergent surpuissant, le nettoie-tout universel. La première chose que fait Sam, c'est sortir la fille. J'étais pas censé voir ça. J'étais censé rester au fond du couloir. Mais j'ai quand même regardé. Sam l'avait enveloppée dans un drap et il la portait sur son épaule comme un pompier. Pendant une fraction de seconde, j'ai vu le visage de la fille. C'était Anita Slaughter. Ses yeux étaient fermés. Elle pendait sur son épaule comme un sac d'avoine.

Wickner sortit un mouchoir en tissu de sa poche. Il le déplia lentement avant de s'essuyer le nez comme s'il briquait la carrosserie de sa voiture. Puis, il le replia et le remit dans sa poche.

— J'aimais pas du tout ça, reprit-il, alors j'ai été voir Roy en courant pour lui dire qu'il fallait qu'on arrête. Roy m'a dit : et comment on va expliquer le fait qu'on était là ? Qu'est-ce qu'on va raconter ? Qu'on était venus pour couvrir un crime des Bradford, mais que, là, franchement, ça dépassait les bornes ? Il avait raison, bien sûr. On était coincés. Alors, je suis retourné à mon poste dans le couloir. Sam était revenu dans la chambre maintenant. Il passait l'aspirateur. Je l'entendais. Il a pris son temps. Le grand ménage de printemps. J'arrêtais pas de me dire que c'était pas si grave. Que c'était juste une Noire de Newark. Bon Dieu, c'est tous des camés là-bas, non ? Et elle était plus que bandante. Elle avait dû faire la fête avec un des jeunes Bradford et ça avait un peu dégénéré. Une overdose, peut-être. Sam allait l'emmener quelque part pour qu'elle se fasse soigner et il allait lui donner un petit paquet de fric. C'était bien ce qu'il avait dit, non ? Alors, j'ai continué à écouter Sam faire le ménage. Après, je l'ai vu monter dans la voiture. Et je l'ai vu partir avec Chance Bradford.

— Chance ? répéta Myron. Chance Bradford était là ?

— Oui. C'était Chance, le garçon qui avait un peu merdé.

Wickner se renfonça dans son siège. Il fixait son arme.

— Et c'est la fin de mon histoire, Myron.

— Attendez une seconde. Anita Slaughter avait pris une chambre dans cet hôtel avec sa fille. Avez-vous vu la petite ?

— Non.

— Savez-vous où est Brenda maintenant ?

— Elle a probablement des problèmes avec les Bradford. Comme sa mère.

— Aidez-moi à la sauver, Eli.

— Je suis fatigué, Myron. Et je n'ai rien de plus à dire.

Il leva le fusil à pompe.

— Cette histoire va sortir, Eli. Même si vous me tuez, vous ne pourrez pas l'étouffer.

— Je sais, dit Wickner.

Il ne baissa pas son arme.

— Mon téléphone est branché, continua très vite Myron. Mon ami a tout entendu. Si vous me tuez...

— Je sais ça aussi, Myron.

Une larme glissa hors de la paupière d'Eli. Il jeta une petite clé à Myron. Pour les menottes.

— Dites-leur à tous que je regrette.

Puis il avala le canon du fusil.

Myron essaya de bondir mais le fauteuil le retint. Il hurla.

— Non !

La détonation couvrit son cri. Les chauves-souris couinèrent et s'envolèrent. Et le silence revint.

33

Win arriva quelques minutes plus tard. Il considéra les deux cadavres au sol et dit :
— Propre et net.
Myron ne répliqua pas.
— Tu as touché quelque chose ?
— J'ai juste effacé mes empreintes.
— Une requête, sollicita Win.
Myron le regarda.
— La prochaine fois qu'un coup de feu se produit dans des circonstances similaires, dis tout de suite quelque chose. Par exemple, du genre : « Je ne suis pas mort. »
— Ouais, la prochaine fois, Win.
Ils quittèrent le chalet. Ils roulèrent jusqu'à un supermarché voisin ouvert vingt-quatre heures sur vingt-quatre. Myron gara la Taurus et grimpa à bord de la Jag avec Win.
— On va où ? demanda celui-ci.
— Tu as entendu ce qu'a raconté Wickner ?
— Oui.
— Tu en déduis quoi ?
— Je n'ai pas encore fini de déduire, repartit Win. Mais la réponse se trouve clairement à Bradford Farms.
— Et Brenda aussi certainement.

Infime silence de Win puis :
— Si elle est encore en vie.
— Donc, c'est là que nous devrions aller.
— Pour porter secours à la gente demoiselle prisonnière dans le donjon ?
— Si elle y est bien prisonnière. Et c'est un grand « si ». Par ailleurs, pas question de monter à l'assaut dans un déluge d'artillerie. Quelqu'un pourrait paniquer et la tuer.

Myron sortit son téléphone.
— Arthur Bradford veut que je le mette au courant. C'est donc ce que je vais faire. Maintenant. Et en personne.
— Ils pourraient très bien te tuer.
— C'est là que tu interviens.

Win sourit.
— Il suffit de demander.

Son expression de la semaine.

Ils prirent la Route 80 en direction de l'est.
— Je peux te faire part de quelques réflexions ? demanda Myron.

Win acquiesça. C'était un jeu dont il avait l'habitude.
— Voilà ce que nous savons, reprit Myron. Anita Slaughter est agressée. Trois semaines plus tard, elle assiste au suicide d'Elizabeth Bradford. Neuf mois passent. Puis elle quitte Horace. Elle vide le compte en banque, prend sa fille avec elle, et va se cacher au Holiday Inn. C'est là que ça se corse. Nous savons que Chance Bradford et Sam finissent par se trouver là, eux aussi. Nous savons qu'ils emmènent une Anita blessée avec eux. Nous savons aussi que peu de temps avant, Anita appelle Horace pour lui dire de venir chercher Brenda...

Myron s'interrompit pour regarder Win et demander :
— Quand a-t-elle fait cela ?
— Pardon ?
— Anita a appelé Horace pour qu'il vienne prendre

Brenda. Ce qui a dû se passer avant que Sam n'arrive sur les lieux, n'est-ce pas ?

— Oui.

— Mais, voilà le problème. Horace a dit à Mabel qu'Anita l'avait appelé. Mais peut-être que Horace mentait. Je veux dire, pourquoi Anita l'aurait-elle appelé ? Ça n'a aucun sens. Elle voulait le quitter. Elle avait pris tout son fric. Pourquoi, dans ce cas, l'appeler et lui dire où elle se cachait ? Elle aurait dû plutôt appeler Mabel, par exemple, mais pas Horace.

— Continue, dit Win.

— Supposons… supposons que nous nous trompions complètement. Oublions les Bradford un moment. Voyons ça du point de vue de Horace. Il rentre chez lui. Il trouve le mot. Peut-être apprend-il aussi que le fric a disparu. Il a de quoi être en colère. Alors, supposons qu'il retrouve la trace d'Anita au Holiday Inn. Supposons qu'il se soit rendu là-bas pour récupérer son enfant et son argent.

— Et qu'il ait utilisé la force, ajouta Win.

— Oui.

— Il aurait tué Anita ?

— Non. Mais il lui aurait filé une bonne raclée. La laissant même peut-être pour morte. Quoi qu'il en soit, il récupère Brenda et l'argent. Horace téléphone ensuite à sa sœur. Il lui dit que c'est Anita qui l'a appelé pour qu'il vienne récupérer Brenda.

Win loucha comme pour guetter une mèche sur son front. Sauf qu'il n'avait pas de mèche.

— Et ensuite ? Anita se cache pendant vingt ans, elle laisse Horace élever seul sa fille, parce qu'elle a peur de lui ?

C'était le but de ce jeu : que Win traque les failles dans ses hypothèses.

— Peut-être, fit Myron, peu convaincu.

— Et ensuite, si je suis ta logique, vingt ans après

Anita se rend compte que Horace la recherche. Donc, elle le tue ? Règlement de comptes à OK Slaughter ? Mais alors qui a enlevé Brenda ? Et pourquoi ? À moins que Brenda ne soit de mèche avec sa mère ? Et, puisque nous avons écarté les Bradford pour les besoins de ton raisonnement, comment s'intègrent-ils dans tout ça ? Le meurtre de Horace Slaughter n'auraient pas dû les inquiéter, pourtant ils étaient prêts à l'étouffer. De plus, que faisait Chance Bradford cette nuit-là à l'hôtel ?

— Il y a des trous, admit Myron.

— D'abyssaux abîmes, corrigea Win, si tu me permets le pléonasme.

— Il y a encore autre chose qui cloche. Si les Bradford avaient mis le téléphone de Mabel sur écoute depuis tout ce temps, ils auraient dû pouvoir localiser les appels d'Anita.

Win rumina cette idée.

— Peut-être l'ont-ils fait.

Silence. Myron brancha la radio. La deuxième mi-temps du match commençait. Les New York Dolphins se faisaient massacrer. Les commentateurs spéculaient sur les raisons de l'absence de Brenda Slaughter. Myron baissa le volume.

— Il y a encore quelque chose qui nous échappe, Win.

— Mais qui ne nous échappera plus très longtemps.

— Donc, on essaie quand même les Bradford.

Win acquiesça.

— Ouvre la boîte à gants. Arme-toi comme un tyran paranoïaque. Il pourrait y avoir du vilain.

Myron ne discuta pas. Il composa le numéro personnel d'Arthur. Celui-ci répondit avant la fin de la première sonnerie.

— Vous avez trouvé Brenda ? demanda-t-il.

— Je suis en route pour chez vous.

— Vous l'avez donc retrouvée ?

— Je serai là dans un quart d'heure. Prévenez vos gardes.

Myron raccrocha.

— Curieux, dit-il à Win.

— Quoi ?

Et alors, Myron comprit. Pas lentement. Mais tout d'un coup. Comme s'il se prenait une avalanche sur la tête. D'une main tremblante, il composa un autre numéro sur son portable.

— Norm Zuckerman, s'il vous plaît. Oui, je sais qu'il regarde le match. Dites-lui que c'est Myron Bolitar. Dites-lui que c'est urgent. Et dites-lui que je veux aussi parler à McLaughlin et Tiles.

34

Le garde à l'entrée de Bradford Farms braqua le faisceau de sa lampe sur la voiture.

— Vous êtes seul, monsieur Bolitar ?
— Oui.

La barrière se leva.

— Dirigez-vous vers la maison principale, s'il vous plaît.

Myron redémarra lentement. Pour leur plan, il ralentit au virage suivant. Silence. Puis la voix de Win dans le téléphone.

— Je suis sorti.

De la malle. Si onctueux que Myron n'avait rien entendu.

— Je passe en muet, dit Win. Fais-moi tout le temps savoir où tu es.

Le plan était simple : Win fouillerait la propriété à la recherche de Brenda tandis que lui essaierait de ne pas se faire tuer.

Myron continua à remonter la longue allée, les deux mains sur le volant, partagé entre le désir de traîner et celui de parler le plus vite possible à Arthur Bradford. Il connaissait la vérité maintenant. Une partie, en tout cas. Assez pour sauver Brenda.

Peut-être.

Les pelouses étaient noires comme la nuit, les animaux de la ferme dormaient. La maison se dressa devant lui, comme si elle flottait, à peine reliée au monde sous elle. Myron se gara et sortit de la voiture. Avant qu'il n'atteigne la porte, Mattius le majordome s'y trouvait. Il était dix heures du soir, mais Mattius paradait encore en grande tenue, moelle épinière au garde-à-vous, engoncé dans son inhumaine patience.

Il se décida à parler quand Myron le rejoignit enfin.

— M. Bradford vous attend dans la bibliothèque.

Myron hocha la tête. Et c'est alors que quelque chose la cogna. Le choc violent fut suivi d'une irrépressible torpeur. Qui s'accompagnait malheureusement de douleurs qui lui perforaient le crâne. Titubant, il sentit une batte le frapper aux cuisses, derrière. Ses jambes cédèrent. Il tomba à genoux en gémissant.

— Win.

Une botte lui percuta le dos entre les omoplates. Le visage de Myron s'écrasa au sol. Il sentit l'air quitter ses poumons et des mains le fouiller. Elles le dépouillèrent de ses armes.

— Win, appela-t-il encore.

— Bien essayé...

Sam se trouvait devant lui, tout là-haut, le téléphone de Myron à la main.

— ... mais j'ai raccroché, Mister Bond.

Deux hommes prirent Myron par les aisselles pour le traîner sans ménagement à travers un interminable couloir. Il essayait de ne pas tomber dans les pommes. Son corps lui faisait l'effet d'un pouce qui s'est pris un coup de marteau. Devant lui, Sam ouvrit une porte et les deux autres le jetèrent comme un vulgaire sac. Myron se mit à dégringoler des marches mais parvint à stopper sa chute.

Sam entra. La porte se ferma derrière lui.

— Allez, dit-il. On descend.

Myron leva les yeux. Une cave. Il se trouvait au milieu d'un escalier menant à une cave.

Sam lui tendit la main, l'aidant à se relever. Le reste de la descente fut moins douloureux.

— Cette partie des caves n'a pas de fenêtre, annonça Sam.

Comme s'il lui faisait visiter sa future propriété.

— La seule façon d'entrer ou de sortir est donc par cette porte. Compris ?

Myron fit signe que oui.

— J'ai deux hommes en haut de ces marches. Ils vont se disperser maintenant. Ce sont des pros, pas comme ce trou du cul de Mario. Personne ne passera par cette porte. Compris ?

Myron fit un autre geste pour signifier qu'il ne cessait de comprendre.

Sam se planta une cigarette entre les lèvres.

— Nous avons vu votre copain sortir de la malle. J'ai deux tireurs d'élite, des anciens marines, planqués là dehors. Des vétérans de la guerre du Golfe. Si votre ami approche de la maison, il est cuit. Les fenêtres sont toutes munies d'alarmes. Je suis en contact radio avec quatre de mes hommes sur quatre fréquences différentes.

Il montra à Myron une espèce de talkie-walkie muni d'un cadran digital.

— Des fréquences différentes, dit Myron. Waoh.

— Je vous raconte tout ça non pas pour vous impressionner, mais pour bien souligner à quel point il serait idiot de tenter de fuir ou d'espérer quoi que soit. Vous comprenez ?

Nouveau signe affirmatif.

Ils se trouvaient dans une cave à vin. Ça sentait le chêne robuste comme un chardonnay parfaitement vieilli. Arthur était là. Une vraie tête de mort. La peau tendue sur les pommettes, comme une momie. Chance était présent lui aussi. Il savourait un vin rouge, étudiant sa couleur. On aurait pu croire qu'il était détendu.

Myron regarda autour de lui. Des tas de bouteilles sur des étagères en croisillons, toutes légèrement inclinées de façon à ce que les bouchons de liège restent perpétuellement convenablement imbibés. Un thermomètre géant. Quelques tonneaux de bois, essentiellement pour faire joli. Il n'y avait pas de fenêtre. Ni de porte. Aucun autre accès visible. Au centre de la pièce, trônait une grande table en acajou.

Sur la table il n'y avait rien. À l'exception d'un sécateur flambant neuf.

Myron se tourna vers Sam. Ce dernier sourit, son flingue dans une main, la clope dans l'autre.

— Là, je suis intimidé, dit Myron.

Sam haussa les épaules.

— Où est Brenda ? demanda Arthur.

— Je ne sais pas, dit Myron.

— Et Anita, où est-elle ?

— Pourquoi ne pas le demander à Chance ?

— Quoi ?

Chance se redressa sur sa chaise.

— Il est fou.

Arthur se leva.

— Vous ne partirez d'ici que quand je serai convaincu que vous ne me cachez plus rien.

— Parfait, dit Myron. Alors, allons-y, Arthur. Vous voyez, j'ai été idiot dans cette histoire. Je veux dire, les indices étaient là. Les écoutes téléphoniques. Votre intérêt disproportionné. La première agression sur Anita. La mise à sac de l'appartement de Horace et le vol des lettres d'Anita. Les appels bizarres disant à Brenda de contacter sa mère. Sam charcutant ces deux gamins. L'argent des bourses. Mais vous savez ce qui m'a enfin ouvert les yeux ?

Chance voulut parler mais Arthur le fit taire d'un geste. Il se tapota le menton avec son index.

— Continuez, Myron.

— L'heure du suicide d'Elizabeth.

— Je ne comprends pas.

— L'heure de son suicide, répéta Myron, et plus important encore, la volonté de votre famille de la trafiquer. Pourquoi Elizabeth se serait-elle tuée à six heures du matin... au moment exact où Anita Slaughter venait prendre son service ? Une coïncidence ? Possible. Mais alors pourquoi vous donner tant de mal pour faire changer l'heure de sa mort ? L'accident aurait pu tout aussi bien se produire à six heures du matin qu'à minuit. Alors, pourquoi changer ?

Arthur gardait le dos bien droit.

— À vous de me le dire.

— Parce que l'heure de sa mort avait une importance, dit Myron. Votre femme a commis son suicide à ce moment-là parce qu'elle avait une bonne raison : elle voulait qu'Anita Slaughter la voie sauter.

Chance émit un bruit.

— C'est ridicule.

— Elizabeth était dépressive, poursuivit Myron, regardant Arthur droit dans les yeux. Je n'en doute pas. Et je ne doute pas non plus que vous l'ayez aimée à une certaine époque. Mais c'était une époque très lointaine. Vous avez dit vous-même qu'elle n'était plus elle-même depuis des années. De ça, non plus, je ne doute pas. Mais trois semaines avant son suicide, Anita a été agressée. J'ai d'abord pensé que c'était l'un de vous qui l'avait frappée. Ensuite, j'ai pensé à Horace. Mais les blessures les plus graves étaient des griffures. De profondes griffures. Comme si elle avait été attaquée par un chat, a dit Wickner.

Myron dévisageait Arthur qui semblait rétrécir sous ses yeux, comme sucé de l'intérieur par ses propres souvenirs.

— C'est votre femme qui a agressé Anita, continua Myron. D'abord, elle l'a sauvagement griffée et puis, trois semaines plus tard, toujours en pleine crise, elle s'est jetée du balcon devant elle... parce que Anita avait une relation avec son mari. C'est ça, le dernier coup qui l'a finalement achevée, n'est-ce pas, Arthur ? Comment cela s'est-il passé ? Elizabeth vous a surpris un jour tous les deux ? La jugiez-vous à ce point demeurée que vous ne preniez plus de précautions ?

Arthur s'éclaircit la gorge.

— À vrai dire, oui. Ça s'est passé à peu près comme ça. Mais, et alors ? Quel rapport avec le présent ?

— Votre liaison avec Anita. Combien de temps a-t-elle duré ?

— Je ne vois pas la pertinence de cette question.

Myron le considéra longuement.

— Vous êtes un homme maléfique, Arthur. Vous avez été élevé par un homme maléfique et il y a beaucoup de lui en vous. Vous avez provoqué de grandes souffrances. Vous avez même fait tuer des gens. Mais il ne s'agissait pas d'une insignifiante histoire de fesses. Vous l'aimiez, n'est-ce pas ?

Arthur ne dit rien. Mais, lentement, très lentement, il se disloquait.

— Je ne sais pas comment ça s'est passé, poursuivit Myron. Anita voulait peut-être quitter Horace. Ou peut-être l'y avez-vous encouragée. Peu importe. Anita a décidé de s'enfuir et de commencer une nouvelle vie. Dites-moi quel était votre plan, Arthur ? Est-ce que vous comptiez l'installer dans un appartement ? Une maison hors de la ville ? Un Bradford n'allait quand même pas épouser une domestique noire de Newark.

Arthur émit un son. Mi-moqueur, mi-gémissant.

— Quand même pas.

— Alors, que s'est-il passé ?

Sam restait plusieurs pas en arrière, le regard allant

constamment de la porte à Myron. Il chuchotait dans son talkie-walkie de temps en temps. Chance était figé sur sa chaise, à la fois nerveux et réconforté. Nerveux à cause de tout ce déballage. Réconforté parce qu'il croyait que rien de tout ça ne quitterait jamais cette cave. Il avait peut-être raison.

— Anita était mon dernier espoir, dit Arthur.

Il fit rebondir deux doigts sur ses lèvres et se força à sourire.

— Quelle ironie, vous ne trouvez pas ? Si vous venez d'un milieu défavorisé, vous pouvez le rendre responsable de vos péchés. Mais qu'en est-il si vous venez d'une famille omnipotente ? Qu'en est-il de ceux qui sont éduqués à dominer les autres, à prendre ce qu'ils désirent ? De ceux qui sont élevés dans la croyance qu'ils sont spéciaux et que les autres gens ne sont guère plus que des mannequins dans une vitrine ? Qu'en est-il de ces enfants ?

— La prochaine fois que je serai seul, dit Myron, je verserai une larme pour eux.

Arthur ricana.

— Oui, une larme suffira. Mais vous vous êtes trompé. C'était moi qui voulais m'enfuir. Pas Anita. Oui, je l'aimais. Quand j'étais avec elle, tout en moi vibrait. Je ne sais pas comment l'exprimer autrement.

Il n'avait pas besoin de le faire. Myron pensa à Brenda. Et il comprenait.

— J'allais quitter Bradford Farms. Anita et moi devions partir ensemble. Tout reprendre de zéro. Nous échapper de cette prison.

Il sourit à nouveau.

— Naïf, n'est-ce pas ?
— Que s'est-il passé ?
— Anita a changé d'avis.
— Pourquoi ?
— Il y avait quelqu'un d'autre.
— Qui ?

— Je ne sais pas. Nous étions censés nous retrouver un matin mais Anita n'est pas venue. J'ai cru que son mari l'en avait empêchée. Je l'ai fait surveiller. Et puis j'ai reçu une lettre d'elle. Elle disait qu'elle avait besoin de repartir de zéro. Mais sans moi. Et elle me renvoyait l'anneau.

— Quel anneau ?

— Celui que je lui avais donné. Un anneau de mariage officieux.

Myron regarda Chance. Chance ne dit rien. Myron le contempla encore quelques secondes. Puis il se retourna vers Arthur.

— Mais vous n'avez pas abandonné, n'est-ce pas ?

— Non.

— Vous l'avez recherchée. D'où les écoutes. Vous les avez espionnés pendant toutes ces années. Vous pensiez qu'Anita finirait bien par appeler sa famille. Vous vouliez pouvoir remonter jusqu'à elle le jour où elle le ferait.

— Oui.

Myron serra les dents, espérant trouver la force d'empêcher sa voix de craquer.

— Et puis, il y a les micros dans la chambre de Brenda, dit-il. L'argent pour les bourses. Et les tendons sectionnés.

Silence.

Les larmes gonflaient dans les yeux de Myron. Comme dans ceux d'Arthur. Tous deux savaient ce qui allait venir.

— Les micros vous servaient à toujours savoir où en était Brenda. Les bourses, si généreuses, ont été mises en place par quelqu'un maîtrisant les questions financières. Même si Anita avait réussi à mettre la main sur de telles sommes, elle n'aurait jamais su les faire circuler à partir des îles Caïman. Contrairement à vous. Et, pour finir, les tendons d'Achille. Brenda pensait que c'était son père qui avait fait ça. Elle pensait que son père la surprotégeait. Et elle avait raison.

Silence plus épais encore.

— Je viens d'appeler Norm Zuckerman et il m'a donné le groupe sanguin de Brenda grâce aux dossiers médicaux de l'équipe. La police avait celui de Horace grâce au rapport d'autopsie. Ils n'étaient pas parents, Arthur.

Myron pensa à la peau café au lait de Brenda et à celle, beaucoup plus sombre, de ses parents.

— C'est pour cela que vous vous intéressez autant à Brenda. Que vous avez été si prompt à vouloir lui éviter la prison. Et que vous êtes aussi inquiet pour elle en ce moment même. Brenda Slaughter est votre fille.

Les larmes ruisselaient à présent sur le visage d'Arthur. Et il ne faisait rien pour les arrêter.

Myron continua.

— Horace ne l'a jamais su, n'est-ce pas ?

Arthur secoua la tête.

— Anita est tombée enceinte dès le début de notre relation. Mais Brenda avait la peau assez sombre pour qu'on ne se doute de rien. Anita a insisté pour garder le secret. Elle ne voulait pas que notre enfant soit stigmatisée. Et aussi... elle ne voulait pas que notre fille soit élevée dans cette maison. Je la comprenais.

— Alors qu'est-il arrivé à Horace ? Pourquoi vous a-t-il appelé au bout de vingt ans ?

— À cause des Ache qui travaillaient pour le compte de Davison. J'ignore comment mais ils ont appris l'existence des bourses. Sans doute par l'intermédiaire d'un avocat, j'imagine. Ils cherchaient uniquement à me foutre dans la merde avant les élections. Ils en ont parlé à Slaughter en pensant qu'il me ferait chanter pour obtenir de l'argent.

— Mais il se moquait de l'argent. Il voulait retrouver Anita.

— Oui. Il n'a cessé de m'appeler. Il est venu à mon quartier de campagne. Il ne voulait pas abandonner. J'ai donc demandé à Sam de le décourager.

Le sang dans le placard.

— Il a été passé à tabac ?

— Oui, mais pas de façon excessive. Je voulais l'effrayer, c'est tout. Il y a très longtemps, Anita m'avait fait jurer de ne pas lui faire de mal. J'ai essayé de mon mieux de respecter cette promesse.

— Sam était censé le tenir à l'œil ?

— Oui. Afin de s'assurer qu'il ne créerait plus d'ennui. Et, je ne sais pas... peut-être espérais-je qu'il retrouverait Anita.

— Mais il s'est enfui.

— Oui.

Ça se tenait, pensa Myron. Horace s'était fait casser le nez. Juste après, il s'était rendu à St. Barnabas. Pour se soigner et se changer. Sam l'avait effrayé, oui, mais seulement juste assez pour convaincre Horace qu'il devait se planquer. Il avait donc vidé son compte en banque et disparu. Sam et Mario l'avaient cherché. Ils avaient suivi Brenda. Ils avaient rendu visite à Mabel Edwards et l'avaient menacée. Ils avaient écouté ses appels. Et Horace avait fini par lui téléphoner.

Et après ?

— Vous avez tué Horace.

— Non. Nous ne l'avons pas retrouvé.

Un trou, pensa Myron. Il en restait encore quelques-uns qu'il n'avait pas comblés.

— Mais ce sont des gens de chez vous qui ont passé ces appels bizarres à Brenda.

— Juste pour voir si elle savait où était Anita. Les autres – les coups de fil de menace –, venaient des Ache. Ils voulaient trouver Horace et finaliser le contrat avant le match d'ouverture.

Myron acquiesça. Encore une fois, ça se tenait. Il se tourna vers Chance. Celui-ci soutint son regard. Avec un petit sourire au coin des lèvres.

— Vous allez lui dire, Chance ?

Chance se leva pour venir se planter sous le nez de Myron.

— Vous êtes un homme mort, chuchota-t-il, comme au bord de l'orgasme. Vous venez de creuser votre propre tombe.

— Vous allez lui dire, Chance ?

— Non, Bolitar.

Chance montra le sécateur et se pencha un peu plus vers lui.

— Je vais vous regarder souffrir et mourir.

Myron lui flanqua un coup de boule très sec sur le nez. Il se retint au dernier moment. Un coup de boule porté à fond peut tuer. La tête – la boule – est à la fois lourde et dure – le visage n'est ni l'un ni l'autre. Imaginez une boule de bowling tombant sur un nid d'oiseau.

L'effet fut néanmoins spectaculaire. Le nez de Chance éclata comme un œuf. Myron sentit quelque chose de chaud et poisseux sur son front. Chance tomba en arrière. Du sang jaillissant à travers les doigts qu'il pressait sur son visage. Ses yeux étaient écarquillés et choqués. Personne ne se précipita pour l'aider. En fait, Sam semblait plutôt apprécier le spectacle.

Myron se tourna vers Arthur.

— Chance connaissait votre histoire avec Anita, n'est-ce pas ?

— Bien sûr.

— Et il savait que vous comptiez partir avec elle ?

Cette fois, la réponse arriva plus lentement.

— Oui. Et alors ?

— Chance vous ment depuis vingt ans. Sam aussi.

— Quoi ?

— Je viens de parler avec l'inspecteur Wickner. Il était là cette nuit, lui aussi. Je ne sais pas ce qui s'est exactement passé. Mais il a vu Sam partir avec Anita du Holiday Inn. Il la portait sur ses épaules. Et il a vu aussi Chance dans la voiture.

Arthur fixa son frère.

— Chance ?

— Il ment.

Arthur sortit un pistolet qu'il braqua sur son frère.

— Raconte.

Chance tentait toujours d'arrêter le flot de sang.

— Qui vas-tu croire ? Moi ou...

Arthur appuya sur la détente. La balle fracassa le genou de Chance, pulvérisant la rotule. Du sang gicla. Chance hurla. Arthur visa l'autre genou.

— Raconte.

— Tu étais fou ! hurla Chance.

Puis il serra les dents. Ses yeux se firent tout petits, et pourtant étrangement clairs, comme si la douleur chassait toute idée parasite.

— Tu t'imaginais vraiment que Père allait te laisser partir comme ça ? Tu allais tout détruire. J'ai essayé de te le faire comprendre. Je t'ai parlé. Comme un frère. Mais tu n'as pas voulu m'écouter. Alors, je suis allé voir Anita. Juste pour parler. Je voulais qu'elle se rende compte à quel point cette idée ferait du tort à tout le monde. Je voulais juste vous aider.

Le visage de Chance était une bouillie sanglante, mais celui d'Arthur bien plus ignoble encore à voir. Les larmes coulaient toujours, sans retenue. Pourtant il ne pleurait pas. La peau était grise, les traits tordus et pétrifiés, comme s'il était déjà mort. Mort de rage. Une rage qui lui crevait les yeux.

— Que s'est-il passé ?

— J'ai trouvé le numéro de sa chambre. Quand j'y suis arrivé, la porte était entrouverte. Je le jure, Anita était comme ça quand je suis entrée. Je le jure, Arthur. Je ne l'ai pas touchée. Au début, j'ai cru que c'était toi qui lui avais fait ça. Que vous vous étiez disputés. Mais, quoi qu'il en soit, je savais que si on l'apprenait, ce serait une catastrophe. Il y aurait eu trop de questions, de questions sans réponse. Alors, j'ai appelé Père. Il s'est occupé du reste. Sam est venu. Il a fait le ménage. Nous avons pris l'anneau et fabriqué cette lettre. Pour que tu ne la cherches plus.

— Où est-elle maintenant ? demanda Myron.

Chance le regarda, désarçonné.

— De quoi est-ce que vous parlez ?

— L'avez-vous amenée chez un médecin ? Lui avez-vous donné de l'argent ? L'avez-vous...

— Anita était morte, dit Chance.

Silence.

Arthur laissa échapper un gémissement poignant, primitif. Il s'effondra sur place.

— Elle était morte quand je suis arrivé, Arthur. Je le jure.

Myron sentit son cœur s'enfoncer dans un tas de boue. Il tenta de parler mais aucun mot ne lui vint. Il regarda Sam. Celui-ci hocha la tête. Myron fouilla son regard.

— Son corps ?

— Quand je me débarrasse de quelque chose, dit Sam, c'est pour de bon.

Morte. Anita Slaughter était morte. Myron essayait de s'y faire. Pendant toutes ces années, Brenda s'était sentie abandonnée pour rien.

— Alors où est Brenda ? s'enquit-il.

L'adrénaline commençait à se tarir, mais Chance parvint néanmoins à secouer la tête.

— Je ne sais pas.

Un regard de Myron vers Sam. Qui haussa les épaules.

Arthur s'assit par terre. Il serra les genoux contre lui et baissa la tête. Il se mit à pleurer. Pour de bon, cette fois.

— Ma jambe, gémit Chance. Il me faut un docteur.

Arthur ne bougea pas.

— Il faut aussi le tuer, reprit Chance, mâchoires serrées. Il en sait trop, Arthur. Je sais que tu es fou de chagrin, mais nous pouvons pas lui permettre de tout foutre en l'air.

Sam était du même avis.

— Il a raison, monsieur Bradford.
— Arthur, dit Myron.
Arthur leva les yeux.
— Je suis le meilleur espoir de votre fille.
— Je ne pense pas, dit Sam en braquant son arme. Chance a raison, monsieur Bradford. C'est trop risqué. Nous venons d'admettre que nous avons couvert un meurtre. Il doit mourir.

Le talkie-walkie de Sam se mit soudain à grésiller. Puis une voix sortit du petit haut-parleur.
— Je ne ferais pas ça si j'étais vous.
Win.

Sam considéra son appareil en fronçant les sourcils. Il tourna un bouton, passant sur une autre fréquence. Les chiffres rouges sur l'écran changèrent. Puis il pressa le bouton permettant de parler.
— Quelqu'un a eu Forster. Allez-y et éliminez-le.

La réponse fut une parfaite imitation de Scotty dans *Star Trek*.
— Mais, Cap'taine, c'est impossible. Le vaisseau ne répond plus.

Sam garda son calme.
— T'as combien de radios, mon pote ?
— Toutes les quatre, bien alignées devant moi.

Sam émit un petit sifflement appréciateur.
— Bien joué. Ce qui nous fait match nul. Négocions.
— Non.

Cette fois, ce n'était pas la voix de Win. C'était celle d'Arthur Bradford. Il fit feu à deux reprises. Les deux balles percutèrent Sam en pleine poitrine. Il s'écroula, eut un dernier spasme puis s'immobilisa.

Arthur regarda Myron.
— Retrouvez ma fille, dit-il. S'il vous plaît.

35

Win et Myron se ruèrent vers la Jaguar. Win prit le volant. Myron ne l'interrogea pas sur le sort des hommes qui avaient autrefois eu ces quatre talkies-walkies. Il s'en foutait.

— J'ai fouillé toute la propriété, Myron. Elle n'est pas là.

Myron repensa à ce que lui avait répliqué Wickner quand il avait dit qu'il n'arrêterait pas de chercher. *« Alors, d'autres gens vont mourir. »*

— Tu avais raison, dit-il.

Win ne lui demanda pas en quoi.

— J'ai perdu mon but de vue. J'ai trop insisté.

Win resta silencieux.

Quand Myron entendit la première sonnerie, il chercha son portable. Puis il se souvint que Sam le lui avait confisqué. La sonnerie provenait du téléphone de voiture de Win. Celui-ci décrocha.

— Allô.

Une bonne minute sans qu'il ne prononce le moindre mot. Puis il répondit :

— Merci.

Et raccrocha.

Il ralentit l'allure. Se gara sur le bas-côté de la route. Il passa le point mort et coupa le contact.

Quand Win se tourna vers Myron, son regard était aussi vieux que le temps.

Pendant une fraction de seconde, Myron fut surpris. Mais une fraction de seconde seulement. Ensuite, il sentit sa tête tomber sur le côté et entendit le petit gémissement qui venait de sortir de sa bouche. Win hocha la tête. Et quelque chose dans la poitrine de Myron se dessécha et fut emporté.

36

Peter Frankel, un garçon de six ans de Cedar Grove, New Jersey, avait disparu depuis huit heures. Fous d'angoisse, ses parents, Paul et Missy Frankel avaient alerté la police. Le jardin derrière la maison des Frankel donnait sur une zone boisée entourant un réservoir d'eau. Avec l'aide des voisins, les autorités avaient formé des patrouilles de recherche. On avait fait appel à des brigades cynophiles. Les voisins avaient eux aussi amené leurs propres chiens. Tout le monde voulait aider.

On ne tarda pas à retrouver Peter. Apparemment, le gamin s'était faufilé dans une cabane à outils où il s'était endormi. Quand il s'était réveillé, il avait voulu ressortir mais la porte était coincée. Peter avait bien sûr eu peur. Heureusement, plus peur que mal. Tout le monde était soulagé. La sirène des pompiers de la ville avait hurlé, signalant la fin des recherches.

Un chien n'avait pas obéi au signal. Un berger allemand nommé Wally qui s'était enfoncé un peu plus profondément dans les bois en aboyant jusqu'à ce que l'agent Craig Reed, jeune recrue de la brigade canine, vienne voir ce qui mettait Wally dans un tel état.

Il avait trouvé le chien aux côtés d'un cadavre. Le médecin légiste avait été appelé sur les lieux. Sa conclusion : la victime, une jeune femme d'environ vingt-cinq ans, était morte depuis moins de vingt-quatre heures. Cause de la mort : deux balles tirées à bout portant dans l'arrière de la tête.

Une heure plus tard, Cheryl Sutton, cocapitaine des New York Dolphins, avait identifié le corps comme étant celui de son amie et équipière Brenda Slaughter.

La voiture était toujours garée au même endroit.

— Je veux conduire, dit Myron. Seul.

Win s'essuya les yeux avec deux doigts. Puis il sortit de l'habitacle sans un mot. Myron se glissa derrière le volant. Son pied écrasa l'accélérateur. Il croisa des arbres, des voitures, des pancartes, des magasins et même des gens effectuant une dernière balade nocturne. La radio était toujours branchée, diffusant de la musique. Myron ne l'éteignit pas. Il continuait à rouler. Des images de Brenda tentaient de s'infiltrer mais il les bloquait ou les évitait.

Pas encore.

Quand il arriva à l'appartement d'Esperanza, il était une heure du matin. Elle était assise sur les marches du porche, comme si elle l'attendait. Il resta dans la voiture. Elle le rejoignit. Il vit qu'elle avait pleuré.

— Venez à l'intérieur, dit-elle.

Myron secoua la tête.

— Win parlait de conversion mystique, commença-t-il.

Esperanza ne réagit pas.

— Je ne comprenais pas vraiment ce qu'il voulait dire. Il parlait des familles qu'il connaissait. Le mariage mène au désastre, disait-il. C'était aussi simple que ça. Il avait vu tant de gens se marier et, dans presque chaque cas, les deux époux finissaient par se taper dessus. Il disait qu'il aurait fallu un miracle d'ordre divin pour le faire changer d'avis.

Esperanza le regardait et elle pleurait.

— Vous l'aimiez, Myron.

Il ferma les yeux, très fort, attendit puis les rouvrit.

— Je ne parle pas de ça. Je parle de nous, Esperanza. Tout ce que je sais – toute mon expérience passée – me souffle que notre association est vouée à l'échec. Mais quand je vous regarde… Vous êtes la plus belle personne que je connaisse, Esperanza. Vous êtes ma meilleure amie. Je vous aime.

— Je vous aime aussi.

— Vous valez la peine que je croie aux miracles. Je veux que vous restiez.

— Tant mieux, parce que je ne peux pas partir, de toute manière.

Elle s'approcha encore de la voiture.

— Myron, entrez, s'il vous plaît. Nous parlerons, d'accord ?

Il secoua la tête.

— Je sais ce qu'elle représentait pour vous.

De nouveau, il serra les paupières.

— Je serai chez Win dans quelques heures.

— D'accord, je vous attendrai là-bas.

Il repartit avant qu'elle puisse ajouter autre chose.

37

Quand Myron arriva à sa troisième destination, il était près de quatre heures du matin. Une lumière était encore allumée. Pas vraiment une surprise. Il sonna à la porte. Mabel Edwards vint ouvrir. Elle portait un peignoir en tissu éponge sur une chemise de nuit en flanelle. Elle se mit à pleurer et ouvrit les bras pour l'étreindre.

Myron recula.

— Vous les avez tous tués, dit-il. D'abord Anita. Puis Horace. Et enfin Brenda.

Elle en resta bouche bée.

— Vous n'êtes pas sérieux.

Il lui appuya le canon de son 38 sur le front.

— Si vous me mentez, je vous tue.

Le regard de Mabel passa instantanément du choc à une expression de défi glacé.

— Vous avez un micro sur vous, Myron ?

— Non.

— Peu importe. Vous me braquez une arme sur la tête. Je dirai tout ce que vous voulez.

Le pistolet la repoussa dans la maison. Myron referma la porte. La photographie de Horace était toujours sur la cheminée. Myron contempla un moment son vieil ami. Puis il se tourna vers Mabel.

— Vous m'avez menti. Depuis le début. En fait, vous ne m'avez dit que des mensonges. Anita ne vous a jamais appelée. Elle est morte depuis vingt ans.

— Qui vous a dit ça ?

— Chance Bradford.

Elle renifla, méprisante.

— Vous ne devriez pas croire un homme pareil.

— Et les écoutes ?

— Quoi ?

— Arthur Bradford a mis votre téléphone sur écoute. Pendant vingt ans. Dans l'espoir qu'Anita vous appelle. Mais nous savons tous les deux qu'elle ne l'a jamais fait.

— Cela ne signifie rien, dit Mabel. Il a peut-être raté ses appels.

— Je ne le pense pas. Mais ce n'est pas tout. Vous m'avez dit que Horace vous a appelée la semaine dernière quand il se cachait. Il vous aurait formellement avertie de ne pas tenter de le retrouver. Mais là aussi, Arthur Bradford surveillait votre ligne. Il cherchait Horace. Comment se fait-il qu'il n'ait pas intercepté cet appel ?

— Il a dû le rater, lui aussi.

— Je viens de rendre une petite visite à un crétin nommé Mario, dit Myron. Je l'ai surpris dans son sommeil et je lui ai fait des choses dont je ne suis pas fier. Après ça, Mario a avoué toutes sortes de crimes – y compris d'avoir tenté de vous soutirer des informations avec l'aide de son partenaire, exactement comme vous me l'avez dit. Mais il a juré ne jamais vous avoir mis un œil au beurre noir. Et je le crois. Parce que c'est Horace qui vous a frappée.

Brenda l'avait traité de sexiste et, ces derniers temps, il s'interrogeait beaucoup sur son attitude raciale. Maintenant, il voyait la vérité. Ses préjugés latents s'étaient refermés sur lui comme un serpent se mordant la queue. Mabel Edwards. La si charmante matrone noire, tout droit sortie d'une épopée sudiste. Avec ses aiguilles à tricoter et ses demi-lunes. Grosse, gentille, maternelle. Le mal ne risquait pas de se tapir dans une enveloppe aussi politiquement correcte.

— Vous m'avez dit que vous avez emménagé dans cette maison peu de temps après la disparition d'Anita. Comment une veuve de Newark a-t-elle pu se l'offrir ? Vous m'avez dit que votre fils avait réussi à faire son droit à Yale, pourtant ce n'est pas avec des boulots à temps partiel qu'on peut s'offrir une telle école.

— Et alors ?

Myron gardait son arme braquée sur elle.

— Vous saviez dès le départ que Horace n'était pas le père de Brenda, n'est-ce pas ? Anita était votre meilleure amie. À ce moment-là, vous travailliez encore ensemble chez les Bradford. Vous saviez forcément.

— Et même si je l'avais su ?

— Après, quand elle s'est enfuie, vous l'avez su aussi. Elle a dû se confier à vous. Et si elle a eu un problème au Holiday Inn, c'est vous qu'elle a appelée et non Horace.

— Peut-être bien, dit Mabel. Si nous parlons de façon hypothétique, on peut dire que tout ça est possible.

Myron pressa le canon contre son front, la forçant à s'asseoir dans le canapé.

— Vous avez tué Anita pour l'argent ?

Mabel sourit. C'était toujours le même sourire céleste mais, même au ciel, se dit Myron, il y a quelque chose de pourri.

— Hypothétiquement, Myron, j'aurais pu avoir un tas de mobiles. L'argent – quatorze mille dollars, c'était pas rien. Ou l'amour d'une sœur – Anita allait briser le cœur de Horace. Elle allait lui prendre la petite fille qu'il croyait être la sienne. Peut-être même allait-elle lui dire la vérité au sujet du père de Brenda. Et peut-être que Horace aurait alors appris que son unique sœur lui avait caché ce secret pendant tant d'années.

Elle fixa le pistolet avec mépris.

— Oui, j'aurais pu avoir des tas de mobiles.

— Comment avez-vous fait, Mabel ?

— Rentrez chez vous, Myron.

Myron leva le flingue et lui donna un petit coup sur le front. Un petit coup vicieux.

— Comment ?

— Vous croyez que j'ai peur de vous ?

Il lui donna un autre coup. Plus fort.

— Comment ? répéta-t-il.

— Comment ça, comment ?

Elle crachait les mots maintenant.

— Cela aurait été très facile, Myron. Anita était mère. Il m'aurait suffi de lui montrer mon arme. De lui expliquer que si elle ne faisait pas exactement ce que je lui disais, je tuerais sa fille. Alors Anita, la mère modèle, aurait obéi. Elle aurait serré une dernière fois son enfant dans ses bras en lui disant d'aller l'attendre à la réception. J'aurais utilisé un oreiller pour étouffer la détonation. Quoi de plus simple, n'est-ce pas ?

La rage faillit aveugler Myron.

— Et après ? Que s'est-il passé ?

Mabel hésita. Il la frappa à nouveau avec le canon.

— J'ai ramené Brenda à la maison. Anita avait laissé un mot à Horace disant qu'elle le quittait et que Brenda n'était pas sa fille. Je l'ai déchiré et j'en ai écrit un autre à la place.

— Horace n'a donc jamais su qu'Anita avait prévu d'emmener Brenda.

— Jamais.

— Et Brenda n'a jamais rien dit ?

— Elle avait cinq ans, Myron. Elle ne comprenait pas ce qui se passait. Elle a raconté à son père que j'étais allée la chercher alors qu'elle était avec sa maman. Et ensuite, elle a complètement oublié cet hôtel. Du moins, c'est ce que j'ai cru.

Silence.

— Quand le corps d'Anita a disparu, qu'avez-vous pensé ?

— Qu'Arthur Bradford était venu, l'avait trouvée morte et fait ce que sa famille a toujours fait : se débarrasser des ordures.

Nouvel accès de rage.

— Et vous avez trouvé un moyen d'utiliser ça. Pour votre fils, Terence, et sa carrière politique.

Mabel secoua la tête.

— Trop dangereux. Faire chanter les jeunes Bradford n'aurait pas été une bonne idée. Je ne suis jamais intervenue pour la carrière de Terrence. Mais le fait est qu'Arthur était toujours prêt à l'aider. Après tout, Terence était le cousin de sa fille.

La rage grondait, enflait, lui saturait le crâne. Myron n'avait qu'une envie : presser la détente et en finir.

— Ensuite, que s'est-il passé ?

— Oh, allons, Myron, vous connaissez la fin de l'histoire, non ? Horace s'est remis à chercher Anita. Après toutes ces années. Il avait une piste, disait-il. Il pensait pouvoir la trouver. J'ai essayé de le dissuader mais, bon, l'amour c'est bizarre.

— Horace a appris pour le Holiday Inn ?

— Oui.

— Il a parlé à une femme nommée Caroline Gundeck.

Mabel haussa les épaules.

— Je ne sais pas qui c'est.

— Je viens de réveiller Mme Gundeck d'un profond sommeil, dit Myron. Elle a eu une peur bleue. Mais elle m'a parlé. Elle était femme de ménage à l'époque et connaissait Anita. Vous voyez, Anita faisait des extras dans cet hôtel pour gagner un peu plus d'argent. Caroline Gundeck se souvient l'avoir vue là-bas, cette nuit-là. Elle a été surprise parce que Anita n'était pas là pour travailler, mais avait réservé une chambre comme cliente. Elle se souvient aussi d'avoir vu la petite fille d'Anita. Et elle s'est aussi souvenue d'avoir vu la petite fille avec une autre femme. Une camée jusqu'aux yeux, c'est comme ça qu'elle me l'a décrite. Je n'aurais jamais deviné que c'était vous. Mais Horace, lui, a immédiatement compris.

Mabel Edwards ne dit rien.

— Il a compris. Et il a foncé ici. Toujours en cavale. Et toujours avec tout cet argent sur lui... onze mille dollars. Il vous a frappée. Il était si en colère qu'il vous a cognée dans l'œil. Alors, vous l'avez tué.

Elle haussa les épaules.

— On dirait presque de la légitime défense.

— Presque, fit Myron. Avec Horace, c'était facile. Il était en cavale. Tout ce que vous aviez à faire, c'était de donner l'impression qu'il cavalait encore. Un Noir en fuite. Qui s'en soucierait ? C'était exactement comme avec Anita. Pendant toutes ces années, vous avez fait en sorte qu'on croie qu'elle était toujours en vie. Vous avez écrit des lettres. Vous disiez qu'elle vous appelait. Et ça a marché. Vous avez donc décidé de recommencer. Si ça avait réussi une fois, pourquoi pas deux ? Mais le problème, c'est que pour faire disparaître les cadavres, vous n'êtes pas aussi douée que Sam.

— Sam ?

— L'homme qui débarrassait les ordures pour les Bradford, vous vous souvenez ? J'imagine que Terence vous a aidée à déplacer le corps.

Elle le considéra avec amusement.

— Ne me sous-estimez pas, Myron. Je ne suis pas si faible que ça.

Il acquiesça. Elle avait raison.

— Je n'arrête pas de vous chercher d'autres mobiles mais, en fait, il s'agissait surtout d'argent. Vous avez récupéré quatorze mille dollars d'Anita. Vous en avez pris onze mille à Horace. Et votre propre mari, ce pauvre, ce cher Roland, sur la photo duquel vous pleurez si souvent... il avait une police d'assurance, je parie.

— Cinq mille malheureux dollars, le pauvre.

— Mais ça vous suffisait. Abattu d'une balle dans la tête juste devant chez lui. Pas de témoin. Et la police vous avait arrêtée trois fois l'année précédente : deux fois pour des vols mineurs et une fois pour possession de drogue. On dirait que la descente en spirale a commencé bien avant que Roland ne soit tué.

Mabel soupira.

— Nous avons fini, maintenant ?

— Non.

— Je crois que nous avons tout passé en revue, Myron.

Il secoua la tête.

— Pas Brenda.

— Ah, oui, bien sûr. Puisque vous semblez avoir toutes les réponses, Myron. Pourquoi ai-je tué Brenda ?

— À cause de moi, dit-il.

Mabel sourit. Il sentit son doigt se raidir sur la détente.

— J'ai raison, n'est-ce pas ?

Elle continua à sourire.

— Tant que Brenda ne se souvenait pas du Holiday Inn, elle ne représentait pas une menace. Mais c'est moi qui vous ai parlé de notre visite là-bas. C'est moi qui vous ai dit que des souvenirs lui revenaient. Et c'est alors que vous avez su que vous deviez la tuer.

Mabel souriait toujours.

— Et maintenant qu'on avait retrouvé le corps de Horace et que Brenda était suspectée de meurtre, votre tâche en était facilitée. Il suffisait de piéger Brenda et la faire disparaître. Une balle, deux coups. Vous avez donc planqué le flingue sous son matelas. Mais, encore une fois, le problème a été de vous débarrasser du corps.

Après l'avoir abattue, vous l'avez abandonnée dans les bois. J'imagine que vous comptiez sans doute revenir un jour où vous auriez eu plus de temps. Vous ne pensiez pas qu'on la retrouverait si vite.

— Vous êtes vraiment doué pour raconter des histoires, Myron.

— Ce n'est pas une histoire. Nous le savons tous les deux.

— Et nous savons tous les deux que vous ne pouvez absolument rien prouver.

— Il y aura des fibres, Mabel. Des cheveux, des fils, quelque chose.

— Et alors ?

Encore une fois, son sourire lui creva le cœur comme une aiguille à tricoter.

— Vous m'avez vue serrer ma nièce dans mes bras ici même. S'il y a des fibres ou des fils sur son corps, ils viennent de là. Et Horace m'a rendu visite avant d'être assassiné. Je vous l'avais dit. Alors, peut-être qu'il y a des cheveux ou des fibres sur lui aussi… si jamais ils en découvrent.

La fureur explosa dans son crâne. Myron plaqua le canon contre le front de Mabel. Sa main tremblait.

— Comment avez-vous fait ?

— Fait quoi ?

— Comment avez-vous convaincu Brenda de quitter l'entraînement ?

Mabel ne cilla pas.

— Je lui ai dit que j'avais trouvé sa mère.

Myron ferma les yeux. Il luttait pour que le pistolet cesse de bouger. Mabel le fixait.

— Vous ne me tuerez pas, Myron. Vous ne faites pas partie de ces hommes qui tuent une femme de sang-froid.

Il n'écarta pas le flingue.

Mabel leva la main et repoussa calmement le canon. Puis elle se leva, lissa sa robe et le laissa là.

— Je vais me coucher maintenant, dit-elle. Fermez la porte en sortant.

$$* \atop * \, *$$

Myron ferma la porte.

Il revint à Manhattan. Win et Esperanza l'attendaient. Ils ne lui demandèrent pas où il avait été. Et il ne le leur dit pas. Il ne le leur dit jamais.

Il appela le loft de Jessica. Le répondeur. Après le bip, il dit qu'il comptait rester chez Win un moment. Il ne savait pas combien de temps. Mais un moment.

Roy Pomeranz et Eli Wickner furent retrouvés morts dans le chalet deux jours plus tard. Un meurtre doublé d'un suicide, apparemment. Livingston spécula mais nul ne sut jamais ce qui avait conduit Eli à un tel geste. Le stade Eli Wickner fut immédiatement rebaptisé.

Esperanza retourna travailler à MB Sports. Pas Myron.

Les homicides de Brenda et Horace Slaughter ne furent pas élucidés.

Rien de ce qui s'était passé cette nuit-là à Bradford Farms ne transpira jamais. Un porte-parole de la campagne de Bradford confirma que Chance Bradford avait récemment subi une intervention au genou à la suite d'une vilaine blessure contractée lors d'un match de tennis. Il se rétablissait parfaitement.

Jessica ne répondit pas au message.

Et Myron ne parla qu'à une seule personne de son ultime rencontre avec Mabel.

ÉPILOGUE

15 septembre

Deux semaines plus tard

Le cimetière donnait sur une cour d'école.

Rien n'est plus lourd que la peine. La peine est la fosse la plus profonde du plus noir océan, le puits sans fond. Elle avale. Étouffe. Broie.

Myron passait beaucoup de temps ici maintenant.

Il entendit les pas derrière lui et ferma les yeux. Voilà ce qu'il attendait. Les pas se rapprochèrent. Quand ils s'arrêtèrent, Myron ne se retourna pas.

— Vous l'avez tuée, dit-il.
— Oui.
— Vous vous sentez mieux maintenant ?

La voix d'Arthur Bradford caressa la nuque de Myron comme une main froide.

— La question, Myron, est : et vous ?

Il n'en savait rien.

— Si cela a une quelconque importance pour vous, Mabel Edwards a eu une mort lente.

Cela n'en avait pas. Mabel Edwards avait eu raison

cette nuit-là. Il n'était pas de ces hommes qui tuent une femme de sang-froid. Il était pire.

— J'ai décidé d'abandonner les élections, la politique, dit Arthur. Je vais essayer de me souvenir de comment j'étais quand Anita et moi étions ensemble. Je vais changer.

Il ne changerait pas. Mais Myron s'en foutait.

Arthur Bradford partit. Myron fixa le monticule de terre pendant encore un moment. Et il s'allongea sur le sol. Il se demanda comment il était possible que quelque chose d'aussi splendide, d'aussi vivant, ne soit plus. La tête posée sur son oreiller de terre, il attendit la sonnerie de l'école pour regarder les gosses se ruer dehors. Leurs cris ne lui apportèrent aucun réconfort.

Des nuages commencèrent à tacher le bleu et, enfin, la pluie se mit à tomber. Myron faillit sourire. La pluie. C'était de circonstance. Beaucoup plus que le ciel si bleu. Il ferma les yeux et laissa les gouttes le marteler... La pluie sur les pétales d'une rose arrachée.

Finalement, Myron se releva et descendit la colline jusqu'à sa voiture. Jessica était là, apparaissant devant lui tel un spectre translucide. Il ne l'avait pas revue, ne lui avait pas parlé depuis deux semaines. Son beau visage était mouillé – par la pluie ou les larmes, il n'aurait su le dire.

Myron s'arrêta. Quelque chose d'autre en lui se fracassa comme un verre par terre.

— Je ne veux pas te faire de mal, Jessica.

— Je sais, dit-elle.

Et il la quitta. Jessica resta là à le regarder, silencieuse. Myron monta dans la voiture et démarra. Elle ne bougeait toujours pas. Il se mit à rouler, les yeux dans le rétroviseur. Le spectre translucide devint de plus en plus petit. Mais il ne disparut jamais complètement.

LE LIVRE DANS LA PRESSE :

« (...) une **valeur sûre** du thriller psychologique. »

Lire

« (…) la griffe Coben se reconnaît à son sacré caractère et à l'absence de faux plis. »

Le Maine Libre

" UN VRAI SUSPENSE QUI VOUS PREND AUX TRIPES DÈS LA PREMIÈRE PAGE, ET QUI NE VOUS LÂCHE PLUS JUSQU'À LA FIN. **DU GRAND ART.** "

OUEST FRANCE

« (…) un héros à la fois désabusé, malin et curieux. »

BOOKLIST

Il l'a raccompagnée, depuis elle est introuvable...

HARLAN COBEN
Promets-moi
Thriller

10 thrillers d'Harlan Coben dont
6 aventures de Myron Bolitar sont chez Pocket

POCKET

Il y a toujours un Pocket à découvrir
www.pocket.fr

Composé par Nord Compo
à Villeneuve-d'Ascq

Impression réalisée sur Presse Offset par

C P I
Brodard & Taupin

48745 – La Flèche (Sarthe), le 28-08-2008
Dépôt légal : septembre 2008

POCKET – 12, avenue d'Italie - 75627 Paris cedex 13

Imprimé en France